古典詩歌研究彙刊

第二十輯

龔鵬程 主編

第 6 冊

宋詞與宴飲

馬麗梅 著

國家圖書館出版品預行編目資料

宋詞與宴飲／馬麗梅 著 — 初版 — 新北市：花木蘭文化出版社，2016〔民 105〕

目 2+276 面；17×24 公分

（古典詩歌研究彙刊 第二十輯；第 6 冊）

ISBN 978-986-404-827-4（精裝）

1. 宋詞 2. 詞論

820.91　　105015101

古典詩歌研究彙刊

第二十輯　第六冊　　ISBN：978-986-404-827-4

宋詞與宴飲

作　　者　馬麗梅

主　　編　龔鵬程

總 編 輯　杜潔祥

副總編輯　楊嘉樂

編　　輯　許郁翎、王筑　美術編輯　陳逸婷

出　　版　花木蘭文化出版社

社　　長　高小娟

聯絡地址　235 新北市中和區中安街七二號十三樓

電話：02-2923-1455 ／傳真：02-2923-1452

網　　址　http://www.huamulan.tw 信箱 hml 810518@gmail.com

印　　刷　普羅文化出版廣告事業

初　　版　2016 年 9 月

全書字數　208507 字

定　　價　第二十輯共 18 冊（精裝）新台幣 28,800 元

宋詞與宴飲

馬麗梅 著

作者簡介

馬麗梅，女，1974 年生，河北邯鄲人。本科就讀於河北師範大學政教系，後改學中文，2004 年考入南京師範大學攻讀古代文學碩士。2007 年考入蘇州大學，師從楊海明教授研究唐宋詞。發表文章《從「香文化」看宋詞的「香豔」特徵》、《姜夔佚詩校正》、《宋代士大夫的家宴消費淺探》等。博士畢業後進入蘇州工業園區服務外包職業學院教授國學課程。現主要研究方向爲宋代文學與文化。恪守研究者要有「學人之拙」與「詩人之慧」的訓條，並試圖在研究中實踐之。

提　　要

本文從宴飲活動的角度研究宋詞，以宴飲文學的發展歷程爲經，以宋代社會文化爲緯，研究作爲一個動態整體的宴飲活動及其與詞的互動關係，在此基礎上分析宋人的宴飲活動在詞的風格形成中的作用，討論宴飲對於詞的交際、娛樂和抒情功能的影響。本文共分五章。

第一章，回溯宴飲和宴飲文學發展的歷史軌跡。

第二章，考察宋人的宴飲生活。宋人的宴飲生活是在發達的商業經濟、新型的官僚士大夫政治、統治者的崇文政策和全面繁榮的封建文化的背景下展開的。宋代士大夫的宴飲活動繼承了前代宴飲的傳統，並有著新的時代特色。

第三章，宴飲和詞有著密切的互動關係。備詞、索詞、作詞、以詞唱和是宋人宴飲中的文學活動之一，它產生的基礎是宴席上的「主人——歌妓——賓客」角色結構。反過來，詞對宋人的宴飲生活也有著巨大的影響，塑造了宋代宴席注重文采風華的時代風尚。

第四章，宴飲生活對詞主體風格的形成和發展有著重要影響。宴席物象對於詞形成以「富」爲美和以「豔」爲美的審美風格有著重要的意義；作爲「場上之文」，詞具有演出底本的特徵；宴飲還促進了詞的交際功能和娛樂功能的發展。

第五章，考察宴飲詞的情感內涵。惜春詞、相思詞、抒懷詞是宴飲詞的幾種主要的抒情類型。

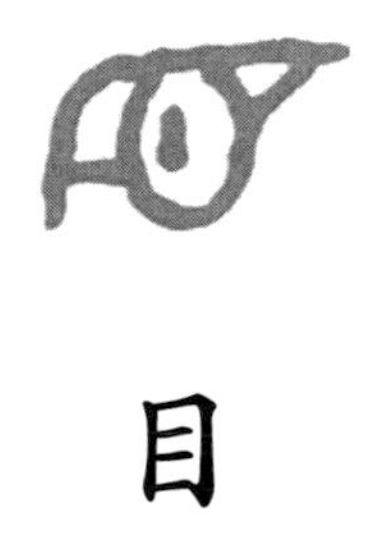

目次

緒　論

一、選題緣起

宴飲是宋代人生活的一個重要組成部分，而宋詞中很多膾炙人口的名篇都是在宴席上所作，如：

> 一向年光有限身。等閒離別易銷魂。酒筵歌席莫辭頻。
>
> 滿目山河空念遠，落花風雨更傷春。不如憐取眼前人。（晏殊《浣溪沙》）〔註1〕
>
> 明月幾時有，把酒問青天。不知天上宮闕，今夕是何年。我欲乘風歸去，又恐瓊樓玉宇，高處不勝寒。起舞弄清影，何似在人間。　轉朱閣，低綺户，照無眠。不應有恨，何事長向別時圓。人有悲歡離合，月有陰晴圓缺，此事古難全。但願人長久，千里共嬋娟。（蘇軾《水調歌頭·丙辰中秋，歡飲達旦，大醉。作此篇，兼懷子由》）
>
> 長淮望斷，關塞莽然平。征塵暗，霜風勁，悄邊聲。黯銷凝。追想當年事，殆天數，非人力，洙泗上，絃歌地，亦膻腥。隔水氈鄉，落日牛羊下，區脱縱横。看名王宵獵，騎火一川明。笳鼓悲鳴。遣人驚。　念腰間箭，匣中劍，空埃蠹，竟何成。時易失，心徒壯，歲將零。渺神京。干羽方懷遠，靜烽燧，且休兵。冠蓋使，紛馳騖，若爲情。

〔註1〕唐圭璋編纂《全宋詞》，中華書局，1999，第114頁。以下本文中所引宋詞均出於此書，不再一一注出。

聞道中原遺老，常南望、羽葆霓旌。使行人到此，忠憤氣填膺。有淚如傾。(張孝祥《六州歌頭》。按：《歷代詩餘》卷一百十七引《朝野遺記》：張孝祥……一日，在建康留守席上作六州歌頭，張魏公讀之，罷席而入。〔註2〕)

更能消、幾番風雨。匆匆春又歸去。惜春長恨花開早，何況落紅無數。春且住。見說道、天涯芳草迷歸路。怨春不語。算只有殷勤，畫簷蛛網，盡日惹飛絮。　長門事，準擬佳期又誤。蛾眉曾有人妒。千金縱買相如賦，脈脈此情誰訴。君莫舞。君不見、玉環飛燕皆塵土。閒愁最苦。休去倚危樓，斜陽正在，煙柳斷腸處。(辛棄疾《摸魚兒・淳熙己亥，自湖北漕移湖南，同官王正之置酒小山亭，為賦》)

第一首，詞人在行春的宴席上享受杯中的美酒，懷念遠方的情人；第二首，詞人在中秋團圓的宴席上歡飲大醉，作詞寄懷；第三首，詞人在與長官共飲的席上抒發對時事的感慨；第四首，詞人在與同僚飲別的席上寄託對政治的牢騷。不管是風花雪月的閒情，還是手足情深的惦念；不管是憂心國運的慷慨，還是感時撫世的不平，都藉由宴飲這一平臺，借著酒後的興奮，在詞中表現出來。

以上所舉的只是幾個代表性的例子，在《全宋詞》中，到處可以看到人們在宴席上作詞賞詞的情況，可以說，宴席是詞生存的主要環境。如果從宴飲活動入手，通盤考察它的參加者，組織形式，進行程序，節目安排以及人們在這一場合的情緒和表現，應該能更好地理解宴飲生活和詞的共生互動關係，進而更好地認識詞這一文體的風格特徵。因此，本文選取這一角度，對宋人的宴飲生活和詞的關係進行初步的探索。

二、相關研究成果檢視

宴飲活動和宴飲文學近年來逐漸進入了學者的研究視野。黃亞卓

〔註2〕沈宸垣等《歷代詩餘》卷一百十七引《朝野遺記》，上海書店，1985，第1384頁。

的博士論文《中古公讌詩研究》（華東師範大學出版社，2007）將公讌詩作爲一個詩型類別來進行研究，以漢魏六朝時期的公讌詩爲考察對象，重點解決以下幾個問題：公讌詩的概念、類型、特徵；公讌詩產生並興盛的原因；公讌詩的演變和發展；公讌詩的思想藝術特徵；公讌詩在詩學上的意義和影響。其中公讌詩的意義和影響一章中，分析了公讌詩對遊戲娛情詩學觀的體現及影響、公讌詩對詩歌交際傳統的確立及意義，揭示了漢魏六朝時期詩歌這一文體與宴飲活動互動的具體情形。另外其它研究宴飲文學的成果有盧琦的碩士論文《南朝遊宴之風與詠物詩研究》、趙薪的碩士論文《遊宴與六朝詩文》等。宴飲文學方面的單篇論文有弭良滿的《〈詩經〉宴飲詩探析》（《遼寧師範大學學報・社會科學版》2006 年第 3 期）；劉薇薇《從〈詩經〉宴飲詩看周代禮樂社會的變遷》（《齊齊哈爾師範高等專科學校學報》2008 年第 6 期）；丁玲《論建安宴飲詩的功能——兼與〈詩經〉宴飲詩比較》（《天中學刊》2009 年第 1 期）；韓雲娃《唐代帝王的宴飲活動推動樂舞和宴飲詩的創新與發展》（《首都師範大學學報・社會科學版》2009 年第 1 期）；武玉秀《試論唐代宮廷宴飲風俗及其影響》（《溫州大學學報・社會科學版》2008 年第 4 期）等等。研究大多集中在《詩經》中的宴飲詩、六朝宴飲文學、唐代宮廷的宴飲活動與宴飲文學方面，重點分析的是其中的詩文創作。這些研究一方面考察了不同文學形式與它的宴飲文化背景的關係，另一方面指出了宴飲文學的主題、題材、思想內涵特點和感情抒發模式，使宴飲文學成爲一個文學門類。但是目前中國古代宴飲文學的研究還沒有形成多階段、多層次、立體化的研究規模。

從宋代的宴飲活動角度研究文學的專著尚不多見。內容有一定相關度的有熊海英的《北宋文人集會與詩歌》（中華書局，2008），熊著將北宋的文人集會分爲怡老眞率會、曝書會、茶會、中秋聚會和詩社幾種類型來進行考察，重點分析了集會中的詩文創作與評論。文人集會雖然離不開宴飲活動，但熊著是從形而上的角度來考證和分析這些集會的時間、地點、人物和集會的意義，對於其中形而下的具體宴飲活動過程未加考察，且不及於詞。另外，上海師範大學沈月明的碩士論文《宋詞與宋代的遊宴文化》從共時的角度分爲城市遊覽、樂舞、宴飲、歲時節令、郊遊、遊戲競技幾個板塊研究了其中的詞創作。沈文既非將宴飲作爲一個整體和動態對象來考察，也並未深入分析宴飲活動與詞創作的關係。

北宋的賞花釣魚宴近年來成爲學界的一個研究熱點。不少單篇論文都是圍繞這一研究對象展開，如張勝海的《帝子設宴納賓賢，賞花釣魚賦太平——中國古代曲宴初探》（《學術探索》2005 年第 3 期），諸葛憶兵的《北宋宮廷「賞花釣魚之會」與賦詩活動》（《文學遺產》2006 年第 1 期），路成文的《北宋宮廷「賞花釣魚宴」及其文學、政治意義》（《黃岡師範學院學報》2007 年第 2 期）等，從不同角度探討賞花釣魚宴的性質、形式、政治意義以及與文學的關係。賞花釣魚宴是北宋時期宮廷曲宴的形式之一，其主要作品是詩，和詞的關係不大。

宴飲是人的行爲活動的一部分，屬於社會文化的範疇。宋代文化是中國封建文化發展的高峰，具有更爲典型化的對象意義。從宋代社會文化的角度研究文學是當今學者關注的一個熱點，它使平面的、單向的文學研究變成爲全面的、立體的、多元的研究模式。物質層面上，即從經濟形態與文學的關係角度進行研究的，有王曉驪的博士論文《文化衝突與詞的演進——唐宋詞與商業文化關係研究》；制度層面上，有祝尚書的《宋代科舉與文學》等；風俗習慣層次上，有諸葛憶兵的《大晟詞風與北宋末年世風》、張再林的博士論文《中唐——北宋士風與詞風研究》、黃傑的《宋詞與民俗》、雲南大學成友保的碩士論文《〈全宋詞〉中描述年節習俗與宋代社會風尚研究》等；思想與價值層面，即研究哲學、書法、繪畫、音樂等藝術形式與文學的關係的，有張毅《宋代文學思想史》，羅立剛《宋元之際的哲學與文學》、馬茂軍《北宋儒學與文學》、史雙元《宋詞與佛道思想》、張毅《宋代文學思想史》、彭功智祁光祿《傳統文化精神與唐末北宋詞的價值取向》、劉方《宋型文化與宋代美學精神》、王曉驪《逐絃管之音爲側豔之詞——試論冶遊之風對晚唐五代北宋詞的影響》、張春義的博士論文《宋詞與理學》等，其中有專著，也有單篇的論文。在整個社會文化體系中，政治制度與風俗習慣兩個層次受到的關注比較多，成果也比較豐富；距離文學最近的思想與價值層次得到了最多的重視；物質層次受到的關注則較少，成果也相對薄弱。總的來說，學界從各個角度考察文化與文學的關係，已經形成了初步體系。

從文化綜合角度對宋詞進行的研究，主要有蔡鎮楚的《宋詞文化學研究》（湖南文學出版社，1999）、沈松勤《唐宋詞社會文化學研究》（浙江大學出版社，2004）、沈家莊的《宋詞的文化定位》（湖南人民出版社，2005）等。《宋詞文化學研究》從文學傳統、經濟政策、學術文化、地域文化、文人生活、女性之戀、音樂文化與傳播等八個方面與宋詞關係進行論述。《唐宋詞社會文化學研究》從「歌妓制度的積澱——唐宋詞的社會文化因緣」、「風俗行爲的表徵——唐宋詞的社會文化功能」、「雅與俗的衝撞——唐宋詞的社會文化層次」三個方面，在廣闊的社會文化坐標系中給唐宋詞進行了定位。《宋詞的文化定位》將宋詞定位在宋型文化的庶族文化構型及平民文化維度上，考察宋代精英文化與世俗文化的互動以及宋詞中的人文關懷。這些研究各有不同的著眼點與側重點，比較全面地揭示了宋詞與它賴以生存的文化環境之間的關係，得出的結論也是中肯的，富有啓示意義。

從宴飲活動組成要素的角度進行的研究也是成果頗豐，李劍亮的《唐宋詞與唐宋歌妓制度》（杭州大學出版社，1999），羅燕萍的博士論文《宋詞與園林》金千秋《全宋詞中的樂舞資料》（人民音樂出版社，1990）沈松勤《兩宋飲茶風俗與茶詞》（《浙江大學學報》，2001年第1期）分別從歌妓、園林、音樂歌舞、茶等組成宴席的要素的角度研究了它們對詞的影響，還有不少學者的研究中都涉及到了宋代宴席上的「索詞」、「命賦」、唱和等現象。

三、本文的研究思路和基本內容

本文在前人相關研究成果的基礎上，研究宋人的宴飲活動，宴飲活動所折射的時代政治、經濟、文化氣候，宴飲的要素、程序、宴飲中的文學活動尤其是詞的創作和演唱，考察宴飲和詞的互動關係，從而揭示宴飲活動對詞的主體風格與內容的影響。

（一）相關概念界定

「宴飲」不同於一般的飲食活動，它是日常飲食活動的擴大和升級。《辭源》解釋「宴」有「以酒肉款待賓客」的意思，「宴飲」又可稱爲「宴會」、「宴集」，意爲「設宴聚飲」。因此，「宴飲」至少包含了兩個方面的意思：一，所設飲食比日常生活中的食物豐盛；二，有聚集之義，參加者比日常爲多，是一群人的聚會。

宴飲往往與娛樂相聯繫，宴飲中有節目表演，或伴有歌舞、投壺、射箭、遊覽等娛樂活動，如《詩經・小雅・賓之初筵》：「賓之初筵，左右秩秩。籩豆有楚，殽核維旅。酒既和旨，飲酒孔偕。鐘鼓既設，舉醻逸逸。大侯既抗，弓矢斯張。射夫既同，獻爾發功。發彼有的，以祈爾爵。」〔註3〕鋪陳了宴會上的供肴之盛、旨酒之美，樂工鳴鐘擊鼓，賓主互相敬酒，射箭相娛樂。與日常飲食活動不同，宴飲並不重視攝入能量滿足生存需要，而以娛樂和社交爲主要目的。

「宴飲文學」指在此種宴飲活動基礎上產生的文學作品，它們包括用於宴會上吟誦歌唱的、在宴會上創作的、和以宴飲活動爲題材的文學作品。中國的文學創作自古與宴飲活動相聯繫，《詩經》中的部分篇章常常在宴會上吟誦，是宴飲禮儀的一部分；後來的建安遊宴詩、《金谷集》、《蘭亭集》等詩文創作於遊宴的過程中，是宴會活動的產品；更多詩文是以宴飲爲題材，回憶往昔的宴飲聚會或對想像中的宴飲場面進行歌頌。這些都可視爲宴飲文學。從《詩經》到漢魏隋

〔註3〕《小雅・賓之初筵》，高亨注《詩經今注》，上海古籍出版社，1980，第343頁。

唐的五七言詩，宴飲文學一直存在於文學創作的實踐中。到了宋代，隨著宴飲活動的繁榮，宴飲文學也發展到興盛期，酒邊尊前產生了詩、文、詞、曲等各種文學形式，其中詞是宋代宴飲文學的主體。

「主體風格」指的是傳統詞論家認爲的詞所具有的風格特徵。如陳師道在批評蘇軾的詞時提出的「本色」論〔註4〕，李清照論詞的「別是一家」論〔註5〕，明代張綖的「婉約」論。可見，傳統詞論家所認識的詞的「主體風格」，或曰「正宗詞風」，是以清辭麗句寫春恨秋愁、相思閨怨的婉約詞。

（二）研究思路和基本內容

詞是宴飲文學。它產生於花間尊前，是用於佐歡助酒、娛賓遣興，供人們析酲解慍的，因此可稱「標準」的宴飲文學。

首先，酒席歌筵的環境是詞產生和發展的土壤。詞至晚產生於中唐。關於詞的起源，有「長短句源流」說、「塡實泛聲」說、「胡樂入華而詞生」說等觀點，不管是「塡實泛聲」說，還是「胡樂入華而詞生」說，都揭示了詞與燕樂的密切聯繫。「燕樂」的名稱出現很早，指的是燕飲之樂；詞所配合的燕樂是隋唐時期新興的音樂，包含了西域傳入的胡樂、傳統的清商樂與民間的音樂曲調，是三者的融合。同傳統「燕樂」一樣，新興的「燕樂」也是用於燕飲的音樂。因此，從詞的起源來看，詞產生的場合就是酒筵歌席。

其次，不同於諷世言志的詩文等嚴肅文體，詞並不需要諷切時事、有補於教化，它的作用只是「析酲解慍」、「聊佐清歡」，供宴前娛樂。這一點在宋人、尤其是北宋人所作的詞序中多有說明。如晏幾道《小山詞》自序中說：「叔原往者浮沉酒中，病世之歌詞，不足以

〔註4〕陳師道《後山詩話》，《文淵閣四庫全書》，上海古籍出版社，1987，第1478冊，第285頁：退之以文爲詩，子瞻以詩爲詞，如教坊雷大使之舞，雖極天下之工，要非本色。今代詞手，唯秦七黃九爾，唐諸人不迨也。

〔註5〕魏慶之《魏慶之詞話》引「李易安評」，唐圭璋編《詞話叢編》，中華書局，1986，第201～202頁。

析酲解慍，試續南部諸賢緒餘，作五七字語……每得一解，即以草授諸兒，吾三人持酒聽之，爲一笑樂而已。」〔註6〕歐陽修《採桑子・西湖念語》曰：「……因翻舊闋之辭，寫以新聲之調，敢陳薄伎，聊佐清歡」〔註7〕。陳世修爲馮延巳《陽春集》所作序：「……公以金陵盛時，內外無事，朋僚親舊，或當燕集，多運藻思，爲樂府新詞，俾歌者倚絲竹而歌之，所以娛賓而遣興也。」〔註8〕可見，至少到北宋時期，詞創作的主要目的還主要是爲宴席上的人們提供娛樂的。

第三，評價詞的主要標準之一，是「合樂」、「美聽」，符合在宴席上演唱的要求。蘇軾的《念奴嬌・赤壁懷古》聲情口吻不適合宴會上的年輕歌妓歌唱，因此遭到「非本色」的譏諷；李清照對當時詞作者多有批評，其立足點就是詞「別是一家」的文體特質：「蓋詩文分平側，而歌詞分五音，又分五聲，又分六律，又分清濁輕重。」〔註9〕南宋張炎《詞源》也指出：「詞以協音爲先。」〔註10〕合樂、協音，即是著眼於宴席上的歌唱效果而言。

最後，宴席場合是詞實現價值的舞臺和傳播的媒介。再美的詞作，如果置於案頭，鎖在高閣，還是沒有什麼價值的，在宴席上的傳唱才是它的生命力和影響力所在。柳永詞雖然被譏爲詞語塵下，但是「有井水飲處，即能歌柳詞」〔註11〕的傳唱效果使柳永成爲不可忽視

〔註6〕晏幾道《小山詞》自序，晏幾道《小山詞》，朱祖謀《彊村叢書》本，上海書店江蘇廣陵古籍刻印社，1989年據1922歸安朱氏刻本影印，第168頁。

〔註7〕歐陽修《採桑子・西湖念語》，唐圭璋編纂《全宋詞》，中華書局，1999，第153～154頁。

〔註8〕陳世修《陽春集・序》，金啓華等編《唐宋詞集序跋彙編》，江蘇教育出版社，1990，第8頁。

〔註9〕魏慶之《魏慶之詞話》引「李易安評」，唐圭璋編《詞話叢編》，中華書局，1986，第201～202頁。

〔註10〕張炎《詞源》卷下「音譜」，唐圭璋編《詞話叢編》，中華書局，1986，第255頁。

〔註11〕葉夢得《石林避暑錄話》卷三，上海書店（據涵芬樓舊版影印本），1990，第92頁。

的大詞人。周邦彥詞的巨大成就，部分也由它在宴席上的廣泛流行表現出來，如毛开《樵隱筆錄》所載：「紹興初，都下盛行周清眞詠柳蘭陵王慢，西樓南瓦皆歌之，謂之渭城三疊。」〔註12〕又張炎《國香》詞序所述：「沈梅嬌，杭妓也，忽於京都見之。把酒相勞苦，猶能歌周清眞意難忘、臺城路二曲。」〔註13〕

因此，從宴飲文學的角度研究宋詞，把詞納入到宴飲文學發展的長流中，更能夠揭示詞的情感與思想內涵的生成機制。

宴飲活動是人們生活方式的一個側面，屬於社會文化活動的一部分。宴飲活動建立在政治、經濟、文化等社會條件之上，折射著時代的氣候和風尚。宋代社會變革沿著中唐以來的變革趨勢進一步加深，科舉考試在唐代的基礎上得到了進一步發展和完善，「家不尙譜牒，身不重鄉貫」〔註14〕，「朝爲田舍郎，暮登天子堂」成爲一個普遍的現象，而複雜尖銳的政治鬥爭又使官員的任免遷謫成爲常態，社會各階層之間縱向的流動加強。這種新型的官僚士大夫政治使文人表現出新的心態特徵。同時，商業的發展和城市的繁榮又使人口大量向城市集中，形成一個新興的市民階層，隨之出現具有強大滲透力的市民文化。這些時代氣候在宋人的宴飲活動中都有著深刻的表現。

宴飲活動又是一個綜合體，它是對社會公共娛樂場所及各家府第園林之建設營造、錦繡羅綺之裝飾陳設、廚房之供應能力、歌妓之色藝等各方面物質與非物質生活形態的綜合檢閱。宋代士大夫多熱衷於宅邸園館的營造，只要有條件，就要大興土木，建造宅第園囿；在日常飲食和服飾器用方面，追求精美貴重；樂工家妓、舞婢歌童更是他們著意經營的重點。

〔註12〕馮金伯《詞苑萃編》卷二十四引毛开《樵隱筆錄》，唐圭璋編《詞話叢編》，中華書局，1986，第2270頁。

〔註13〕張炎《國香》詞序，唐圭璋編纂《全宋詞》中華書局，1999，第4383頁。

〔註14〕陳傅良《止齋集》卷三十五《答林宗簡》，《文淵閣四庫全書》第1150冊，上海古籍出版社，1987，第777頁。

因此，我們還需要考察宋代封建文化的發展，關注宋人在茶、香、園林、金石等方面取得的成果，以及他們在追求精緻生活方面、在個人身體精神享受方面所給予的高度重視，考察宋代宴飲活動所包含的物質文化和非物質文化要素，在此基礎上總結出宋人宴飲活動的時代特徵。

作爲一個整體，宴飲活動和詞之間有一個全面的、動態的互動過程。從宴會角色來說，主人、賓客、歌妓是宴會上的主要人物角色，構成了宴會的基本角色場。主人、歌妓、賓客之間大致是這樣一種三角關係：主人是這場宴會的舉辦者，他決定了請哪些賓客，由官妓還是由家姬來支應侑歡；賓客一般來說是主人的親朋、師友和僚佐，在宴席上和主人是對等的關係；歌妓是賓主間表情達意的一個重要媒介，不管是官妓還是家姬，都是主人的下屬，奉主人之命款待客人，歌舞佐歡。主人、賓客、歌妓各自的角色身份以及他們之間的互動都在詞的創作中留下了鮮明的印記。從宴飲活動的進行過程來說，從宴前的準備、邀請、到正式飲宴中的「前筵」、「後筵」、尾聲的「留連佳客」，到之後賓客的回請，包含著若干個具體的階段。不同的階段有著不同的主題和任務，也都對詞形成了或顯或隱的需求。而宴飲活動作爲行樂場和交際場，作爲酒、樂、良朋、美女、賞心樂事的集合，對文人來說有著巨大的吸引力，也促使文人私底下磨礪作詞技藝，以應對宴前之需。

反過來，詞作活動也對宴飲有著巨大的影響。詞用以勸酒，用以伴舞，用以抒情留連，伴隨並控制著宴席活動的整個進程。詞在宴席上的廣泛滲透和主導地位也造成了宋代宴席注重文采風華的時代風尚，著名的詞人在宴席上享受著明星般的地位，名篇佳製在飲席上也受到熱烈的追捧。詞因其獨特的魅力，還成爲召喚詞人墨客聚集在一起進行飲宴、切磋詞藝的一個重要紐帶，成爲某些宴飲聚會的主題。

所以，我們要深入考察詞與宴飲的互動，從不同的側面、不同的角度，從動態的、活的過程中來觀照這一文學文化現象，從而深入揭示出詞與生俱來的「酒水氣」，考察宴飲土壤對詞形成「香豔」、「富貴」的主體風格的重要意義；同時，在宴飲活動舞臺上生存的詞，還具有「場上之文」的特質——即舞臺演出的底本：一方面要滿足歌者的演唱需要，另一方面又要滿足聽眾的娛樂和怡情需要。「場上之文」特質直接導致了宋詞中獨特的「男子而作閨音」〔註 15〕現象，也造成了豔情詞大行其道的文學景觀。

詞作爲宴飲文學發展到宋代的一個環節，在情感內涵上延續著傳統宴飲文學的脈絡。人生苦短、及時行樂是宴飲文學的傳統主題，在宋詞中以蔚爲大觀的惜春詞的面目出現。情愛意識是宋詞在抒情上開闢出的一片新的天地，從代言式、類型化抒情到描寫一時的心緒情愫，再到置身其中地抒發自身眞實的情路歷程，愛情在宋人富於平等精神與人文關懷的思想意識中高度覺醒了。以東坡爲代表的一批詞人衝破了詞爲「小道」、「豔科」的藩籬，承續著傳統宴飲文學觀照社會、人生、人的思想與靈魂的源流。政治與社會、民族與國家主題在歷代宴飲文學裏都是一道聳立的脊梁，在宋詞中表現爲辛派愛國詞人的抗聲高歌。如果說「愁」與「瘦」是詞風格上的一個顯著特色，那麼它的根源則來源於個體的漂泊窮愁和國家的衰落與覆亡。宋季張炎爲代表的一批遺民詞人的創作向我們充分地證明了這一點。

我們以宴飲活動與宴飲文學的發展爲經，將宋詞置於宴飲文學發展的環節上來觀照宋詞；以宋代的社會經濟文化生活爲緯，分析影響宋人宴飲活動的各個要素；力圖再現出宋人宴歡的情形，把宋人的宴飲活動看做一個包括了飲食、陳設、娛樂、交際等要素的整體、一個從請客、預備到前筵、後筵、回請的一個動態過程，來考察詞在其中的創作、演唱、傳播和再創作，考察宴飲活動對於詞的存在與發展、對詞綺麗婉媚的「主體風格」形成的意義，考察宴飲中人們各種感情心緒的集中、強化和抒發。

〔註 15〕田同之《西圃詞說・詩詞之辨》，唐圭璋編《詞話叢編》，中華書局，1986，第 1449 頁。

徜徉於宴飲文學發展的歷史中，會發現從古至今有一個綿長的宴飲活動和宴飲文學發展的脈絡，這個脈絡綿延發展，經過了安史之亂之後，其內容與風格發生了巨大的變化；深入到宋人的生活中，會發現官僚士大夫可以在廟堂之上「據案決事，左右皆惴恐，無敢喘息」，晚上則「開宴召僚佐飲酒，笑歌歡譫，釋然無間」〔註16〕，或者「旦以朝服趨局，暮則布裘徒步市廛，或倡優所集處」〔註17〕，白天主持嚴肅莊重的工作，晚上則到市井倡優那裏去尋歡作樂，或者在朝廷上陳事上疏，諫諍於庭，私下裏又求田問舍、奢侈無度，呈現出矛盾對立的兩極性格；漫步在宋代的長街曲巷，會看到國家大宴禮中市井民眾填塞道路、瞻仰山呼，酒店、茶肆、食店、分茶、酒庫等飲食消閒場所中富室子弟飲酒喧鬧，妓女、果童、閒漢小心供過，平康曲巷、青樓妓館、芳郊園囿中各色人等淺斟低唱、歌酒留連；如果能逡巡進入禁宮御苑、貴門高第，則能聽到皇帝和宰輔大臣談詩論文的歡聲笑語，在曲廊中遇到幾位懷抱琵琶、侍應相公學士宴歡的歌姬美人；假如你扮作一位主人，設宴請客，會發現你的廚師、僕役、雜使、歌姬和「四司六局」人會幫你把宴席安排得妥妥帖帖，你只需要準備好幽默的笑話和美妙的歌詞，與你所請的客人把酒娛樂……

讓我們走進宴飲文學，走進宋人的宴飲生活，來觀察這一道道亮麗的文化景觀，來感受宋詞中生命的不息流動。

〔註16〕彭乘《墨客揮犀》卷八，中華書局（叢書集成初編本），1991，第2855冊，第45頁。

〔註17〕葉夢得撰，宇文紹奕考異《石林燕語》卷十，中華書局，1984，第146～147頁。

第一章　宋前宴飲文學發展的歷史軌跡

我國古代的宴飲文學源遠流長。從第一部詩歌總集《詩經》開始，到漢魏隋唐的宴飲詩、宴集序，再到五代的宴飲詞，宋前的宴飲文學經歷了春秋戰國時代的「搖籃期」、東漢末年的「成長期」、魏晉南北朝的「青春期」、初盛唐的「成熟期」，到中晚唐五代，隨著安史之亂帶來的政治經濟社會結構狀況的變化，宴飲文學進入到「轉變期」。

第一節　先秦到盛唐的宴飲活動與宴飲文學

先秦的宴飲活動和宴飲文學體現出濃重的禮俗文化特色，生命意識初步覺醒……漢末是人性全面覺醒的時代，宴飲詩中「及時行樂」思想蓬勃發展……漢末魏初的鄴下遊宴將宴聚、遊覽、賦詩結合起來，開創了文人「遊宴」的傳統和遊宴詩樂盡哀來的情感生成方式……兩晉南北朝的宴飲活動以帝王貴族爲中心，宴飲詩重視形式和藻繪，並出現了以女性物態爲主要描寫對象的宮體詩……隋唐之際燕樂的變化造成宴會氛圍和宴飲文學新特徵的形成……初盛唐宴飲活動仍以宮廷貴族爲中心，並出現了下行趨勢，宴飲文學種類繁多，達到全面繁榮

一

先秦的宴飲活動是在濃重的禮俗文化氛圍下進行的，最早的宴飲活動是祭祀活動的一部分。祭祀是古代社會生活中最重要的一項儀式，人們把豐盛的食物和美妙的音樂敬獻給神明和祖先，以求得福祐。敬天之後是盛大的宴飲活動，觥籌交錯，載歌載舞，與神明祖先一起享受宴酣之樂。如《詩經・小雅・楚茨》的描寫：

楚茨

楚楚者茨，言抽其棘。自昔何爲？我蓺黍稷。
我黍與與，我稷翼翼。我倉既盈，我庾維億。
以爲酒食，以享以祀。以妥以侑，以介景福。

濟濟蹌蹌，絜爾牛羊，以往烝嘗。或剝或亨，
或肆或將。祝祭於祊，祀事孔明。先祖是皇，
神保是饗。孝孫有慶，報以介福，萬壽無疆。

執爨踖踖，爲俎孔碩，或燔或炙。君婦莫莫，
爲豆孔庶。爲賓爲客，獻醻交錯。禮儀卒度，
笑語卒獲。神保是格，報以介福，萬壽攸酢。

我孔熯矣，式禮莫愆。工祝致告：徂賚孝孫，
苾芬孝祀，神嗜飲食。卜爾百福，如幾如式。
既齊既稷，既匡既敕。永錫爾極，時萬時億。

禮儀既備，鐘鼓既戒。孝孫徂位，工祝致告：
神具醉止，皇尸載起。鼓鍾送尸，神保聿歸。
諸宰君婦，廢徹不遲。諸父兄弟，備言燕私。

樂具入奏，以綏後祿。爾肴既將，莫怨具慶。
既醉既飽，小大稽首。神嗜飲食，使君壽考。
孔惠孔時，維其盡之。子子孫孫，勿替引之。〔註 1〕

詩敘述了收穫五穀、準備酒食、牽來牛羊、宰剝烹調、獻祭於祖先神明的祭祀過程，描寫了獻祭之後合族團坐、觥籌交錯的宴飲

〔註 1〕《小雅・楚茨》，高亨注《詩經今注》，上海古籍出版社，1980，第 321～322 頁。

場面，神明享受祭品、賜予祝福、滿意地離開，「諸父兄弟」繼續飲酒作樂。祭祀、宴飲、音樂活動三位一體，祭祀禮是主導，宴飲是祭祀禮的一部分，音樂是祭祀和宴飲的附屬要素。除《楚茨》外，《魯頌・有駜》、《大雅・既醉》也描寫了祭祀中的宴飲活動。

除祭祀性宴飲外，政治生活和世俗生活中也常進行宴飲活動。政治性宴飲的具體情形可見於《儀禮・燕禮》和《儀禮・鄉飲酒禮》：

> 若以樂納賓，則賓及庭，奏《肆夏》。賓拜酒，主人答拜而樂闋。公拜受爵而奏《肆夏》。公卒爵，主人升受爵以下而樂闋。升歌《鹿鳴》，下管《新宮》，笙入三成，遂合鄉樂。若舞則《勺》。〔註2〕

> 樂正先升，立於西階東。工入，升自西階，北面坐。相者東面坐，遂授瑟，乃降。工歌《鹿鳴》、《四牡》、《皇皇者華》。卒歌，主人獻工。工左瑟。一人拜，不興受爵。主人阼階上拜送爵。〔註3〕

「燕禮」是天子宴饗公卿大夫的禮儀，賓主的拜、答、獻、飲、升、降都要循著一定的規範，與各自的身份相一致，如上文所舉諸侯國君宴饗異國使者的禮儀；「鄉飲酒禮」是地方上的公卿大夫宴請鄉里身份尊貴者的禮儀。宴會上奏樂與歌詩的程序、內容也有著嚴格的規範，《肆夏》、《鹿鳴》等既是詩歌，也是樂章，在宴飲禮上按照規定歌唱演奏，用以送酒成禮。政治性宴飲是一種等級秩序的實踐和演練，宴飲是次要的，本質是「禮」的實踐。

春秋後期，「禮崩樂壞」，諸侯爭霸，國與國之間的朝會盟聘、外交飲宴增多。據統計，《春秋・左傳》所記的會盟達兩百多次。政治會盟中，各國國君和使臣常常通過演奏樂歌、吟誦詩篇來表明自己的政治立場。如《左傳・襄公四年》穆叔與晉侯之會：「穆叔如晉，報知武子之聘也，晉侯享之。金奏《肆夏》之三，不拜。工歌《文王》

〔註2〕楊於宇《儀禮譯注》「燕禮」，上海古籍出版社，2004，第165頁。

〔註3〕楊於宇《儀禮譯注》「鄉飲酒禮」，上海古籍出版社，2004，第75～76頁。

之三，又不拜。歌《鹿鳴》之三，三拜。」〔註4〕宴會中演奏了《肆夏》、《文王》、《鹿鳴》三首樂歌，三首樂歌有著不同的政治意義，「三《夏》，天子所以享元侯也，使臣弗敢與聞。《文王》，兩君相見之樂也，臣不敢及。《鹿鳴》，君所以嘉寡君也，敢不拜嘉。《四牡》，君所以勞使臣也，敢不重拜。《皇皇者華》，君教使臣曰：『必咨於周。』臣聞之：『訪問於善爲咨，咨親爲詢，咨禮爲度，咨事爲諏，咨難爲謀。』臣獲五善，敢不重拜。」〔註5〕穆叔的行爲依據，就是傳統的「燕禮」。然而在諸侯爭霸時代下宴飲和歌樂活動早已打破了燕禮的規範，已經沒有多少人遵從它了。

政治宴飲活動中所奏樂章、所賦詩歌從內容上來說一般和宴飲並無關係，只是從「用」的角度表達某種政治意圖，我們把它們稱作「準」宴飲詩。《詩經》中的大部分篇章都可以在宴會上被引用，都可以稱爲「準」宴飲詩。

世俗性宴飲活動主要存在於貴族家庭內部，目的在於增進親族與朋友之間的感情，使人際關係融洽。《詩經・小雅》中這樣的宴飲詩很多，如《常棣》、《伐木》、《頍弁》、《賓之初筵》、《瓠葉》等，內容多是描寫合族飲宴的場面，鋪陳供肴之盛，歌頌兄弟甥舅之間的血緣親情。如《伐木》：

伐木丁丁，鳥鳴嚶嚶。出自幽谷，遷于喬木。
嚶其鳴矣，求其友聲。相彼鳥矣，猶求友聲；
矧伊人矣，不求友生！神之聽之，終和且平。

伐木許許，釃酒有藇。既有肥羜，以速諸父。
寧適不來，微我弗顧。於粲洒埽，陳饋八簋。
既有肥牡，以速諸舅。寧適不來，微我有咎。

伐木于阪，釃酒有衍。籩豆有踐，兄弟無遠。

〔註4〕左丘明傳，杜預集解《春秋左傳集解》，上海人民出版社，1977，第813頁。
〔註5〕左丘明傳，杜預集解《春秋左傳集解》，上海人民出版社，1977，第813頁。

民之失德，乾餱以愆。有酒湑我，無酒酤我。

坎坎鼓我，蹲蹲舞我。迨我暇矣，飲此湑矣。〔註6〕

詩以有節奏的伐木聲作爲起興，以鳥鳴求友爲比，描寫宴會主人準備了釃酒、肥羜、肥牡、籩豆等酒饌，邀請諸父、諸舅、兄弟來飲宴的情景，反覆致殷勤之意。親族血緣關係是宗族社會的基礎，是維持社會秩序、維繫人與人之間關係的重要紐帶。世俗性宴飲活動的目的就是增進親族成員之間的感情，強化上下尊卑秩序。宴會上氣氛融洽，樂而有節。

另一種是貴族君子和朋友相聚的社交性宴飲，如《小雅》中的《鹿鳴》、《南有嘉魚》、《南山有臺》、《蓼蕭》、《湛露》、《彤弓》等所歌詠的，主人捧出甘香的美酒「君子有酒」，奏起動聽的音樂「鐘鼓既設」（《彤弓》）、「鼓瑟吹笙」（《鹿鳴》），與有著「令德」、「令儀」的朋友歡樂飲宴，「厭厭夜飲，不醉無歸」（《湛露》）。貴族「君子」是這種宴會的主角，他們有著美好的德行，行爲風度都符合禮儀規範，詩表達對「君子」的傾慕與殷勤之意，讚美「嘉賓」的美好儀表風範，渲染相聚宴飲之歡。宴會上的氣氛歡樂而又有節制，體現出禮俗文化氛圍下宴飲活動的特色。

與此同時，及時行樂的思想也已經初步顯現。時間永恒，生命短促，瞬間與永恒的對比使人產生強烈的落差感，而消除這種落差感的方法，就是抓緊時間享樂。《小雅》中的《魚麗》、《南有嘉魚》、《湛露》、《頍弁》等篇章在描寫宴會上酒肴的豐盛、敘述宴會歡樂的同時，開始勸導人們「不醉無歸」，因爲「死喪無日，無幾相見」（《頍弁》）。這是最早的個體意識與生命意識的朦朧覺醒，也確立了宴飲文學的一大基本主題。

如果說《小雅》宴飲詩中的行樂意識還籠罩在「禮」的規範下，體現著「樂而有節」的中和精神的話，《國風》中的宴飲詩則脫略了

〔註6〕《小雅・伐木》，高亨注《詩經今注》，上海古籍出版社，1980，第224頁。

禮法的約束，感情的表達更加眞率強烈。「蟋蟀在堂，歲聿其莫。今我不樂，日月其除」〔註 7〕、「既見君子，並坐鼓瑟。今者不樂，逝者其耋」〔註 8〕、「子有酒食，何不日鼓瑟，且以喜樂，且以永日。宛其死矣，他人入室」〔註 9〕。生命短暫，歲月如梭，若不抓緊時間行樂，「日月其除」，時光一晃就過了，「逝者其耄」，很快就到了年老體衰的耄耋之年，再沒有足夠的精神體力了；若不抓緊時間行樂，「宛其死矣，他人入室」，生前所積纍的財富，再沒有機會享用，最終將落到他人的手裏。因此，要盡可能地宴歡作樂，穿上華麗的衣裳，羅列鐘鼓笙瑟，擺上美味的酒食，「且以喜樂，且以永日」。面對永恒的時間，人不可避免地生出孤獨感，需要用朋友的陪伴和熱鬧的飲宴來消除。時間與生命意識首次在這些詩裏得到了最眞切的體現，脆弱的個體生命在面對永恒的時間時的無奈與掙扎躍然紙上。

時光無情，應及時行樂的情結根深蒂固地沉澱在歷代覺醒的士人的意識裏，每當時代艱危、功業難憑的時候變得清晰起來、鮮明起來，在開朗樂觀的時代淡薄下去、模糊下去，但始終是一個無法解開的結，一粒落在蚌殼中的塵沙。

總的來說，先秦時期的宴飲活動是在禮俗文化氛圍的籠罩下進行的，宴飲的目的是敬天娛人，和睦親族關係，確立社會規範。同時這一時期也出現了及時行樂思想的萌芽，體現出人的生命意識的初步覺醒。

二

東漢末年是宴飲文學的「成長期」。漢末的政治黑暗和社會動蕩不但使士人的事業功名之心化爲泡影，甚至連生命都危如累卵、

〔註 7〕《唐風・蟋蟀》，高亨注《詩經今注》，上海古籍出版社，1980，第 150 頁。

〔註 8〕《秦風・車鄰》，高亨注《詩經今注》，上海古籍出版社，1980，第 163 頁。

〔註 9〕《唐風・山有樞》，高亨注《詩經今注》，上海古籍出版社，1980，第 151～152 頁。

朝不保夕。在這樣的局勢下，抓緊時間、飲酒作樂成爲無可奈何的選擇。及時行樂思想無比張揚地抬起頭來，它部分來自於短暫的人生相對於永恒時間的天然壓迫感，如《怨詩行》所表達的：

天德悠且長，人命一何促。百年未幾時，奄若風吹燭。
嘉賓難再遇，人命不可續。齊度遊四方，各係太山錄。
人間樂未央，忽然歸東嶽。當須蕩中情，遊心恣所欲。
〔註 10〕

天德悠長，人命短促，面對廣袤時空的無助和彷徨使人興起恣意行樂之念；更重要的是，東漢宦官與軍閥相繼專權，政局動蕩，個人外在的功業基本是無法實現的；而殘酷的政治傾軋和戰爭又使生命危如累卵。此時行樂就顯得尤爲現實、尤爲迫切。產生於東漢末年的《古詩十九首》反覆地強調生命的短促、行樂的緊迫：「人生天地間，忽如遠行客。斗酒相娛樂，聊厚不爲薄。」〔註 11〕「人生寄一世，奄忽若飆塵。何不策高足，先據要路津？」〔註 12〕「四時更變化，歲暮一何速？晨風懷苦心，蟋蟀傷局促。蕩滌放情志，何爲自結束？」〔註 13〕「浩浩陰陽移，年命如朝露。人生忽如寄，壽無金石固。萬歲更相送，賢聖莫能度。服食求神仙，多爲藥所誤。不如飲美酒，被服紈與素。」〔註 14〕「生年不滿百，常懷千歲憂。晝短苦夜長，何不秉燭遊！」〔註 15〕生命的短暫、未來的難以憑準成爲一片揮之不去的陰雲縈繞在作者的心頭，促使他選擇飲酒作樂，

〔註 10〕郭茂倩《樂府詩集》卷四十一，中華書局，1979，第 610 頁。
〔註 11〕隋樹森《古詩十九首集釋》其三《青青陵上柏》，中華書局，1955，第 4 頁。
〔註 12〕隋樹森《古詩十九首集釋》其四《今日良宴會》，中華書局，1955，第 6 頁。
〔註 13〕隋樹森《古詩十九首集釋》其十二《東城高且長》，中華書局，1955，第 18 頁。
〔註 14〕隋樹森《古詩十九首集釋》其十三《驅車上東門》，中華書局，1955，第 20 頁。
〔註 15〕隋樹森《古詩十九首集釋》其十五《生年不滿百》，中華書局，1955，第 22 頁。

夜以繼日地遊宴來強爲排遣。

《古詩》中的宴飲詩抒情性加強了，突破了《詩經》「樂而不淫」、循規蹈矩的歌頌與訴說，開始抒發覺醒的生命體的個人情感，帶有鮮明的縱慾色彩。

發生在漢末魏初的由曹丕曹植兄弟主持的遊宴活動是宴飲活動發展歷史上一個光彩照人的瞬間。建安十六年前後，曹丕、曹植、王粲、陳琳、劉楨、阮瑀、應瑒、徐幹等人在鄴下遊宴賦詩，「行則連輿，止則接席，……每至觴酌流行，絲竹並奏，酒酣耳熱，仰而賦詩」〔註16〕，創作了大量的遊宴詩。建安遊宴詩「憐風月，狎池苑，述恩榮，敘酣宴」〔註17〕，多描寫宴前所見景物，抒寫公宴之上的興感，如曹丕《善哉行》:「朝遊高臺觀，夕宴華池陰。大酋奉甘醪，狩人獻嘉禽。齊倡發東舞，秦箏奏西音。」〔註18〕王粲《公宴》:「嘉肴充圓方，旨酒盈金罍。管絃發徽音，曲度清且悲。合坐同所樂，但愬杯行遲。常聞詩人語，不醉且無歸。今日不極歡，含情慾待誰？」〔註19〕應瑒《公宴》:「開館延群士，置酒於新堂。辯論釋鬱結，援筆興文章。穆穆眾君子，好合同歡康。」〔註20〕抒發的多是春風得意及時行樂之意，有時也透露出憂時念世之思，如陳琳《遊覽》:「建功不及時，鍾鼎何所銘？收念還房寢，慷慨詠墳經。庶幾及君在，立德垂功名。」〔註21〕曹植《箜篌引》:「盛時不再來，百年忽我遒。生存華屋處，零落歸山丘。」〔註22〕而在歡樂遊宴之

〔註16〕曹丕《又與吳質書》，曹操、曹丕、曹植《三曹集》，嶽麓書社，1992，第161頁。

〔註17〕劉勰著，周振甫注《文心雕龍注釋·明詩第六》，人民文學出版社，1981，第49頁。

〔註18〕曹丕《善哉行》，逯欽立輯校《先秦漢魏晉南北朝詩》，中華書局，1983，第393頁。

〔註19〕俞紹初輯校《建安七子集》，中華書局，1989，第86頁。

〔註20〕俞紹初輯校《建安七子集》，中華書局，1989，第165～166頁。

〔註21〕俞紹初輯校《建安七子集》，中華書局，1989，第33頁。

〔註22〕趙幼文《曹植集校注》，人民文學出版社，1984，第459～460頁。

際，念及時代艱危、功業未竟、光陰飛馳、青春易逝，不由得悲從中來。「天地終無極，人命若朝霜。」〔註23〕（曹植《送應氏二首》其二）「樂極哀情來，寥亮摧肝心。」〔註24〕（曹丕《善哉行》）

鄴下遊宴將宴聚、遊覽、賦詩結合起來，開創了文人集會宴遊的新形式，導致了宴飲文學這一文學門類的出現。建安遊宴詩開創了樂盡哀來的情感生成方式，給後世宴飲文學以深遠的影響。

同時，由於這種遊宴畢竟是「恩主」與侍從文人之間的交際活動，不可避免地帶有政治性，使得詩人不可能過多地抒發自己的情感。政治性和交際性是建安遊宴詩的主要特徵，它的抒情性比不上漢末《古詩》。

三

兩晉南北朝是宴飲文學發展的「青春期」。從政治局勢上來講，這是一個政權變動頻繁的時代，南朝短短的一百幾十年中易代五次，另外還有楊賈之爭、八王之亂等大範圍的動亂。皇室單弱，世家大族世代掌握國家機要，成爲一股重要的政治力量。西晉掌握國家實權的有平陽賈充、河東裴秀、太原王沈三大家族，另外范陽盧氏、博陵崔氏、弘農楊氏、琅琊王氏等也在國家政治生活中扮演著重要的角色；東晉的著名士族除琅琊王氏外，先後又有潁川庾氏、譙國桓氏、陳郡謝氏、太原王氏；南朝時期主要的士族門第則有琅琊王氏、太原王氏以及庾氏、桓氏、謝氏。可以說，士族門閥政治貫穿了整個魏晉南北朝時期。

門閥士族把持著社會的政治活動，同時也掌握著社會的文化資源。這些家族門第非常重視自身的文學修養與學術傳承，如張敷「性整肅，風韻甚高，好讀玄書，兼屬文論」〔註25〕；楊方在虞喜、虞預

〔註23〕趙幼文《曹植集校注》，人民文學出版社，1984，第4頁。

〔註24〕曹丕《善哉行》，逯欽立輯校《先秦漢魏晉南北朝詩》，中華書局，1983，第393頁。

〔註25〕沈約《宋書》卷六十二《張敷傳》，中華書局，1974，第1663頁。

及王導的栽培提拔下治《五經》〔註 26〕，顧愷之「以其意命弟子願著《定命論》」〔註 27〕，並遣諸子及孫憲之師從顧歡，受經句〔註 28〕；會稽孔逖好典故學〔註 29〕；張率盡讀陸澄藏書萬餘卷〔註 30〕；賀氏家族賀文發、賀淹、賀德基三代傳禮學〔註 31〕；等等。士族階層的風尚和趣味引領著博學好文的時代風尚。

南朝的歷代皇帝也大多博學多才，雅好辭章，身邊常聚集一班文學侍從之臣談文論藝，遊宴賦詩。晉武帝司馬炎、宋武帝劉裕、齊高帝蕭道成、武帝蕭賾、梁簡文帝蕭綱、陳後主叔寶等都常與身邊的文學侍從之臣進行文學遊宴活動；宋臨川王劉義慶、梁昭明太子蕭統門下也都聚集著一批文學之士，切磋文藝，著書立說。如《南史・文學傳序》所說：「自中原鼎沸，五馬南渡。綴文之士，無乏於時。降及梁朝，其流彌盛。蓋由時主儒雅，篤好文章，故才秀之士，煥乎俱集。」〔註 32〕皇室、侍從、貴門、高第文學之士研章習句、交流學問、遊宴獎賞、論句賦詩，形成了遊宴與學術交流頻繁的時代特徵。

這一時期的宴飲活動繼續著宴集與遊覽相結合的方式，宴會多在園林山莊舉行，宴會中的作品注重對園林山水的欣賞和摹寫。宴集序作爲一種文體在這一時期產生並達到繁榮。著名的宴集序有西晉石崇的《金谷詩集序》、東晉王羲之的《蘭亭集序》、南朝宋顏延之的《三月三日曲水詩序》、南朝齊王融《三月三日曲水詩序》等。西晉石崇的金谷宴集是在石崇建在金谷澗的山莊舉行的，《金谷詩集序》中描繪金谷澗的景物：「或高或下，有清泉茂林、眾果竹柏、藥草之屬，

〔註 26〕房玄齡等《晉書》卷六十八《楊方傳》，中華書局，1974，第 1831 頁。
〔註 27〕沈約《宋書》卷八十一《顧愷之傳》，中華書局，1974，第 2081 頁。
〔註 28〕蕭子顯《南齊書》卷五十四《顧歡傳》，中華書局，1972，第 928～929 頁。
〔註 29〕李延壽《南史》卷四十九《孔逖傳》，中華書局，1975，第 1214 頁。
〔註 30〕李延壽《南史》卷三十一《張率傳》，中華書局，1975，第 815 頁。
〔註 31〕李延壽《南史》卷七十一《賀德基傳》，中華書局，1975，第 1749 頁。
〔註 32〕李延壽《南史》卷《文學傳序》，中華書局，1975，第 1749 頁。

金田十頃、羊二百口，雞豬鵝鴨之類，莫不畢備。又有水碓、魚池、土窟，其爲娛目歡心之物備矣。」〔註33〕東晉名士蘭亭聚會中產生的《蘭亭序》對蘭亭周圍的山水則描繪得更加清雅優美：「此地有崇山峻嶺，茂林修竹。又有清流激湍，映帶左右，」天氣則是「天朗氣清，惠風和暢」〔註34〕。南朝的遊宴序發展了錯彩鏤金的裝飾性特徵，顏延之《三月三日曲水詩序》描摹修禊之地的山川景物是：「松石峻垝，蔥翠陰煙，游泳之所攢萃，翔驟之所往還。」〔註35〕王融《三月三日曲水詩序》描寫芳林園的風景則是：「福地奧區之湊，丹陵若水之舊，殷殷均乎姚澤，膴膴尙於周原。狹豐邑之未宏，陋譙居之猶褊。求中和而輕處，揆景緯以裁基。飛觀神行，虛簷雲構。離房乍設，層樓間起，負朝陽而抗殿，跨靈沼而浮榮。鏡文虹於綺疏，浸蘭泉於玉砌。幽幽叢薄，秩秩斯干，曲拂邅回，潺湲徑復，新荓泛沚，華桐發岫。雜天采於柔荑，亂嚶聲於綿羽。」〔註36〕對芳林園的地理位置、樓閣臺殿、曲徑嘉樹、泉水浮萍、花香鳥語等都做了細緻的描繪。

六朝遊宴序大都爲頌美之作，描述宴前所見的富麗景致，抒寫貴遊生活中的興會感悟。由於遊宴活動的參加者是以皇室貴族爲主，時代風尙以學問清贍爲貴，導致宴飲文學作品非常重視形式和藻繪，形成一種繁縟富麗的風格。

由於時代風氣的變化，南朝後期的宮廷宴集越來越向荒淫放縱的方向發展。愛好文藝的君主與大臣們聚集一處，消遣娛樂，遊戲聲色。《南史・王儉傳》載蕭道成與群臣宴集華林，「使各效伎藝。楮彥回彈琵琶，王僧虔、柳世隆彈琴，沈文季歌《子夜來》，張敬兒

〔註33〕石崇《金谷詩序》，嚴可均輯《全晉文》，商務印書館，1999，第335頁。

〔註34〕王羲之《蘭亭集序》，嚴可均輯《全晉文》，商務印書館，1999，第257～258頁。

〔註35〕顏延之《三月三日曲水詩序》，嚴可均輯《全宋文》，商務印書館，1999，第363～364頁。

〔註36〕王融《三月三日曲水詩序》，蕭統編，李善注《文選》，中華書局，1977，第651頁。

舞。」〔註 37〕君臣一反尊嚴鄭重的常態，像伎藝人一樣歌舞作樂。陳後主則更加淫佚放蕩，以宮人袁大舍等爲「女學士」，大臣江總、孔範等爲「狎客」，「每引賓客對貴妃等遊宴，則使諸貴人及女學士與狎客共賦新詩，互相贈答，采其尤豔麗者以爲曲詞，被以新聲，選宮女有容色者以千百數，令習而歌之，分部疊進，持以相樂。其曲有《玉樹後庭花》、《臨春樂》等，大指所歸，皆美張貴妃、孔貴嬪之容色也。」〔註 38〕

齊梁間產生的宮體詩是最能代表這種宮廷遊宴活動的詩歌。「宮體」之稱，一說爲徐摛創作「新變」之詩，「春坊盡學之，『宮體』之號，自斯而起」〔註 39〕；一說爲梁簡文帝蕭綱與周圍一批文士製爲輕豔之詩，「當時號曰『宮體』。」〔註 40〕不管哪種說法，「宮體」詩都指齊梁間產生的那種音節婉轉、辭采華豔、體物精細、多以女性容貌體態爲描寫對象的詩歌。後人批評宮體詩是「清辭巧製，止乎衽席之間；雕琢蔓藻，思極閨幃之內」〔註 41〕，多把它視爲豔情之作。如果說把「豔情」的標簽貼給蕭綱一代宮廷文人所創作的宮體詩是有些誤會和不當的話，那麼宮體詩籠罩下的陳、隋兩朝所作，則是不折不扣的豔情詩了。宮體詩是齊梁時代宮廷詩人創新求變的結果，但宮廷宴集的創作環境、細膩唯美的追求使它選擇了女性物態爲主要描寫對象，也和豔情結下了不解之緣。

總的來說，南朝的宴飲活動以帝王和皇室爲中心，遊宴多以秀美的園林、富麗的宮廷、清雅的山間水濱爲地點，文藝沙龍式遊宴活動興盛；宴飲文學作品形式雕琢，文辭綺麗，缺乏眞情實感，是貴遊之風在文學上的反映。

〔註 37〕李延壽《南史》卷二十二《王儉傳》，中華書局，1975，第 593 頁。

〔註 38〕姚思廉《陳書》卷七《沈皇后傳》後附張貴妃傳，中華書局，1972，第 132 頁。

〔註 39〕姚思廉《梁書》卷三十《徐摛傳》，中華書局，1973，第 447 頁。

〔註 40〕姚思廉《梁書》卷四《簡文帝紀》，中華書局，1973，第 109 頁。

〔註 41〕魏徵等《隋書》卷三十五《經籍志》，中華書局，1973，第 1090 頁。

四

隋唐時期宮廷燕居所用之「燕樂」發生了較大的變化，邊疆少數民族和外族的音樂——胡樂大批進入教坊，與原有的雅樂「先王之樂」、清樂「前世新聲」一起，構成宮廷所用的音樂系統。《舊唐書》卷二十九《音樂二》載：

> 後魏有曹婆羅門，受龜茲琵琶於商人，世傳其業，至孫妙達，尤爲北齊高洋所重，常自擊胡鼓以和之。周武帝聘虜女爲后，西域諸國來媵，於是龜茲、疏勒、安國、康國之樂，大聚長安。胡兒令羯人白智通教習，頗雜以新聲。張重華時，天竺重譯貢樂伎，後其國王子爲沙門來遊，又傳其方音。宋世有高麗、百濟伎樂。魏平馮跋，亦得之而未具。周師滅齊，二國獻其樂。隋文帝平陳，得《清樂》及《文康禮畢曲》，列九部伎，百濟伎不預焉。煬帝平林邑國，獲扶南工人及其匏琴，陋不可用，但以天竺樂轉寫其聲，而不齒樂部。西魏與高昌通，始有高昌伎。我太宗平高昌，盡收其樂，又造《燕樂》，而去《禮畢曲》。今著令者，惟此十部。雖不著令，音節存者，樂府尤隸之。德宗朝，又有驃國亦遣使獻樂。〔註42〕

可見到唐太宗時，已有龜茲、疏勒、安國、康國、天竺、高麗、百濟、拓跋、高昌及清樂十部伎樂。唐代典禮大宴所用即此十部樂，如《唐會要・燕樂》：「宴百僚，奏十部樂。」〔註43〕其中胡部樂曲調反覆曲折、變化多端，具有極強的表現力，大大豐富了原有的音樂系統。

音樂系統的變化影響了國家的音樂體制和宴會的節目形式，也造成了初盛唐宴會氣氛的變化，並促進了宴飲文學新的風格特徵的形成。

初盛唐是宴飲文學發展的「成熟期」。隨著強盛而統一的大唐帝

〔註42〕劉昫《舊唐書》卷二十九《音樂二》，中華書局，1975，第1069頁。
〔註43〕王溥《唐會要》卷三十三《燕樂》，上海古籍出版社，1991，第710頁。

國的建立，政治清明，經濟富強，士風變得昂揚向上、積極進取。唐代的帝王繼承了六朝的文采風流，也多愛好文藝。初盛唐的宴飲活動也承續了六朝的風貌，以圍繞著帝、后、公主等皇室貴族展開的宮廷遊宴爲主。

安德郡公楊師道（尙桂陽公主）是唐代雅集飲宴的開風氣者。《舊唐書・楊師道傳》稱楊師道「退朝後，必引當時英俊，宴集園池，而文會之盛，當時莫比。雅善篇什，又工草隸，酣賞之際，援筆直書，有如宿構。太宗每見師道所製，必吟諷嗟賞之」。〔註 44〕楊師道的園池雅集成爲當時詩酒文會的中心之一，劉洎、岑文本、褚遂良等詩人都是其中的常客，創作了大量的宴飲詩。

武后與中宗都極愛遊宴，頻繁地豫遊宮觀、行幸河山，「白雲起而帝歌，翠華飛而臣賦，雅頌之盛，與三代同風」，〔註 45〕留下了許多宴飲詩。武后久視元年的石淙山之遊規模宏大，參加者除武后、太子、皇子、外戚外，也有不少朝中的大臣參加，且俱各作詩留念：「其詩天后自製七言一首，侍遊應制皇太子顯、右奉裕率兼檢校安北大都護相王旦、太子賓客上柱國梁王三思、內史狄仁傑、奉宸令張易之、麟臺監中山縣開國男張昌宗、鸞臺侍郎李嶠、鳳閣侍郎蘇味道、夏官侍郎姚元崇、給事中閻朝隱、鳳閣舍人崔融、奉宸大夫汾陰縣開國男薛曜、守給事中徐彥伯、右王鈐衛郎將左奉宸內供奉楊敬述、司封員外於季子、通事舍人沈佺期各七言一首，薛曜奉勅正書刻石。時久視元年五月十九日也。」〔註 46〕中宗復位後，遊宴頻繁，身邊聚集了一批文學侍從之臣，有李嶠、宗楚客、趙彥昭、韋嗣立、李适、劉憲、崔湜、鄭愔、盧藏用、李乂、岑羲、劉子玄、薛稷、馬懷素、宋之問、

〔註 44〕劉昫等《舊唐書》卷六二《楊師道傳》，中華書局，1975，第 2383 頁。

〔註 45〕張說《唐昭容上官氏文集序》，董誥《全唐文》卷二二五，中華書局，1983，第 2275 頁。

〔註 46〕狄仁傑《奉和聖製夏日遊石淙山》題下注，彭定求等纂集《全唐詩》卷四十六，中華書局，1960，第 555 頁。

武平一、杜審言、沈佺期、閻朝隱等等，「春幸梨園並渭水祓除，則賜柳圈闢癘；夏宴蒲萄園，賜朱櫻；秋登慈恩浮圖，獻菊花酒稱壽；冬幸新豐，歷白鹿觀，上驪山，賜浴湯池，給香粉蘭澤。」〔註 47〕除這些例行的遊賞外，中宗還常常遊幸寺廟宮觀、公主宅第，賦詩與群臣唱和，創作了大量的宴飲詩。

開元、天寶時期，玄宗「材藝兼該」，尤喜宴飲，常在勤政樓大宴群臣，每每「命三百里內縣令、刺史率其聲樂來赴闕者，或謂令較其勝負而賞罰焉。……府縣教坊，大陳山車旱船，尋撞走索，丸劍角抵，戲馬鬥雞。又令宮女數百，飾以珠翠，衣以錦繡，自帷中出，擊雷鼓爲《破陣樂》、《太平樂》、《上元樂》。又列大象犀牛入場，或拜舞，動中音律。每正月望夜，又御勤政樓觀作樂。貴臣戚里官設看樓。夜闌，即遣宮女於樓前歌舞以娛之。」〔註 48〕宴上陳四方之樂，列八方之伎，並宮中新編樂舞，晝夜宴樂。侍從文人獻詩唱和，浸一時之盛。在宮中與楊貴妃宴樂，也是百伎俱陳，以新聲麗曲娛情。被稱爲百代「詞曲之祖」的李白《清平調》三首之一即產生於這一場合：

> 開元中，禁中初重木芍藥，即今牡丹也。得四本紅紫淺紅通白者，上因移植於興慶池東沉香亭前。會花方繁開，上乘月夜召太眞妃以步輦從。詔特選梨園弟子中尤者，得樂十六色。李龜年以歌擅一時之名，手捧檀板，押眾樂前欲歌之。上曰：「賞名花，對妃子，焉用舊樂詞爲？」遂命龜年持金花箋宣賜翰林學士李白，進清平樂詞三章。白欣承詔旨，猶苦宿酲未解，因援筆賦之。「雲想衣裳花想容，春風拂檻露華濃。若非群玉山頭見，會向瑤臺月下逢。」……龜年遽以詞進，上命梨園弟子約略調撫絲竹，遂促龜年以歌。〔註 49〕

〔註 47〕計有功《唐詩紀事》卷九「李适」條，中華書局，1965，第 114 頁。
〔註 48〕鄭處誨《明皇雜錄》卷下，商務印書館（叢書集成初編本），1940，第 8 頁。
〔註 49〕李睿《松窗雜錄》，中華書局，1958，第 4～5 頁。

詞讚美貴妃的容貌體態，秉承齊梁宮體一脈而來。其音節流美，配合《清平樂》的旋律，也體現了新的音樂精神。從某種意義上說，《清平樂》詞三章昭示了詞這一新興文體音樂性和豔情性的體貌特徵。

初盛唐時期的宮廷遊宴基本上是六朝皇室與士族遊宴活動的繼承和發展，所產生作品的性質也多爲應制頌美，主要內容是描寫遊宴中的山水園林自然風景之美與宮廷富貴閒雅的生活情趣。而在開朗樂觀的時代精神鼓舞下，不論是描摹自然景物、物候變化，還是稱頌君主、讚美宮人的詩句，都充滿了浪漫瑰奇的想像，流淌著積極向上的生命律動。

値得注意的是，隨著中下層士子的崛起，初盛唐的宴飲活動已不僅僅局限於宮廷與上層社會，而是出現了下行的趨勢。唐代繼承了隋代的科舉考試制度，雖然每次錄取人數不多，太宗時每年考試錄取的人數只有十多人〔註 50〕，但吸引了文人士子奔赴都城求取功名。這些士子在科考之外，也與朝臣與貴戚結納，加入到文學宴集活動中來。士子在都城參與的宴集活動最著名的應當是唐睿宗文明年間高正臣的晦日宴集，此次宴集與會者多達二十一人，陳子昂其時未第，作爲一名赴都城求取功名的士子參與其間，並爲作序〔註 51〕。另外唐代文人遊歷之風興盛，文人士子遊歷山水、名都、幕府，以尋求上進之階，結交名流，傳播自己的名聲。「初唐四傑」集中眾多的宴集詩、宴集序，就是這種遊歷宴飲生活的反映。這類宴飲活動中所產生的作品因爲有著揚名立萬的意味，因此寫得特別文采煥然。王勃《滕王閣詩序》即是其中的一個典型，序文除對賓主的溢美稱讚、對風景的細緻描摹之外，不加掩飾的身世功名之歎、興盡悲來之感，以及建功立業的雄心壯志，俱都溢於筆端，寫得慷慨磊落、文采斐然，序未及成而

〔註 50〕〔英〕崔瑞德《劍橋中國隋唐史》中國社會科學出版社，1990，第 213 頁。

〔註 51〕計有功《唐詩紀事》卷七「高正臣」條，中華書局，1965，第 86 頁。

一座驚歎。同時，由於宮廷遊宴的示範作用以及時代風俗的影響，日常生活中的親朋、僚屬、故舊之間也逐漸興起宴飲集會。初盛唐詩人如陳子昂、王維、李白等集中多有與家人朋友宴集所作詩文，如李白《春夜宴從弟桃李園序》：

> 夫天地者，萬物之逆旅也，光陰者，百代之過客也。而浮生若夢，爲歡幾何？古人秉燭夜遊，良有以也，況陽春召我以煙景，大塊假我以文章。會桃花之芳園，序天倫之樂事。群季俊秀，皆爲惠連。吾人詠歌，獨慚康樂。幽賞未已，高談轉清。開瓊筵以坐花，飛羽觴而醉月。不有佳作，何伸雅懷？如詩不成，罰依金谷酒數。〔註 52〕

序文作於與家人的一次宴聚上，作者首先宣示了對時間生命的超脫態度，點出宴集的遊樂性質，接著概述宴集之地點、與會者、宴飲的氣氛、節目，並以石崇「金谷之會」爲榜樣，高揚起行樂的旗幟。這類日常家宴產生的作品筆端自由、情感眞實，體現出唐代宴飲文學的特色與風貌。唐人集中類似作品極多，如王勃《宇文德陽宅秋夜山亭宴序》、《夏日宴張二林亭序》、《秋日宴季處士宅序》、楊迥《宴族人楊八宅序》、《宴皇甫兵曹宅詩序》、陳子昂《於長史山池三日曲水宴》、獨孤及《鄭縣劉少府兄宅月夜登臺燕集序》、《冬夜裴員外薛侍御置酒宴集序》等等，都是這樣的宴飲活動的產物。

總之，初盛唐的宴飲依然以宮廷貴族爲主，同時出現了下行的趨勢，中下級文人士子開始活躍於這一舞臺。唐代宴集活動中所產生的文學作品數量眾多、類型豐富，遊宴詩、宴集序的創作繁榮，同時新的文體形式——詞也開始嶄露頭角。宴飲文學作品的豐富性和多樣性以及藝術技巧的圓熟、情感抒發的眞率，照示著文學藝術全盛時期的到來。

〔註 52〕李白著，王琦撰《李太白集注》卷二十七，《文淵閣四庫全書》，上海古籍出版社，1987，第 1067 冊，第 493 頁。

第二節　中晚唐五代的宴飲活動與宴飲文學

一、社會轉型和市民文化的興起

安史之亂帶來中國社會的巨大變革和轉型……人口南遷、國家經濟重心南移……城市發展，商業繁榮，市民文化興起……民間文藝表現出越來越大的影響力

安史之亂是中國歷史上一個重要的轉折點，不僅因爲這一事件使強盛繁榮的大唐帝國走向了衰落，更重要的是它帶來了社會各個方面的變化，使中國社會由中古時期跨入到近古時期。從深層次的生產方式層面來說，安史之亂前後中國的社會經濟領域發生了重要的轉型，從農業經濟轉向農商混合型經濟；從社會階層和政治層面來說，門閥士族逐漸衰落，庶族地主開始眞正登上歷史舞臺，政治體制由門閥士族政治向官僚士大夫政治轉型；從思想層面來說，社會上的賤商思想逐漸淡化，新的士庶混合的官僚階層身上帶有著明顯的世俗化、功利化特徵。

安史之亂造成人口的大量南遷，國家的經濟重心南移。魏晉六朝以來，南方的經濟得到了開發和發展，經濟實力逐漸增強。安史之亂爆發，士庶爲躲避戰亂，紛紛南遷，南方那些開發較爲成熟、經濟條件較好的地區成爲人口遷徙的主要目的地，山南道之襄州、江南道之鄂州、洪州、泉州、嶺南道之廣州人口都有了較大幅度的增長。人口南遷大大促進了南方經濟的發展，更帶來了城市的繁榮。在最發達的地區湧現出一些著名的商業都市，如金陵、揚州、杭州、蘇州、泉州等，最大的幾個城市人口超過了一百萬。其中揚州與成都的繁華程度甲於天下〔註53〕。

城市的繁榮悄悄改變著人們的生活方式和審美觀念，南方的溫山軟水、煙柳畫橋，成爲孕育具有江南特色的市民文化的溫床。

〔註53〕楊愼《全蜀藝文志》卷三十，《文淵閣四庫全書》，上海古籍出版社，1987，第1381冊，第315頁。

新的市民文化的出現是與商業的發展相伴隨的。此前，在商品經濟處於絕對附屬地位的時代，商品交易的時間地點都是被嚴格限制的。州縣以下的城鎮不得置市，在都城長安，「市」是專門的交易區，和其它功能區是相互獨立的，中間有內城牆隔開。交易區稱「市」，居民區稱「坊」。坊與坊之間有橫直的大街，大街兩邊是肅整的圍牆，居民門戶皆向坊內開放，不允許沿街開門設店。市與坊之間設有城門，白天城門開放，買賣人等入市交易，黃昏城門關閉，禁止夜行。盛唐之前，宵禁制度非常嚴格，「晝漏盡，順天門擊鼓四百槌迄，閉門；後更擊六百槌，坊門皆閉，禁人行。」違犯者處以杖責，「諸犯夜者，笞二十，有故者不坐」〔註54〕，特殊情況除外。市內交易只能在白天，而且對店鋪的設置、經營範圍和交易秩序的管理都極嚴：「兩京市諸行，自有正鋪者，不得於鋪前更造偏鋪，各聽用尋常一樣偏廂，諸行以濫物交易者沒官，諸在市及人眾中相驚動令擾亂者，杖八十。」〔註55〕除都城外，「諸非州縣之所，不得置市。其市當以午時擊鼓二百下，而眾大會；日入前七刻擊鉦三百下，散。」〔註56〕對於交易者的身份也有要求，官員五品以上者不得入市。在這樣的情況下，商品經濟極不發達，人們日出而作，日落而息，娛樂和消閒活動都十分有限。

這僅是盛唐之前的情況。隨著商業的發展，到了中唐時期，商品交易的時間和空間都擴大了。長安的商業活動已越出了兩市，滲透到居民區。部分里坊沿街開店，原本規整的坊間街道兩邊湧現出各種店鋪。里坊沿街開店造成了管理上的困難，政府多次試圖禁絕侵街造房之風，太和、至德、長慶年間皆出詔令，非三品以上及坊

〔註54〕長孫無忌《唐律疏議》卷二十六「雜律」上。商務印書館（國學基本叢書本），1929。第0248～4冊，第36頁。

〔註55〕王溥《唐會要》卷八十六「市」，上海古籍出版社，1991，第1874頁。

〔註56〕王溥《唐會要》卷八十六「市」，上海古籍出版社，1991，第1874頁。

內三絕者（「三絕」所指不詳），「不合輒向街開門，各逐便宜，無所拘限，因循既久，約勒甚難。或鼓未動即先開，或夜已深猶未閉，致使街司巡檢，人力難周，亦令奸盜之徒，易爲逃匿。」〔註 57〕然而利益所在，禁不可絕。宵禁制度逐漸鬆弛，王式初爲京兆尹時，長安城中有人夜裏攔街鋪設祠樂，到天亮猶未收場。天祐三年，皇城使奏請嚴肅夜禁，「近日軍人百姓，更點動後，尚恣夜行，特乞再下六軍止絕。」〔註 58〕朱泚在長安時，因作戰需要，「禁居人夜行，三人以上不得聚飲食，上下惴恐。」〔註 59〕可見當時情況是軍人百姓「更點動後，尚恣夜行」，也常常「聚眾飲食」。到晚唐時期，長安城各坊間都有店鋪酒肆等熱鬧去處，其中最紅火的要數崇仁坊，「一街輻輳，遂傾兩市，晝夜喧呼，燈火不絕，京中諸坊莫之與比」〔註 60〕。揚州、蘇州等地的夜生活也非常豐富，或千燈照夜，妓館林立，笙歌徹夜，或夜飲遊湖，歌舞流連，不知疲倦。王建《夜看揚州市》詩就反映了當時揚州夜生活的繁華：「夜市千燈照碧雲，高樓紅袖客紛紛。如今不似昇平日，猶自笙歌徹夜聞。」〔註 61〕再如杜荀鶴《送人遊吳》：「夜市賣菱藕，春船載綺羅。」〔註 62〕夜間市易娛樂之繁鬧不減白晝，傳統的日出而作日落而息的作息制度被打破，人們的生活方式改變了。

應民眾娛樂消費的需要，出現了專門在市坊間賣藝的民間藝人。晚唐時期的長安城東西兩市是伎藝人聚集的地方，東市「其周圍是鬧市區，密集著情報、金融機關等，是長安的市中心，也是產

〔註 57〕王溥《唐會要》卷八十六「街巷」，上海古籍出版社，1991，第 1867 頁。

〔註 58〕王溥《唐會要》卷七十八，上海古籍出版社，1991，第 1683 頁。

〔註 59〕歐陽修，宋祁《新唐書》卷二百二十五中《朱泚傳》，中華書局，1975，第 6447 頁。

〔註 60〕宋敏求《長安志》卷八「崇仁坊」條，中華書局（叢書集成初編本），1991，第 3210 冊，第 97 頁。

〔註 61〕王建《王建詩集》，中華書局，1959，第 77 頁。

〔註 62〕彭定求等纂集《全唐詩》卷六九一，中華書局，1960，第 7925 頁。

生精美工藝作品的搖籃。而街西以西市爲中心，是西域人街和貧民區，賤民和漢人商人亦聚居於此，庶民文化盛行。」〔註63〕這些民間藝人的服務對象是市井民眾，所表演的節目也多爲民眾所喜聞樂見。說話、轉變、俗講等文藝形式內容通俗，形式靈活，貼近生活，受到熱烈的歡迎。韓愈《華山女》詩反映了民間舉行俗講時的火爆場面：

街東街西講佛經，撞鐘吹螺鬧宮庭。
廣張罪福資誘脅，聽眾狎恰排浮萍。〔註64〕

趙遴《因話錄》記載俗講僧人文溆講經的情景：

有文溆僧者，公爲聚眾譚說，假託經論。所言無非淫穢鄙褻之事，不逞之徒，轉相鼓扇扶樹，愚夫冶婦，樂聞其說。聽者塡咽寺舍，瞻禮崇奉，呼爲和尚教坊。〔註65〕

依託佛教宣傳的俗講、轉變等文藝形式多編排因果報應、閨幃秘事、家長里短等等，具有突出的媚俗性，投合了下層民眾的喜好，以至於聽者「塡咽寺塔」、「如排浮萍」。

市民文化具有巨大的文化包容性和娛樂消費性，是新的文藝形式和作品的載體。同時，崛起中的市民階層中蘊含著巨大的娛樂消費力，新的文藝形式和作品一旦流入民間，立刻能夠得到迅速的傳播，成爲流行。

民間藝術不僅在市井中廣泛流行，還傳入宮廷與士大夫家中，受到各個階層的喜愛。兩《唐書》中多有國家節日慶典中俳優百戲表演的記載：

（長慶元年）二月癸酉朔。丁丑，御丹鳳樓，大赦天下。宣制畢，陳俳優百戲于丹鳳門內，上縱觀之。〔註66〕

〔註63〕〔日〕妹尾達彥《唐代後期的長安與傳奇小說》，劉俊文主編《日本中青年學者論中國史》六朝隋唐卷，上海古籍出版社，1995。
〔註64〕彭定求等纂集《全唐詩》卷三四一，中華書局，1960，第3823頁。
〔註65〕趙遴《因話錄》卷四，歷代學人撰《筆記小說大觀》第22編，第1冊，（臺北）新興書局有限公司，1978，第198頁。
〔註66〕劉昫等《舊唐書》卷十六，穆宗紀，中華書局，1975，第476頁。

丁亥，幸左神策軍觀角抵及雜戲，日昃而罷。〔註67〕

九月丁丑朔，大合宴於宣和殿，陳百戲，自甲戌至丙子方已。〔註68〕

……

唐室帝王多有愛好民間藝術者，穆宗、敬宗即是其中的典型代表。官僚士大夫也對民間文藝形式十分歡迎，如元稹《酬翰林白學士代書一百韻》:「翰墨題名盡，光陰聽話移。」〔註69〕自注曰:「樂天……又嘗於新昌宅說一枝花話，自寅至巳，猶未畢詞也。」〔註70〕中晚唐人的生活方式和審美心理均受到市井俗文化的薰染和影響，市民文化以其強大的輻射力影響到社會諸階層和生活的各個方面。

二、中晚唐五代的宴飲活動和宴飲文學

中晚唐政治的黑暗使士子的注意力轉向了個人的日常生活……宴樂活動下移，中晚唐的宴樂活動呈現出紛繁熱鬧的世俗化特徵……中晚唐的宴飲文學以豔情性爲主要特徵……音樂下移和民間結合，促進了詞的發展……晚唐詞有著綺豔富貴的世俗特徵……西蜀詞進一步發展了詞的豔情性和娛樂性……南唐詞的清雅自然和初步詩化

安史之亂暴露了繁榮昌盛的盛唐社會所隱藏的諸多問題:藩鎮擁兵割據，宰相權力過大，宦官干政，皇帝的權力受到各方面的制約；土地兼併嚴重，國庫空虛，資財耗竭。爲了改變這一狀況，中唐以後政府實行了許多改革措施，如提高了翰林學士草詔出令、參決大政的職權，以對抗宦官的干預，並分宰相之權而歸於皇帝；改革地方監察體制，實行轉運使與巡院監察制度，以制約藩鎮的跋扈；科舉考試變之前的詩賦取士爲經術文章取士，用人方面黜華務實；發展官營商

〔註67〕劉昫等《舊唐書》卷十六，穆宗紀，中華書局，1975，第476頁。

〔註68〕劉昫等《舊唐書》卷十七上，敬宗紀，中華書局，1975，第521頁。

〔註69〕元稹《元氏長慶集》卷十，《文淵閣四庫全書》，上海古籍出版社，1987，第1079冊，第401～402頁。

〔註70〕元稹《元氏長慶集》卷十，《文淵閣四庫全書》，上海古籍出版社，1987，第1079冊，第401～402頁。

業，對鹽、酒等日用商品實行專賣，對商業徵收重稅，以改善國家財政狀況等等。然而，這些努力都無法改變改變大唐王朝江河日下的命運。藩鎮尾大不掉、宦官專權、黨爭不斷、科場黑暗、徇私舞弊成風，士人鬥爭的意志很快被消磨殆盡，到了晚唐，人們已經學會了樂天安命，轉而關注自己的日常生活，關注現時的享樂。

唐代統治者對於士庶民間的宴飲娛樂活動，有一個從禁止、限制到放開、鼓勵的過程。初唐宴樂多在宮中舉行，在民間是禁止的。隨著開元盛世的出現，玄宗放開了對聲樂的限制，宴樂之風從宮廷到民間實現了全面的興盛。安史之亂之後，隨著教坊樂伎的散入民間和市民文化的興起，宴樂活動在民間繁榮並深深紮下了根。

初盛唐的宴樂活動僅限於宮廷，國家禁止民間的宴樂。如中宗神龍二年，頒佈敕令，限制官員家蓄樂：「（神龍二年）九月，敕：『三品已上，聽有女樂一部；五品已上，女樂不過三人，皆不得有鍾磬。樂師凡教樂，淫聲、過聲、凶聲、慢聲，皆禁之。』淫聲者，若鄭、衛；過聲者，失哀樂之節；凶聲者，亡國之音，若《桑間》、《濮上》；慢聲者，惰慢不恭之聲也。」〔註 71〕玄宗登基之初也繼承了這一政策，開元二年頒佈《禁斷女樂敕》：「自有隋頹靡，庶政凋弊，微聲遍於鄭、衛，衒色矜於燕、趙。廣場角牴，長袖從風，聚而觀之，浸以成俗。此所以戎王奪志夫子遂行也。朕方大變澆訛，用除災蠹，眘茲技樂，事切驕淫。傷風害政，莫斯爲甚，既違令式，尤宜禁斷。』」〔註 72〕禁止民間女樂在廣場的表演。開元二年十月六日頒佈《禁散樂巡村敕》：「散樂巡村，特宜禁斷。如有犯者，並容止主人及村正，決三十，所由官附考奏。其散樂人仍遞送本貫入重役。」〔註 73〕禁止鄉村散樂的活動。

〔註 71〕王溥《唐會要》卷三十四，上海古籍出版社，1991，第 733 頁。
〔註 72〕王溥《唐會要》卷三十四「論樂」，上海古籍出版社，1991，第 731 頁。
〔註 73〕王溥《唐會要》卷三十四，上海古籍出版社，1991，第 734 頁。

而當大唐帝國進入了全面的盛世之後，玄宗心態轉變，認爲應該與民同樂，於開元十二年頒佈《內出雲韶舞敕》：「自立雲韶內府，百有餘年，都不出於九重。今欲陳於百姓，冀與公卿同樂，豈獨娛於一身？」〔註 74〕使內府雲韶樂舞出爲朝臣及百姓表演，上下同樂。開元十七年，玄宗又將生日設爲千秋節，每年此日全國放假慶祝，飲酒作樂。之後，玄宗還陸續頒佈多道詔書，給臣民放假並賜錢勸其行樂，甚至不只旬休、節假日，只要官署日常事務處理完畢，皆「任追遊宴樂」〔註 75〕。同時，對朝臣家樂的規定也變寬了：「天寶十載九月二日敕：五品已上正員清官、諸道節度使及太守等，並聽當家畜絲竹，以展歡娛，行樂盛時，覃及中外。」〔註 76〕玄宗統治後期，上自帝王，下至民間，盡皆「追遊宴樂」、「選勝遊賞」，出現了舉國同歡的行樂氛圍。

安史之亂「驚破霓裳羽衣曲」，打斷了全國上下的歌舞昇平，迫使玄宗匆忙去蜀，大唐帝國的宴樂之風出現了二三十年的沉寂。德宗後期開始，朝廷繼續對臣民行樂宴賞實行寬容與鼓勵政策：「貞元元年五月，詔曰：『今兵革漸息，夏麥又登，朝官有假日遊宴者，令京兆府不須聞奏。』」〔註 77〕「（貞元）十四年正月勅：『比來朝官或有諸處過從，金吾衛奏，自今以後，更不須聞奏。』」〔註 78〕「（武宗會昌）三年十二月，京兆府奏，近日坊市聚會，或動音樂，皆被臺府及軍司所由恐動，每有申聞，自今已後，請皆禁斷。」〔註 79〕「（哀帝）天祐二年三月敕：命宰臣文武百僚，自今月二日後，至十六日，令取便選勝追遊」〔註 80〕德宗、穆宗、文宗、武宗，直到唐代最後一個皇

〔註 74〕宋敏求《唐大詔令集》卷八十一，商務印書館，1959，第 466 頁。
〔註 75〕王溥《唐會要》卷二十九，上海古籍出版社，1991，第 629 頁。
〔註 76〕王溥《唐會要》卷三十四，上海古籍出版社，1991，第 735 頁。
〔註 77〕王溥《唐會要》卷二十九「追賞」，上海古籍出版社，1991，第 629 頁。
〔註 78〕王溥《唐會要》卷二十九「追賞」，上海古籍出版社，1991，第 630 頁。
〔註 79〕王溥《唐會要》卷三十四，上海古籍出版社，1991，第 737 頁。
〔註 80〕王溥《唐會要》卷二十九「追賞」，上海古籍出版社，1991，第 630 頁。

帝哀帝，都一致實行鼓勵臣民宴樂的政策，在最高統治者的鼓勵下，從唐代中期至於唐亡，民間的宴樂活動如火如荼地開展起來。

中晚唐的宴飲活動總的來說呈現出紛繁熱鬧的世俗化特徵。如上文所述，中唐開始蓬勃興起的市民文化具有娛樂性、流行性和極強的輻射力，影響所至，下自市井，上至宮廷，都充斥著一種喧嘩熱鬧的氛圍。如武宗幸教坊作樂，「倡優雜進。酒酣作技，諧謔如民間宴席，上甚悅。諫官奏疏，乃不復出。遂召優倡入，敕內人習之。宦者請令揚州選擇妓女，詔揚州監軍取解酒令妓女十人進入。」〔註 81〕武宗喜歡熱鬧諧謔的宴樂氣氛，拘於諫官的規勸，使宮人在宮中學習市井酒令以供娛樂。朝士宴席則無此拘束，穆宗朝的丁公著曾批評當時公卿大夫飲宴之放縱：「前代名士，良辰宴聚，或清談賦詩，投壺雅歌，以杯酌獻酬，不至於亂。國家自天寶已後，風俗奢靡，宴席以喧嘩沉湎爲樂。而居重位、秉大權者，優雜倨肆於公吏之間，曾無愧恥。公私相效，漸以成俗。」〔註 82〕可見中晚唐宴會歌妓就坐在筵席當中，不但以歌舞娛樂賓客，還充當席糾，行令罰酒，與公卿士子戲謔談笑。這一格局與前代名士宴集的清雅是迥異的。

攜妓宴遊成爲公卿士子中的流行風尚，每當和風麗景，或公務之餘，卿大夫常常攜妓狂遊，宴酣終日。如宰相裴度攜妓作修禊之遊，「唐開成二年三月三日，河南尹李待價將禊於洛濱，前一日啓留守裴令公。公明日召太子少傅白居易，太子賓客蕭籍、李仍叔、劉禹錫，中書舍人鄭居中等十五人合宴於舟中，自晨及暮，前水嬉而後妓樂，左筆硯而右壺觴，望之若仙，觀者如堵。」〔註 83〕宰相修禊之遊，招朝中名士同樂，還要載上妓樂，風光確實與前代不同。

〔註 81〕王讜《唐語林》卷三，古典文學出版社，1957，第 78 頁。

〔註 82〕劉昫等《舊唐書》卷十六《穆宗紀》，中華書局，1975，第 485～486 頁。

〔註 83〕洪邁《容齋隨筆》卷一「裴晉公禊事」，上海古籍出版社，1978，第 11～12 頁。

另外一些中下層文人、浮浪子弟，更是平康曲巷的常客，貴族子弟趙光遠「恃才不拘小節，皆金鞍駿馬，嘗將子弟恣遊狹斜」，並與孫啓、崔玨等「恣心狂狎，相爲唱和，頗陷輕薄」。〔註 84〕溫庭筠更是經常與裴誠、令狐縞等狂遊狹邪。孫棨《北里志》序中描繪了晚唐舉子、新及第進士、三司幕府等各色人物與長安北里諸妓宴遊作樂的盛況。《太平廣記》記杜牧在揚州的妓遊，「每重城向夕，倡樓之上，常有紗燈萬數，輝羅耀烈空中，九里三十步街中，珠翠塡咽，邈若仙境。」〔註 85〕

市井妓的活躍是伴隨著商業的發展、城市的繁榮而來的。市井歌妓不同於教坊妓、家妓，她們是流落風塵，靠賣藝歌笑爲生的下層市民，與身處其中的文人士子有著利益的交換關係，而文人士子對她們的欣賞也帶有著狎昵豔情的色彩。當時一些著名的市井歌妓，風雅善謔，側身於公卿大夫的酒宴之間。孫棨《北里志》記載了當時長安的狹邪名妓，如絳眞:「美奴降眞者，住於南曲中，善談謔，能歌令，常爲席糾，寬猛得所。其姿容亦常常，但蘊籍不惡，時賢雅尙之。」〔註 86〕鄭舉舉:「鄭舉舉者，曲中常與絳眞娘互爲席糾。」〔註 87〕楚兒:「楚兒者，素爲三曲之尤。」〔註 88〕另如俞洛眞、牙娘、顏令賓、楊妙兒、王團兒、王蘇蘇、王蓮蓮、劉泰娘、張住住等，皆狹邪之班頭。美麗聰慧的歌妓和狂遊狹邪的蕩子之間常常發生一些浪漫的情事，也成爲詩歌吟詠描繪的對象。

〔註 84〕辛文房《唐才子傳》卷九，叢書集成初編本，中華書局，1991，第 123 頁。

〔註 85〕李昉等《太平廣記》卷二百七十三，中華書局，1961，第 3150～2151 頁。

〔註 86〕孫棨《北里志》，陶宗儀《說郛》卷十二，歷代學人《筆記小說大觀》第 25 編，第 1 冊，第 245 頁。

〔註 87〕孫棨《北里志》，陶宗儀《說郛》卷十二，歷代學人《筆記小說大觀》第 25 編，第 1 冊，第 246 頁。

〔註 88〕孫棨《北里志》，陶宗儀《說郛》卷十二，歷代學人《筆記小說大觀》第 25 編，第 1 冊，第 245 頁。

文人士子與歌妓的「親密結合」造成了中晚唐豔情詩的增多。文人才士在攜妓之遊中常常發爲歌詠，如白居易《候仙亭同諸客醉作》：「謝安山下空攜妓，柳惲洲邊只賦詩。爭及湖亭今日會，嘲花詠水贈蛾眉。」〔註 89〕劉禹錫《同樂天和微之深春二十首》其十二：「何處深春好，春深豪士家。多沽味濃酒，貴買色深花。已臂鷹隨馬，連催妓上車。城南踏青處，村落逐原斜。」〔註 90〕元稹《痁臥聞幕中諸公徵樂會飲因有戲呈三十韻》：「鈿車迎妓樂，銀翰屈朋儕。白紵顰歌黛，同蹄墜舞釵。」〔註 91〕等等。在眾多詩人的遊宴之作中，都充斥著對宴席恣情浪漫情景的記錄和對歌妓色貌的描繪：「傳盞加分數，橫波擲目成，華奴歌《淅淅》，媚子舞《卿卿》」（元稹《答胡靈之》），「酣歌口不停，狂舞衣相拂」（白居易《和寄樂天》），「舊曲翻《調笑》，新聲打《義揚》」（白居易《江南喜逢蕭九徹因話長安舊遊戲贈五十韻》），「幸有拋毬樂，一杯君莫辭」（劉禹錫《拋毬樂辭二首》）。這些場合中的歌妓有的是達官貴人家的家妓，更多的是市井歌妓。

如果說前面所舉的描寫歌妓的詩歌還是隔了一定距離的客觀描繪的話，另外一些產生於妓席花筵之上的作品就超出了眼前所見，出現了情感的留意與寄託，帶有著浪漫的綺思遐想。如李商隱《偶題二首》其一：「小亭閒眠微醉消，山榴海柏枝相交。水文簟上琥珀枕，傍有墮釵雙翠翹。」〔註 92〕杜牧《贈別二首》：「娉娉嫋嫋十三餘，豆蔻梢頭二月初。春風十里揚州路，卷上珠簾總不如。」〔註 93〕盧綸《古豔詩二首》其一：「殘妝色淺髻鬟開，笑映朱簾覷客來。推醉唯知弄

〔註 89〕彭定求等纂集《全唐詩》卷第四四三，中華書局，1960，第 4957 頁。
〔註 90〕彭定求等纂集《全唐詩》卷第三五七，中華書局，1960，第 4026～4027 頁。
〔註 91〕彭定求等纂集《全唐詩》卷第四〇六，中華書局，1960，第 4526～4527 頁。
〔註 92〕彭定求等纂集《全唐詩》卷第五四一，中華書局，1960，第 6222 頁。
〔註 93〕彭定求等纂集《全唐詩》卷第五二三，中華書局，1960，第 5988 頁。

花鈿，潘郎不敢使人催。」〔註 94〕其二：「自拈裙帶結同心，暖處偏知香氣深。愛捉狂夫問閒事，不知歌舞用黃金。」〔註 95〕描寫女郎的醉態、心事，帶有著新興市民階層的色情追求。另外韓偓《香奩集》，羅虯《比紅兒詩一百首》，王渙《惆悵詞十四首》等等都是這種詩風的代表。吳喬述批評晚唐豔情詩「宮體始淫，至晚唐而極」〔註 96〕，是有根據的。

安史之亂也帶來了燕樂的下移。如前所述，唐代燕樂在盛唐宮廷中達到了鼎盛。太宗時朝廷中已有十部伎樂，玄宗時期將十部伎樂分爲坐、立兩部，並設教坊掌管日常宴會用樂，宮中又有宜春院梨園弟子，音樂人才浸乎其盛。「唐之盛時，凡樂人、音聲人、太常雜戶子弟隸太常及鼓吹署，皆番上，總號音聲人，至數萬人。」〔註 97〕而安史之亂爆發後，玄宗匆忙去蜀，眾多梨園弟子、教坊樂工不及帶走，很多樂人沒入兵火。《樂府雜錄》載：「洎從離亂，禮寺隳頹，簨虡既移，警鼓莫辨。梨園弟子，半已奔亡；樂府歌章，咸皆喪墜。」〔註 98〕肅宗即位之後，戰亂平定，召集離散的教坊樂人與梨園弟子，但僅僅十得二三。教坊樂人、梨園弟子大量散入民間。有的樂人流落鄉野，在淒涼窘迫中度過餘生，如《廣異記》中所載：「唐天寶末，祿山作亂……梨園弟子有笛師者，亦竄於終南山谷，中有蘭若，因而寓居。清宵朗月，哀亂多思，乃援笛而吹，嘹唳之聲，散漫山谷。」〔註 99〕有的則混跡江湖，爲中下層官僚士

〔註 94〕彭定求等纂集《全唐詩》卷第二七八，中華書局，1960，第 3154 頁。
〔註 95〕同上。
〔註 96〕吳喬述《圍爐詩話》卷一，商務印書館（叢書集成初編本），1936，第 1 頁。
〔註 97〕歐陽修、宋祁《新唐書》卷二十二《禮樂志》，中華書局，1975，第 477 頁。
〔註 98〕段安節《樂府雜錄》原序，商務印書館（叢書集成初編本），1936，第 1659 冊，第 3 頁。
〔註 99〕李昉等《太平廣記》卷四百二十八「笛師」條，中華書局，1961，第 3482 頁。

子客串演奏，如《樂府雜錄》載：「靈武刺史李靈曜置酒，坐客姓駱，唱《何滿子》，皆稱妙絕。白秀才者曰，家有聲妓，歌此曲音調不同，召至令歌，發聲清越，殆非常音。駱遽問曰：莫是宮中胡二子否？妓熟視曰：君豈梨園駱供奉邪？相對泣下。」〔註 100〕杜甫詩《江南逢李龜年》：「岐王宅裏尋常見，崔九堂前幾度聞。正是江南好風景，落花時節又逢君。」〔註 101〕李龜年就是當時供奉朝廷、安史之亂後淪落流離的教坊樂工之一。

安史之亂打破了原來宮廷音樂的封閉狀態，此後朝廷陸續推出一些新的舉措，促進了宮廷與民間的娛樂交流。自德宗繼位到文宗臨朝，相繼有幾次大的裁減樂人放入民間的舉動。德宗建中元年，「罷梨園使及樂工三百餘人，所留者悉隸太常。」〔註 102〕順宗永貞元年（貞元二十一年），「三月庚午，出宮女三百人於安國寺，又出掖庭教坊女樂六百人於九仙門，召其親族歸之。」〔註 103〕敬宗寶曆二年，文宗《即位詔》云：「教坊樂官、翰林待詔、伎術官並總監諸色職事中，冗員者共一千二百七十人，並宜停廢。」〔註 104〕同時，中晚唐的教坊管理也趨向開放化，民間和宮廷之間的音樂交流越來越多，官員家妓、營妓、市井妓中出眾者常常被選入教坊，如「喉音寥亮」、善記新聲的張紅紅〔註 105〕，王建《宮詞一百首》所寫的「青樓小婦」〔註 106〕等；宮廷中的教坊樂人也常常出宮表演，有時是皇帝御賜樂

〔註 100〕王灼著，岳珍校正《碧雞漫志校正》卷四，巴蜀書社，2000，第 103 頁。
〔註 101〕彭定求等纂集《全唐詩》卷第二三二，中華書局，1960，第 2561～2562 頁。
〔註 102〕司馬光《資治通鑒》第二二五卷，中華書局，2007，第 7258 頁。
〔註 103〕劉昫等《舊唐書》卷十四《順宗本紀》，中華書局，1975，第 406 頁。
〔註 104〕唐文宗《即位詔》，董誥《全唐文》卷七十，中華書局，1983，第 742 頁。
〔註 105〕段安節《樂府雜錄・歌》，商務印書館（叢書集成初編本），1936，第 1659 冊，第 17 頁。
〔註 106〕彭定求等纂集《全唐詩》卷第三〇二，中華書局，1960，第 3445 頁：「青樓小婦砑裙長，總被抄名入教坊。」

工爲臣僚演奏，如楊巨源《聽李憑彈箜篌二首（其二）》所寫：「花咽嬌鶯玉漱泉，名高半在御筵前。漢王欲助人間樂，從遣新聲墜九天。」〔註 107〕有時是地方藩鎮、朝臣、新進士等宴聚雇傭教坊樂人。教坊樂工國手還常常向民間樂人傳授伎藝，如白居易《琵琶行》中的琵琶女，「本長安倡女，嘗學琵琶於穆、曹二善才」〔註 108〕；劉禹錫《傷秦姝行》中的秦姝曾學藝於教坊樂工，「求國工而誨之，藝工而夭。」〔註 109〕在這樣頻繁的交流中，宮廷燕樂傳播到了民間，與市民文化密切接觸，廣泛結合，爲詞這種以豔情爲本色的音樂文學的繁榮奠定了基礎。

中晚唐文人中，張志和、劉禹錫、白居易等都曾染指詞的創作，但所作齊言爲多，風格也與詩較爲接近；溫庭筠、皇甫松、薛昭蘊則爲第一批大力作詞的文人。其中藝術成就之高、影響之大，當以溫庭筠爲最。《舊唐書》卷一百九十下《溫庭筠傳》載：「溫庭筠者，太原人，本名岐，字飛卿。大中初，應進士。苦心硯席，尤長於詩賦。初至京師，人士翕然推重。然士行塵雜，不修邊幅，能逐弦吹之音，爲側豔之詞，公卿家無賴子弟裴誠、令狐縞之徒，相與蒱飲，酣醉終日，由是累年不第。」〔註 110〕溫庭筠才思敏捷，科考律賦，八叉手而成，因號「溫八叉」。又極富有音樂才能，能「逐弦吹之音，爲側豔之詞」，常爲新流行的燕樂歌曲作詞，走紅歌筵舞場：「二人（溫庭筠與裴誠）又爲新添聲《楊柳枝》詞，飲筵競唱其詞而打令也。」〔註 111〕溫庭筠的詞不但「飲筵競唱」，連皇帝也非常喜歡，孫光憲《北夢瑣言》載唐宣宗愛唱《菩薩蠻》詞，宰相令狐綯秘密

〔註 107〕彭定求等纂集《全唐詩》卷第三三三，中華書局，1960，第 3738 頁。

〔註 108〕白居易《琵琶引》序，白居易《白居易集》卷十二，中華書局，1979，第 241 頁。

〔註 109〕彭定求等纂集《全唐詩》卷三五六，中華書局，1960，第 4013 頁。

〔註 110〕劉昫等《舊唐書》卷一百九十下《溫庭筠傳》，中華書局，1975，第 5078～5079 頁。

〔註 111〕范攄《雲溪友議》卷下「溫裴黜」條，中華書局，1959，第 65 頁。

請溫庭筠代作《菩薩蠻》十四首進呈〔註112〕。

溫庭筠「側豔」之詞是中晚唐士子將注意力轉向日常生活、燕樂下移、喧嘩沉湎的宴樂之風幾方面因素共同作用的產物，代表著新的文壇風尚。他的詞後來被趙崇祚置於《花間集》之首，稱「花間鼻祖」，奠定了詞的「正宗」風範。

溫庭筠的詞一方面爲「逐弦吹之音」而作，配合燕樂纏綿多變的曲調，具有極強的應歌性和娛樂性，另一方面，詞的內容充滿了綺豔和富貴的氣息。說它綺豔，是因爲在《花間集》所收的全部六十六首溫詞中，描寫女性容貌體態裝飾居室情感活動的達五十二首，占五分之四，如寫梳妝的美人、睡夢中的美人、相思的美人、望遠的美人等。這些美人都作爲男性心理需求的外化物而存在，但又是嫻靜的、含蓄的，與齊梁宮體詩有異曲同工之妙；同時，詞中充斥著大量金玉珠翠、綺羅錦繡的字面，如「金鷓鴣」、「頗黎枕」、「水精簾」、「翠釵」、「玉勾」、「寶函」、「畫屏」等等，體現了新興的市民階層崇富歆豔的觀念好尚和心理需求。可以說，溫詞之「豔」是宮廷文化之「豔」與市民文化之「豔」的結合。

五代時期，中原地區政局動蕩，武人跋扈，帝王皆出身微賤，大都不具備文化素養。文學之士性命無依，苟延殘喘，文壇凋敝。但在南方十國卻有著相對安定的社會環境，衣冠禮儀、儒道文學在南方小國中傳承下來，其中以西蜀和南唐最具代表性。

西蜀地處偏僻，歷史上與中原交流較少。在唐代，關中及中原地區的文化有兩次大規模的入蜀：一是安史之亂中玄宗入蜀，一是黃巢起義後僖宗的避亂入蜀。兩次帝王入蜀都有大臣、學士、樂工等隨從，而後也有世家遷入蜀地。五代時期，西蜀先後有前蜀王氏和後蜀孟氏兩個政權。相對中原來說，西蜀因爲偏僻的地理形勢而有著較爲安定的政治局面，這使得西蜀在五代戰亂時期保存了中原文明的衣冠。

〔註112〕孫光憲著，賈二強點校《北夢瑣言》卷四「溫李齊名」條，中華書局，1960，第31頁。

蜀地土地肥沃、物阜民康，自古風俗好尚遊樂。中晚唐以後，西蜀的城市經濟也有了巨大的發展。盧求《唐成都記序》曰：「大凡今之推名鎭爲天下第一者，曰揚、益。以揚爲首，蓋聲勢也。人物繁盛，悉皆土著，江山之秀、羅錦之麗、管絃歌舞之多、技巧百工之富，其人勇且讓，其地腴以善，熟較其要妙，揚不足以侔其半。」〔註 113〕成都之繁華富麗與揚州比肩，而民好娛樂，舉國上下一派嬉遊享樂之風。前後蜀主皆好遊樂。前蜀後主王衍「惟宮苑是務，惟宴遊是好」〔註 114〕，乾德五年四月遊浣花溪，「自百花潭至萬里橋，遊人士女，珠翠夾岸。」〔註 115〕後蜀後主孟昶也是性情豪奢，遊樂不倦，廣政十二年八月遊浣花溪，「都人士女，傾城遊玩，珠翠綺羅，名花異卉，馥鬱百里。」〔註 116〕王侯貴遊，士民尚樂，全蜀上下，遊玩之風甚盛。費著《歲華紀麗譜》記載：「蓋地大物繁，而俗好娛樂。凡太守歲時宴集，騎從雜沓，車服鮮華，倡優鼓吹，出入擁導……及期則士女櫛比，輕裘袨服，扶老攜幼，塡道嬉遊。」〔註 117〕

前、後蜀主因嗜欲遊玩，愛好文學，身邊都聚集了一批御用文人，遊宴塡詞。李珣以白衣而受到朝廷的禮遇，並「以小詞爲後主所賞」〔註 118〕。閻選、鹿虔扆、歐陽炯、韓琮、毛文錫五人都以小詞供奉後蜀後主孟昶，有「五鬼」之號。在君主的倡導之下，公卿大夫也紛紛以宴飲塡詞爲樂。「有唐已降，率土之濱，家家之香徑春

〔註 113〕楊愼《全蜀藝文志》卷三十，《文淵閣四庫全書》，上海古籍出版社，1987，第 1381 冊，第 315 頁。

〔註 114〕張唐英《蜀檮杌》卷上，歷代學人撰《筆記小說大觀》第六編，(臺北) 新興書局有限公司，1983，第 3 冊，第 1484 頁。

〔註 115〕張唐英《蜀檮杌》卷上，歷代學人撰《筆記小說大觀》第六編，(臺北) 新興書局有限公司，1983，第 3 冊，第 1484 頁。

〔註 116〕張唐英《蜀檮杌》卷下，歷代學人撰《筆記小說大觀》第六編，(臺北) 新興書局有限公司，1983，第 3 冊，第 1492 頁。

〔註 117〕楊愼《全蜀藝文志》卷五十八引費著《歲華紀麗譜》，《文淵閣四庫全書》，上海古籍出版社，1987，第 1381 冊，第 786 頁。

〔註 118〕王士禎《五代詩話》卷四，人民文學出版社，1989，第 198 頁。

風，寧尋越豔；處處之紅樓夜月，自鎖嫦娥。」〔註 119〕富麗豪奢的宴席之上，才子與佳人製詞按曲，怡情助興。「則有綺筵公子，繡幌佳人，遞葉葉之花箋，文抽麗錦；舉纖纖之玉指，拍按香檀。不無清絕之辭，用助嬌嬈之態。」〔註 120〕

在這樣的宴席背景下所產生的詞作，遣詞造語不可避免帶有富贍華貴、濃豔綺麗的宮廷色彩，而在描寫男女情愛方面，比起宮體詩則顯得更加眞率，也更加露骨。如韋莊「欲上秋韆四體慵，擬交人送又心忪」〔註 121〕，「翠屛金屈曲，醉入花叢宿」〔註 122〕，歐陽炯「有情無力泥人時」〔註 123〕，「蘭麝細香聞喘息，綺羅纖縷見肌膚」〔註 124〕，和凝「肌骨細勻紅玉軟，臉波微送春心」〔註 125〕，等等，其豔情色彩之濃厚，已經超出了一般讀者所能接受。後蜀趙崇祚把中晚唐以來以至於時人的詞作集爲《花間集》，歐陽炯在爲《花間集》作序時，申明此編之目的在於應歌助歡：「庶使西園英哲，用資羽蓋之歡；南國嬋娟，休唱《蓮舟》之引。」〔註 126〕即是在宮廷豪家綺羅香粉的宴會之上，爲歌唱行樂而作，奠定了詞合歌諧律、符合豔情性、娛樂性的基本體制。

與西蜀相比，南唐朝廷具有更加濃鬱的人文氣息。烈祖李昇注重文治，重用儒臣，擢宋其丘、徐玠爲左右丞相，又「於其所居第旁，創爲延賓亭，以待四方之士；遣人司守關徼，物色北來衣冠，凡形狀

〔註 119〕歐陽炯《花間集序》，趙崇祚輯，李一氓校《花間集校》，人民文學出版社，1958，第 1 頁。

〔註 120〕歐陽炯《花間集序》，趙崇祚輯，李一氓校《花間集校》，人民文學出版社，1958，第 1 頁。

〔註 121〕曾昭岷等編《全唐五代詞》卷一，中華書局，1999，第 151 頁。

〔註 122〕曾昭岷等編《全唐五代詞》卷一，中華書局，1999，第 154 頁。

〔註 123〕曾昭岷等編《全唐五代詞》卷三，中華書局，1999，第 449 頁。

〔註 124〕曾昭岷等編《全唐五代詞》卷三，中華書局，1999，第 449 頁。

〔註 125〕曾昭岷等編《全唐五代詞》卷三，中華書局，1999，第 470 頁。

〔註 126〕歐陽炯《花間集序》，趙崇祚輯，李一氓校《花間集校》，人民文學出版社，1958，第 1 頁。

奇偉者，必使引見。語有可採，隨即陞用。聽政稍暇，則又延見士類，談宴賦詩，必盡歡而罷」〔註 127〕，以致在北方「禮崩樂壞，文獻俱亡」〔註 128〕的情況下，「中國衣冠多依齊臺」〔註 129〕，「儒衣書服，盛於南唐」〔註 130〕。中主李璟、後主李煜均寬仁愛民、禮賢下士，韓熙載、江文蔚、徐鍇、高越、潘祐、徐鉉、湯悅、張洎、郭昭慶等儒學才士均集於此，「江左三十年間，文物有元和之風」〔註 131〕。

中主、後主又均愛好文學，精通音律，工書善畫。李璟「嗣位之初，春秋鼎盛，留心內寵，宴私擊鞠，略無虛日」〔註 132〕。李煜性尙奢侈，他擴大教坊，修建宮殿，多方收集書畫珍奇古玩，在書法、繪畫、音樂、金石等方面都有極高的造詣。後主昭惠國后周氏（大周后），通書史，善歌舞，尤工琵琶，能創爲新聲。宮女流珠，也是「性通慧，工琵琶。」〔註 133〕宮中宴樂頻繁，史載後主與大周后「嘗雪夜酣燕，（后）舉杯請後主起舞。後主曰：『汝能創爲新聲，則可矣。』后即命牋綴譜，喉無滯音，筆無停思。俄頃譜成，所謂《邀醉舞破》也。」〔註 134〕

以南唐宮廷爲中心，也聚集了一批通音律、善辭章之士，馮延巳、韓熙載均爲其中之角者。太子太傅馮延巳「工詩，雖貴且老不廢……

〔註 127〕史虛白《釣磯立談》，商務印書館（叢書集成初編本），1939，第 3 頁。

〔註 128〕馬令《南唐書》卷十三《儒者傳上第八》，商務印書館（叢書集成初編本），1935，第 3852 冊，第 89 頁。

〔註 129〕史虛白《釣磯立談》，商務印書館（叢書集成初編本），1939，第 3856 冊，第 15 頁。

〔註 130〕馬令《南唐書》卷十三《儒者傳上第八》，商務印書館（叢書集成初編本），1935，第 3852 冊，第 89 頁。

〔註 131〕馬令《南唐書》卷十三《儒者傳上第八》，商務印書館（叢書集成初編本），1935，第 3852 冊，第 89 頁。

〔註 132〕鄭文寶《南唐近事》卷二，商務印書館（叢書集成初編本），1939，第 3856 冊，第 10 頁。

〔註 133〕陸游《南唐書》卷十六，商務印書館（叢書集成初編本），1937，第 3854 冊，第 355 頁。

〔註 134〕陸游《南唐書》卷十六，商務印書館（叢書集成初編本），1937，第 3854 冊，第 356 頁。

尤喜爲樂府詞，元宗嘗因曲宴內殿，從容謂曰：『吹皺一池春水，何干卿事？』延巳對曰：『安得如陛下「小樓吹徹玉笙寒」之句？』」〔註135〕君臣諧謔，以詞相知。中書侍郎韓熙載「後房蓄聲妓，皆天下妙絕。彈絲吹竹、清歌豔舞之觀，所以娛侑賓客者，皆曲臻其極」〔註136〕，惜其文詞不傳。

南唐詞也屬於宴樂應歌的宮廷文學，部分地秉承了宮廷文學香而弱的風格。如中主李璟的兩首《攤破浣溪沙》中抒情主人公女性化的哀怨與愁緒，後主李煜前期詞多對宮廷宴樂生活的描寫以及代女性立言寫相思別離的筆觸，宮廷文學集團核心人物馮延巳詞對閨情婦態的巧妙摹寫等等，都沾染著宮廷文學的豔情色彩。

但南唐詞又與傳統宮廷文學有所不同。首先，詞中雖然也是以描寫女性與宮廷生活居多，但語意清新，不涉淫褻，如中主的兩首《攤破浣溪沙》：「手卷眞珠上玉鈎，依前春恨鎖重樓。風裏落花誰是主，思悠悠。　　青鳥不傳雲外信，丁香空結雨中愁。回首綠波三楚暮，接天流。」「菡萏香銷翠葉殘，西風愁起綠波間。還與韶光共憔悴，不堪看。　　細雨夢回雞塞遠，小樓吹徹玉笙寒。多少淚珠何限恨，倚闌干。」〔註137〕隱去了具體的美人形象，只以空靈的筆法寫她的淚、她捲簾的動作、她的哀愁。李煜《一斛珠・曉妝初過》寫婉媚可愛的少女形象，《浣溪沙・紅日已高三丈透》寫宮中的舞筵，著重在興高采烈的行樂氣氛，馮延巳《鵲踏枝・誰道閒情拋棄久》寫莫名的愁緒，都是其中的代表。其次，南唐亡國之後，後主的詞作更把身世之感、家國之恨揉入詞中，感情眞摯，天然清新，已經擺落故態，以作者自己的口吻直抒胸臆。如《烏夜啼》：「林花謝了春紅，太匆匆。常恨朝來寒重晚來風。　　胭脂淚，留人醉，幾時重。自是人生長恨

〔註135〕陸游《南唐書》卷十一，商務印書館（叢書集成初編本），1937，第242頁。

〔註136〕史虛白《釣磯立談》，商務印書館（叢書集成初編本），1939，第27頁。

〔註137〕曾昭岷等《全唐五代詞》卷三，中華書局，1999，第725～726頁。

水長東。」〔註 138〕《破陣子》:「四十年來家國，三千里地山河。鳳閣龍樓連霄漢，玉樹瓊枝作煙蘿。幾曾識干戈。　　一旦歸爲臣虜，沈腰潘鬢消磨。最是倉皇辭廟日，教坊猶奏別離歌。垂淚對宮娥。」〔註 139〕《虞美人》:「春花秋月何時了，往事知多少。小樓昨夜又東風，故國不堪回首月明中。　　雕闌玉砌應猶在，只是朱顏改。問君能有幾多愁，恰似一江春水向東流。」〔註 140〕其感情之眞，辭意之切，使王國維認爲「儼有釋迦、基督擔荷人類罪惡之意」〔註 141〕。

南唐詞的這種清雅天然的氣象出自南唐儒者衣冠的社會風氣和二主清雅的審美趣味，衝出了花間詞專寫女性容貌體態與男女情事的藩籬。雖然馮延巳詞被認爲仍不脫溫柔軟媚的「花間習氣」，但感慨已深、立意已大，「堂廡特大，開北宋一代風氣」〔註 142〕。

中晚唐五代的宴飲文學主要有詩和詞兩種文體，晚唐豔情詩也是文人士子世俗化的宴樂活動的產物。而當燕樂下移到民間，開始與市井狹邪、民間宴飲結合起來的時候，詞就大量產生了。佐席侑歡、娛賓勸酒是詞的傳統功能，唐五代的詞集命名爲《尊前集》、《花間集》，這樣的名稱就顯示出其宴飲文學的特徵。詞的豔情色彩與娛樂品格是與生俱來的，它產生於宴飲的土壤環境，由溫庭筠爲首的第一批專業詞人凝固在《花間集》之中，奠定了詞的「正宗」風格。

中晚唐五代宴飲文學中的豔情色彩是中唐以來社會形態轉型、社會風氣世俗化、物質化的表現之一。歌妓舞女不是自中晚唐五代才有，但中晚唐以來歌妓舞女才開始與官僚學士、文人才子全面接觸，她們的嬌容麗色、豔態幽思才開始進入了中下層文人士子的審美視野。這種逐漸覺醒的女性審美和繁複熱烈的燕樂曲調、文人放誕不羈的才情結合起來，揭開了宴飲文學發展新的篇章。

〔註 138〕曾昭岷等《全唐五代詞》卷三，中華書局，1999，第 750 頁。
〔註 139〕曾昭岷等《全唐五代詞》卷三，中華書局，1999，第 764 頁。
〔註 140〕曾昭岷等《全唐五代詞》卷三，中華書局，1999，第 741 頁。
〔註 141〕王國維《人間詞話》，中國人民大學出版社，2004，第 6 頁。
〔註 142〕王國維《人間詞話》，中國人民大學出版社，2004，第 6 頁。

第二章　宋人的宴飲生活

宋代是我國封建文化的高峰期。宋代政局穩定，農業發展，手工業、商業在中晚唐的基礎上又有了長足進步，城市經濟更加繁榮。文化教育發達，太宗、眞宗時期國家組織編修了「四大書」，大量保存了前代的文獻；從中央到地方形成了由國子學、太學、府學、州學、縣學構成的完備的官辦教育體系，民間又有「四大書院」作爲集講學與藏書爲一體的文化中心。宋人在理學、史學、藝術、科學技術領域當中都取得了令人矚目的成果。王國維說：「故天水一朝人智之活動與文化之多方面，前之漢唐，後之元明，皆所不逮也。」〔註1〕陳寅恪云：「華夏民族之文化，歷數千載之演進，造極於趙宋之世。」〔註2〕宋代封建文化的發展超越前此的所有王朝，甚至在後來的各代王朝面前都是一座高高聳立的山峰。學術之外，宋人對茶、香、園林、金石等都有著廣泛深入的研究，在追求精緻生活方面、在個人身體精神享受方面，更表現出了莫大的興趣。

宴飲活動在宋代呈現出異常發達活躍的狀態。在宴飲生活中人們享受而放鬆，思維發散，眞情流露。宴飲生活不但製造了種種逸聞趣事，也成爲多種娛樂節目和藝術形式產生成長的溫床。

〔註1〕王國維《宋代之金石學》，《王國維遺書》第五冊《靜安文集續編》，上海書店出版社，1983，第70頁。

〔註2〕陳寅恪《鄧廣銘宋史職官志考證序》，陳寅恪《金明館叢稿二編》，上海古籍出版社，1980，第245頁。

第一節　宋代宴飲活動發生的社會背景

一、官僚士大夫政治與士大夫的文化性格

士族政治轉變爲官僚士大夫政治……宋代實行崇文政策……庶族出身的知識分子通過科舉進入管理者階層……宋遇士之厚與士大夫貴賤陞降沉浮之速……新的社會條件造成了士大夫熱衷享樂的世俗情懷和進退自如的圓融文化性格

宋代社會變革沿著中唐以來的變革趨勢進一步加深。五代的戰亂和動蕩掃除了殘存的世家大族，消滅了士族的門第優勢。隨著科舉制度的長期推行，庶族知識分子通過科舉仕進，逐漸佔據了國家行政體系的重要職位。到北宋時期，國家政治體制完成了從士族政治到官僚士大夫政治的轉變。

宋代建國之後即推行崇文抑武的國策，通過科舉考試選拔人才。進士科錄取人數比唐代大大增加，唐代進士科考試每次錄取人數約爲二三十人，而宋代每次錄取少的一二百人，多的達到五六百人。並且宋代科舉「家不尚譜牒，身不重鄉貫」〔註3〕，眞正實現了對廣大中下層民眾的開放。開寶八年，太祖親自對貢舉所錄取的人才進行殿試，並下詔曰：「向者登科名級，多爲勢家所致，致塞孤寒之路，甚無謂也。今朕躬親臨試以可否進退，盡革疇昔之弊矣。」〔註4〕在這樣的政策推動下，有才能的寒門士子通過讀書科考，往往能榮登宰輔之列。宋代許多名公巨儒都出自下層，如端拱年間宰相呂蒙正，自幼隨母親一起被父親趕出家門，「羈旅於外，衣食殆不給」，依寺院讀書九年〔註5〕；仁宗時參知政事范仲淹幼年喪父，貧困無依，其母帶其改嫁朱氏，仲淹寄讀於醴泉寺；「太平宰相」晏殊「起於田裏」，「幼

〔註3〕陳傅良《止齋集》卷三十五《答林宗簡》，《文淵閣四庫全書》上海古籍出版社，1987，第1150冊，第777頁。

〔註4〕李燾《續資治通鑒長編》卷十六，中華書局，1979。

〔註5〕葉夢得《石林避暑錄話》卷三，上海書店（據涵芬樓舊版影印本），1990，第131頁。

孤」，甚至爲館職時，遇佳節，仍「貧甚，不能出」〔註6〕。仁宗時樞密副使、參知政事歐陽修四歲喪父，隨叔父長大，幼年家貧無資，母親鄭氏以荻畫地教他識字。宋代的張載、朱熹就已經從族譜散失的角度指出了宋代公卿大夫多出身於貧賤，「無百年之家」〔註7〕、「朝廷無世臣」〔註8〕的狀況。

另外，宋代舉子一旦科舉登第，即刻授官，其中三甲常常官至宰相，位極人臣。因此，讀書科考成爲宋人實現人生抱負的最佳途徑。科考唱名之日，「每殿庭臚傳第一，則公卿以下，無不聳觀，雖至尊亦注視焉。自崇政殿，出東華門，傳呼甚寵，觀者擁塞通衢，人摩肩不可過。錦韉繡轂，角逐爭先，至有登屋而下瞰者。士庶傾羨，讙動都邑。」〔註9〕時人尹洙感慨道：「狀元登第，雖將兵數十萬，恢復幽薊，逐強敵於窮莫，凱歌勞還，獻捷太廟，其榮亦不可及也。」〔註10〕

宋代官僚士大夫的俸祿非常優厚，「《宋史·職官志》載俸祿之制：京朝官，宰相、樞密使月三百千，春、冬服各綾二十匹、絹三十匹、綿百兩；參知政事、樞密副使月二百千，綾十匹、絹三十匹、綿五十兩，其下以是爲差；節度使月四百千，節度觀察、留後三百千，觀察二百千，綾絹隨品分給，其下亦以是爲差。凡俸錢並支一分見錢，二分折支，此正俸也。」〔註11〕正俸之外，又有祿粟、職錢、元隨、傔人（隨從）衣糧、傔人餐錢、茶酒廚料之給、薪蒿炭

〔註6〕朱熹，李幼武《宋名臣言行錄》前集卷六，趙鐵寒主編《宋史資料萃編》，文海出版社，1967，第205頁。

〔註7〕張載《張子全書》卷四《宗法》，商務印書館（國學基本叢書本），1937，第38冊，第92頁。

〔註8〕朱熹《近思錄》卷九，商務印書館（叢書集成初編本），1936，第632冊，第257頁。

〔註9〕田況《儒林公議》，商務印書館（叢書集成初編本），1937，第2793冊，第3頁。

〔註10〕田況《儒林公議》，商務印書館（叢書集成初編本），1937，第2793冊，第3頁。

〔註11〕趙翼《廿二史札記》卷二十五「宋制祿之厚」，北京市中國書店據世界書局1939年版影印，1987，第330頁。

鹽諸物之給、飼馬芻粟之給、米麵羊口之給、職田等等。這意味著一旦做官，一家老小，姬妾僕役、生養死葬就全都有了著落。

俸祿之外，歲時節令，皇帝還有不定期的頒賞，有時皇帝心情好，也會在小範圍內對臣子進行賞賜。宋代帝王自太祖「杯酒釋兵權」時勸導大臣「多積金、市田宅以遺子孫，歌兒舞女以終天年」〔註 12〕之後，形成了鼓勵臣子享樂的傳統。眞宗曾邀請當値的大臣陳堯叟等宴飲行樂，並賜金銀寶物「助卿等宴集之費」：

> ……宴具甚盛，捲簾，令不拜，升殿就坐，御座設於席東，設文忠之坐於席西，如常人賓主之位，……堯叟悚栗危坐，上語笑極歡。酒五六行，膳具中各出兩絳囊置群臣之前，皆大珠也。上曰：「時和歲豐，中外康富，恨不得與卿等日夕相會。太平難遇，此物助卿等燕集之費。」群臣欲起謝，上云：「且坐更有。」如是酒三行，皆有所賜，悉良金重寶。酒罷已四鼓，時人謂之「天子請客」。〔註 13〕

當時陳堯叟爲樞密使，眞宗一時高興，就召陳堯叟、丁謂、杜鎬等大臣至宮中宴樂，賞賜錢物。仁宗也有過類似行爲，《錢氏私志》記載仁宗召翰林學士王珪賞月，令宮嬪以領巾、裙帶、團扇、手帕求詩並取頭上珠花贈爲「潤筆」〔註 14〕。

但是，宋代士大夫是憑藉讀書和科舉取得政治地位和經濟地位的，沒有世家大族的後盾和保障，一旦在政治風波中失利，就常常面臨被貶官甚至被流放的命運，尤其是宋代的黨爭十分激烈，自從神宗起用王安石變法開始，新舊兩黨的爭鬥達到白熱化的程度，其餘波一直持續到南宋。處於黨爭漩渦中的士大夫常常「流貶鐫廢，略無虛日」〔註 15〕，貶廢之後，科舉入仕、官運通顯所帶來的經濟利益也會立刻化爲烏有。即使沒有政治風波的影響，士大夫身死之後，他的

〔註 12〕脫脫等《宋史》卷二百五十《石守信傳》，中華書局，1977，第 8810 頁。
〔註 13〕沈括著，胡道靜校正《夢溪筆談校正》卷二十五，中華書局，1959，第 808 頁。
〔註 14〕錢世詔《錢氏私志》，中華書局（叢書集成初編本），1991，第 3 頁。
〔註 15〕脫脫等《宋史》卷四百七十一《曾布傳》，中華書局，1977，第 13715 頁。

門第的福澤也就隨之而去了，如名相富弼，身死後不久便家世零替，湮沒無聞；宰相呂端死後，家世也很快衰落，「舊第已質於人」〔註16〕。對這種情況，很多宋人都注意到，如樓鑰在《敷文閣學士宣奉大夫致仕贈特進汪公行狀》中指出了「朝爲富室，暮爲窮民」〔註17〕的現象，曾鞏也感歎說：「盛衰之變，何其速也。」〔註18〕

社會地位和財富的流動性使得宋代士大夫對於求田問舍、積纍財富十分熱衷。對士族來說，做官只是他們實現人生價值的一種形式，對於實際物質生活的改善並無多大意義；但是對於庶族階層，尤其是下層讀書人來說，功名有著明確的現實意義，能夠使自己和家人獲得優裕的物質享受。因此，宋代士人富貴之後，往往造屋買田，建義莊，爲家計打算。南宋名相趙鼎「起於白屋」，一旦富貴，立刻買地造屋，「以臨安相府爲不足居，別處大堂，奇花嘉木環植周圍。」〔註19〕趙葵在潭州建立趙氏義莊，買地五千畝：「吾家與族皆居於潭，皆食於莊，非五千畝不可。」〔註20〕袁燮總結當時士林風氣，「吾觀今人宦遊而歸，鮮不買田」〔註21〕。買田營造，建義莊，聚族人，爲身後計，昔日貧無立錐之地的文人，一旦富貴，自然要努力經營自己和家族物質生活的根基。正如劉克莊所看到的：「今夫驟貴者必暴富，本乏寸椽，俄美輪奐；舊無塊土，倏且阡陌者，皆是也」〔註22〕。

〔註16〕李燾《續資治通鑒長編》卷七十三，中華書局，1985，第6冊，第1668頁。

〔註17〕樓鑰《攻媿集》卷八十八，商務印書館（叢書集成初編本），1935，第1195頁。

〔註18〕曾鞏撰，陳杏珍、晁繼周點校《曾鞏集》卷四十四《殿中丞監揚州稅徐君墓誌銘》，中華書局，1984，第597頁。

〔註19〕熊克著，顧吉辰、郭群一點校《中興小紀》卷十八，福建人民出版社，1985，第225頁。

〔註20〕劉克莊著，上海書店編《後村先生大全集》卷九十二《趙氏義學莊》，上海書店編《四部叢刊初編》，1989，第213冊，第20頁。

〔註21〕袁燮《絜齋集》卷十六《叔父承議郎通判常德府行狀》，商務印書館（叢書集成初編本），1935，第2030冊，273頁。

〔註22〕劉克莊著，上海書店編《後村先生大全集》卷一百四十九《墓誌銘·林龍溪》，上海書店編《四部叢刊初編》，1989，第215冊，第10頁。

仕途給士子帶來了從經濟狀況到生活方式的重大改變。宋代名臣生活奢侈者甚多，典型的例子如宋祁，未貴之時十分貧寒，後來與哥哥宋庠雙雙進士及第，宋庠老成持重，作風嚴謹，而小宋則大肆鋪張，窮極奢侈：

> 宋相郊居政府，上元夜，在書院內讀周易，聞其弟學士祁，點華燈，擁歌妓，醉飲達旦，翌日，喻所親令誚讓云：「相公寄語學士，聞昨夜燒燈夜燕，窮極奢侈，不知記得某年上元，同在某州州學內，吃虀煮飯時否？」學士笑曰：「卻須寄語相公，不知某年同某處吃虀煮飯，是爲甚底？」〔註23〕

在宋祁心裏，讀書時的艱苦，目的就是爲了換取功成名就後的享樂。這在宋代並不是偶然現象，公卿大夫在衣食住行、玩好聲色各個方面大都食不厭精、膾不厭細，追求精緻安逸。如呂蒙正每天早上都要吃雞舌湯，殺的雞毛堆成了小山；韓縝「喜事口腹，每食必殫極精侈，性嗜鴿，必白而後食」〔註24〕，喜歡吃鴿子，還一定要吃白色的，不是白色的鴿子肉他吃到嘴里居然能分辨出來。韓琦喜歡營造，任官每到一處，都要改建官舍廳堂，修得宏壯雄深。夏竦「性好古器奇珍寶玩。每燕處，則出所秘者，施青氈列於前，偃臥牙床，瞻視終日而罷。月常數四如此」〔註25〕，又以漆斛漬龍皮爲坐具以避暑。不但身體口腹方面的供養精美奢侈，宋代士大夫還醉心於生活藝術的研究，眾多的譜錄著作，如石譜、茶錄、酒經、糖霜譜、梅蘭竹菊等花譜、橘筍菌荔等果譜，另蟹譜蟹略等等，皆出現於宋代。名公巨儒傾心研究生活藝術的例子不勝枚舉，如韓琦親自研製香氛，製出的香氛「似道家嬰香，而清烈過之」〔註26〕，被後人稱

〔註23〕錢世詔《錢氏私志》，中華書局（叢書集成初編本），1991，第6頁。
〔註24〕朱弁《曲洧舊聞》卷十，商務印書館（叢書集成初編本），1936，第2768冊，第78頁。
〔註25〕吳曾《能改齋漫錄》卷十二，上海古籍出版社，1979，第348頁。
〔註26〕張邦基《墨莊漫錄》卷二，中華書局，2002，第75頁。

爲「韓魏公香」；蘇軾在黃州釀造蜜酒，又在惠州作桂酒，只是因性急不耐等待，釀出的酒味道不佳〔註27〕。

作爲士人自身奉養的重要內容，宋代士大夫還買妾蓄妓成風。宋祁「多內寵，後庭曳羅綺者甚眾」〔註28〕，張先七十歲還買妾，被蘇軾作詩戲曰：「詩人老去鶯鶯在，公子歸來燕燕忙」〔註29〕。有時士大夫本人清儉或正妻性妒，不置姬妾，皇帝甚至會看不過去，幫著張羅。如宰相王旦「性儉，初無姬侍，其家以二直省官治錢，上使內東門司呼二人，責限爲相公買妾」〔註30〕。晏殊家經常舉辦宴會，「每有嘉客必留」，「亦必以歌樂相佐」〔註31〕，家妓的音樂歌舞水平非常高超。名臣李綱「私藏過於國帑，乃厚自奉養，侍妾歌僮，衣服飲食，極於美麗。每饗客，肴饌必至百品，遇出則廚傳數十擔。」〔註32〕南宋張鎡更是號稱「園池聲妓服玩之麗甲天下」，一次在山莊舉辦牡丹會，參加節目表演和待客的歌姬達一百多人。連生性不好女色的蘇東坡也蓄有家妓，每留賓客飲酒，總是說：「有數個搽粉虞侯欲出來祗應」。

總之，作爲社會精英的高度社會責任感與作爲平凡人的世俗物質欲望對立統一於宋代士大夫的人格當中，共同構築了他們看似分裂實則進退自如的圓融文化性格。表面上看來，他們中某些人的行爲是矛盾的，甚至是分裂的，如韓維，「韓黃門持國典藩，觴客早食，

〔註27〕葉夢得《石林避暑錄話》卷一，上海書店（據涵芬樓舊版影印本），1990，第5頁。

〔註28〕魏泰著，李裕民點校《東軒筆錄》卷十五，中華書局，1983，第171頁。

〔註29〕蘇軾著，馮應榴編《蘇軾詩集合著》，上海古籍出版社，2001，第495～496頁。

〔註30〕朱熹，李幼武《宋名臣言行錄》前集卷二，趙鐵寒主編《宋史資料萃編》，文海出版社，1967，第96頁。

〔註31〕葉夢得《石林避暑錄話》卷二，上海書店（據涵芬樓舊版影印本），1990，第66頁。

〔註32〕熊克著，顧吉辰、郭群一點校《中興小紀》卷十八，福建人民出版社，1985，第225頁。

則凜然談經史節義，及政事設施，晚集則命妓勸飲，盡歡而罷。」〔註33〕程琳，「程丞相性嚴毅，無所推下。出鎮大名，每晨起，據按決事，左右皆惴恐，無敢喘息。及開宴召僚佐飲酒，則笑歌歡謔，釋然無間。於是人畏其剛果，而樂其曠達。」〔註34〕事實上，正是這種曠達中的執著、剛果後的超脫使他們能迅速實現從國家重臣到散官閒人之間的身份轉換，能夠成就亦官亦隱、亦剛亦柔的人格精神。一方面，他們憂國憂民，不管是在廟堂之上，還是在江湖之間，對國事的關心始終是他們精神生活的重要方面，如王安石的變法前後新舊黨派的激烈交鋒，其中雖不能排除部分人維護自身利益的私心以及文人黨同伐異的意氣，但爲國家計、爲民族計則是他們的主要出發點。另一方面，不在其位不謀其政，當他們遠離了政治鬥爭漩渦的時候，又能恬然自處，自適於吟詩作畫、歌席舞畔的寫意生活，甚至表現出奢侈浪費、熱衷享樂的世俗氣味。一面是建功立業的豪情壯志，一面是淺斟低唱的兒女情長，從這個角度來說，宋代士大夫的文化性格是成熟圓融的人本性格，是知識分子的精英意識和寒門庶族的世俗觀念的深度融合。

二、城市、市民文化與社會的娛樂風尚

宋代商業的發展和都市經濟的繁榮……民間娛樂形式的興盛……市民階層慕財重利、追逐時尚的文化性格促進了新的娛樂產品的生產與傳播……商業的發展、市民階層的壯大帶來社會觀念的變化

宋代商業和城市在中晚唐五代的基礎上繼續發展。北宋時期，豐厚的商利使得民眾皆「賤稼穡，貴遊食，皆欲貨耒耜而買車舟，

〔註33〕周煇《清波雜誌》卷十，歷代學人撰《筆記小說大觀》第21編，第5冊，（臺北）新興書局有限公司，1978，第3163頁。

〔註34〕彭乘《墨客揮犀》卷八，中華書局（叢書集成初編本），1991，第2855冊，第45頁。

棄南畝而趣九市」〔註 35〕，紛紛加入到買賣販運的行列中來。國家財政對商稅的倚重加深，宋高宗時，僅海外貿易關稅一項，就超過了全國農業稅入的總和。商業的發展帶來城市的繁榮，宋代全國湧現出許多著名的大都市，如汴京、洛陽、杭州、蘇州、江陵等，人口多的達到了一百二十萬。

北宋的東京、南宋的臨安是宋代最大最繁榮的都會。與唐代長安城政府機關、坊（居民區）、市（交易場所）各自獨立的結構不同，宋代的都市格局是全開放的結構，政府機關、坊與市是合一的。東京汴梁即是這種城市格局的典型，據孟元老《東京夢華錄》，市肆幾乎遍佈汴梁城的每一個角落。東華門外「市井最盛」：

> 蓋禁中買賣在此，凡飲食、時新花果、魚蝦鼈蟹、鶉兔脯臘、金玉珍玩衣著，無非天下之奇。其品味若數十分，客要一二十味下酒，隨索目下便有之。其歲時果瓜，蔬茹新上市，並茄瓠之類，新出每對可直三五十千，諸閤分爭以貴價取之。〔註 36〕

東華門外市場主要供禁中需求，就設在大內文德殿之東，有時喧鬧之聲可以傳入宮中。大內宣德樓前為明堂頒朔布政府、秘書省、尚書省、大晟府、太常寺等省府機構，旁邊就是居民區以及「青魚市內行」、「唐家金銀鋪、溫州漆器什物」、「百鍾圓藥鋪」、「梁家珠子鋪」、「車家炭，張家酒店，王樓山洞梅花包子、李家香鋪、曹婆婆肉餅、李四分茶」、「遇仙正店」、「薛家分茶、羊飯、熱羊肉鋪」、「鹿家包子」及其它羹店、分茶、酒店、香藥鋪、賣時行紙畫花果鋪席等食店鋪席，政府機構與居民、店鋪以及妓女館舍「院街」錯雜相對、比鄰而居。

〔註 35〕夏竦《文莊集》卷十三《賤商賈》，《文淵閣四庫全書》，上海古籍出版社，第 1087 冊，第 168 頁。

〔註 36〕孟元老《東京夢華錄》卷一「大內」，（《東京夢華錄》《都城紀勝》《夢梁錄》《西湖老人繁勝錄》《武林舊事》五著合一，以下簡稱「五著本」），中國商業出版社，1982，第 10 頁。

汴梁城中最繁華熱鬧的商業街爲東角樓街巷與潘樓東街巷。東角樓街巷諸般買賣最爲齊全，也是娛樂場所最集中的地方：

自宣德東去東角樓，乃皇城東南角也。十字街南去薑行。高頭街北去，從紗行至東華門街、晨暉門、寶籙宮，直至舊酸棗門，最是鋪席要鬧。宣和間展夾城牙道矣。東去乃潘樓街，街南曰「鷹店」，只下販鷹鶻客，餘皆眞珠匹帛香藥鋪席。南通一巷，謂之「界身」，並是金銀綵帛交易之所，屋宇雄壯，門面廣闊，望之森然，每一交易，動即千萬，駭人聞見。以東街北曰潘樓酒店，其下每日自五更市合，買賣衣物書畫珍玩犀玉。至平明，羊頭、肚肺、赤白腰子、奶房、肚胘、鶉兔、鳩鴿、野味、螃蟹、蛤蜊之類訖，方有諸手作人上市買賣另碎作料。飯後飲食上市，如酥蜜食、刺錮、磴砂團子、香糖果子、蜜煎雕花之類。向晚賣河婁頭面、冠梳領抹、珍玩動使之類。東去則徐家瓠羹店。街南桑家瓦子，近北則中瓦，次裏瓦。其中大小勾欄五十餘座。內中瓦子、蓮花棚、牡丹棚、裏瓦子、夜叉棚、象棚最大，可容數千人。自丁先現、王團子、張七聖輩，後來可有人於此作場。瓦中多有貨藥、賣卦、喝故衣、探搏、飲食、剃剪、紙畫、令曲之類。終日居此，不覺抵暮。〔註 37〕

東角樓街巷買賣眞珠匹帛香藥衣物金銀書畫珍玩飲食等等，「最爲鋪席要鬧」，其中金銀綵帛的交易最爲大宗，「每一交易，動即千萬，駭人聞見」。平明又有各種菜蔬原料、點心、果子等買賣。瓦子勾欄也多聚集此地，有名的如桑家瓦子、中瓦、裏瓦，「大小勾欄五十餘座」，聚集著一批著名的民間藝人。潘樓東街巷則特色經營爲多：

潘樓東去十離街，謂之土市子，又謂之竹竿市。又東十字大街，曰從行裏角，茶坊每五更點燈，博易買賣衣服

〔註 37〕孟元老《東京夢華錄》卷二「東角樓街巷」，「五著本」，中國商業出版社，1982，第 13～14 頁。

> 圖畫花環領抹之類，至曉即散，謂之「鬼市子」。以東街北趙十萬宅街，南中山正店、東榆林巷、西榆林巷。北鄭皇后宅。東曲首向北牆畔單將軍廟，乃單雄信墓也，上有棗樹，世傳乃棗槊發芽生長成樹，又謂之刺家子巷。又投東，則舊曹門街，北山子茶坊，內有仙洞、仙橋，仕女往往夜遊，吃茶於彼。又李生菜小兒藥鋪、仇防禦藥鋪。出舊曹門，朱家橋瓦子。下橋，南斜街、北斜街，內有泰山廟，兩街有妓館。橋頭人煙市井，不下州南。以東牛行街、下馬劉家藥鋪、看牛樓酒店，亦有妓館，一直抵新城。自土市子南去鐵屑樓酒店、皇建院街、得勝橋鄭家油餅店，動二十餘爐，直南抵太廟街、高陽正店，夜市尤盛。土市北去，乃馬行街也，人煙浩鬧。先至十字街，曰鵓兒市，向東曰東雞兒巷，向西曰西雞兒巷，皆妓館所居。近北街曰楊樓街，東曰莊樓，今改作和樂樓，樓下乃賣馬市也。近北曰任店，今改作欣樂樓，對門馬鐺家羹店。〔註38〕

潘樓東街巷是酒店、妓館、馬市、夜市集中的地方。除這兩大最繁華的商業區之外，其它大街小巷均分佈有大小酒店、食店、藥店、動使雜貨等店鋪和妓館，此外又有流動的「般載雜賣」，爲居民生活提供各項服務的「諸色雜賣」，雇覓人力、筵會假賃、雜賃、修整雜貨及齋僧請道等服務行業。整個汴梁城行業齊全，店鋪林立，娛樂場所遍佈。

南宋杭州的格局，是以一條縱貫南北的「御街」爲中心，把整個府城劃分爲若干坊巷，沿御街形成三個商業中心：其一爲皇宮門外、鼓樓至清河坊一帶；其二爲羊壩頭至官巷口；其三爲棚橋至眾安橋。「萬物所聚，諸行百市，自和寧門杈子外至觀橋下，無一家不買賣者」〔註39〕，「自大街及諸坊巷，大小鋪席，連門俱是，即無虛

〔註38〕孟元老《東京夢華錄》卷二「潘樓東街巷」，「五著本」，中國商業出版社，1982，第13～14頁。

〔註39〕吳自牧《夢粱錄》卷十三「團行」，「五著本」，中國商業出版社，1982，第104頁。

空之屋」〔註 40〕，其商鋪之繁盛，比汴京有過之而無不及。

由於坊、市的合一，市場交易的營業時間就不再受到限制。除白晝正常的營業時間外，又有早市和夜市：東京潘樓東街巷有「鬼市子」，五更開市，拂曉即散；又有夜市，黃昏開市，直至三更。除潘樓東街巷自土市子南去鐵屑樓酒店、皇建院街、得勝橋鄭家油餅店，直南抵太廟街、高陽正店的夜市外，朱雀門外龍津橋南去又有「州橋夜市」，買賣各種野味、小吃、四季特色飲食，也是三更才散。「夜市直至三更盡，才五更又復開張。如要鬧去處，通曉不絕。」〔註 41〕至於酒樓瓦肆、曲院妓館，則「不以風雨寒暑，白晝通夜」〔註 42〕，皆繁鬧駢闐。臨安杭州「買賣晝夜不絕，夜交三四鼓，遊人始稀；五鼓鐘鳴，賣早市者又開店矣」〔註 43〕。

繁榮的城市經濟、崛起的市民階層也孕育著巨大的娛樂消費需求。除各大酒店、青樓妓館可以供士子文人、浮浪子弟飲酒聽歌、消遣娛樂之外，瓦子勾欄中還上演著豐富的適合市民大眾欣賞口味的娛樂節目。《東京夢華錄》卷五「京瓦伎藝」記載了崇寧、大觀以來汴梁各瓦子中的著名伎藝人及其表演：

> 崇、觀以來，在京瓦肆伎藝：張延叟，《孟子書》。主張小唱：李師師、徐婆惜、封宜奴、孫三四等，誠其角者。嘌唱弟子：張七七、王京奴、左小四、安娘、毛團等。教坊減罷並溫習：張翠蓋、張成弟子、薛子大、薛子小、俏枝兒、楊總惜、周壽奴、稱心等。般雜劇：杖頭傀儡，張金線。李外寧，藥發傀儡。張臻妙、溫奴哥、眞個強、沒

〔註 40〕吳自牧《夢粱錄》卷十三「鋪席」，「五著本」，中國商業出版社，1982，第 107 頁。

〔註 41〕孟元老《東京夢華錄》卷三「馬行街鋪席」，「五著本」，中國商業出版社，1982，第 22 頁。

〔註 42〕孟元老《東京夢華錄》卷二「酒樓」，「五著本」，中國商業出版社，1982，第 16～17 頁。

〔註 43〕吳自牧《夢粱錄》卷十三「夜市」，「五著本」，中國商業出版社，1982，第 108 頁。

勃臍、小掉刀，筋骨上索雜手伎。渾身眼、李宗正、張哥，球仗喝弄。孫寬、孫十五、曾無黨、高恕、李教詳，講史。李慥、楊中立、張十一、徐明、趙世亨、賈九，小說。王顏喜、蓋中寶、劉名廣，散樂。張眞奴，舞旋。楊望京，小作相撲、雜劇、掉刀、蠻牌。董十五、趙七、曹保義、朱婆兒、沒困駝、風僧哥、俎六姐，影戲。丁儀、瘦吉等，弄喬影戲。劉百禽，弄蟲蟻。孔三傳，耍秀才、諸宮調。毛詳、霍百醜，商謎。吳八兒，合生。張山人，說諢話。劉喬、河北子、帛遂、吳牛兒、達眼五、重明喬、駱駝兒、李敦等，雜班。外入孫三，神鬼。霍四究，說《三分》。尹常賣，《五代史》。文八娘，叫果子。其餘不可勝數。不以風雨寒暑。諸棚看人，日日如是。教坊鈞容直，每遇旬休安樂，亦許人觀看。每遇內宴前一月，教坊內勾集弟子小兒，習隊舞，作樂雜劇節次。〔註 44〕

瓦子中的各種伎藝行當，斯文曼妙如小唱、嘌唱、舞旋；詼諧幽默如般雜劇、說渾話；驚險刺激如筋骨上索雜手伎、球仗喝弄；精彩長篇如講史、說三分、諸宮調；機智小段如商謎、叫果子等等，精彩紛呈，引得看客流連忘返，「終日居此，不覺抵暮」〔註 45〕。

瓦子勾欄中的主要消費群體是包括行商坐賈、工巧技作、販夫走卒、閒漢遊民在內的「市民階層」，其主體是工商戶。作爲新興階層，市民階層與傳統社會的貴族階層、農民階層都有著性格上的巨大差異。市民階層一方面貪財重利，愛慕虛榮，熱衷享樂，「淫侈亡度，以奇相曜，以新相誇。工以用物爲鄙，而競作機巧；商以用物爲凡，而競通珍異」〔註 46〕，對典禮節日積極踴躍，特別重視，舉

〔註 44〕孟元老《東京夢華錄》卷五「京瓦伎藝」，「五著本」，中國商業出版社，1982，第 32 頁。

〔註 45〕孟元老《東京夢華錄》卷三「馬行街鋪席」，「五著本」，中國商業出版社，1982，第 22 頁。

〔註 46〕李覯《富國策第四》，李覯著，王國軒校點《李覯集》，中華書局。1981，第 138 頁。

凡元旦朝會、元宵燈節、乞巧登高、教池遊苑、公主出降、太子納妃，皆擁階歡慶、填路山呼；另一方面他們又對新鮮事物抱有開放接納的心態，新的文化產品一旦被接受，隨即迅速流行，成爲時尚。魏公香、柳郎詞、子瞻帽，乃至雜劇嘌唱諸宮調，都與這種新型的市民文化是分不開的。

商業的發展也帶來社會觀念的轉變。傳統觀念當中，農業爲本，工商爲末，經商的人是「賤民」，國家應用各種手段「困辱之」。但商業發展到宋代，已經成爲國家的一個重要經濟部門，商人成爲構成新興市民階層的中堅，這一切都迫使人們的觀念進行相應的改變。神宗時期鄧綰說：「行商坐賈，通貨殖財，四民之益也。」〔註47〕認爲商業有益於人民的生產與生活；南宋陳耆卿著《本業論》，把士、農、工、商看做是地位相當的「本業」：「古有四民，曰士，曰農，曰工，曰商。士勤於學業則可以取爵祿，農勤於田畝則可以聚稼穡，工勤於技巧則可以易衣食，商勤於貿易則可以積財貨。此四者，皆百姓之本業。」〔註48〕對待商業態度的變化也伴隨著對待「利」的態度的變化，士人不再是一副視金錢爲糞土的清高姿態，不再以言「利」爲恥。如李覯在《原文》中說道：「利可言乎？曰：人非利不生，曷爲不可言？欲可言乎？曰：欲者人之情，曷爲不可言？言而不以禮，是貪與淫，罪矣。不貪不淫而曰不可言，無乃賊人之生，反人之情。世俗之不喜儒以此。」〔註49〕亮出了新一代儒生對於利與欲的世俗功利態度。

商業的發展也帶來了人與人之間關係的變化。在新的社會經濟模式、新的義利觀念的影響下，人與人之間不完全再是那種基於道

〔註47〕王稱撰，孫言誠、崔國光點校《東都事略》卷九十八，齊魯書社，2000，第838頁。

〔註48〕陳耆卿《赤城志》卷三十七，《文淵閣四庫全書》，上海古籍出版社，第486冊，第932頁。

〔註49〕李覯《原文》，李覯著，王國軒校點《李覯集》卷二十九，中華書局，1981，第326頁。

德倫常或者宗族觀念的關係，而是帶有了商品經濟平等交換的色彩。朝廷中有基於利益結成的幫派，社會上有基於利益形成的社團幫會，親戚朋友、甚至家庭成員之間也有了利益的平衡和交換。而在眾多的士子與歌妓之間，商品交換的內在法則也使他們建立起一種更為平等的合作關係。

總之，新型的官僚士大夫政治和新型的城市商業經濟，使宋代社會的享樂意識凸顯，更加世俗化，並且具有了新的歷史條件下的人本精神。皇帝對享樂的提倡、引導，官僚士大夫對享樂的追求，市民階層對享樂的積極參與，風氣相扇、互為表裏，使得宋代社會形成一股強烈的享樂之風。加上大晟府音樂活動的推波助瀾，士庶俱各縱遊爛賞，淺斟低唱，宴飲行樂無虛日。

宋人的宴飲活動從參與主角的角度分，有皇室貴族的宴飲活動、官僚士大夫的宴飲活動、市井細民的宴飲活動。下文分別對這三者進行考察。

第二節　皇室貴族的宴飲生活

宋代皇帝與皇室的人文精神……皇室貴族的宴飲活動有大宴、曲宴、帝王家宴三種類型……大宴具有儀式意義、政治意義和引領社會娛樂風氣的作用……曲宴具有溝通君臣感情的作用和鮮明的文學特徵……帝王家宴的享樂性質和人文色彩

宋代宮廷之人文精神承襲南唐，且宋代建國之始即奉行崇文抑武的政策，以文學立國，影響到宮廷之中，皇帝也大多博學善書，重視文藝修養。太宗愛好文藝，洞曉音律，「前後親製大小曲及因舊曲創新聲者，總三百九十」〔註50〕，並開賞花釣魚賦詩之制度，與群臣講文論詩；眞宗喜歡學問辭章，常召大臣講文論詩；仁宗知音

〔註50〕脫脫等《宋史》卷一百四十二《樂十七》，中華書局，1977，第3351頁。

善律，「每禁中度曲，以賜教坊」。高宗博學敏識，見到垂虹橋上所題《洞仙歌》，即識破其爲福建秀才所作〔註 51〕；徽宗更是其中之翹楚，他文采風流，琴棋書畫無不精通，尤善書畫，「行草、正書筆勢勁逸，初學薛稷，變其法度，自號瘦金書」〔註 52〕，繪畫方面確立了畫院制度，曾作《聽琴圖》描繪撫琴的君主和知音的大臣沉浸在音樂當中的和諧神態，《文會圖》描繪文人宴集的場景，以書、硯、琴、鼎等作爲點綴，反映出崇尚人文性靈的品味。在歷代愛好文藝的皇帝的影響下，宋代皇室的文化氣息不減南唐，其宴飲活動也帶有濃鬱的人文色彩。

以帝王皇室爲主角的宴飲，主要有朝會設宴——大宴，內苑留臣下賜宴——曲宴，皇室內部成員的行樂飲宴——帝王家宴三種類型。

大宴每遇祭祀大禮、節日，慶壽冊寶等時舉行，通常有皇帝、宰臣、百官預會，有時還有外國使臣參加，是爲大宴。宋代主要的大宴有元旦朝會、元宵節日宴會、冬至郊祀大宴，以及皇帝生日天寧節、不定時的慶壽冊寶大典等等。《宋史・禮樂志》記載了朝廷的重大典禮宴饗，但較爲簡略，我們可以從《東京夢華錄》、《武林舊事》、《夢粱錄》等筆記小說的細膩描繪中領略到當時大宴的盛況。

《東京夢華錄》記載了自正月、元旦朝會、立春、元宵、清明、上巳以至重陽、冬至、除夕各節日朝野上下的慶祝活動，其中以徽宗皇帝生日天寧節（十月十日）最爲隆重。節前教坊的準備長達半年，天寧節前一月「閱樂」，檢閱節目排練的成果。十月一日開始，軍民百姓就已經放假冶遊，早早開展了慶祝活動。

十月十日這一天，大宴開始。宰執、親王、宗室、百官，以及各國使節均上殿祝壽。「十二日，宰執、親王、宗室、百官，入內上壽大起居。樂未作，集英殿山樓上教坊樂人效百禽鳴，內外肅然，止聞

〔註 51〕葉紹翁著，符均注《四朝聞見錄》丙集，三秦出版社，2004，第 178～179 頁。

〔註 52〕陶宗儀《書史會要》卷六，上海書店，1984，第 216 頁。

半空和鳴，若鸞鳳翔集。百官以下謝坐訖，宰執、禁從，親王、宗室、觀察使巳上，並大遼、高麗、夏國使副，坐於殿上。諸卿少百官，諸國中節使人，坐兩廊。軍校以下，排在山樓之後。皆以紅面青黑漆矮偏釘。每分列環餅、油餅、棗塔爲看盤，次列果子。惟大遼加之豬羊雞鵝兔連骨熟肉爲看盤，皆以小繩束之。又生蔥韭蒜醋各一堞。三五人共列漿水一桶，立杓數枚。」〔註 53〕教坊「色長」二人，掌管看盞斟御酒，教坊樂部則排列「山樓下綵棚中」。宴會共行酒九盞，每行一盞，綵棚中教坊樂部歌板笙簫相隨，雜劇、歌舞、音樂、左右軍百戲輪番表演：

第一盞御酒，歌板色，一名「唱中腔」，一遍訖，先笙與簫笛各一管和，一遍，眾樂齊舉，獨聞歌者之聲。宰臣酒，樂部起傾杯。百官酒，三臺舞旋，多是雷中慶。其餘樂人舞者，諢裹寬衫，唯中慶有官，故展裹。舞曲破擷前一遍。舞者入場，至歇拍，續一人入場，對舞數拍。前舞者退，獨後舞者終其曲，謂之「舞末」。第二盞御酒，歌板色，唱如前。宰臣酒，慢曲子。百官酒，三臺舞如前。第三盞，左右軍百戲入場，一時呈拽。所謂左右軍，乃京師坊市兩廂也，非諸軍之軍。百戲乃上竿、跳索、倒立、折腰、弄盞注、踢瓶、筋斗、擎戴之類，即不用獅豹大旗神鬼也。藝人或男或女，皆紅巾綵服。殿前自有石鐫柱窠，百戲入場，旋立其戲竿。凡御宴至第三盞，方有下酒肉、鹹豉、爆肉，雙下駝峰角子。第四盞如上儀舞畢，發譚子，參軍色執竹竿拂子，念致語口號，諸雜劇色打和，再作語，勾合大曲舞。下酒榼：炙子骨頭、索粉、白肉胡餅。第五盞御酒，獨彈琵琶。宰臣酒，獨打方響。凡獨奏樂，並樂人謝恩訖，上殿奏之。百官酒，樂部起三臺舞，如前畢。參軍色執竹竿子作語，勾小兒隊舞。小兒各選年十二三者二百餘人，列四行，每行隊頭一名，四人簇擁，並小隱士

〔註 53〕孟元老《東京夢華錄》卷九，「五著本」，中國商業出版社，1982，第 58～59 頁。

帽，著緋綠紫青生色花衫，上領四契義襴束帶，各執花枝。排定，先有四人裹卷腳袱頭、紫衫者，擎一彩殿子，內金貼字牌，擂鼓而進，謂之「隊名牌」，上有一聯，謂如「九韶翔綵鳳，八佾舞青鸞」之句。樂部舉樂，小兒舞步進前，直叩殿陛。參軍色作語，問小兒班首近前，進口號，雜劇人皆打和畢，樂作，群舞合唱，且舞且唱，又唱破子畢，小兒班首入進致語，勾雜劇入場，一場兩段。是時教坊雜劇色鼈膨劉喬、侯伯朝、孟景初、王顏喜而下，皆使副也。內殿雜戲，爲有使人預宴，不敢深作諧謔，惟用群隊裝有似像，市語謂之「拽串」。雜戲畢，參軍色作語，放小兒隊。又群舞《應天長》曲子出場。下酒：群仙炙、天花餅、太平畢羅乾飯、縷肉羹、蓮花肉餅。駕興，歇座。百官退出殿門幕次。須臾追班，起居再坐。第六盞御酒，笙起慢曲子，宰臣酒慢曲子，百官酒三臺舞。左右軍築球，殿前旋立球門，約高三丈許，雜綵結絡，留門一尺許。左軍球頭蘇述，長腳襆頭，紅錦襖，餘皆卷腳襆頭，亦紅錦襖，十餘人。右軍球頭孟宣，並十餘人，皆青錦衣。樂部哨笛杖鼓斷送。左軍先以球團轉眾，小築數遭，有一對次球頭，小築數下，待其端正，即供球與球頭，打大膁過球門。右軍承得球，復團轉眾，小築數遭，次球頭亦依前供球與球頭，以大膁打過，或有即便復過者勝。勝者賜以銀碗錦綵，拜舞謝恩，以賜錦共披而拜也。不勝者球頭吃鞭，仍加抹搶下酒，假黿魚，密浮酥捺花。第七盞御酒慢曲子，宰臣酒皆慢曲子，百官酒三臺舞訖，參軍色作語，勾女童隊入場。女童皆選兩軍妙齡容豔過人者四百餘人，或戴花冠，或僊人髻鴉霞之服，或捲曲花腳襆頭，四契紅黃生色銷金錦繡之衣，結束不常，莫不一時新妝，曲盡其妙。杖子頭四人，皆裹曲腳向後指天襆頭，簪花，紅黃寬袖衫，義襴，執銀裹頭杖子。皆都城角者，當時乃陳奴哥、俎姐哥、李伴奴、雙奴，餘不足數。亦每名四人簇擁，多作仙童丫髻，仙裳執花，舞步進前成列。或舞《採蓮》，則殿前皆列蓮花。檻曲亦進隊名。參軍色作語問隊，杖子頭者進口號，且舞且唱。樂部斷送《彩蓮》訖，曲終復群舞。唱中腔畢，女童進致語，勾雜戲入場，亦一場兩段訖，參軍色作語，放女童隊，又群唱曲子，舞步出場。比之小兒節次增多矣。下酒：排炊羊胡餅，炙金腸。第八盞御酒，歌板色，一名「唱踏歌」。宰臣酒慢曲子，百官酒三臺舞。合曲破舞旋。下酒：假沙魚、獨下饅頭、肚羹。第九盞御酒慢曲子，宰臣酒慢曲子，百官酒三臺舞。曲如前。左右軍相撲。下酒：水飯、簇飣下飯。駕興。御筵酒盞皆屈卮，如菜碗樣，而有手把子。殿上純金，廊下純銀。食器，金銀漆碗碟也。〔註 54〕

大宴共行酒九盞，每一盞均以皇帝、宰臣、百官的次序進行，伴有歌、舞、百戲、雜劇以及笙、蕭、笛、琵琶、方響等樂器演奏。第一、第二、第八盞御酒皆用「歌板色」，所唱當是祝壽詞。樂舞部分，樂部「傾杯」，「三臺」舞旋，小兒隊「立天長」、女童隊「採蓮」則爲當時教坊大曲。第二盞宰臣酒、第六盞御酒、第七盞御酒、宰臣酒、第八盞宰臣酒、第九盞御酒、宰臣酒所奏均爲「慢曲子」，說明當時的慢曲已經十分發達。第四盞、第五盞、第七盞中穿插雜劇表演，均一場兩段。雜劇具有平易詼諧、短小靈活的特徵，但大宴禮上因「有使人預宴，不敢深作諧謔」。第三盞左右軍百戲，表演有上竿、跳索、倒立、折腰、弄盞注、踢瓶、筋斗、擎戴等等，紛繁熱鬧，則是市井俗文藝的代表。演出中採取「勾隊」的組織形式：第四盞雜劇打和之後，「再作語，勾合大曲舞」；第五盞三臺舞後，參軍色作語，勾小兒隊舞；小兒隊舞之後，小兒班首入進致語，勾雜劇；雜劇表演後，參軍色作語，放小兒隊；第七盞三臺舞後，參軍色作語，勾女童隊；女童《採蓮》舞後，女童進致語，勾雜戲；雜戲之後，參軍色作語，放女童隊。每一種節目表演之後，表演者再

〔註 54〕孟元老《東京夢華錄》卷九，「五著本」，中國商業出版社，1982，第 59～62 頁。

充當報幕員的角色，引領下一批演員入場。這種安排顯得場面緊湊，富有連續性，表明了大宴禮節目組織者勾合節目次序、聯通場上場下的明確現場意識。

周密《武林舊事》記載了南宋孝宗聖節（正月五日）的大宴慶典，儀式節目皆更加繁複。大宴分上壽、初坐、再坐三大部分，上壽行酒十三盞，每一盞皆樂器奏慢曲子，至第十三盞諸部合奏；初坐行酒十盞，除樂器演奏之外，加入了舞、雜劇；再坐行酒二十盞，又加入了弄傀儡、雜手藝、撮弄、傀儡舞、巧百戲、舞綰等節目〔註55〕。這時的通俗藝術形式——百戲不再是共演一個節目，只爲營造熱鬧的氣氛，而是和歌板色、雜劇一樣獨立使用，顯示出通俗藝術形式快速發展，已經成爲可以和傳統的音樂歌舞相抗衡的藝術形式。

天寧節的典禮飲宴活動是皇室大宴的典型形式，一方面要展示皇家的氣派、明確君臣的次序，顯示太平盛世的繁榮景象，另一方面更是爲了引導臣民的宴賞遊樂活動。宴退之後，臣僚「簪花歸私第」，隨從人等「皆簪花並破官錢」，至於女童隊出右掖門時，更是引起街市轟動，「少年豪俊，爭以寶具供送，飲食酒果迎接，各乘駿騎而歸。或花冠，或作男子結束，自御街馳驟，競逞華麗，觀者如堵。」〔註56〕至此全民的行樂宴賞達到高潮。

大宴禮雖然是一種禮儀性、政治性的活動，但是其中娛樂節目豐富、水平高超，展示了民間曲藝形式的最高成果，顯示出市井俗文藝的蓬勃發展及其對社會生活各方面的滲透。

除節序慶典大宴之外，每當國家無事、內外晏安之時，皇帝還常常宴請高級宰輔詞臣，舉辦較小圈子的宴飲活動，君臣溝通信息，聯絡感情，是爲「曲宴」。《辭源》:「曲宴：猶言私宴，多指宮中之宴。」

〔註55〕周密《武林舊事》卷一「聖節」，西湖書社出版社，1981，第13～21頁。

〔註56〕孟元老《東京夢華錄》卷九，「五著本」，中國商業出版社，1982，第62頁。

而在宋代，曲宴不是一般的皇帝與宮人的宴飲，而是與高級臣僚的小型宴會。「曲宴，有旨內苑留臣下賜宴，謂之曲宴，與大宴不同之義也。」〔註 57〕。宋代的曲宴規模有大有小，規模較大、成爲制度的曲宴有賞花釣魚宴。

賞花釣魚宴始於南唐，宋代太宗時期開始承續這一傳統，賞花釣魚宴成爲一項固定的宮廷文化活動。「(雍熙元年三月己丑) 召宰相近臣賞花於後苑。上曰：『春氣暄和，萬物暢茂，四方無事，朕以天下之樂爲樂，宜令侍從詞臣各賦詩。』賞花賦詩自此始。」〔註 58〕此後，歷太宗、眞宗、仁宗三朝，除了有重大的邊患事件或遇到國喪之外，賞花釣魚宴「每歲皆然」。太宗時，預宴者爲「宰相，參知政事、樞密、三司使、翰林、樞密直學士、尙書省四品、兩省五品以上、三館學士」〔註 59〕，仁宗時範圍擴大，輔臣、宗室、兩制、雜學士、待制、三司使副、知雜御史、三司判官、開封府推官、館閣官、節度使至刺史俱可以參加，皆爲高級文官，人數眾多。紆紫腰金者隨同皇帝在後苑賞花、釣魚、賦詩，皇帝一篇成，群臣奉詔屬和，浸一時盛事。

賞花釣魚宴是對與會者詩才的重大考驗，參與者每個人都必須當場交卷，詩成後「第其高下」，高者得獎陞遷，鄙者被責罰甚至遭貶。因此，爲了能在宴上作詩稱旨，大臣們必須用心揣摩，磨煉作詩技巧，才思不佳者往往有「宿構」的。

賞花釣魚宴一方面有顯示內外晏安、粉飾太平的意味，一方面也是促進君臣交流的重要形式，是政治化、禮儀化的活動。引導臣子以詩才敏捷相誇也是宋代右文政策的一個延伸，對於形成重視文學才華的社會氛圍，推動詩歌創作的繁榮有著重要意義。

〔註 57〕趙升《朝野類要》卷一，商務印書館（叢書集成初編本），1939，第 0844 冊，第 9 頁。

〔註 58〕李燾《續資治通鑒長編》卷二十五，中華書局，1979，第 3 冊，第 576 頁。

〔註 59〕李燾《續資治通鑒長編》卷二十六，中華書局，1979，第 3 冊，第 596 頁。

較之政治意味濃厚的賞花釣魚宴，日常小範圍內不定期的君臣宴饗顯得更加隨意親切。宋代皇帝有於便殿宴請臣子的傳統，「舊制，每便殿小宴，當直學士與文明樞密直學士皆預坐。故相李昉及扈蒙在翰林日，常預斯宴，後爲閤門使梁迥奏罷之。至是，給事中參知政事蘇易簡奏覆之」〔註 60〕。翰林院當值學士是皇帝的心腹謀臣，樞密直學士也是最高決策層的核心成員，這兩種人員是小宴的主要參與者。這種小宴的舉行與形式較爲靈活隨意，有時皇帝寵愛的大臣出守、還京，或皇帝一時高興，都可以設宴小聚。如李燾《續資治通鑑長編》載陳堯佐自汾陰來朝，「宴於長春殿，故事，內殿曲宴，三司使不預，時丁謂計度糧草還，特召預焉。」〔註 61〕大中祥符四年，眞宗宴宗室、宰輔於後苑，「賜衣帶器幣有差。」〔註 62〕沈括《夢溪筆談》還記載了眞宗邀請陳堯叟、丁謂、杜鎬等至宮中宴樂，「令不拜，升殿就坐，御座設於席東，設文忠之坐於席西，如常人賓主之位」〔註 63〕。吳曾《能改齋漫錄》載陳堯叟爲樞密使時，因眞宗東封，陳堯叟爲東京留守，眞宗駕行之前，宣召陳入後苑賜宴：「眞宗與二公皆戴牡丹而行。續有旨，令陳盡去戴者，召近御座，上親取頭上一朵爲陳簪之。陳跪受，拜舞謝。宴罷，二公出，風吹陳花一葉落地，陳急呼從者拾來，此乃官家所賜，不可棄之，置懷袖間。馬乃戲曰：『今日之宴，本爲大內都巡檢使。』陳云：『若爲大內都巡檢使，上何不親爲太尉戴花耶？』二公各大笑。寇萊時侍宴，上賜異花曰：『寇準年少，正戴花吃酒時也。』」〔註 64〕宴會脫略了朝堂上嚴格的大禮約束，君臣相得，融洽親厚，甚至如尋常士大夫文士之間的宴飲一樣隨意說笑，顯示了

〔註 60〕江少虞《宋朝事實類苑》卷三十，上海古籍出版社，1981，第 379 頁。
〔註 61〕李燾《續資治通鑑長編》卷七十四，中華書局，1979，第 6 冊，第 1696 頁。
〔註 62〕李燾《續資治通鑑長編》卷七十六，中華書局，1979，第 6 冊，第 1732 頁。
〔註 63〕沈括著，胡道靜校正《夢溪筆談校正》卷二十五，中華書局，1959，第 808 頁。
〔註 64〕吳曾《能改齋漫錄》卷十三，上海古籍出版社，1979，第 395 頁。

與會大臣與皇帝非同尋常的關係。

由於宋室皇帝多愛好文藝，參會的臣子也多為學士詞臣，君臣於文學方面興趣相投，宴會的主要節目也是作詩論文。《錢氏私志》載仁宗召翰林學士王珪賞月，使宮嬪以領巾、裙帶、團扇、手帕等求詩，王珪「來者應之，略不停綴，都不蹈襲前人，盡出一時新意，仍稱其所長。」仁宗大悅，令宮嬪以頭上珠花贈學士作為「潤筆」〔註 65〕。

徽宗朝，皇帝與臣子之間的這種小規模的曲宴活動發展至全盛。如上所述，徽宗愛好廣泛，書畫雙絕，製曲填詞，無一不精。又喜歡遊宴，崇寧四年大晟府成立，給徽宗皇帝與眾多知音善文之士提供了一個施展才華的舞臺。徽宗與大臣曲宴，常召大晟府進新曲新詞應制，如都門池苑曲宴召万俟詠侍宴應制，作《平安樂慢》〔註 66〕。徽宗對於文藝比對朝政的興趣要濃厚很多，常常和詞臣們討論音調詞采的得失，如一姓王的都尉有《憶故人》詞，徽宗愛其詞意，但認為曲調不夠「豐容宛轉」，命大晟府別撰新腔，配其詞以歌〔註 67〕；一中貴人出使越州回來路上得到一首無名無譜的詞，抄下進呈徽宗，徽宗即令大晟府塡腔以歌，並賜名《魚遊春水》〔註 68〕；又如一次命宋齊愈作梅詞，且限定必須是「不經人道語」，宋齊愈立刻作《眼兒媚》進呈，徽宗大為讚賞，次日對群臣說，「宋齊愈梅詞，非惟不經人道，又且自開花說至結子黃熟，並天色言之，可謂盡之矣」〔註 69〕。從這些記載可以看出，塡詞度曲是徽宗朝宮廷曲宴活動的主要內容，徽宗把帝王與翰林學士、樞密直學士的講文論政小型曲宴活動變為以大晟

〔註 65〕錢世詔《錢氏私志》，中華書局（叢書集成初編本），1991，第 3 頁。

〔註 66〕蔣一葵《堯山堂外紀》卷五十五，《續修四庫全書》，上海古籍出版社，第 1195 冊，第 516～517 頁。

〔註 67〕吳曾《能改齋漫錄》卷十七，上海古籍出版社，1979，第 496～497 頁。

〔註 68〕吳曾《能改齋漫錄》卷十六，上海古籍出版社，1979，第 471 頁。

〔註 69〕黃昇編選《唐宋諸賢絕妙詞選》卷八，上海書店編《四部叢刊初編》，第 341 冊，第 2 頁。

府詞臣的音樂娛樂活動爲主題的宴樂，這一方面表現出帝王勤政意識的淡漠，另一方面也表明了曲宴中文藝成分的擴大。

相對於大宴、曲宴來說，皇室內部的宴飲活動帶有了更多的行樂性質。歲除上元，大小節日，除了大型的國家典禮之外，宮廷內部都有例行的宴飲活動；日常皇帝有興致時，也會安排宴樂。皇室內部宴飲又可按照隆重程度的不同分爲「排當」和「進酒」。「大抵內宴賞，初坐、再坐，插食盤架者，謂之『排當』。否則但謂之『進酒』。」〔註70〕重大節日，如上述天聖節大宴，端午節、中秋節、重九、開爐、冬至等，宮中俱有排當宴會；其它小型的節日或日常的飲宴，則僅僅舉辦小型的「進酒」。宮中排當與進酒的主要參加者是帝、后、太子與宮妃，爲帝王之家的家宴。宋代皇室內部的宴飲活動呈現出高貴雅致、形式多樣的特徵。

宋代帝王之家也十分重視節氣和民俗，宮中的節日小宴中常常可以看到豐富的民俗活動，如周密《武林舊事》所記二月二日「挑菜」御宴：

> 二月一日，謂之「中和節」，唐人最重，今惟作假，及進單羅御服，百官服單羅公裳而已。二日，宮中排辦挑菜御宴。先是，內苑預備朱綠花斛，下以羅帛作小卷，書品目於上，繫以紅絲，上植生菜、薺花諸品。俟宴酬樂作，自中殿以次，各以金篦挑之。后妃、皇子、貴主、婕妤及都知等，皆有賞無罰。以次每斛十號，五紅字爲賞，五墨字爲罰。上賞則成號眞珠、玉杯、金器、北珠、篦環、珠翠、領抹，次亦鋌銀、酒器、冠鐲、翠花、段帛、龍涎、御扇、筆墨、官窯、定器之類。罰則舞唱、吟詩、念佛、飲冷水、吃生薑之類。用此以資戲笑。王宮貴邸，亦多傚之。〔註71〕

「挑菜」之宴來源於民俗，引入宮廷，大抵爲新菜即將上市所作的預先歡迎慶祝活動，參與者爲后妃、皇子、貴主、婕妤、都知等宮

〔註70〕周密《武林舊事》卷二「賞花」，西湖書社出版社，1981，第36頁。
〔註71〕周密《武林舊事》卷二「挑菜」，西湖書社出版社，1981，第35頁。

人。宴上以「挑菜」作爲遊戲競技節目，比賽之後論賞罰，賞則賜予各種寶玩用器，罰則是罰其表演節目，或唱歌，或跳舞，不能歌舞的可以吟詩念佛，吟詩念佛也不會的，則要喝冷水、吃生薑，「以資戲笑」。可以想見這種宴會的歡快熱鬧，與廟堂之上的禮儀性、政治性宴會判然有別。

皇室家宴也有大規模的行樂活動。周密《武林舊事》卷七「乾淳奉親」條詳細記載了乾道、淳熙年間孝宗侍奉高宗，宮廷中宴飲行樂的排場：

> 乾道三年三月初十日，南內遣閤長至德壽宮奏知：「連日天氣甚好，欲一二日間恭邀車駕幸聚景園看花，取自聖意選定一日。」……次日進早膳後，車駕與皇后太子過宮起居二殿訖，先至燦錦亭進茶，宣召吳郡王、曾兩府已下六員侍宴，同至後苑看花。兩廊並是小內侍及幕士。效學西湖，鋪放珠翠、花朵、玩具、匹帛，及花籃、鬧竿、市食等，許從內人關撲。次至球場，看小內侍拋彩球、蹴秋韆。又至射廳看百戲，依例宣賜。回至清妍亭看荼蘼，就登御舟，繞堤閒遊。亦有小舟數十隻，供應雜藝、嘌唱、鼓板、蔬果，與湖中一般。太上倚闌閒看，適有雙燕掠水飛過，得旨令曾覿賦之，遂進《阮郎歸》云：「柳陰庭院占風光，呢喃春晝長。碧波新漲小池塘，雙雙蹴水忙。　萍散漫，絮飛揚，輕盈體態狂。爲憐流水落花香，銜將歸畫梁。」既登舟，知閤張掄進《柳梢青》云：「柳色初濃，餘寒似水，纖雨如塵。一陣東風，縠紋微皺，碧沼鱗鱗。　仙娥花月精神，奏鳳管，鸞弦鬥新。萬歲聲中，九霞杯內，長醉芳春。」曾覿和進云：「桃靨紅勻，梨腮粉薄，鴛徑無塵。鳳閣淩虛，龍池澄碧，芳意鱗鱗。　清時酒聖花神，看內苑，風光又新。一部仙韶，九重鸞仗，天上長春。」各有宣賜。次至靜樂堂看牡丹，進酒三盞，太后邀太皇、官家同到劉婉容位奉華堂聽摘阮奏曲罷，婉容進茶訖，遂奏太后云：「本位近教得二女童，名瓊華、綠華，並能琴阮、

下棋、寫字、畫竹、背誦古文，欲得就納與官家則劇。」遂令各呈伎藝，並進自製阮普三十曲，太后遂宣賜婉容宣和殿玉軸、沉香槽三峽流泉正阮一面、白玉九芝道冠、北珠緻領道氅、銀絹三百匹兩，會子三萬貫。〔註72〕

這種宴會是孝宗奉親盡孝的舉動，一切迎合太上皇心意。宴會以各種行樂活動爲主，進酒舉宴之外，又有賞花、看百戲、賦詞、聽曲、觀舞等。西湖是天下勝景，以皇家之豪闊，一時興致到處，可以在內苑臨時營造一個「小西湖」，「鋪放珠翠、花朵、玩具、匹帛，及花籃、鬧竿、市食等」，並傚仿西湖邊的民間遊玩形式，「許從內人關撲」。高宗對於民間事物有著極大的興趣，他不但喜歡在內苑仿造民間的遊玩形式，還喜歡吃市井小吃，如「李婆婆雜菜羹、賀四酪面、髒三豬胰、胡餅、戈家甜食」等，常常宣索進呈。這些小吃因高宗的垂青而身價倍漲，成爲當時市井飲食的著名「品牌」。乾淳奉親，「排當」、「進酒」常日舉行，孝宗陪同高宗賞月、釣魚、射弓、看水傀儡，聽樂、觀舞、往浙江亭觀潮，歲時節令，春花秋景，曾無虛度。德壽宮樂工、館閣詞臣、宮人日以新曲新詞進奉：

（乾道三年三月二十一日）……第七盞，小劉婉容進自製《十色菊》、《千秋歲》曲破，內人瓊瓊、柔柔對舞。〔註73〕

淳熙三年五月二十一日天申聖節。……教坊大使申正德進新制《萬歲興龍曲》樂破對舞，各賜銀絹有差。又移晏清華，看蟠松，宮嬪五十人，皆仙妝，奏清樂，進酒，並銜前呈新藝。

十月二十二日，今上皇帝會慶聖節。……並教坊都管王喜等進新制《會慶萬年》薄媚曲破對舞，並賜銀絹。

淳熙六年三月十五日，……至第三盞，都管使臣劉景

〔註72〕周密《武林舊事》卷七「乾淳奉親」，西湖書社出版社，1981，第115～116頁。

〔註73〕以下數條皆引自周密《武林舊事》卷七「乾淳奉親」條，西湖書社出版社，1981，第117、119頁。

長供進新制《泛蘭舟》曲破，吳興祐舞，各賜銀絹。……是日知閤張掄進《壺中天慢》云：「洞天深處，賞嬌紅輕玉，高張雲幕，國豔天香相競秀。瓊苑風光如昨，露洗妖妍，風傳馥鬱，雲雨巫山約。春濃如酒，五雲臺榭樓閣。　聖代道洽功成，一塵不動，四境無鳴析。屢有豐年天助順，基業增隆山嶽。兩世明君，千秋萬歲，永享昇平樂。東皇呉瑞，更無一片花落。」

從以上記載可見，聽歌觀舞、製曲塡詞是皇室家宴中的一個重要娛樂形式。後宮嬪妃多能歌善舞、知音解律者，如劉婉容，不但會自製曲，還可以教習歌舞，以新制樂舞承歡；紹興三十一年教坊解散後，教坊的舊樂人一部分流入了德壽宮，成爲高宗宴樂的專用樂舞班子。音樂文學成爲宮廷宴飲的一個重要特色。

總之，宋代皇室的宴飲活動有著政治性、禮儀性和世俗享樂性，也有著濃鬱的人文色彩。宮廷的宴飲活動對士大夫及民間的宴飲活動都有著重要的影響。從某種意義上說，宮廷的飲宴體現著國家的政策導向，引領著社會的風尚。在宋代愛好文藝的帝王的引領下，宋代自宮廷到民間，都盛刮著一股宴嬉逸樂之風。

第三節　市井細民的宴飲生活

民間宴飲的場所主要爲酒樓茶肆與妓館……兩宋酒樓茶肆的飲食服務與飲食果子、菜肴品種之豐盛……妓館與城郊園囿中的飲宴……民眾家中的節令飲宴和「四司人」……宴飲的節目——詞、曲等俗文藝

市民階層是伴隨著商業和城市的發展產生並壯大起來的。不同於傳統的農民階層，市民以坊市的形式聚居在一起，以手工業、商業和娛樂業這些具有開放性的行業爲生存依託，彼此互相依存，息息相通；而都市優越的文化條件又使他們天生具有著愛慕虛榮、喜歡追歡逐樂的性格。城市的大街小巷、舟橋湖船，到處都是酒樓、茶肆、食店、分茶等各種飲宴娛樂場所，其中活動著或是享受生活、或是爲生

計奔忙的各色人等，安排著各種各樣的宴飲聚會，上演著各種各樣的傳奇故事。

普通的市井民眾一方面由於居處狹仄，家中難有能力承辦筵席聚會，另一方面市井飲食娛樂行業的發展已經能夠提供相當周到便捷的宴飲服務，因此市井民眾的主要宴樂場所即坊市間的大小酒店食肆。

如前所述，宋代的城市已經發展到相當的規模，尤其是北宋的東京汴梁、南宋的臨安杭州，人口已經超過了一百萬。商業繁榮，市肆林立，飲食娛樂行業十分發達，酒店、茶肆、食店、分茶、酒庫等各種飲食消閒場所遍佈大街小巷。

東京的飲食行業有酒店、茶坊、食店、飲食鋪子等，其酒店又分爲「正店」和「腳店」:「正店」是規模較大的酒店，茶飯酒肴較全，規格較高，裝修裝飾也最爲講究，並有市井歌妓待召，「門首皆縛綵樓歡門」。著名的正店「任店」,「入其門，一直主廊約百餘步，南北天井兩廊皆小閤子，向晚燈燭熒煌，上下相照。濃妝妓女數百，聚於主廊簷面上，以待酒客呼喚，望之宛若神仙。」〔註 74〕酒店還設有廳院雅座，飲客可以與友人密談，並命妓歌彈說笑，「廊廡掩映，排列小閤子，弔窗花竹，各垂簾幕，命妓歌笑，各得穩便」〔註 75〕。若在大廳就座，則有各色閒人前來湊趣：「更有街坊婦人，腰繫青花布手巾，綰危髻，爲酒客換湯斟酒，俗謂之『焌糟』。更有百姓入酒肆，見子弟少年輩飲酒，近前小心供過，使令買物命妓，取送錢物之類，謂之『閑漢』。又有向前換湯斟酒歌唱，或獻果子香藥之類，客散得錢，謂之『廝波』。又有下等妓女，不呼自來，筵前歌唱，臨時以些小錢物贈之而去，謂之『禮客』，亦謂之『打酒坐』……如此處處有之。」〔註 76〕大酒店不

〔註 74〕孟元老《東京夢華錄》卷二「酒樓」條，「五著本」，中國商業出版社，1982，第 16～17 頁。
〔註 75〕孟元老《東京夢華錄》卷二「飲食果子」條，「五著本」，中國商業出版社，1982，第 17～18 頁。
〔註 76〕孟元老《東京夢華錄》卷二「飲食果子」條，「五著本」，中國商業出版社，1982，第 17～18 頁。

但是人們飲酒聚會的地方，也是娛樂消閒的場所。在北宋都城汴梁，酒樓「正店」有七十二戶，有名的大酒店有會仙酒樓、遇仙正店、清風樓酒店、潘樓酒店、看牛樓酒店、鐵屑樓酒店、豐樂樓等，其中會仙酒樓規格最高，酒店房屋百十餘間，場面豪闊：「常有百十分廳館，動使各各足備，不尙少闕一件。」〔註 77〕店內待客碗盞皆用銀器，凡有顧客登門，應承十分闊綽，「凡酒店中不問何人，止兩人對坐飲酒，亦須用注碗一副，盤盞兩副，果菜碟各五片，水菜碗三五隻，即銀近百兩矣。雖一人獨飲，碗遂亦用銀盂之類。」〔註 78〕「正店」所賣酒食高檔貴重，曲院街的遇仙正店銀瓶酒要七十二文一角，羊羔酒要八十一文一角。

小酒店又稱「腳店」，買賣各色茶飯下酒。食店中，大的稱「分茶」，賣各種羹湯麵飯；小的有特色川飯店、南食店、瓠羹店等，賣各種南北熟食。東京的各坊市之中，腳店、分茶、食店、飲食鋪子「不能遍數」，比比皆是。

南宋杭州臨安的飲食行業比東京又更爲繁盛。南渡之後，京師酒店商戶多跟隨高宗行駕遷移到杭州來，因此杭城的酒店食肆也保留著一些北方的特色。與東京類似，在杭州，也有茶肆、酒肆、分茶酒店、麵食店、葷素從食店等名目，而娛樂消閒意味更加濃厚。杭州市井酒樓無數，其中最有名的有熙春樓、三元樓、五閒樓、賞心樓、嚴廚、花月樓、銀馬杓、康沈店、翁廚、任廚、陳廚、周廚、巧張、日新樓、沈廚、鄭廚等，皆有小巧包廂，精美酒器，且「每處各有私名妓數十輩，皆時妝袪服，巧笑爭妍。夏月茉莉盈頭，春滿綺陌。憑檻招邀，謂之『賣客』。又有小鬟，不呼自至，歌吟強聒，以求支分，謂之『擦坐』。又有吹簫、彈阮、息氣、鑼板、歌唱、散耍等人，謂之『趕趁』。

〔註 77〕孟元老《東京夢華錄》卷四「會仙酒樓」條，「五著本」，中國商業出版社，1982，第 28 頁。

〔註 78〕孟元老《東京夢華錄》卷四「會仙酒樓」條，「五著本」，中國商業出版社，1982，第 28 頁。

及有老嫗以小爐炷香爲供者，謂之『香婆』。有以法製青皮、杏仁、半夏、縮砂、豆寇、小蠟茶、香藥、韻薑、砌香、橄欖、薄荷，至酒閣分表得錢，謂之『撒嚍』。又有賣玉面狸、鹿肉、糟決明、糟蟹、糟羊蹄、酒蛤蜊、柔魚、蝦茸、〈魚孱〉乾者，謂之『家風』。又有賣酒浸江珧、章舉蠣肉、龜腳、鎖管、蜜丁、脆螺、鱟醬、法蝦、子魚、鯊魚諸海味者，謂之『醒酒口味』……」〔註 79〕不但大的酒店設有雅座包廂、有歌妓待召，一些茶肆之中，也有了妓女支應：「大街有三五家開茶肆，樓上專安著妓女，名曰『花茶坊』」〔註 80〕；賣酒兼賣下酒菜肴的「開沽」，也「俱有妓女，以待風流才子買笑追歡」〔註 81〕；分茶酒店、麵食店等店中也「俱有廳院廊廡，排列小小穩便閣兒，弔窗之外，花竹掩映，垂簾下幕，隨意命妓歌唱，雖飲宴至達旦，亦無厭怠也」〔註 82〕，酒店茶肆、點心食店不再是單純的飲食場所，而是具有了消閒娛樂的性質。尤其是各茶肆，發展成爲市井文藝沙龍，「大凡茶樓多有富室子弟、諸司下直等人會聚，習學樂器、上教曲賺之類，謂之『掛牌兒』。」〔註 83〕揣摩其意，所謂「掛牌兒」，當是一幫愛好樂器歌曲的人在固定的時間、固定地在某茶肆中集會，進行交流切磋，按曲行歌，類似於現在的文藝沙龍或文藝社團。

杭州除各茶樓酒肆之外，又有戶部點檢所酒庫和樂樓、和豐樓、中和樓、春風樓、太和樓、西樓、太平樓、豐樂樓、南外庫、北外庫、西溪庫等十三所，專門造酒營賣，其性質半爲官屬部門，半爲營業性酒店。各庫設有監官兩人、值班的「下番」數人，並擇取美

〔註 79〕周密《武林舊事》卷六「酒樓」條，西湖書社出版社，1981，第 94 頁。

〔註 80〕吳自牧《夢梁錄》卷十六「茶肆」條，「五著本」，中國商業出版社，1982，第 130 頁。

〔註 81〕吳自牧《夢梁錄》卷十六「酒肆」條，「五著本」，中國商業出版社，1982，第 131 頁。

〔註 82〕吳自牧《夢梁錄》卷十六「分茶酒店」條，「五著本」，中國商業出版社，1982，第 135 頁。

〔註 83〕吳自牧《夢梁錄》卷十六「茶肆」條，「五著本」，中國商業出版社，1982，第 130 頁。

貌善歌的官妓支應賣酒，「自景定以來，諸酒庫設法賣酒，官妓及私名妓女數內，揀擇上中甲者，委有娉婷秀媚，桃臉櫻唇，玉指纖纖，秋波滴溜，歌喉宛轉，道得字眞韻正，令人側耳聽之不厭。」〔註 84〕「每庫設官妓數十人，各有金銀酒器千兩，以供飲客之用。每庫有祗直者數人，名曰『下番』。飲客登樓，則以名牌點喚侑樽，謂之『點花牌』。」〔註 85〕諸酒庫也是風流才子、文人士夫、富室子弟聽歌聚飲、買笑流連的場所。

城中聚集著各種各樣的飲食消閒場所，城郊則分佈著無數的亭館園囿，供市井民眾宴聚遊樂。汴梁城外有方池亭榭、玉仙觀、一丈佛園子、王太尉園、奉勝寺前孟景初園、州東宋門外快活林、勃臍陂、獨樂岡、硯臺、蜘蛛樓、麥家園，虹橋王家園，曹、宋門之間東御苑、乾明崇夏尼寺，板橋外下松園、王太宰園、杏花岡，以及藥梁園、童太師園等等，「大抵都城左近，皆是園圃，百里之內，並無閒地」〔註 86〕。而杭州的西湖，更是勝景無窮、園館遍佈，萬松嶺內有內貴王氏富覽園、三茅觀東山梅亭、慶壽庵褚家塘東瓊花園、清湖北慈明殿園、楊府秀芳園、張氏北園、楊府風雲慶會閣、內侍蔣苑使花圃、富景園、五柳園、南山長橋慶樂園、淨慈寺南翠芳園、張府眞珠園、謝府新園、羅家園、白蓮寺園、霍家園、方家塢劉氏園、北山集芳園、四聖延祥觀御園、錢塘門外九曲牆下擇勝園、錢塘正庫側新園、城北隱秀園、菩提寺後謝府玉壺園、四井亭園、昭慶寺後古柳林、楊府雲洞園、西園、楊府具美園、飲綠亭、裴府山濤園、葛嶺水仙廟、西秀野園、集芳園、趙秀王府水月園、張府凝碧園、孤山路張內侍總宜園、西林橋西水竹院落、九里松嬉遊園、湧金門外堤北一清堂園、顯應觀西齋堂觀南聚景園、張府泳澤環碧園等等，不可勝數。元宵重九，端

〔註 84〕吳自牧《夢粱錄》卷二十「妓樂」條，「五著本」，中國商業出版社，1982，第 178 頁。

〔註 85〕周密《武林舊事》卷六「酒樓」條，西湖書社出版社，1981，第 93 頁。

〔註 86〕孟元老《東京夢華錄》卷六「收燈都人出城探春」條，「五著本」，中國商業出版社，1982，第 42 頁。

午清明，翠茵芳樹之間，矮草長堤之側，官員百姓、市井驕民各乘香車駿騎，按樂行歌，折翠簪紅，金樽巧笑，享受著四時的美景良辰。

兩宋的飲食消費有著奢華侈縱的特徵。在東京，各酒店、茶肆、分茶食店、飲食鋪子所賣各種飲食名目繁多，駭人聽聞。東京各酒店、食店、分茶俱賣各種精細茶飯，品種有：

> 所謂茶飯者，乃百味羹、頭羹、新法鵪子羹、三危羹、二色腰子、蝦蕈、雞蕈、渾炮等羹、旋索粉、玉棋子、群仙羹、假河鈍、白渫齏、貨鱖魚、假元魚、決明兜子、決明湯齏、肉醋托胎襯腸沙魚、兩熟紫蘇魚、假蛤蜊、白肉、夾面子茸割肉、胡餅、湯骨頭、乳炊羊肫、羊鬧廳、羊角、炙腰子、鵝鴨、排蒸荔枝腰子、還元腰子、燒臆子、入爐細項、蓮花鴨、簽酒炙肚胘、虛汁垂絲羊頭、入爐羊羊頭、簽鵝鴨、簽鴨、簽盤兔、炒兔、蔥潑兔、假野狐、金絲肚羹、石肚羹、假炙獐、煎鵪子、生炒肺、炒蛤蜊、炒蟹、炸蟹、洗手蟹之類，逐時旋行索喚，不許一味有闕。〔註 87〕

以上皆是酒店食肆內所賣的正規飲食。另外又有外來食品放在酒店委託出賣的特色食品，有「炙雞、燠鴨、羊腳子、點羊頭、脆筋巴子、薑蝦、酒蟹、獐巴、鹿脯、從食蒸作、海鮮時果、旋切萵苣生菜、西京筍」〔註 88〕，又有進酒店到客座兜售的各色零食，「又有小兒子，著白虔布衫，青花手巾，挾白磁缸子，賣辣菜。又有托小盤賣乾果子，乃旋炒銀杏、栗子、河北鵝梨、梨條、梨乾、梨肉、膠棗、棗圈、桃圈、核桃、肉牙棗、海紅嘉慶子、林檎旋烏李、李子旋櫻桃、煎西京雪梨、夫梨、甘棠梨、鳳棲梨、鎮府濁梨、河陰石榴、河陽查子、查條、沙苑榅桲、回馬孛萄、西川乳糖、獅子糖、霜蜂兒、橄欖、溫柑、綿棖金桔、龍眼、荔枝、召白藕、甘蔗、漉

〔註 87〕孟元老《東京夢華錄》卷二「飲食果子」條，「五著本」，中國商業出版社，1982，第 17 頁。

〔註 88〕孟元老《東京夢華錄》卷二「飲食果子」條，「五著本」，中國商業出版社，1982，第 17 頁。

梨、林檎乾、枝頭乾、芭蕉乾、人面子、馬覽子、榛子、榧子、蝦具之類。諸般蜜煎香藥、果子罐子、黨梅、柿膏兒、香藥、小元兒、小臘茶、鵬沙元之類。更外賣軟羊諸色包子，豬羊荷包，燒肉乾脯，玉板鮮鮓、鮓片醬之類。」〔註 89〕

正規酒店食店所賣諸色飲食之外，尚有州橋夜市上所賣的各色小吃，「自州橋南去，當街水飯、爊肉、乾脯。王樓前貛兒、野狐、肉脯、雞。梅家鹿家鵝鴨雞兔肚肺鱔魚包子、雞皮、腰腎、雞碎，每個不過十五文。曹家從食。至朱雀門，旋煎羊、白腸、鮓脯、黎凍魚頭、薑豉類子、抹髒、紅絲、批切羊頭、辣腳子、薑辣蘿蔔。夏月麻腐雞皮、麻飲細粉、素簽紗糖、冰雪冷元子、水晶皂兒、生淹水木瓜、藥木瓜、雞頭穰沙糖、綠豆，甘草冰雪涼水、荔枝膏、廣芥瓜兒、鹹菜、杏片、梅子薑、萵苣筍、芥辣瓜旋兒、細料餶飿兒、香糖果子、間道糖荔枝、越梅、離刀紫蘇膏、金絲黨梅、香根元，皆用梅紅匣兒盛貯。冬月盤兔、旋炙豬皮肉、野鴨肉、滴酥水晶鱠、煎夾子、豬髒之類，直至龍津橋須腦子肉止，謂之雜嚼。」〔註 90〕東角樓街巷早市賣野味河鮮如「羊頭、肚肺、赤白腰子、奶房、肚胘、鶉兔、鳩鴿、野味、螃蟹、蛤蜊」之類，飯後小吃有「酥蜜食、刺錮、磴砂團子、香糖果子、蜜煎雕花」等，馬行街夜市所賣的夜宵小菜有「剿子薑豉、抹髒、紅絲水晶膾、煎肝臟、蛤蜊、螃蟹、胡桃、澤州餳、奇豆、鵝梨、石榴、查子、滈理、糍糕、團子、鹽豉湯」等。眾多的食品名目，令人眼花繚亂。

洎至杭州臨安，市食更是琳琅滿目，既有「舊京師人」帶來的北食，又有杭州本地食品，以及全國各地特色飲食。其「市食」名目有：

鵪鶉餶飿兒　肝臟夾子　香藥灌肺　灌腸　豬胰胡餅　羊

〔註 89〕孟元老《東京夢華錄》卷二「飲食果子」條，「五著本」，中國商業出版社，1982，第 18 頁。

〔註 90〕孟元老《東京夢華錄》卷二「舟橋夜市」條，「五著本」，中國商業出版社，1982，第 14 頁。

脂韭餅 窩絲薑豉 劃子 科斗細粉 玲瓏雙條 七色燒餅 雜炸 金鋌裹蒸 市羅角兒 寬焦薄脆 糕糜 旋炙犬巴兒 八半鵝鴨 炙雞鴨 爊肝 罐裹爊 爊鰻鱔 爊團魚 煎白腸 水晶膾 煎鴨子 髒駝兒 焦蒸餅 海蜇鮓 薑蝦米 辣齏粉 糖葉子 豆團 麻團 螺頭 膘皮 辣菜餅 炒螃蟹 肉蒠齏 羊血鹿肉䆀子〔註 91〕

「果子」名目有：

皂兒膏 宜利少 瓜蔞煎 鮑螺 裹蜜 糖絲錢 澤州餳蜜麻酥 炒團 澄沙團子 十般糖 甘露餅 玉屑糕 爊木瓜糖脆梅 破核兒 查條 桔紅膏 荔枝膏 蜜薑豉 韻薑糖 花花糖 二色灌香藕 糖豌豆 芽豆 栗黃 烏李 酪麵 蓼花 蜜彈彈 望口消 桃穰酥 重劑 蜜棗兒 天花餅 烏梅糖 玉柱糖 乳糖獅兒 薄荷蜜 琥珀蜜 餳角兒 諸色糖蜜煎〔註 92〕

「菜蔬」名目有：

薑油多 薤花茄兒 辣瓜兒 倭菜 藕鮓 冬瓜鮓 筍鮓 茭白鮓 波醬 糟瓊枝 蓴菜筍 糟黃芽 糟瓜齏 淡鹽齏 鮓菜 醋薑 脂麻辣菜 拌生菜 諸般糟淹 鹽芥〔註 93〕

此外又有「粥」十種，「䆀鮓」三十種，「涼水（涼飲料）」十七種，「糕」十九種，「蒸作從食」六十種，諸色酒名五十多種。其講究之精細、品種之繁多，比起今天有過之而無不及。而這眾多的食物菜肴品種，各酒店食肆都是時刻齊備的，當客人到店，點索各種食品菜蔬的時候，可以「逐時旋行索喚，不許一味有闕，或別呼索變」〔註 94〕，甚至富貴之家辦一次幾十人的酒席，市場上也可以「隨

〔註 91〕周密《武林舊事》卷六「市食」條，西湖書社出版社，1981，第 97 頁。

〔註 92〕周密《武林舊事》卷六「果子」條，西湖書社出版社，1981，第 98 頁。

〔註 93〕周密《武林舊事》卷六「菜蔬」條，西湖書社出版社，1981，第 99 頁。

〔註 94〕孟元老《東京夢華錄》卷二「飲食果子」條，「五著本」，中國商業出版社，1982，第 17～18 頁。

索隨應，指揮辦集，片時俱備，不缺一味」〔註 95〕。由於城市飲食行業高度發達，以至於市井經紀之家，「往往只於市店旋買飲食，不置家蔬」〔註 96〕。這在自給自足的自然經濟狀態下是不可想像的。

富室子弟、長官小吏以及柳永之輩的才子詞人混跡於市井之中，除留戀各酒店食肆、茶坊酒庫中的美酒佳肴、當壚巧笑之外，更為鍾情的則是那些隱約於平康曲巷中的青樓妓館。

宋代都城中的青樓妓館幾乎和酒店食肆一樣眾多。在東京，朱雀門西曲院街、朱雀門東大街、御街東朱雀門外殺豬巷、潘樓東南斜街、北斜街、牛行街、東雞兒巷、西雞兒巷、寺東門大街小甜水巷等，皆為妓館聚集之地；杭州妓館之繁盛，比東京有過之而無不及，除妓館聚居區上下抱劍營、漆器牆、沙皮巷、清河坊、融和坊、新街、太平坊、巾子巷、獅子巷、後市街、薦橋等地外，杭州的一些茶肆，如清樂茶坊、八仙茶坊、珠子茶坊、潘家茶坊、連三茶坊、連二茶坊等也成了市井私妓賣笑的場所。

精美的飲食、殷勤的服務、美貌多情而又多才多藝的歌妓，使市井狹邪成為富室子弟、低級官吏、風流文人、甚至某些士大夫官僚尋歡作樂、享受生活的場所。酒店中聚飲，可以在酒店廳院之中，兩旁廊廡之下，弔窗花竹掩映的雅座包廂裏「命妓歌笑」，也可以在酒庫中「點花牌」，擇取自己中意的官妓來承應；可以在幽坊小巷、燕館歌樓中淺斟低唱，也可以在風亭水榭、峻宇高樓之上「苞鮓新荷，遠邇笙歌，」〔註 97〕宴樂通夕。浮浪子弟、風流文人登茶樓歌館燕歡，點喚當紅歌妓陪酒之情形，《武林舊事》中有著生動的描述：

凡初登門，則有提瓶獻茗者，雖杯茶亦犒數千，謂之

〔註 95〕吳自牧《夢粱錄》卷八「大內」條，「五著本」，中國商業出版社，1982，第 184～185 頁。

〔註 96〕孟元老《東京夢華錄》卷三「馬行街鋪席」條，「五著本」，中國商業出版社，1982，第 22 頁。

〔註 97〕孟元老《東京夢華錄》卷八「是月巷陌雜賣」條，「五著本」，中國商業出版社，1982，第 53 頁。

> 「點花茶」。登樓甫飲一杯，則先與數貫，謂之「支酒」。然後呼喚提賣，隨意置宴，趕趁祗應撲賣者亦皆紛至，浮費頗多。或欲更招他妓，則雖對街，亦呼肩輿而至，謂之「過街轎」。〔註98〕

這種消費方式，可以稱得上是揮金如土。而兩京的酒樓歌館、茶坊瓦肆之中日日以飲宴歌笑爲業，生意興隆，「不以風雨寒暑，白晝通夜，駢闐如此」，一方面固然反映了京都人民之豪富和巨大的消費能力，另一方面也顯示出這種娛樂方式對人們的巨大吸引力。一些浪蕩文人也是酒樓妓館的常客，典型的如柳永，葉夢得《避暑錄話》載他「爲舉子時，多遊狹邪，善爲歌辭。教坊樂工每得新腔，必求永爲辭，始行於世。」〔註99〕柳永之遊狹邪，不僅僅是作爲一個消費者的身份，他以高才雋思，爲市井歌妓譜曲作詞，對民間的酒會歌席作出了巨大的貢獻。甚至連朝廷大員，有的也喜歡作狹邪之遊，如曾經參與改樂的秘監劉幾，就是酒樓妓館的常客：

> 劉秘監幾，字伯壽，磊落有氣節，善飲酒，洞曉音律……嘗召至京師議大樂，旦以朝服趨局，暮則易布裘，徒步市廛間，或倡優所集處，率以爲常，神宗亦不之責。〔註100〕
>
> 劉幾，在神宗時與范蜀公重定大樂。洛陽花品曰狀元紅，爲一時之冠，樂工花日新，能爲新聲。汴妓郜懿以色著，秘監致仕劉伯壽，尤精音律。熙寧中，幾攜花日新就郜懿歡飲，填詞以贈之云：……〔註101〕

柳永的倚紅偎翠、「淺斟低唱」成爲了他的一個政治污點，造成了他終身的不遇，但身爲秘監的劉幾的蕩遊狹邪則被視爲大膽通脫，

〔註98〕周密《武林舊事》卷六「歌館」條，西湖書社出版社，1981，第95頁。

〔註99〕葉夢得《石林避暑錄話》卷三，上海書店（據涵芬樓舊版影印本），1990，第91～92頁。

〔註100〕葉夢得撰，宇文紹奕考異《石林燕語》卷十，中華書局，1984，第146～147頁。

〔註101〕徐釚撰，唐圭璋校注《詞苑叢談》卷七，上海古籍出版社，1981，第154頁。

連神宗皇帝也不多問。這或許是個人際遇的偶然因素，但其中也透露出時代發展、風俗變化的消息。

除了酒樓歌館當中的飲宴娛樂之外，每當清明上巳、端午中秋、元宵重九等節日，或值娶親嫁女、親友探訪的日常應酬來往，官宦之家和市民富戶也都要在家中排辦宴席，飲酒行樂，或出至山間水濱，籍草飲宴，不肯虛度。宋代風俗，人們家中請客設宴，除了要安排茶飯、菜蔬、酒品、果子、蜜餞等之外，燈燭、香藥，以至於廳堂陳設、插花掛畫，也俱要整齊妥帖，方顯體面周全。應民眾的這種宴樂之需，北宋出現了專門應承此類活計的行業，稱「四司人」：

> 凡民間吉芶筵會，椅桌陳設，器皿合盤，酒簷動使之類，自有茶酒司管賃。吃食下酒，自有廚司，以至托盤、下請書、安排坐次、尊前執事歌說觀酒，謂之「白席人」。總謂之「四司人」。欲就園館亭寺院遊賞命客之類，舉意便辦，亦各有地分，承攬排備，自有則例，亦不敢過越取錢。雖百十分，廳館整肅，主人只出錢而已，不用費力。〔註 102〕

「四司人」包括掌管桌椅屏風、書畫的帳設司、掌管器皿盤盞的茶酒司、掌管吃食下酒的廚司和掌管下請書安排座次歌說勸酒的「白席人」。四司人承辦主家的筵會安排，從請客——「下請書」，到宴會結束後的打掃歸置，能提供「一條龍」的服務。南宋這一行業更加發達完備，從廳館布置、採買庖廚、托盤接送、時果勸酒、糖蜜花煎、菜蔬糟藏，到燈火油燭、藥碟香球、掛畫插花等等，俱有專業人士干辦，總稱「四司六局」：

> 官府貴家置四司六局，各有所掌，故筵席排當，凡事整齊，都下街市亦有之。常時人户，每遇禮席，以錢倩之，皆可辦也。
>
> 帳設司，專掌仰塵、繳壁、桌幃、搭席、簾幕、罘、屏風、繡額、書畫、簇子之類。

〔註 102〕孟元老《東京夢華錄》卷四「筵會假賃」條，「五著本」，中國商業出版社，1982，第 28 頁。

廚司，專掌打料、批切、烹炮、下食、調和節次。

茶酒司，專掌賓客茶湯、蕩篩酒、請坐諮席、開盞歇坐、揭席迎送、應干節次。

臺盤司，專掌托盤、打送、齎擎、勸酒、出食、接盞等事。

果子局，專掌裝簇、盤飣、看果、時果、準備勸酒。

蜜煎局，專掌糖蜜花果、鹹酸勸酒之屬。

菜蔬局，專掌甌飣、菜蔬、糟藏之屬。

油燭局，專掌燈火照耀、立臺剪燭、壁燈燭籠、裝香簇炭之類。

香藥局，專掌藥碟、香球、火箱、香餅、聽候索喚、諸般奇香及醒酒湯藥之類。

排辦局，專掌掛畫、插花、掃灑、打渲、拭抹、供過之事。

凡四司六局人祗應慣熟，便省賓主一半力，故常諺曰：燒香點茶，掛畫插花，四般閒事，不許戾家。若其失忘支節，皆是祗應等人不學之過。只如結席喝犒，亦合依次第，先廚子，次茶酒，三樂人。〔註103〕

四司六局承辦筵會十分專業，即使是百十人的宴席，也能諸事條理，廳館整肅，主人家只需出錢而已。四司六局行業的發展體現出民間宴會活動的發達。

從國家大宴到百姓行樂之宴，從市井茶樓歌館之宴到普通民眾的家宴，宴會上的娛樂節目——「樂人」都是最重要的一項。在大型的典禮和節日中，如元宵、歲除、浴佛、天聖節等前後，各種曲藝雜技節目皆有表現，如傳學教坊十三部（包括篳篥部、大鼓部、杖鼓部、拍板色、笛色、琵琶色、箏色、方響色、笙色、舞旋色、歌板色、雜劇色、參軍色）、諸宮調、清樂、唱叫小唱、嘌唱、唱賺、雜扮、百戲、

〔註103〕耐得翁《都城紀勝》「四司六局」條，「五著本」，中國商業出版社，1982，第86頁。

相撲、踢弄、雜手藝、傀儡、影戲、說話、商謎、并擊丸蹴踘、踏索上竿，倒吃冷淘，吞鐵劍，藥法傀儡，吐五色水，築球等等；而在民間宴席上，不管是酒肆歌館，還是一般家宴，除了瓦子勾欄之中的公共演出外，一般很少用那些相撲踢弄、踏索上竿類的雜技，而更青睞於琴、阮等清細音樂與說唱技藝，如所謂「細樂」（以簫管、笙、阮、稽琴、方響之類合奏）、清樂（比馬後樂，加方響、笙、笛，用小提鼓，其聲亦輕細也）、荒鼓板（如雙韻合阮咸，稽琴合簫管，琴合葫蘆）、說唱諸宮調、唱叫小唱、嘌唱、唱賺、覆賺等音樂歌唱藝術形式，加上說話（包括小說、合生、起令、隨令四家）演說說唱表演，以及商謎這種小巧的遊戲競技節目。其中嘌唱「謂上鼓面唱令曲小詞，驅駕虛聲，縱弄宮調，與叫果子、唱耍曲兒爲一體，本只街市，今宅院往往有之」〔註104〕，爲詞中小令的變異和俗化。唱賺、覆賺則綜合了慢曲、曲破、大曲、耍令、叫聲等多種腔調，最爲複雜多變：「賺者，誤賺之義也，令人正堪美聽，不覺已至尾聲，是不宜爲片序也。今又有『覆賺』，又且變花前月下之情及鐵騎之類。凡賺最難，以其兼慢曲、曲破、大曲、嘌唱、耍令、番曲、叫聲諸家腔譜也。」〔註105〕嘌唱、唱賺、纏令、纏達、叫聲等以其曲調自由尖新、聲情變化多端在民間發展爲最流行的藝術形式，那些彈琴吹管、吟叫歌唱的藝人三五人即可結爲一隊，到湖中的遊船上，或到酒店食肆中賣藝，唱腔新穎，形式靈活。官貴子弟在酒樓宴飲時，常會有一些音樂藝人來賣藝：

> 又有小鬟，不呼自至，歌吟強聒，以求支分，謂之「擦坐」。又有吹簫、彈阮、息氣、鑼板、歌唱、散耍等人，謂之「趕趁」。〔註106〕

南宋杭州西湖之上，也專門有向湖中遊船上的行樂宴席趕趁的民間藝人：

〔註104〕耐得翁《都城紀勝》，「五著本」，中國商業出版社，1982，第87頁。
〔註105〕耐得翁《都城紀勝》，「五著本」，中國商業出版社，1982，第87頁。
〔註106〕周密《武林舊事》卷六「酒樓」條，西湖書社出版社，1981，第94頁。

> 又有小腳船，專載賣客妓女、荒鼓板、燒香婆嫂、撲青器、唱耍令纏曲，及投壺打彈百藝等船，多不呼而自來，須是出著發放支犒，不被哂笑。〔註 107〕

甚至市肆中賣茶賣水、賣酒賣糖的店鋪，也唱曲兒，敲響盞，或「以鼓樂吹《梅花引》曲破賣之」〔註 108〕。到了南宋時期，茶樓中多有富室子弟和一些低級官吏組成文藝沙龍，學習樂器以及互相探討「曲賺」的唱法，「唱賺」之風頭大有壓過曲子詞地位之勢。

而終南北兩宋，宴席上最動人心弦、最關情的藝術形式，則莫過於曲子詞。曲子詞主要指「散樂傳學教坊十三部」中之歌板色所唱歌曲。與嘌唱、唱賺、纏令、叫果子等不同，曲子詞的歌者須爲二八佳人，「娉婷秀媚，桃臉櫻唇，玉指纖纖，秋波滴溜」，並且聲音軟美，「歌喉宛轉，道得字眞韻正，令人側耳聽之不厭」〔註 109〕。從朝廷御宴到民間宴席，歌妓唱曲是最基本的一個節目，「朝廷御宴，是歌板色承應。如府第富戶，多於邪街等處，擇其能謳妓女，顧倩祗應。或官府公筵及三學齋會、縉紳同年會、鄉會，皆官差諸庫角妓祗直。」〔註 110〕宋代曲子詞中之佼佼者，官妓有金賽蘭、范都宜、唐安安、倪都惜、潘稱心、梅醜兒、錢保奴、呂作娘、康三娘、桃師姑、沈三如等，私妓有名的有蘇州錢三姐、七姐、文字季惜惜、鼓板朱一姐、媳婦朱三姐、呂雙雙、十般大胡憐憐、婺州張七姐、蠻王二姐、搭羅邱三姐、一丈白楊三媽、舊司馬二娘、裱背陳三媽、屐片張三娘、半把傘朱七姐、轎番王四姐、大臂吳三媽、浴堂徐六媽、沈盼盼、普安安、徐雙雙、彭新等，俱都活躍於大大小小的宴席之上。

〔註 107〕吳自牧《夢粱錄》卷十二「湖船」條，「五著本」，中國商業出版社，1982，101 頁。

〔註 108〕吳自牧《夢粱錄》卷十六「茶肆」條，「五著本」，中國商業出版社，1982 第 130 頁。

〔註 109〕吳自牧《夢粱錄》卷二十「妓樂」條，「五著本」，中國商業出版社，1982，第 178 頁。

〔註 110〕吳自牧《夢粱錄》卷二十「妓樂」條，「五著本」，中國商業出版社，1982，第 178 頁。

民間頻繁的宴會娛樂不僅孕育和促進了多種曲藝形式的發展，也是詞這種當紅文藝產品傳播和再創作的平臺。柳永詞被全國各地的歌妓演唱，以至於「凡有井水飲處，即能歌柳詞」〔註 111〕；万俟詠供奉大晟府，每一詞出，「信宿喧傳都下」〔註 112〕，說明宴席是曲子詞這些佐席侑歡之什最好的傳播媒介。而在傳唱中，爲了使歌曲腔調更煽情、更投合市井民眾的審美趣味，曲子詞的曲調常常被添減，糅合嘌唱「驅駕虛聲，縱弄宮調」〔註 113〕的聲腔特徵，出現了曲化的傾向。「古曲譜多有異同，至一腔有兩三字多少者，或句法長短不等者，蓋被教師改換。亦有嘌唱一家，多添了字。」〔註 114〕現有的歌詞爲了美聽，或出於應對炫才，也經常被改寫。如杭妓琴操改秦觀的《滿庭芳・山抹微雲》：

> 杭之西湖有一倅，閒唱少游《滿庭芳》，偶然誤舉一韻云：「畫角聲斷斜陽。」妓琴操在側云：「畫角聲斷譙門，非斜陽也。」倅因戲之曰：「爾可改韻否？」琴即改作陽字韻云：「山抹微雲，天連衰草，畫角聲斷斜陽。暫停征轡，聊共飲離觴。多少蓬萊舊侶，頻回首、煙靄茫茫。孤村裏，寒鴉萬點，流水繞低牆。　　魂傷，當此際，輕分羅帶，暗解香囊。漫贏得、青樓薄幸名狂。此去何時見也，襟袖上，空有餘香。傷心處，長城望斷，燈火已昏黃。」東坡聞而稱賞之。〔註 115〕

琴操改唱秦觀的詞，竟然聲韻諧和，文從字順，且不改原意，可見其才思敏捷，顯示了民間音樂人的豐富創造力。

〔註 111〕葉夢得《石林避暑錄話》卷三，上海書店（據涵芬樓舊版影印本），1990，第 92 頁。

〔註 112〕王灼著，岳珍校正《碧雞漫志校正》卷二「大晟樂府得人」條，巴蜀書社，2000，第 41 頁。

〔註 113〕耐得翁《都城紀勝》「瓦舍眾伎」條，「五著本」，中國商業出版社，1982，第 87 頁。

〔註 114〕沈義父《樂府指迷》，唐圭璋編《詞話叢編》，中華書局，1986，第 283 頁。

〔註 115〕吳曾《能改齋漫錄》卷十六「杭妓琴操」，上海古籍出版社，1979，第 483 頁。

第四節　文人士大夫的宴飲生活

官僚士大夫是宋代宴飲活動的主體……宋代士大夫對社會交往和交際的重視是導致宴飲頻繁的第一個原因……士大夫在物質享受方面的追求是導致宴飲頻繁的第二個原因……宴飲是對士大夫各種奢侈奉養水平的綜合檢閱，是士大夫追求享樂的重要方式……士大夫宴飲的排場：陳設、飲食、節目……宴飲也是士大夫交際酬酢、表現才藝和抒發情志的舞臺……宋代士大夫的宴飲活動有著濃鬱的文化氣息……士大夫享樂行爲的思想本質

官僚士大夫是宋代宴飲活動的主體。在宋代的政治體制下，官僚士大夫已經成爲一個龐大的階層，他們多起自寒門，由科舉入仕，供職於從中央到地方各級政府部門。這一群體具有兩個顯著的特徵：一是不像前代士族一樣有著顯赫的家世背景，因此特別重視師友僚佐的交往，交際應酬非常頻繁；二是在宋代崇文政策和優厚俸祿的支持下，他們又佔有著豐裕的消費資源，紛紛追求身口之奉、聲色之享，形成一股奢靡享樂之風。

宋代官僚士大夫十分注重社會交往，師友、同鄉、同年、親黨結成一個巨大的關係網，互相議論提攜，以爲立身之本。如晏殊門下有范仲淹、孔道輔、韓琦、富弼、歐陽修等，除歐陽修爲晏殊所嫌惡外，大多數與晏殊交往密切；歐陽修又與王安石、曾鞏、三蘇交情極好，過從甚密；蘇軾主盟文壇之後，周圍又聚集了「四學士」、「六君子」等，常常在一起議論時事，品評人物。這種交往不僅僅是一般的應酬交際，更進一步結成了一個個政見相近、意氣相投的群體，在政治上也常常互相聲援。典型的如王安石與韓維、呂公著的交往：

> 安石在仁宗時，論立英宗爲皇子與韓魏公不合，故不敢入朝。安石雖高科有文學，本遠人，未爲中朝士大夫所服，乃深交韓、呂二家兄弟。韓、呂，朝廷之世臣也，天下之士，不出於韓，即出於呂。韓氏兄弟絳字子華，與安石同年高科；維字持國，學術尤高，不出仕，用大臣薦入館。呂氏公著字晦叔，最賢，亦與安石爲同年進士。子華、

> 持國、晦叔爭揚於朝，安石之名始盛。安石又結一時名德之士如司馬君實輩，皆相善。先是治平間，神宗爲潁王，持國翊善，每講論經義，神宗稱善。持國曰：「非某之說，某之友王安石之說。」至神宗即位，乃召安石，以至大用。〔註 116〕

王安石初時不爲朝中士大夫所服，爲了改變這種局面，他積極結納同年韓絳、呂晦叔等人，通過他們在朝中揚名，進而獲得神宗的重用。這個例子充分體現出師友提攜對士大夫事業成功的重要意義。反過來，如果沒有這方面的幫助，其成就就要大打折扣。如王禹偁學識超群，文章寫得「簡雅古淡」，但是沒有師友的稱揚，因而無法引起學界的重視：「（禹偁）文，簡雅古淡，由上三朝未有及者，而不甚爲學者所稱，蓋無師友議論之故也。」〔註 117〕如果沒有人揄揚提拔，即使本人的才能再高、文章再好，也很難成功。徽宗政和年間呂希哲就曾指出：「人生內無賢父兄，外無嚴師友，而能有成者鮮矣。」〔註 118〕這種說法雖然有些絕對，但師友提攜對於個人成功的意義是無可置疑的。在這樣的社會風氣下，宋代文人之間宴遊過從自然就非常頻繁，形成一道別具特色的文化景觀。

同時，宋代實行崇文政策，士大夫待遇優厚，太祖以來，歷代皇帝都奉行支持和鼓勵大臣「厚自娛樂」的政策，使士大夫普遍熱衷於享樂。宋代官僚士大夫對享樂的追求有著鮮明的時代特徵：

首先，他們多熱衷於宅邸園館的營造，只要有條件，就要大興土木，建造宅第園囿。如趙普作丞相後，在開封、洛陽造私第，亭榭製作雄麗，僅塗牆的「麻擣錢」就花費一千二百餘貫〔註 119〕。

〔註 116〕邵伯溫著，李劍雄、劉德權點校《邵氏聞見錄》卷三，中華書局，1983，第 24～25 頁。

〔註 117〕葉適《習學記言序目》卷四十九，中華書局，1977，第 733 頁。

〔註 118〕潘永因編，劉卓英點校《宋稗類鈔》卷四「家範」，書目文獻出版社，1985，第 275 頁。

〔註 119〕沈括著，胡道靜校正《夢溪筆談校正》卷二十四，中華書局，1959，第 750 頁。

韓琦喜歡營造，「所臨之郡，必有改作，皆宏壯雄深，稱其度量」〔註120〕。陳升之在潤州建造宅邸，「極爲宏壯，池館綿亙數百步」〔註121〕。南宋四名臣之一的趙鼎拜相之後，「驟爲驕侈，以臨安相府爲不足居，別處大堂，奇花嘉木環植周圍」〔註122〕。在士大夫紛紛買田建屋、修造園館的風氣影響下，東京、杭州等都城的郊區都成爲各家園林別業林立的地方，東京近郊皆是園圃，如王太尉園、李駙馬園、王太宰園、蔡太師園、童太師園，「百里之內，並無閒地」〔註123〕；杭州圍繞西湖也聚集著無數私家園林，如王氏富覽園、楊府秀芳園、張氏北園、張府眞珠園、謝府玉壺園、楊府雲洞園、楊府具美園、裴府山濤園、賈似道賜第集芳園、趙秀王府水月園、張府凝碧園、孤山路張內侍總宜園等等，不可盡數，成爲遊人踏青賞春的首選場所。

其次，宋代士大夫對奢侈享受的追求表現爲日常飲食和服飾器用的精美貴重。丞相韓縝「喜事口腹，每食必殫極精侈。性嗜鴿，必白者而後食。或以他色者紿之，輒能辨其非」〔註124〕，鴿子非白色不食，不是白色的鴿子肉入口即能分辨。呂蒙正富貴之後，喜歡吃雞舌湯，僅早餐雞舌湯所用之雞毛就堆成了小山。夏竦以漆斛漬龍皮爲坐具，坐上去遍體生寒，雖盛暑仍須穿夾衣；王黼寢室以金玉爲屏，翠綺爲帳；蔡京家所焚篤耨香，每兩値錢二十萬。宋代官僚士大夫的飲食起居之奢侈之奉可以說已造一時之極。

樂工家妓、舞婢歌童更是士大夫著意經營的重點。宋代對官僚

〔註120〕徐度《卻掃編》卷下，歷代學人《筆記小說大觀》第9編，第2冊，第1292頁。

〔註121〕沈括著，胡道靜校正《夢溪筆談校正》卷二十五，中華書局，1959，第810頁。

〔註122〕熊克著，顧吉辰、郭群一點校《中興小紀》卷十八，福建人民出版社，1985，第225頁。

〔註123〕孟元老《東京夢華錄》卷六，「五著本」，中國商業出版社，1982，第42頁。

〔註124〕朱弁《曲洧舊聞》卷十，商務印書館（叢書集成初編本），1936，第2768冊，第78頁。

士大夫家中蓄妓沒有嚴格限制，「兩府兩制家中，各有歌舞，官職稍如意，往往增置不已」〔註 125〕，士大夫家中的歌舞陣容是相當強大的，典型的如名臣李綱，豪富傾於一時，「私藏過於國帑，乃厚自奉養，侍妾歌僮，衣服飲食，極於美麗」〔註 126〕，侍姬歌童都擇取最美貌者；駙馬楊震「有十姬，皆絕色」〔註 127〕；張鎡號稱「園池聲妓服玩之麗甲天下」〔註 128〕，家中能歌善舞的姬妾至少有一百多人；吳益府後建翠堂七間，專爲子弟教習聲伎的場所，「一時伶官樂師，皆梨園國工也」，遇節序生辰，可倣仿大晟府，依照樂律排練音樂節目，稱爲「小排當」〔註 129〕；就連不好女色的蘇軾，也蓄有數個「擦粉虞侯」。范成大曾評論當時朝士家妓，稱最傑出者有三，爲韓無咎、晁伯如及趙嵩文之家姬。由此可見當時士林留心聲色的風氣。

而頻繁的宴集則是對各家府第園林之建設營造、錦繡羅綺之裝飾陳設、廚房供應能力、歌妓色藝等各方面水平的綜合檢閱。

士大夫宴集的場所，可以是郊外、館驛、園囿，更多則選在宅邸中的廳堂之上。由於士大夫大多建有宏敞深廣之府邸，因此在府邸中擺宴最爲方便。晏殊的「笙歌歸院落，燈火下樓臺」就描述出賓主們在府邸的高樓上宴歡散席後的情景。宋人有時會舉辦長達兩晝夜的大型宴會，主人在廳堂之外以帷幕重重環繞，堂內燃巨燭，座客飲酒觀舞，盡歡極樂，不知晝夜之更替：

> 張耆既貴顯，嘗啓章聖，欲私第置酒，以邀禁從諸公，上許之。既晝集盡歡，曰：「更願畢今日之樂，幸毋辭也。」於是羅幃翠幙，稠疊圍繞，繼之以燭。列屋蛾眉，極其殷

〔註 125〕朱弁《曲洧舊聞》卷一，商務印書館（叢書集成初編本），1936，第 2768 冊，第 4 頁。

〔註 126〕熊克著，顧吉辰、郭群一點校《中興小紀》卷十八，福建人民出版社，1985，第 225 頁。

〔註 127〕彭大翼《山堂肆考》卷九十九，《文淵閣四庫全書》，上海古籍出版社，1987，第 976 冊，第 43 頁。

〔註 128〕周密《齊東野語》卷二十，中華書局，1983，第 374 頁。

〔註 129〕周密《齊東野語》卷十七，中華書局，1983，第 310 頁。

勤，豪侈不可狀。每數杯，則賓主各少歇。如是者凡三數。諸公但訝夜漏如是之永，暨至撤席出户詢之，則云已再晝夜矣。〔註 130〕

宋子京好客。嘗於廣廈中外設重幕，內列寶炬。百味具備，歌舞俳優相繼，觀者忘疲。但覺更漏差長，罷席已二宿矣。名曰不曉天。〔註 131〕

東山先生楊長孺，字伯子，誠齋先生之嫡也。……守雪川時，秀邸横一州，廷相擇而使之。一日，秀王袖緘招府公，公念不欲往又無辭以卻，於是往赴。張樂開宴，水陸畢陳，帷幕數重，列燭如晝。酒半少休，已而復坐，乃知逾兩夕矣。〔註 132〕

以若干層錦帷繡幕把廳堂圍繞成不見天日的封閉場所，這種行樂方式在今天也是無法想像的，只此就可見出宋人的奢侈及對宴集行樂的熱衷。

而承辦幾十人甚至上百人的宴會飲食，也是對廚房供應能力的巨大考驗。宋代神宗以後，俗以奢侈爲尚，宴席上所供酒饌果品，俱要體面，一般人家要提前準備齊全，甚至於數月營聚，才敢發帖邀請。如司馬光在《訓儉示康》中所說：「近日士大夫家，酒非內法，果肴非遠方珍異，食非多品，器皿非滿按，不敢會賓友。常數月營聚，然後敢發書，苟或不然，人爭非之，以爲鄙吝。故不隨俗靡者，蓋鮮矣。」〔註 133〕而豪貴之家的廚房，多有能力臨時預備百十人的宴席，不用提前準備。如晏殊請客，常常是賓客到門後廚房才開始製作，幾杯酒後，果蔬菜肴即擺滿案席；張鎡家宴，也是賓客到齊後，家妓捧著酒肴與樂器次第而至；蔡京家的廚房更是實力雄厚，臨時招待四十人作

〔註 130〕王明清《揮麈錄》後錄卷五，中華書局，1961，第 147 頁。

〔註 131〕潘永因編，劉卓英點校《宋稗類鈔》卷二「奢汰」，書目文獻出版社，1985，第 152 頁。

〔註 132〕佚名《東南紀聞》卷一，歷代學人《筆記小說大觀》第 16 編，第 1 冊，第 649 頁。

〔註 133〕司馬光《傳家集》卷六十七，《文淵閣四庫全書》，上海古籍出版社，1987，第 1094 冊。

涼餅會，留數百人吃蟹黃饅頭，皆可立辦。其廚房具體運作情況已不可知，但從包子廚設有專管縷蔥絲的廚人來看，它的專業分工是相當細密的〔註 134〕。有時士大夫邀客宴歡，會隨身帶著酒肴和廚子，如韓侂冑和張鎡交好，韓侂冑愛妾滿頭花過生日，張鎡「移庖侂冑府，酣飲至五鼓」〔註 135〕。士大夫互致殷勤之意，也可以遣廚子和歌妓去慰勞，如《邵氏聞見錄》載謝希深、歐陽修大雪遊嵩山，「雪作，登石樓望都城，各有所懷。忽於煙靄中有策馬渡伊水來者。既至，乃錢相遣廚傳歌妓至。吏傳公言曰：『山行良勞，當少留龍門賞雪，府事簡，無遽歸也。』」〔註 136〕丞相錢惟演派廚子與歌妓登山涉水前去慰問遊山的眾人，厚意拳拳。有的士大夫家中有掌握某一特殊技藝的廚人，還會成爲招待客人的特色節目，如梅堯臣家老婢能斫鱠，歐陽修、劉原甫等人想吃鱠魚了，就會提著魚到梅堯臣家去；歐陽修家有廚人善作冷淘，富弼來時會特別做冷淘招待他。

油燭與香藥也是宋人宴會上必不可少的設施之一，前面提到市井中已出現「四司六局」承辦筵會事務，其中油燭局與香藥局即掌管宴會中燈火照耀、立臺剪燭、壁燈燭籠、裝香簇炭、藥碟、香球、火箱、香餅、諸般奇香及醒酒湯藥之類。而士大夫家中的香藥燈燭之司又非市井可比，所用皆求珍異。宋代貴家常用之香有乳香、麝香、沉香等，極貴重的有督耨香、龍涎香。香的價格，紹興年間乳香是十三貫一百文一斤，而龍涎香則要賣到五十至一百貫一兩，督耨香初流行的時候，每兩值錢二十萬（二百貫）〔註 137〕。同時，宋代士大夫中有不少人於香道頗有研究，親自研製香品的凝和製

〔註 134〕羅大經撰，王瑞來點校《鶴林玉露》丙編卷之六，中華書局，1983，第 337 頁：有士夫於京師買一妾，自言是蔡太師府包子廚中人。一日，令其作包子，辭以不能。詰之曰：「既是包子廚中人，何爲不能作包子？」對曰：「妾乃包子廚內縷蔥絲者也。」

〔註 135〕周密《齊東野語》卷三，中華書局，1983，第 48 頁。

〔註 136〕邵伯溫著，李劍雄、劉德權點校《邵氏聞見錄》卷八，中華書局，1983，第 82 頁。

〔註 137〕曾慥《高齋漫錄》，商務印書館（叢書集成初編本），1936，第 7 頁。

作，南宋陳敬《陳氏香譜》所收錄的凝和諸香中，冠以士大夫名號的占到一半以上，如丁公美香篆、李次公香、趙清獻公香、蘇內翰香、延安郡公香、丁晉公清眞香、黃太史清眞香、韓魏公濃梅香等等，就是士大夫從事這種雅玩活動的產物。宋代宴席上香料的消費也是一個大宗，從客人到席到席散，獸爐中香餅續添，香煙不斷，所焚之香當以斤論。貴重如督耨香，蔡京宴客一次也要焚到二三兩〔註 138〕。

宋代蠟燭是奢侈消費品，常時夜晚照明多用油燈，但宴會上則多用蠟燭，因蠟燭比油燈更加明亮清潔。豪奢之家夜宴，列燭加密，使亮如白晝。寇準少年早貴豪闊，知鄧州時，「不點油燈，尤好夜宴劇飲，雖寢室亦燃燭達旦。每罷官去，後人至官舍，見廁溷間，燭淚在地，往往成堆」〔註 139〕，連廁所馬廄中都點著蠟燭，奢華無比，人稱「萊公燭法」。最珍異的是在蠟燭中加入香料，宴席上點起來時，不但明亮，而且香氣馥鬱。徽宗時首創此法，將沉腦屑灌在蠟燭裏，點起來「焰光香滃」，香氣極其濃鬱。後來高宗搜羅到這種蠟燭，點了爲韋太后上壽，但僅有十幾枝，還爲韋太后所嗤〔註 140〕。秦檜當國時，廣帥方務德諂事秦檜，獻香蠟四十九枝，成爲檜家宴席上的一樣令人豔羡的珍品。

士大夫的宴集，不管是官府公宴還是朋友私宴，一般有兩個重要的節目，即雜劇和歌舞。一般來說，賓客就座行酒，先搬演雜劇。雜劇形制短小，多取時事俗語爲題材，起到讓賓客放鬆心情、開懷行樂的作用。如楊萬里《誠齋詩話》載東坡宴客故事：

〔註 138〕曾慥《高齋漫錄》，商務印書館（叢書集成初編本），1936，第 7 頁。

〔註 139〕歐陽修撰，林青校注《歸田錄》卷上，三秦出版社，2003，第 80 頁。

〔註 140〕葉紹翁著，符均注《四朝聞見錄》卷二，三秦出版社，2004，第 119～120 頁：宣、政其盛時，宮中以河陽花蠟燭無香爲恨，遂加龍涎、沉腦屑灌蠟燭，陳列兩行數百枝，焰明而香滃，鈞天之所無也。建炎、紹興久不進此，惟太后旋鑾沙漠，復値稱壽，上極天下之養，故用宣、政故事，然僅列十數炬。太后陽若不聞，上至，奉巵白太后以「燭頗愜聖意否？」太后謂上曰：「爾爹爹每夜嘗設數百枝，諸人閤分亦然。」上因太后起更衣，微謂憲聖曰：「如何比得爹爹富貴？」

> 東坡嘗宴客，俳優者作伎萬方，坡終不笑。一優突出，用棒痛打作技者曰：「內翰不笑，汝猶稱良優乎？」對曰：「非不笑也，不笑者乃所以深笑之也。」坡遂大笑。蓋優人用東坡「王者不治夷狄非不治也，不治者乃所以深治之也。」見子由《五世孫奉新縣尉懋說》。〔註 141〕

優人利用了蘇軾策論中的名句，一番做作後將包袱抖出，妙語解頤，東坡與座客鬨堂大笑，宴席的氣氛立刻活躍起來。雜劇的這種作用使它成爲行樂宴席中最經典的前奏，如慶曆間蘇舜欽提舉進奏院，秋賽奉神之會，先搬演雜劇，酒酣之後，方「命去優伶，卻吏史，而更召兩軍女伎」〔註 142〕。同時，宋代的雜劇對於時事多有影射，有時甚至起到婉轉諷諫的作用，如一年農業歉收，有言官建議廩俸減半，優人作雜劇諷之：

> 優人乃爲衣冠之士，自冠帶衣裾被身之物輒除其半，問之，曰：「減半。」已而兩足共穿半褲，躄而來前。復問之，則又曰：「減半。」問者歎曰：「但知減半，豈料難行。」語聞禁內，亦爲罷議。〔註 143〕

雜劇的這種尖刻性和時效性是它的強大生命力所在，以上兩齣雜劇中表演者的學養與識見均達到了相當高的水平，這也表現出雜劇已成爲宴席間可以和歌舞平分秋色的節目形式。

雜劇之後即爲宴席娛樂的重頭戲——歌妓彈箏吹笛，歌舞送酒。年輕美貌的歌妓上場獻藝是整個宴會中最引人入勝的部分，歌妓不但以秀麗的姿容、婉轉的歌喉滿足士大夫的視聽需要，還以過人的才藝贏得觀眾的愛慕與欣賞。宋代士大夫家所蓄姬妾多美貌而富有才藝，駙馬都尉楊震「有十姬，皆絕色，名粉兒者尤勝」〔註 144〕；秘監劉幾

〔註 141〕楊萬里《誠齋詩話》，《文淵閣四庫全書》，上海古籍出版社，1987，第 1480 冊，第 736 頁。
〔註 142〕魏泰撰，李裕民點校《東軒筆錄》卷四，中華書局，1983，第 41 頁。
〔註 143〕曾敏行《獨醒雜誌》卷九，上海古籍出版社，1986，第 87 頁。
〔註 144〕徐釚撰，唐圭璋校注《詞苑叢談》卷六，上海古籍出版社，1981，第 111 頁。

有妾名芳草、萱草，皆秀麗而善吹笛；范成大家婢小紅「有色藝」，能與姜夔聲笛相和；池陽太守趙崈文家姬小瓊、晁無咎家姬娉娉善舞；翰林學士高炳如之妾銀花「善小唱，凡唱得五百餘曲；又善雙韻，彈得五六十套」，歌樂俱精。除家妓外，士大夫宴集，還可以調請官妓支應。宋代官妓之佼佼者，京都有李師師，長安有添蘇，徐州有馬盼，蘇州有蘇瓊、岳楚雲，天台有嚴蕊，杭州有琴操、龍靚、金賽蘭、范都宜、唐安安、倪都惜、潘稱心、梅醜兒、錢保奴、呂作娘、康三娘、桃師姑、沈三如等，皆慧黠妙麗、能歌善舞。值得一提的是，宋代歌妓由於常和文人交往，耳濡目染，還多有知書善畫、能作詩填詞者：

> 徐州有營妓馬盼者，甚慧麗。東坡守徐日甚喜之。盼能學公書，得其彷彿。公嘗書《黃樓賦》，未畢，盼竊傚公書「山川開闔」四字，公見之大笑，略爲潤色，不復易之。今碑中四字，盼之書也。〔註 145〕

> 陸敦禮藻有侍兒名美奴，善綴詞，出侑樽俎，每丐韻於坐客，頃刻成章。〔註 146〕

> 天台營妓嚴蕊字幼芳，善琴弈歌舞、絲竹書畫，色藝冠一時。間作詩詞有新語，頗通古今。善逢迎，四方聞其名，有不遠千里而登門者。唐與正守臺日，酒邊，嘗命賦紅白桃花，即成《如夢令》云：「道是梨花不是，道是杏花不是，白白與紅紅，別是東風情味。曾記、曾記，人在武陵微醉。」與正賞之雙縑。又七夕，郡齋開宴，坐有謝元卿者，豪士也，夙聞其名，因命之賦詞，以己之姓爲韻。酒方行，而已成《鵲橋仙》云：「碧梧初出，桂花才吐，池上水花微謝。穿針人在合歡樓，正月露、玉盤高瀉。　　蛛忙鵲懶，耕慵織倦，空做古今佳話。人間剛道隔年期，指天上、方才隔夜。」〔註 147〕

〔註 145〕張邦基撰，孔凡禮點校《墨莊漫錄》卷三，中華書局，2002，第 92 頁。

〔註 146〕阮閱《詩話總龜》後集卷四十八，人民文學出版社，1987，第 302 頁。

〔註 147〕周密《齊東野語》卷二十，中華書局，1983，第 374～375 頁。

書法、繪畫、作詩塡詞，這些年輕歌女的才藝比起那些以文學爲業的士大夫來，也不爲遜色，無怪乎宋代諸多歌妓和文人可以結成忘年之交，互爲知音了。上文所舉徐州營妓馬盼、杭州官妓琴操就很得東坡的讚賞，與東坡互爲知音，琴操曾將秦觀的《滿庭芳・山抹微雲》門字韻改爲陽字韻，不假思索〔註 148〕，還曾與東坡戲作長老與香客參禪，一番問答而悟，遁入空門。更多時候，多情的歌妓和才子因宴席相識相知，萌生情愫，如歐陽修在汝陰時，一官妓聰慧多情，歐陽修所作歌詞能夠盡記，歐陽修與她「筵上戲約，他年當來作守」，數年之後歐陽修眞的來汝陰作太守，已不見其人，不勝悵惘，題詩於擷芳亭：「柳絮已將春去遠，海棠應恨我來遲。」〔註 149〕又如《綠窗新話》載秦觀寓居京師，有貴官延飲，出寵姬碧桃侑觴，碧桃「勸酒惓惓。少游領其意，復舉觴勸碧桃。貴官云：『碧桃素不善飲。』意不欲少游強之。碧桃曰：『今日爲學士拼了一醉。』引巨觥長飲。少游即席贈虞美人詞曰：『碧桃天上栽和露，不是凡花數。亂山深處水縈洄，借問一枝如玉爲誰開？　　輕寒細雨情何限，不道春難管。爲君沉醉一何妨，衹怕酒醒時候斷人腸。』闔座悉恨。貴官云：『今後永不令此姬出來。』滿座大笑。」〔註 150〕再如何㮚初入館閣時，赴一宗戚貴人之宴，與貴人侍兒惠柔互相愛慕，惠柔解羅帕爲贈〔註 151〕；他如宋宗室子趙不敏與錢塘名娼盼奴相洽，韓縝未作相時眷戀錢塘歌妓，周邦彥和姑蘇營妓岳楚雲相好等等，宋代士大夫與歌妓的曖昧情事十分普遍。可以說，宋代的歌妓侑席現象是宋代眾多愛情故事產生的基礎，給宴飲活動抹上了一層浪漫的色彩。

〔註 148〕吳曾《能改齋漫錄》卷十六，上海古籍出版社，1979，第 483 頁。
〔註 149〕趙令畤《侯鯖錄》卷一，中華書局，2002，第 48 頁。
〔註 150〕皇都風月主人編，周夷校補《綠窗新話》卷上，古典文學出版社，1957，第 72 頁。
〔註 151〕徐釚撰，唐圭璋校注《詞苑叢談》卷七，上海古籍出版社，1981，第 132～133 頁。

宴席也是士大夫互相酬酢、炫耀才情、抒發情志的舞臺。如前所述，宋代士大夫重視師友交際，通過交往而結成志趣相投的文人集團，而宴飲則是他們進行交往的主要形式。晏殊「每有佳客必留」，「未嘗一日不宴飲」；樞密副使趙昌言與鹽鐵副使陳象輿、董儼，知制誥胡旦，同幕梁顥等五人「旦夕會飲於樞第，棋觴弧矢，未嘗虛日」，京城有民諺曰「陳三更，董半夜」〔註 152〕；錢惟演留守西京時，與通判謝絳、掌書記尹洙、留守推官歐陽修常日「遊宴吟詠，未嘗不同」〔註 153〕。文瑩《湘山野錄》記載了呂公著致仕，推薦陳堯佐代之爲相，陳堯佐感激呂公著的薦舉之恩，攜酒肴過府飲宴的故事：

> 呂申公累乞致仕，仁宗眷倚之重，久之不允。他日，復叩於便坐，上度其志不可奪，因詢之曰：「卿果退，當何人可代？」申公曰：「知臣莫若君，陛下當自擇。」仁宗堅之，申公遂引陳文惠堯佐曰：「陛下欲用英俊經綸之臣，則臣所不知。必欲圖任老成，鎮靜百度，週知天下之良苦，無如陳某者。」仁宗深然之，遂大拜。後文惠公極懷薦引之德，因撰《燕詞》一闋，攜觴相館，使人歌之曰：「二社良辰，千秋庭院，翩翩又見新來燕。鳳凰巢穩許爲鄰，瀟湘煙暝來何晚。　亂入紅樓，低飛綠岸，畫梁時拂歌塵散。爲誰歸去爲誰來，主人恩重珠簾卷。」申公聽歌，醉笑曰：「自恨捲簾人已老。」文惠應曰：「莫愁調鼎事無功。」〔註 154〕

攜觴相館，爲報知遇之恩，這是士大夫之間交際酬酢活動的典型例子，通過這樣的方式，能收到極好的溝通情誼的效果。

宴飲也是士大夫炫耀才情的重要舞臺。宋代的文人士大夫集官僚、學者、詩人身份於一身，大多富有文藝才能，書法、繪畫、音樂、

〔註 152〕釋文瑩《玉壺清話》卷五，中華書局，1984，第 51 頁。

〔註 153〕魏泰撰，李裕民點校《東軒筆錄》卷三，中華書局，1983，第 29 頁。

〔註 154〕釋文瑩撰，鄭世剛、楊立揚點校《湘山野錄》卷中，中華書局，1984，第 28 頁。

圍棋，甚至作詞唱曲，都不在話下。酒酣耳熱之際，不覺技癢，或作詩，或繪畫，或吹笛，或起舞，常常有即興發揮的藝術創作和表演：

（晏殊）喜賓客，未嘗一日不燕飲，而盤饌皆不預辦，客至旋營之。頃見蘇丞相子容嘗在公幕府，見每有佳客必留，但人設一空案一杯。既命酒，果實蔬茹漸至，亦必以歌樂相佐，談笑雜出。數行之後，案上已粲然矣。稍闌即罷，遣歌樂曰：「汝曹呈藝已徧，吾當呈藝。」乃具筆箚，相與賦詩，率以爲常。前輩風流，未之有比也。〔註 155〕

晏殊開玩笑將作詩填詞稱做與聲伎表演類似的伎藝，活畫出一班文人士大夫興致勃勃，賦詩填詞，賡韻唱和的熱鬧場面。士大夫之間甚至還會進行音樂伎藝的比賽，家中的樂人演奏比賽還不夠，士大夫還會親自下場，展示音樂伎藝：

河東僞相趙文度，歸向朝廷，便授華州節度使。時同州節度使宋相公移鎮邠州（按宋琪也），道由華下，趙張筵命宋。宋以趙自河東來，氣焰凌之，帶隨使樂官一百人入趙府署庭所，排立於東廂，將舉盞，趙之樂官立於西廡。時東廂先品數聲，趙曰：「於此調吹採蓮送盞！」皆吹不得。卻令西廡吹之。送盞畢，東廂之樂由是失次，宋亦覺其挫銳，洎中筵起移於便廳再坐。宋自吹笙送趙一盞。趙遂索笛，復送一盞，聲調清越，眾所驚歎。其笛之竅，宋之隨使樂工手指按之，不滿。洎席闌，宋回驛，趙又於山亭張夜宴，召之，不至。宋於是宵遁。〔註 156〕

宋琪有備而來，親自吹笙送盞，而趙文度之音樂技藝則更加高超，索笛復送一盞，「聲調清越，眾爲驚歎」，以至於宋琪嚇得連夜逃走。這個例子體現出士大夫音樂歌舞方面的高超造詣。至於宴上歌妓乞詞、才子揮毫，更是常見，宋代士大夫中幾乎沒有不會填詞的，應美貌的

〔註 155〕葉夢得《石林避暑錄話》卷二，上海書店（據涵芬樓舊版影印本），1990，第 66 頁。

〔註 156〕《山西通志》卷二百三十引《談錄》，《文淵閣四庫全書》，上海古籍出版社，1987，第 550 冊，第 788 頁。

歌妓之邀即席賦詞，往往成爲佳話。而在酒宴之上吟詩作畫、談詩論文、證今博古也是經常進行的活動，如晏殊每與客宴飲，必要賦詩；楊億常常一邊和門人飲酒賭博、投壺弈棋，一邊構思文章，揮翰如飛，文不加點；文彥博和僚屬宴飲，使子弟臨摹石蒼舒所藏《褚河南聖教序》墨跡，請座客鑒賞辨別；甚至還常常有專門的詩畫飲會：

龍圖馬公遵，字仲塗，……今其家藏蔡忠惠公帖，用金花箋十六幅，每幅四字。玩其波畫，令人起敬，眞奇物也。世南嘗屢得觀之，云：「梅三、馬五、蔡大，皇祐壬辰中春，寒食前一日，會飲於普照院。仲塗和墨，聖俞按紙，君謨揮翰。過南都，試呈杜公、歐陽九評之，當處在何等？馬五諾我精婢潤筆，皆是奇事。」〔註 157〕

郭功父少時喜誦文忠公詩。一日過梅聖俞，曰：「近得永叔書，方作《盧山高》詩贈劉同年，自以爲得意。」恨未見此詩。功父爲誦之，聖俞擊節歎賞曰：「使吾更作詩三十年，亦不能道其中一句。」功父再誦，不覺心醉，遂置酒，又再誦，酒數行，凡誦十數遍，不交一談而罷。〔註 158〕

（米元章）知雍丘縣，子瞻自揚州召還，乃具飯邀之。既至，則對設長案，各以精筆、佳墨、紙三百列其上，而置饌於旁。子瞻見之，大笑就坐。每酒一行，即申紙共作字。二小史磨墨，幾不能供。薄暮，酒行既終，紙亦書盡，乃更相易攜去。〔註 159〕

琴棋相敵，詩書下酒，如此高情雅緻眞可令人神往。在這一風氣的影響下，士大夫大多都是琴棋書畫吹拉彈唱樣樣俱能的多面手，也正因爲此，蘇軾才會有「三不如人」的遺憾。

〔註 157〕張世南著，張茂鵬點校《遊宦紀聞》卷九，中華書局，1981，第 80～81 頁。

〔註 158〕何汶撰，常振國、絳雲點校《竹莊詩話》卷十六引《王直方詩話》，中華書局，1984，第 312～313 頁。

〔註 159〕葉夢得《石林避暑錄話》卷三，上海書店（據涵芬樓舊版影印本），1990，第 97～98 頁。

《毛詩・大序》曰：「情動於中而發於言，言之不足，故嗟歎之，嗟歎之不足，故永歌之，永歌之不足，不知手之舞之，足之蹈之也。」聽曲、唱詞、談詩、論文之外，宋人的宴會中還有一項重要的娛樂活動——群起而舞：

> 寇萊公好柘枝舞，會客必舞柘枝，每舞必盡日，時謂之「柘枝顛」。今鳳翔有一老尼，猶是萊公時柘枝妓。〔註160〕

> 淮寧府城上莎，猶是公（錢惟演）手植。公在鎮，每宴客，命廳籍分行剗襪，步於莎上，傳唱踏莎行。一時勝事，至今稱之。〔註161〕

寇萊公與錢文僖公所舞之《柘枝舞》、《踏莎行》，即為當時流行的集體舞；當時流行的舞曲，除此兩曲之外，還有採蓮舞、太清舞、花舞、劍舞、漁夫舞、調笑、降黃龍、薄媚等等，皆規模宏大，場面熱烈，是有著一定的規則和套路的大型隊舞，常見於大型的宴飲場合。

而當美景良辰，風雲際會，三五故友知交在旁，紅粉知己在側之時，文人才士多有情不自禁之舉，甚至也會自起而舞。《能改齋漫錄》載張孝祥知潭州時，「因宴客，妓有歌此（陳濟翁《驀山溪》詞）。至『金杯酒，君王勸，頭上宮花顫』，其首自為之搖動者數四。」〔註162〕蘇東坡中秋之夕與客遊金山，登妙高臺，歌者袁綯高歌一曲《水調歌頭》，東坡「為起舞」，且道：「此便是神仙矣。」〔註163〕紹興間廣東提刑韓璜在番禺帥別館王鈇家飲宴，醉後甚至應妓之邀，自索舞衫，塗抹粉墨，踉蹌起舞〔註164〕。韓璜與張孝祥、蘇東坡自然有品格境

〔註160〕沈括著，胡道靜校正《夢溪筆談校正》卷五，中華書局，1959，第228頁。

〔註161〕吳曾《能改齋漫錄》卷十一，上海古籍出版社，1979，第328頁。

〔註162〕吳曾《能改齋漫錄》卷十七，上海古籍出版社，1979，第501頁。

〔註163〕蔡絛撰，馮惠民、沈錫麟點校《鐵圍山叢談》卷三，中華書局，1983，第58頁。

〔註164〕羅大經撰，王瑞來點校《鶴林玉露》乙編卷之六，中華書局，1983，第227～228頁。

界高下之別，但因宴而忘情則是共同的。不管表達形式如何，在這種或微醺、或沉醉的狀態下，所產生的感情都是最眞摯、最熾熱的。這也是歷代宴飲文學產生的心理基礎之一。

儘管宋代士大夫中享樂之風高漲，但這是就他們的私人生活來說；在擔當社會責任、輔君愛民方面，宋代士大夫的表現是相當突出的。如范仲淹獻「十事疏」，主張建立嚴密的仕官制度以改革弊政；王安石全面改革產業政策，推行「新法」以發展生產、富國強兵；文彥博任河東轉運副使時修復麟州故道以便轉運糧餉；蘇軾在徐州領導軍民抗擊水患，在杭州修蘇堤以灌溉農田。宋代士大夫的這種對國家、對社會的強烈責任感和後期眾多的捐軀殉國志士的出現是一脈相承的，趙翼稱「歷代以來，捐軀徇國者，惟宋末爲多，雖無救於敗亡，要不可謂非養士之報也」〔註 165〕，宋廷的「養士」政策在南北兩宋不同的時期都有著厚重的回饋。可以說，宋代士大夫的奢侈自奉和熱衷享樂並不是他們缺乏理想和道德標準低下的表現，在朝廷公事上的敬業與投入與在私人空間裏的沉湎宴樂是宋代士大夫性格中的互不矛盾的兩個方面，是他們的成熟圓融人格的自然表現。

宋代士大夫大多以一種坦蕩豁達的態度對待人生的奉獻和享樂兩極。典型的如主持改樂的秘監劉幾，「旦以朝服趨局，暮則布裘徒步市廛，或倡優所集處」〔註 166〕，白天主持嚴肅莊重的改樂工作，晚上則到市井倡優那裏去尋歡作樂；又如丞相程琳出鎭大名的時候，「每晨起，據按決事，左右皆惴恐，無敢喘息。及開宴召僚佐飲酒，則笑歌歡譫，釋然無間」〔註 167〕，早上處理政事威嚴無比，晚上開宴聚飲，與僚佐詼諧談笑。嚴肅莊重如王旦，對李和文都尉攜妓夜飲

〔註 165〕趙翼《廿二史札記》，北京市中國書店據世界書局 1939 年版影印，1987，第 331 頁。

〔註 166〕葉夢得撰，宇文紹奕考異《石林燕語》卷十，中華書局，1984，第 146～147 頁。

〔註 167〕彭乘《墨客揮犀》卷八，中華書局（叢書集成初編本），1991。第 2855 冊，第 45 頁。

的行爲不以爲非，反而以「太平無象，此其象乎」〔註 168〕來開解皇帝；質樸端嚴如司馬光，在西京也與文彥博日日攜妓行春。而寇準、李綱作爲兩朝重臣，一方面以其才華膽識支撐著國家的政治大局，另一方面私生活中則奢侈豪縱，宴飲行樂無虛日。從某種意義上來說，這種行爲特徵正是宋代士大夫豐富圓熟的心理世界的外在表象之一，是宋代成熟絢爛的文化在人心理上的反映。

總的來說，宋人的宴飲活動繼承了前代宴飲活動中宴飲和遊覽相結合、宴飲與文學相結合的傳統，而增強了娛樂因素和世俗特色，湧現出許多新的民間娛樂形式。在社會各階層的宴飲活動中，文人士大夫的宴飲活動最爲活躍，最具文化氣息，與文學活動的聯繫也最爲緊密。而文人士大夫的宴飲活動主要以交際和享樂爲目的，這一目的奠定了其中文化與文學活動的基調。下文我們就以文人士大夫的宴飲活動爲主要考察對象，來觀照宋人宴飲生活與文學，尤其與詞的互動與共生關係。

〔註 168〕王鞏《聞見近錄》，陶宗儀《説郛》卷七十五，歷代學人《筆記小説大觀》第 25 編，第 2 冊，第 1097 頁。

第三章　宴飲和詞的互動

第一節　宋人宴飲中的文學活動

宋人宴飲中的主要文學活動是作文、賦詩和填詞以及詩文的批評鑒賞活動……宴上作文的幾種情形……宴會中的詩歌創作情況概述……詞是宴飲活動中更具聲色的文學藝術景觀……宴會中的詩文批評和鑒賞活動

一般情況下，在宴席的環境中，人們三杯酒下肚，思維、情感都活躍起來，更容易打開思路、啓發靈感，爲優秀作品的產生做好鋪墊。如前所述，在宋代以前，宴飲活動就和文學創作結合在一起，從娛神敬祖的祭祀性宴飲到後來的享樂性宴飲，從建安七子的公讌詩到李白《春夜宴從弟桃李園序》，從南朝宮體詩到五代花間詞，文學活動都和當時的宴飲生活相伴隨。而在封建文明發展到巔峰時期的宋代，頻繁的聚飲和宴遊孕育了更加豐富絢爛的宴飲文學。我們試以宋代文人士大夫的宴飲活動爲主要考察對象，來觀照宋人宴飲生活中的文學活動。

宋代文人士大夫的宴集活動有著濃鬱的文化藝術氣息，士大夫學養深厚，又以詩文爲本行，酒酣耳熱之際，不免要以詩詞文賦等形式來進行酬酢、比賽詩藝、抒發性靈。因此，宋代文人士大夫宴

集中的文學活動最爲活躍豐富。宋代文士大夫宴飲中的文學活動主要有以下幾項：

一是作文。文章本是士大夫陳述治國方略的工具，是他們抒寫對於社會人生的見解、立言傳世的嚴肅文體，與以享樂和交際爲目的的宴席似乎沒有直接的聯繫。但歌笑喧呼的宴席常常能使人產生豐富的靈感，酒精的刺激勾起陳說的欲望，從而產生獨具性靈的優美文章。宴上作文的典型情形如前文所舉楊大年，常常一邊與客人飲酒賭博、投壺弈棋、笑語喧嘩，一邊文章已經構思好，「小方紙細書，揮翰如飛，文不加點」，頃刻數千言。設若楊億在書齋中正襟危坐之時，恐怕就不見得就有如此的才思。又如蘇軾的前、後《赤壁賦》，也是在與客人「攜魚與酒」，蕩遊於煙波飄渺的赤壁之下，「舉酒屬客，誦明月之詩，歌窈窕之章」，換句話說，即在那種「飲酒樂甚」、「杯盤狼藉」的情境之下作出的〔註1〕。

宴飲活動中的作文又有幾種情形：一是作文與宴飲是兩項同時進行而又互相獨立的活動，宴上的娛樂談笑與所作文章並無關係，僅僅是宴席的熱鬧氣氛和飲酒後的興奮狀態促進著作者文思的生發，如楊大年宴客作文這種情況；二是遊宴中的優美景色、賓主談辯激發了作者的思緒和靈感，從而以宴席上的情景爲生發點，創作出敘述遊宴活動中高情逸思的文章，如蘇軾創作前、後《赤壁賦》的情形。

另外，一種重要的宴飲文學形式——宴集序的創作在宋代也方興未艾。宴集序是宴集詩之前所加的序文，多產生於眾多文人士大夫參加的宴席，敘述宴集活動的首尾及詩歌創作情況，由於其體制加長，內容豐富，敘述委婉，從而成爲可以獨立於詩的小品文，有的序文甚至比詩歌本身更具價值。宴集序最早導源於西晉石崇的《金谷詩集序》，到唐代達到創作的繁盛期。宋代的文人宴集中詩序創作也蔚爲大觀，如楊億的《諸公於石氏東齋宴鄭工部，分韻得「悲秋」，探得浮字（並序）》：

〔註1〕蘇軾《蘇軾文集》，中華書局，1986，第5～8頁。

> 古者會友以文，賦詩言志。良辰美景，胥遇幾稀；銜杯漱醪，其樂無量。矧石氏二君，克承堂構，孝謹不衰；滎陽鄭公，傑出士林，名聲籍甚。以久要之契，伸一獻之娛。而我閣老昌武與二三大夫，退食自公，方駕而至。乘秋高會，卜夜縱談，抵掌盱衡，樽罍方洽，峨冠側弁，星漢未斜。將何以窮綺席之宴嬉，盡金壺之漏刻。盍賦一時之事，各陳二雅之言。物無遁形，咸抽祕思，朝多君子，庶爲美談云耳。〔註2〕

詩序並詩題交待了宴飲聚會的時序爲秋天，宴會的地點是在石氏的東齋，作會的緣故是宴請鄭公部，與會的人物是三五文人士大夫。宴會上氣氛歡洽，大家乘興分題賦詩。這種詩序的做法、格調以及所敘述的宴飲情形都明顯是承西晉石崇的金谷之會和《金谷詩序》一脈而來，序後綴以一五言八句律詩，表面上看雖然還是前序後詩的格式，但詩序本身已經可以作爲一篇相對獨立的文章來讀了。再如梅堯臣《新秋普明院竹林小飲詩序》：

> 余將北歸河陽，友人歐陽永叔與二三君，具觴豆，選勝絕，欲極一日之歡，以爲別。於是得普明精廬，釃酒竹林間，少長環席，去獻酬之禮，而上不失容，下不及亂，和然嘯歌，趣逸天外。酒既酣，永叔曰：今日之樂，無愧於古昔，乘美景，遠塵俗，開口道心胸間，達則達矣，於文則未也。命取紙寫普賢佳句置坐上，各探一句，字字爲韻，以誌茲會之美。咸曰：永叔言是，不爾，後人將以吾輩爲酒肉狂人乎！頃刻，眾詩皆就，乃索大白，盡醉而去。明日，第其篇，請余爲敘云。〔註3〕

這篇序文所描寫的情境與飲會的格調，明顯又是對蘭亭雅會的傚仿，序文是整個宴會上各人所作詩結集的總序，只不過是以送別友人爲主

〔註2〕傅璇琮等主編《全宋詩》卷一一六，北京大學出版社，1991，第1348頁。

〔註3〕傅璇琮等主編《全宋詩》卷二三三，北京大學出版社，1991，第2724頁。

題。另外，宋代的餞別飲會上，即使並沒有作詩，與會者作一篇贈別序以送友人，也是經常的做法，如歐陽修《送楊寘序》、曾鞏《館閣送錢純老知婺州詩序》等，俱爲餞別宴會上產生的佳作。宋人文集中有著眾多的送行序，雖然有的文中並沒有提到餞別之宴，其贈別情形於史傳中也無從而考，但從宋代文人官僚頻繁的官職輪換、迎來送往之宴餞活動而推論，這些送行序中當有不小的部分產生於杯酒酬酢之間。贈別序的內容大多不拘於送別之事，而是敘述所送之人的家世生平、出處行狀，或論證作者的某一觀點、對某一事物的看法以贈別，雖然產生於樽俎之間，但內容是較爲莊重嚴肅的一類。

宋人宴會上的第二項重要文學活動是賦詩。如果說文章是較爲嚴肅的文學體裁的話，那麼賦詩則是文人學士矜才炫學、比試才情的更恰當方式，比起文章來，詩歌形制短小、聲韻鏗鏘，寫作所需時間較短，也更加凝練，更能適應宴席上交際娛樂和比試才情的需要。因此，宋人在宴飲場合下作詩比作文更爲頻繁，從宮廷曲宴到地方官員僚屬之宴，上下皆然。盛行於太宗、眞宗、仁宗時期的賞花釣魚宴是宋代宮廷曲宴的重要形式之一，其主要文學產品就是應制賞花詩。當會之時，在禁宮後苑，君臣一起釣魚賞花，皇帝出題，諸臣奉命而作，或皇帝先作一首賞花詩，然後群臣和作，最後品別高下，賞優罰劣。所作詩往往結爲《應制賞花詩集》，浸一時之盛。應制賞花詩不但是文人學士之間才情學問的比賽，詩作好壞還關乎各人的前途官運，因此所出俱爲精心結撰，甚至常有預先「宿構」者。但應制的形式往往會束縛作者的才思，故此類作品多爲頌美之作，藝術成就不高。

比起皇帝主持的賞花釣魚宴會來，官僚士大夫的宴飲活動則更爲自由，師友僚屬之間常常即興作詩、遞相唱和，或分題、分韻賦詠。文人宴集中的賦詩活動雖然不像賞花釣魚宴上的賦詩那樣具有政治性的和關乎作者時運的意義，但其競賽意味也十分濃重。如胡仔《苕溪漁隱叢話》前集卷三四載王安石在歐陽修所主持的宴席上賦《虎圖》,「眾客未落筆,而荊公章已就,歐公亟取讀之,爲之擊節稱歎,坐客閣筆不敢作」〔註 4〕。又如一次歐陽修設宴送裴如晦去吳江,時老蘇與王安石皆在座,席上眾人分韻賦詩,以「黯然銷魂唯別而已矣」分韻,「老蘇得『而』字,押『談詩究乎而』,荊公又作『而』字二詩:『采鯨抗波濤,風作鱗之而。』又云:『傲兀何賓客,兩忘我與而。』」〔註 5〕王安石的詩作明顯高出老蘇,導致蘇、王兩家不睦。

宋代文人宴席上還常進行其它的藝術活動,如欣賞詩畫古玩等,賓主也會以所欣賞的詩畫古玩等爲題,相約作詩。如《避暑錄話》載劉原父家文人宴飲集會,賓主共同欣賞白鷴孔雀覍鼎、周亞夫印、鈿玉寶赫連勃勃龍雀刀:「劉原甫博物多聞,前世實無及者,在長安有得古鐵刀以獻,製作極巧,下爲大環以纏龍爲之,而其首類鳥,人莫有識者,原甫曰:此赫連勃勃所鑄龍雀刀,所謂大夏龍雀者也,鳥首蓋雀云。問之,乃種世衡築青澗城掘地所得,正夏故疆也。又有獲玉印遺之者,其文曰:周惡夫印。公曰:此漢侯印,尚存於今耶?或疑而問之,曰:古亞、惡二字通用,《史記》盧綰之孫他人封亞谷侯,而《漢書》作惡谷是矣。聞者始大服。」〔註 6〕梅堯臣當時與會,作《再同江鄰幾陳和叔學士集劉舍人宅同觀白鷴孔雀覍鼎周亞夫印鈿玉寶赫連勃勃龍雀刀》詩以紀其實:

主人鳳皇池,二客天祿閣。共來東軒飲,高論雜談謔。
南籠養白鷴,北籠養孔雀。素質水紋纖,翠毛金縷薄。
大誇覍柄鼎,不比龍頭杓。玉印傳條侯,字辯亞與惡。
鈿劍刻辟邪,符寶殊製作。末觀赫連刀,龍雀鑄鐶鍔。
每出一物玩,必勸眾賓酌。又令三雲髻,行酒何綽約。

〔註 4〕胡仔纂集,廖德明校點《苕溪漁隱叢話》前集卷三四,人民文學出版社,1962,第 230 頁。

〔註 5〕龔頤正《芥隱筆記》,商務印書館(叢書集成初編本),1937,第 0312 冊,第 13 頁。

〔註 6〕葉夢得《石林避暑錄話》卷三,上海書店(據涵芬樓舊版影印本),1990,第 112 頁。

固非世俗驩，自得閱古樂。聖賢泯泯去，安有不死藥。
竟知不免此，烏用強檢縛。開目即是今，轉目已成昨。
歸時見月上，酒醒見月落。恍然如夢寐，前語誠不錯。
〔註7〕

詩敘述眾人齊聚劉原父家飲宴，席間高談闊論、詼諧談笑，主人拿出所珍藏的古玩與客人一同欣賞並介紹寶刀、古鼎、玉印的來歷，眾人歎賞並感到心滿意足的情景，表現出宋代士大夫的博學多識和高雅情操。

宴上作詩，除了比試才學之外，應酬娛樂也是其重要功能。凡官員出守還京、陞遷輪換、路過某地，皆有宴餞。送別之宴中作詩爲送尤其習以爲常，如文彥博出鎮西京時，「奉詔於瓊林院燕餞，從列皆預，賦詩送行。王禹玉時爲內相，詩云：『都門秋色滿旌旗，祖帳容陪醉御卮。功業迥高嘉祐末，精神如破貝州時。匣中寶劍騰霜鍔，海上仙桃壓露枝。昨日更聞褒詔下，別看名姓入周彝。』時以爲警絕。」〔註8〕應詔餞送，同僚各賦詩贈別，其中優秀者被人稱賞，作詩者、被送者俱十分榮耀。尋常的士大夫娛樂性宴會上，文人有時也會作詩湊趣，爲純屬娛樂性質。如東坡一次在韓絳家中赴宴，韓絳有一位愛妾魯生獻舞，舞罷被蜜蜂螫了，韓絳很不開心，蘇軾就作詩贈魯生曰：

窗搖細浪魚吹日，舞罷花枝蜂繞衣。
不覺南風吹酒醒，空教明月照人歸。

第一句隱「魯」姓，第二句寫蜂事，寫得蘊藉空靈，韓絳看了大喜。東坡更進一言說：「惟恐他姬廝賴，故云耳！」逗得賓主都哈哈大笑〔註9〕。又如寇準在北都時，一次府中招宴，使官妓侑酒，北都有官妓，容貌美麗卻舉止生硬，人稱生張八。寇準令生張八乞詩於魏野，

〔註7〕陳焯《宋元詩會》卷十三，《文淵閣四庫全書》第1463冊，上海古籍出版社，1987，第191頁。

〔註8〕張邦基撰，孔凡禮點校《墨莊漫錄》卷四，中華書局，2002，第121頁。

〔註9〕趙令畤《侯鯖錄》卷四，中華書局，2002，第100頁。

魏野作詩曰:「君爲北道生張八,我是西州熟魏三。莫怪尊前無笑語,半生半熟未相諳。」〔註10〕純爲嘲謔之作。

士大夫的宴飲集會中所產生的詩歌也有結集流傳的,如《西崑酬唱集》、《禁林宴會集》、《坡門酬唱集》、《送張無夢歸山詩》等等,成爲宋代士大夫宴飲集會中經常性的詩歌創作活動的明證。

詞在宋代已經成爲可以和詩分庭抗禮的文體,宋代士大夫大多能詞,宴上即興填詞,可現場交由歌妓來唱,最顯蘊藉風流。,因此,宴會上的詞創作,成爲比作詩更顯頻繁的活動,常見於各種筆記記載:

> 慶曆癸未十二月十九日立春,甲申元日,丞相晏元獻公會兩禁於私第。丞相席上自作木蘭花以侑觴曰:「東風昨夜回梁苑。日腳依稀添一線。旋開楊柳綠蛾眉,暗拆海棠紅粉面。　無情一去雲中雁。有意歸來梁上燕。有情無意且休論,莫向酒杯容易散。」於時坐客皆和,亦不敢改首句東風昨夜四字。〔註11〕

> 侍讀劉原父守維揚,宋景文赴壽春,道出治下,原父爲具以待宋,又爲《踏莎行》詞以侑歡云:「蠟炬高高,龍煙細細,玉樓十二門初閉。疏簾不卷水晶寒,小屏半掩琉璃翠。　桃葉新聲,榴花美味,南山賓客東山伎。利名不肯放人閑,忙中偷取工夫醉。」宋即席爲《浪淘沙》詞以別原父云:「少年不管,流光如箭,因循不覺韶華換。至如今,始惜月滿、花滿、酒滿。　扁舟欲解垂楊岸,尚同歡宴。日斜歌闋將分散,倚蘭橈,望水遠、天遠、人遠。」〔註12〕

> 翰林學士聶冠卿,嘗於李良定公席上賦多麗詞云:「想人生,美景良辰堪惜。問其間賞心樂事,就中難是並得。

〔註10〕沈括著,胡道靜校正《夢溪筆談校正》卷十六,中華書局,1959,第537頁。

〔註11〕楊湜《古今詞話》,唐圭璋編《詞話叢編》,中華書局,1986,第21頁。

〔註12〕吳曾《能改齋漫錄》卷十七,上海古籍出版社,1979,第494～495頁。

況東城鳳臺沁苑，泛晴波淺照金碧。露洗華桐，煙霏絲柳，綠陰搖曳，蕩春一色。畫堂迥，玉簪瓊佩，高會盡詞客。清歡久，重燃絳蠟，別就瑤席。　　有翩若驚鴻體態，暮為行雨標格。逞朱唇，緩歌妖麗，似聽流鶯亂花隔。慢舞縈回，嬌鬟低嚲，腰肢纖細困無力。忍分散，彩雲歸後，何處更尋覓。休辭醉，明月好花，莫漫輕擲。」〔註 13〕

……

晏殊在府邸中宴請僚屬，自作詞侑觴，兼有娛人和自娛的性質，坐客屬和，席上遍唱《木蘭花》，風雅無比；劉原父與宋景文飲席話別，以詞達意，兩位才子皆風流蘊藉；更有賦詞敘宴遊之娛，清辭麗製，傳唱一時，使病夫舉首增歎。娛賓勸酒本是詞的傳統功能，而筵席上的詞以其獨特的現場歌唱表演形式，在交際和抒情方面具有詩文所不具備的強大優勢。宋代文人士大夫宴會前的備詞、宴會中的唱詞、乞詞、作詞、競技填詞等等活動比起詩文活動來更加別具聲色，這部分內容我們留到後文再論。

文學作品的欣賞與批評也是宋人宴席上的一項常見活動。文人墨客聚集一起，總是免不了要談文論詩、指擿品第。如歐陽修和梅堯臣等人聚集在一起談論韓愈詩的用韻特徵，寬韻則波瀾旁出，泛入旁韻，窄韻則因難見巧，獨用而不出，歐陽修認為用韻到了這種境界，是「天下之至工」，梅堯臣戲言這與韓愈的個性有關，「前史言退之為人木強，若寬韻可自足，而輒傍出，窄韻難獨用，而反不出，豈非其拗強而然歟？」坐客皆笑〔註 14〕。又如周紫芝與客人談論蘇軾與蘇轍、曾鞏與陳師道的師承關係，以譏諷呂本中的《江西宗派圖》，坐客「無不撫掌」〔註 15〕；汪彥章與徐師川飲會南樓，汪彥章請教徐師川作詩的法門，徐師川就以案上果蔬杯盤為譬喻，解釋詩歌創作中寫實與想像的關

〔註 13〕吳曾《能改齋漫錄》卷十六，上海古籍出版社，1979，第 469～470 頁。
〔註 14〕歐陽修《六一詩話》，人民文學出版社，1962，第 16 頁。
〔註 15〕周紫芝《竹坡詩話》，商務印書館（叢書集成初編本），1936，第 2558 冊，第 37 頁。

係：「即此席間杯柈、果蔬，使令以至目力所及，皆詩也。君但以意翦財之，馳驟約束，觸類而長，皆當如人意，切不可閉門合目，作鐫空妄實之想也。」〔註 16〕又如梅堯臣在歐陽修宴席上，有客人談論林逋的《草詞》「金谷年年，亂生青草誰爲主」，歎爲美製，梅堯臣立刻別爲《蘇幕遮》一曲，以敵林逋之作〔註 17〕；等等。宴席上的這種欣賞與批評是當時文學創作繁盛、文學氣氛濃鬱的表現，也反過來引領了創作方向，推動了文學創作的開展。有趣的是，有時詩癡文狂在宴席上看到一首好詩，會形骸皆忘：

> 郭功父少時喜誦文忠公詩。一日過梅聖俞，曰：「近得永叔書，方作《廬山高》詩贈劉同年，自以爲得意。」恨未見此詩。功父爲誦之，聖俞擊節歎賞曰：「使吾更作詩三十年，亦不能道其中一句。」功父再誦，不覺心醉，遂置酒，又再誦，酒數行，凡誦十數遍，不交一談而罷。〔註 18〕

郭梅二人因欣賞歐陽修的《廬山高》而心醉，整個宴飲過程除了誦讀《廬山高》詩之外，沒有任何交談，最後「不交一談而罷」，可見其醉心程度。儘管他們沒有對歐陽修的《廬山高》進行任何分析評論，卻起到了無聲勝有聲的評論效果。

總之，宋人的宴飲活動中文學活動十分豐富多樣，文人士大夫在宴會上作文、賦詩、填詞，互相唱和、比試高下、品第評論、互相切磋，這些活動對於促進文學創作、生發文學觀念有著重要的作用。而在宴席上的這些形形色色的文學活動中，詞的欣賞、創作與傳播是最具聲色、也最爲活躍的。造成這一現象有著多方面的原因。首先，宋人的宴飲活動多以交際娛樂爲主要目的，而詞有著傳情達意和佐酒侑歡雙重性質，恰好適應了這種交際娛樂的需要。其次，宴飲活動中的人神經興奮，情緒外露，在音樂歌舞的引導下，需要一種合適的發泄情緒的媒介，而詞

〔註 16〕曾敏行《獨醒雜誌》卷四，上海古籍出版社，1986，第 31 頁。
〔註 17〕吳曾《能改齋漫錄》卷十七，上海古籍出版社，1979，第 495 頁。
〔註 18〕何汶撰，常振國、絳雲點校《竹莊詩話》卷十六引《王直方詩話》，中華書局，1984，第 312～313 頁。

配合音樂的文體性質使它成爲承擔這一任務的最佳介質。第三，詞作爲「小道」文體，還沒有受到太多的束縛，文人在這一領域裏可以隨意揮灑、自由發揮。這些因素都使詞成爲宋人宴飲活動中最主要的文學樣式，它像一朵嬌豔的花朵，充分浸染著宴席上的「酒水氣」和「脂粉氣」，蓬蓬勃勃地成長起來。

第二節　宴飲生活對詞的催生

宋人的宴飲活動中有著豐富多彩的文學活動，其中詞的欣賞、創作與傳播是最主要的、最具聲色的活動。詞生長於宴席這一文化土壤中，由宴飲活動所催生，反過來也影響著宴飲活動的節奏與格調。宴飲活動對詞的催生是一個多方面、多層次的過程，下面，我們主要從宴會上的人物角色、宴會的進行程序兩個方面來考察宴飲活動對詞的催生。

一、從宴會角色角度來看宴飲活動對詞的催生

「主人——歌妓——賓客」的宴會角色結構催生了詞……「備詞」——用心的歌詞選擇……「索詞」、「命賦」和自作詞——展現才藝、烘託氣氛的主要形式……賓主間的唱酬、共作和詞藝比試——宴會的高潮……宴飲活動作爲一個焦點引力場對文人的詞藝有著催督和塑造作用

宋代的交際娛樂性宴飲活動中，歌妓侑歡是一個基本的節目，主人、賓客、歌妓是宴會上的主要人物角色，構成了宴會的基本角色場。如下圖所示：

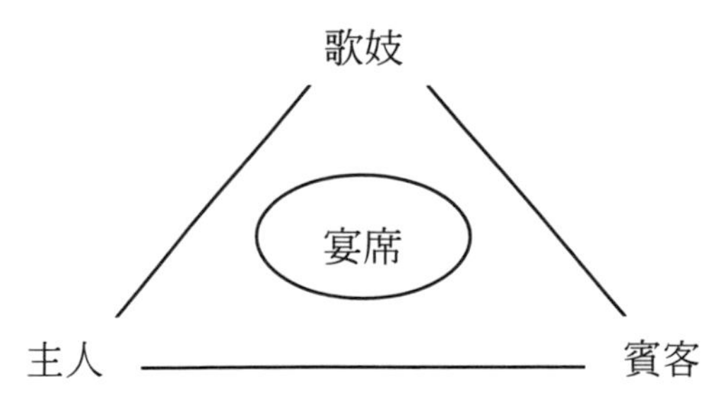

主人、歌妓、賓客之間大致是這樣一種三角關係：主人是這場宴會的舉辦者，他決定了請哪些賓客，由官妓還是由家姬來支應侑歡；賓客一般來說是主人的親朋、師友或僚佐，在宴席上和主人是對等的關係；歌妓是賓主間表情達意的一個重要媒介，不管是官妓還是家姬，都是主人的下屬，奉主人之命款待客人，歌舞佐歡。就是在這個三角形的、相對穩定的引力場中，詞被需求、被創作、被演唱出來。大體上，我們可以從宴會主人的備詞勸酒、賓客的施展才藝填詞、賓主互動、宴飲活動整體上對文人才藝的塑造等幾個方面來分析：

第一，宴會主人的備詞勸酒。

一般來說，作爲宴席的主人，要竭誠招待，讓客人感受到他的殷勤與熱情，爲此，需要在各個方面進行準備。既要有馨烈芳香的酒品、豐富珍異的菜肴、精美貴重的盤盞，又要有美貌慧黠的歌妓、技藝高超的樂工、優美動聽的歌曲來勸酒，從而讓客人盡歡，增進雙方的感情。因此，在準備宴會的時候，侑酒歌詞的準備是其中一個重要的項目。如果能根據所請客人的情況有針對性地進行準備，往往能起到非常好的交際效果。如賈昌朝作北都太守時，歐陽修出使北國而還，路過北都，賈昌朝要招待歐陽修，預先叮囑官妓要準備歌詞來勸酒。「公預戒官妓辦詞以勸酒，妓唯唯」，事實上對北都官妓來說，備詞招待這位名滿天下的詞人是不在話下的。酒宴之上，她們勸酒所唱之歌全部選用了歐陽修的詞作，使得歐陽修「把盞側聽，每爲引滿」〔註 19〕，十分盡興。又如政和間李漢老丁憂，服終回朝，宰相王黼要宴請李漢老，預先準備了李的得意之作《漢宮春》詞相待，酒過三巡，令歌妓群唱此詞以侑觴，漢老「私竊自欣，大醉而歸」〔註 20〕。又如一位寄

〔註 19〕陳師道《後山談叢》卷二，歷代學人撰《筆記小說大觀》第 4 編，第 3 冊，(臺北) 新興書局有限公司，1978，第 1686 頁。

〔註 20〕徐釚撰，唐圭璋校注《詞苑叢談》卷七，上海古籍出版社，1981，第 154 頁。

居某郡的官員招太守飲宴，預先讓侍妾準備了一首《大聖樂》來侑酒，詞曰：

> 千朵奇峰，半軒微雨，曉來初過。漸燕子引教雛飛，菡萏再薰芳草，池面涼多。淺斟瓊卮浮綠蟻，展湘簟，雙紋生細波。輕紈舉動，團圓素月，仙桂婆娑。　　臨風對月恣樂，便好把、千金邀豔娥。幸太平無事，擊壤鼓腹，攜手高歌。富貴安居，功名天賦，爭奈皆由時命何。休眉鎖，問朱顏去了，還更來麼。

這位寄居官之所以選擇這首詞，其中有一個緣故。此前，朱熹在此郡作倉使，搜羅了不少材料，太守差一點被立案調查，憂惶百端，恰好這時朱熹調走了。因此，歌曲末尾一句「休眉鎖，問朱顏去了，還更來麼？」取「朱」義的雙關，恰好說中了太守的心事，太守不由得「為之啓齒」〔註21〕。這是備詞宴客極為成功的一個典型例子，寄居官巧妙地擇取歌詞，使賓客放下心事、開懷暢飲，立刻拉近了賓主之間的距離。

而如果歌詞的準備上出了紕漏，則會造成不愉快的尷尬局面。《行都紀事》記載楊萬里作監司時，巡歷到某一郡，郡守盛禮殷勤招待：「楊誠齋名萬里，字廷秀。為監司時，循歷至一郡，郡守盛禮以宴之。而適初夏，有官妓歌葉少《賀新郎》詞以送酒，其中有『萬里雲帆何時到』，誠齋遽曰：『萬里昨日到。』太守大慚，即監繫官妓。」〔註22〕郡守不審，而官妓不知道楊萬里的名諱，勸酒詞中恰巧出現了「萬里雲帆何時到」之語；雖然此「萬里」不是彼「萬里」，但觸犯了楊萬里的名諱，是為不敬。又如晏殊一次出鎮地方，從南郡移陳留（此兩郡都在京城周邊），在離開南郡的宴席上，官妓歌詞侑觴，有「千里傷行客」之句，晏殊聽了大怒：「予生平守官，未嘗

〔註21〕徐釚撰，唐圭璋校注《詞苑叢談》卷七，上海古籍出版社，1981，第133頁。

〔註22〕楊和甫《行都紀事》，陶宗儀《說郛》卷十二，歷代學人《筆記小說大觀》第25編，第3冊，第369頁。

去王畿五百里。是何千里傷行客也！」〔註23〕「千里傷行客」本是一句尋常的送別行路之人的語言，但卻觸犯了晏殊之諱，導致不愉快的局面。

有時宴席的主人善於作詞且喜歡作詞，還常常會自撰歌詞，侑酒娛客。如《湘山野錄》載寇準早春宴客，「自撰樂府詞，俾工歌之」〔註24〕，詞曰：

> 春早柳絲無力，低拂青門道。暖日籠啼鳥，初拆桃花小。　　遙望碧天淨如掃，曳一縷輕煙縹緲。堪惜流年謝芳草，任玉壺傾倒。

調寄《甘草子》，用省練的筆觸描寫出早春的景色：柳絲低拂，桃花含苞初放，碧天無塵，輕煙搖曳。接下來，作者感歎四季的輪迴、時光的流逝，勸客人及時飲酒行樂，十分符合主人殷勤奉客的身份角色。

一般來說，宴席上主人和客人的身份是對等的，主人對客人殷勤招待，而客人對主人也多懷有尊敬和感激之情，需藉由一定的形式表達出來。多數情況下，主人作詞侑觴，客人會作詞奉和。如晏殊宴客，作《木蘭花・東風昨夜回梁苑》侑觴，當時「坐客皆和，亦不敢改首句『東風昨夜』四字」〔註25〕；劉原父爲宋祁送別的宴會上，劉原父作《踏莎行・蠟炬高高》侑歡，宋祁即作《浪淘沙・少年不管》以別原父〔註26〕；東坡離杭赴京，離開杭州的送別宴會上，浙漕馬中玉賦《玉樓春・來時吳會猶殘暑》送東坡，東坡即次韻爲《玉樓春・知君仙骨無寒暑》相酬〔註27〕。有時即使主人沒有作詞，客人也會作詞表達對主人的謝意，如侯寘《蘇武慢・湖州趙守席上作》：「暗雨收梅，晴波搖柳，萬頃水精宮冷。橋森畫棟，岸列紅樓，兩岸翠

〔註23〕吳曾《能改齋漫錄》卷十六，上海古籍出版社，1979，第475頁。
〔註24〕釋文瑩撰，鄭世剛、楊立揚點校《湘山野錄》卷下，中華書局，1984，第44頁。
〔註25〕楊湜《古今詞話》，唐圭璋編《詞話叢編》，中華書局，1986，第21頁。
〔註26〕吳曾《能改齋漫錄》卷十七，上海古籍出版社，1979，第494～495頁。
〔註27〕王明清《玉照新志》卷二，上海古籍出版社，1991，第23頁。

簾交映。天上行舟，鑒中開戶，人在蕊珠仙境。況吟煙嘯月，彈絲吹竹，太平歌詠。　　人盡說、銅虎分賢，銀潢儲秀，鞏固行都藩屏。棠陰散暑，鼎篆凝香，永日一庭虛靜。紅袖持觴，綵箋揮翰，適意酒豪詩俊。看飛雲丹詔，行沙金勒，待公歸覲。」由詞小標題及詞意可知，湖州趙姓長官宴客於湖邊別業，侯寘是被請的客人之一。侯寘此詞首先鋪敘了宴席周圍的風物：雨收雲散，風輕日朗，湖面上波光粼粼，湖邊有畫橋、紅樓，湖上有舟船來往，臨水的別業中，樂工歌妓吹拉彈唱、持觴勸酒，詩人才子揮毫潑墨、作詩賦詞，宴席正在進行。接下來，作者恭維主人鎮守著天子行都之旁的名藩，被朝廷所倚重，很快將得到詔書入京見駕。這是一首標準的客人表達對主人尊敬與謝意的應酬之作，代表了賓客在宴席間所通常持有的姿態。

客人在宴席上的反應和表現決定著宴席氣氛的熱烈程度與這場宴會的成功與否。最低標準的成功，當是通過主人的熱情張羅、歌妓的殷勤勸酒，讓客人開心滿意，吃好喝好；更進一步，則是能使客人放下日常官場身份的束縛，開放心靈，進入到一個更加興奮的狀態。為了達到這個效果，酒過三巡之後，主人常常命歌妓向客人索詞，使客人有機會展示自己的才華。而美貌的歌妓捧著筆墨香箋，或領巾裙帶，嬌臉含笑，立於尊前「要索新詞」，對一般才子來說都是無法拒絕的，通常都會圓滿完成任務。如《醉翁談錄》中記載王勉仲邀崔木遊春，設宴，令角妓張賽賽乞詞於崔：

> 一日，王上舍勉仲，邀崔木遊春出郊，特呼角妓張賽賽侑尊。酒已數行，崔木酣醉。王上舍謂賽賽曰：「崔上舍，今之望人也；爾，乃京城之角妓也，以望人而遇角妓，可謂一時之佳遇。適今之時，正屬仲春，日暖風和，花紅柳綠，景物如此，豈可無一詞以歌詠乎？爾可請崔上舍賦一詞，於席前歌之，庶不負今日之景也。」賽賽曰：「既承臺命，願有所請也。」乃斂袵緩步，至崔木之前，媚其顏色，和其聲氣，謂崔木曰：「妾聞陽和不擇地而生物，此天之時也。文章如萬斛泉源，不擇地而出，此人之才也。方今風

和日暖，景色妍媚，文人才士，當此之時，豈可無佳詞以詠一時之樂哉？主人適遣妾來，求金玉以詠佳景，令妾執板一唱，以助請歡。若蒙不鄙妾之鄙陋，即賜一揮而就，使妾不受重罰，當圖厚報。」崔木曰：「但恐小子不才，辭不達意。」妓曰：「主人之意已堅，不必以他辭爲拒也。」崔木於是索紙筆，更不停思，成詞。詞名《最高樓》：「蹇驢緩跨，迢遞至京城。當此際，正芳春。芹泥融暖飛雛燕，柳條搖曳韻鸝庚。更那堪，遲日暖，曉風輕。　算費盡主人歌與酒，更費盡青樓琴與箏。多少事，絆牽情。愧我品題無雅句，喜君歌詠有新聲。願從今，魚比目，鳳和鳴。」。詞畢，賽賽執檀板，向筵前歌之。賽賽聲音嘹亮，腔調不失。王上舍大喜，引巨觥滿泛，以盡賓主之歡，所以賞勞賽賽者甚厚。〔註28〕

美人敦請之下，崔木才思敏捷，頃刻賦成，詞表達了對好客的主人和多情的歌妓的感激，並自謙才學不夠，最後微寓相挑之意，表達了對歌妓賽賽的傾慕。詞的結尾雖然有些輕佻，但總體上表達得非常得體，賓客崔木和歌妓賽賽間若有若無的曖昧情愫更增加了宴席上賓主「相得甚歡」的色彩。宴會獲得了成功，因此主人大喜，厚賞賽賽。

宴會上如果請的賓客不止一位，歌妓還可以向若干位客人乞詞，如丹陽多景樓落成之宴：

淳祐間，丹陽太守重修多景樓。高宴落成，一時席上皆湖海名流。酒餘，主人命妓持紅箋，徵諸客詞。秋田李演廣翁詞先成，眾人驚賞，爲之閣筆。其詞云：「笛叫東風起。弄尊前、楊花小扇，燕毛初紫。萬點淮峰孤角外，驚下斜陽似綺。又婉婉、一番春意。歌舞相繆愁自猛，卷長波、一洗空人世。間熱我、醉時耳。　綠蕪冷葉瓜洲市。最憐予、洞簫聲盡，闌干獨倚。落落東南牆一角，誰護山河萬里。問人在、玉關歸未。老矣青山燈火客，撫佳期、

〔註28〕羅燁《醉翁談錄》壬集卷二，古典文學出版社，1957，第104～105頁。

漫灑新亭淚。歌哽咽，事如水。」〔註 29〕

當歌妓向眾多的賓客索詞的時候，各位賓客之間就有了幾分競賽之意。多景樓落成之宴上，秋田李演廣翁詞先成，且筆力雄壯，詞作得蒼涼而又蘊藉，眾人「爲之閣筆」。這首詞以北望中原、恢復大業爲關注點，擺脫了宴席上的綺羅香澤之態，抒發了對國事的憂慮，是小小的宴席場景所縛不住者，也成爲宴席上一個「不太協調」的音符。

事實上，宋代宴席的索詞現象有著更加多樣的內容，並不局限於宴席上的主人使歌妓索賓客詞。帝王的家宴，也常常使臣子作詞進呈以助歡，如眞宗一天晚上宴於後庭，酒酣之際，命使者找翰林學士夏竦索詞，夏竦立刻作《喜遷鶯》一曲進呈〔註 30〕；慶曆年間開封府與棘寺同日奏獄空，仁宗喜而排宴，宣令晏幾道作詞，晏作《鷓鴣天・碧藕花開水殿涼》，大稱上意〔註 31〕；高宗退養德壽宮之後，也常令一班侍從之臣如曾覿、吳琚、趙昂、陳藏一等人賦詞佐宴。有時士大夫的行樂宴席上賓主中沒有善於作詞的，也會遣人求善詞的才士作詞。如蔡京曾於重九、冬至節日兩次遣人求晏叔原作詞，叔原「欣然兩爲作《鷓鴣天》」〔註 32〕；劉蒙叟赴太守之宴，飲至三鼓，遣人就惠洪覓長短句，惠洪即景賦燈蛾付之〔註 33〕。至於文人才子遭逢妓席花宴，更會被妓要索新詞，推諉不得。如洪邁紹興十五年三月十五日赴臨安應詞科試後，當晚與一同參加考試的何作善、徐搏，族叔洪邦直、同鄉許良佐一同至抱劍街名娼孫小九家小樓中飲宴，小九即請諸舉子賦

〔註 29〕周密《浩然齋詞話》「李演詞」，唐圭璋編《詞話叢編》，中華書局，1986，第 231 頁。

〔註 30〕吳處厚《青箱雜記》卷五，中華書局（叢書集成初編本），1991，第 2852 冊，第 25 頁。

〔註 31〕黃昇《唐宋諸賢絕妙詞選》，《唐宋人選唐宋詞》，上海古籍出版社，2004，第 616 頁。

〔註 32〕王灼著，岳珍校正《碧雞漫志校正》卷二，巴蜀書社，2000，第 38 頁。

〔註 33〕阮閱《詩話總龜》後集卷四十四引《冷齋夜話》，人民文學出版社，1987，第 278 頁。

詞：「孫氏黠慧，白坐中客曰：『今夕桂魄皎潔，燭花呈祥，五君較藝蘭省，高掇無疑。請各賦一詞，爲他日佳話。』」〔註34〕其時三人謝不能，兩人應命而作。又如葉夢得初登第，任潤州丹徒尉，休假日與稅監在西津稅亭上登眺，「望江中有綵舫，傃亭而南，滿載皆婦女，嬉笑自若。謂爲貴富家人，方趨避之，舫已泊岸。十許輩袨服而登，徑詣亭上，問小史曰：『葉學士安在？幸爲入白。』葉不得已出見之，皆再拜致詞曰：『學士雋聲滿江表，妾輩乃眞州妓也，常願一侍尊俎，愜平生心，而身隸樂籍，儀眞過客如雲，無時不開宴，望頃刻之適不可得。今日太守私忌，郡官皆不會集，故相約絕江而來，殆天與其幸也。』葉慰謝，命之坐。同官謀取酒與飲，則又起言：『不度鄙賤，輒草具肴醞自隨，敢以一杯爲公壽。願得公妙語持歸，誇示淮人，爲無窮光榮，志願足矣。』顧從奴挈榼而上，饌品皆精潔，迭起歌舞。酒數行，其魁奉花箋以請，葉命筆立成，不加點竄，即今所傳《賀新郎》詞也。」〔註35〕宋代歌妓多以得到文人才士的詞作爲榮，「一經品題，聲價十倍」，因此不但常常藉由官方的宴會乞詞，若有機會，也會安排酒饌，請才子作詞。

有時，主人地位較高，且賓主關係較爲熟悉隨便，主人也會直接命客作詞，如《本事詞》所載：「李丞相伯紀退居三山，寓居東報國寺，門下多文士從遊。中秋夜燕，座上命何大圭賦《水調歌頭》云：『今夕出佳月，銀漢瀉高寒。風纏雲卷，轉覺天陛玉樓寬。疑是金華仙子，又喜經年藥就，傾出玉團團。收拾江河影，都向鏡中蟠。　橫霜笛，吹明影，到中天。要令四海，瞻望千古此輪安。何歲何年無月，唯有謫仙著語，高絕不能攀。我欲喚空起，雲海路漫漫。』」〔註36〕。宴會的主人李綱是原丞相，參會的賓客是何大圭等文士門客，身份高

〔註34〕沈宸垣等《歷代詩餘》卷一百十七引《詞苑》，上海書店，1985，第1381頁。

〔註35〕洪邁撰，何卓點校《夷堅志》丁卷十二。中華書局，2006，第638～639頁。

〔註36〕陳元靚《歲時廣記》卷三十一引《本事詞》，商務印書館（叢書集成初編本），1939，第181冊，第351頁。

下懸殊，因此李綱可以直接「命何大圭賦《水調歌頭》」。又如蘇軾自黃州量移汝州時，路過金陵見王安石，當時金陵太守爲陳繹，「一日，遊蔣山，和叔（陳繹）被召將行，舒王顧江山，曰：『子瞻可作歌。』坡醉中書云：『千古龍蟠並虎踞。從公一弔興亡處。渺渺斜風細雨。芳草路，江南父老留公住。　　公駕飛軿淩紫霧。紅鸞驂乘青鸞馭。卻訝此洲名白鷺。非吾侶。翩然欲下還飛去。』」〔註 37〕王安石與蘇軾是神交之友，脫略形骸，自可命蘇軾作詞而無忌。

文人士大夫既多是辭章高手，宴上相逢，難免起聯句唱和之興，即景生情，因事而賦，也會像作詩一樣分題、分韻、次韻，連篇累牘。如范仲淹與歐陽修於席上分題賦詞作《剔銀燈》，皆寓勸世之意〔註 38〕，晁補之被貶玉山，「與諸父泛舟大澤，分題爲別」〔註 39〕，范成大宴客，「座上客有談劉婕妤者，公與客約賦詞」〔註 40〕，葛勝仲「與葉少蘊、陳經仲、彥文燕駱駝橋，少蘊作，次韻二首」〔註 41〕，等等。至於感事爲曲，賦詞贈別，更是常有，宋詞中數量龐大的唱和詞、贈別詞就是在這樣的環境下產生的。

可見，索詞、命賦、席上唱和是宋人宴飲生活中的一種經常性行爲，是文人士大夫常常遇到的場面，對於周旋於尊前酒邊的士大夫來說，研習詞藝就成爲一項必要的交際儲備。作詞賦曲雖然無關乎建功立業、博取功名，但對於個人應酬的需要、風度的培養則有著重要的意義。

文人士大夫是宴席上歌詞的主要作者，此外，宋代有不少歌妓知書識墨，能填詞賦曲，侍宴之時，也常常應命作詞：

〔註 37〕趙令畤《侯鯖錄》卷八，中華書局，2002，第 195～196 頁。

〔註 38〕龔明之《中吳紀聞》卷五，上海古籍出版社，1986，第 121 頁。

〔註 39〕晁補之《滿江紅·莫話南征》序，唐圭璋編纂《全宋詞》中華書局，1999，第 724 頁。

〔註 40〕劉克莊《後村先生大全集》卷一百七十四，上海書店編《四部叢刊初編》，1989，第 216 冊，第 19 頁。

〔註 41〕葛勝仲《定風波·千疊雲山》序，唐圭璋編纂《全宋詞》中華書局，1999，第 932 頁。

> 成都官妓趙才卿，性黠慧，有詞速敏。帥府作會，以送都鈐，帥命才卿作詞，應命立就《燕歸梁》曰：「細柳營中有亞夫，華宴簇名姝。雅歌長許佐投壺，無一日，不歡娛。　漢皇拓境思名將，捧飛詔，欲登途。從前密約盡成虛，空贏得，淚流珠。」都鈐覽之，大賞其才，以飲器數百厚遺。帥府亦賞歎焉。〔註42〕
>
> 錦官官妓尹氏，時號爲詩客，今蜀中有《詩客傳》是也。詩客有女弟，工詞，號詞客，亦有傳。蔡尹因重九令賦詞，以九爲韻，不得用重九字，即席作《西江月》云：「韓愈文章蓋世，謝安才貌風流。良辰開宴在西樓，敢勸一卮芳酒。　記得南宮高第，弟兄都占鼇頭。金爐玉殿瑞煙浮，名在甲科第九。」詞客本士族，蔡尹憐而與之出籍。王帥繼鎮，聞其名，追之。時郡人從帥遊錦江，王公命作詞，且以詞之工拙爲去留，遂請題與韻，令作《玉樓春》以呈。一坐咨賞，會罷釋之。詞曰：「浣花溪上風光主。燕集瀛仙開幕府。商岩本是作霖人，也使閒花沾雨露。　誰憐氏族傳簪組。狂跡偶爲風月誤。願教朱戶柳藏春，莫作飄零堤上絮。」〔註43〕

趙才卿、尹詞客是宋代能詞歌妓的典型代表，她們在宴席上不但承擔著歌舞送酒、行令主罰、調節宴席氣氛的角色，還能作詞侑歡，抒寫自己的志趣。這類歌妓詞雖然數量不多，但也是宋代數量龐大的宴飲詞的一個不可或缺的組成部分。

二、從宴會程序角度來看宴飲活動對詞的催生

從邀客、準備到飲宴……完整的飲宴過程分爲「前筵」部分和「後筵」部分……「前筵」中的勸酒詞和勸酒組詞……「勸酒」、「報勸」和「反勸」……歌詞送茶送湯的「後筵」階段……宴飲活動對

〔註42〕皇都風月主人編，周夷校補《綠窗新話》卷下，古典文學出版社，1957，第138～139頁。

〔註43〕陳元靚《歲時廣記》卷三十五引《蕙畝拾英集》，商務印書館（叢書集成初編本），1939，第181冊，第392頁。

詞的催生、對詞人詞藝的塑造是全面的

宴會之前的邀客和準備屬於宴飲的預備階段。主人在邀請客人的時候，往往會考慮賓主之間，甚至是賓客和賓客之間的關係情形，對客人進行篩選，以保證宴會有一個良好的氣氛。典型的如晏殊，知南京時以王琪、張亢爲幕客，王、張二人一瘦一肥，常常互相打趣取笑；又喜宴飲，「每有佳客必留」，與賓客一起飲酒、賞歌、賦詩塡詞，但是把門生歐陽修排除在外，因爲他在宴會上不會隨分從時地作一些應景湊趣之文。

至於宴前酒饌歌舞等的準備，前文「士大夫的宴飲生活」中已作了詳細分析，此不贅述。

宋人正規的飲宴有「前筵」和「後筵」之說，或者稱「初坐」和「再坐」。「前筵」之後賓主離坐少歇，然後再行入席進入「後筵」。如《東京夢華錄》所載徽宗天寧節的飲宴儀式，《夢粱錄》所載皇太后聖節的大宴，以及劉一清《錢塘遺事》所記載的南宋新科士子聞喜宴的儀制等。一般來說，「前筵」和「後筵」行酒盞數基本相當。如果我們撇除宴前的準備、宴後的回請，單純分析宋代一次正規的飲宴過程的話，則飲宴的完整過程包括「前筵」（初坐）、「後筵」（再坐）以及飲酒結束後的「留連佳客」的尾聲三部分。「前筵」和「後筵」飲酒，尾聲爲送茶、送湯（湯又名熟水）〔註 44〕。

「前筵」部分從客人落座開始，到中途的賓主離坐休息。最標準完整的程序，當是如周密《武林舊事》「高宗幸張府節次略」中所載的，客人落座後，先上乾果子、香藥、雕花蜜餞、砌香鹹酸、脯臘、垂手盤子等物，行酒若干盞。再座後再上果子一巡，然後是下酒菜肴、插食、勸酒果子、廚勸酒、對食等，再依次行酒〔註 45〕。尋常的宴飲，

〔註 44〕此處採用劉學忠《宋代茶詞研究》（發表於《學術月刊》1998 年第 9 期，第 78～83 頁）中的觀點。

〔註 45〕周密《武林舊事》卷九「高宗幸張府節次略」，西湖書社出版社，1981，第 139～144 頁。

自然不會如此隆重，但大體上應是按照初坐再坐的程序進行的。

酒肴上桌後的勸酒過程是飲宴的主體部分。賓主落座行酒，一般來說，需要歌妓在旁邊斟酒視盞，唱曲或奏樂勸酒。《全宋詞》中的勸酒詞極多，典型的勸酒詞如韋驤《減字木蘭花・勸酒詞》：「金貂貰酒，樂事可爲須趁手。且醉青春，白髮何曾饒貴人。　鳳笙鼉鼓，況是桃花落紅雨。莫訴觥籌，炊熟黃粱一夢休。」陳師道《西江月・席上勸彭舍人飲》：「樓上風生白羽，尊前笑出青春。破紅展翠恰如今，把酒如何不飲？　繡幕燈深綠暗，畫簾人語黃昏。晚雲將雨不成陰，竹月風窗弄影。」葛勝仲《減字木蘭花・公弼姪初授官，以此勸酒》：「辛勤場屋，未遇知音甘陸陸。詔錄遺忠，一札天書下九重。　鵝城初命，此去青雲應漸近。解褐恩新，今歲吾家第四人。」葉夢得《臨江仙・癸卯次葛魯卿法華山曲水勸酒》：「山半飛泉鳴玉珮，回波倒捲粼粼。解巾聊濯十年塵。青山應卻怪，此段久無人。　行樂應須賢太守，風光過眼逡巡。不辭常作坐中賓。只愁花解笑，衰鬢不宜春。」葛立方《卜算子・賞荷以蓮葉勸酒作》：「明鏡蓋紅蕖，軒戶臨煙渚。窣窣珠簾淡淡風，香裏開尊俎。　莫把碧筒彎，恐帶荷心苦。喚我溪邊太乙舟，瀲灩盛芳醑。」等等。

宋詞中寓勸客飲酒之意的詞佔有相當大的一部分，多數從詞題或小序就可以看出是宴客勸酒之作，除以上所舉外，他如舒亶的《浣溪沙・勸酒》、黃庭堅的《木蘭花令・庾元鎮四十兄，庭堅四十年翰墨故人。庭堅假守當塗，元鎮窮，不出入州縣。席上作樂府長句勸酒》、葉夢得的《水龍吟・三月十日西湖宴客作》、楊無咎的《長相思・己卯歲留淦上，同諸友泛舟，至盧家洲登小閣，追用賀方回韻，以資坐客歌笑》等等，俱爲此類。有的詞雖然標題上並未顯示出是勸酒詞，但味其句意，顯然也是勸酒詞無疑，如趙彥端《好事近》：「日日念江東，何有舊人重說。二妙一時相遇，怪尊前頭白。　山城無物爲君歡，薄酒待寒月。草草數歌休笑，似主人衰拙。」分明是遇到江東舊人，設宴款待，宴上的勸酒之詞。又如張元幹《水調歌頭・陪福帥宴集口占以授官奴》:「縹緲九仙閣,壯觀在人間。涼飆乍起,四圍晴黛入闌干。已過中秋時候。便是菊花重九。爲壽一尊歡。今古登高意,玉帳正清閒。　　引三巴,連五嶺,控百蠻。元戎小隊,舊遊曾記並龍山。閫嶠尤寬南顧。聞道天邊玉露。持橐詔新頒。且擁笙歌醉,廊廟更徐還。」則是陪長官宴飲的祝頌勸酒之作。再張孝祥的《虞美人·清宮初入韶華管》:「清宮初入韶華管,宮葉秋聲滿。滿庭芳草月嬋娟,想見明朝喜色、動天顏。　　持杯滿勸龍頭客,榮遇時難得。詞源三峽瀉瞿塘,便是醉中空去、也無妨。」上闋描寫出禁庭的一片高華氣派,下片「持杯滿勸龍頭客」,分明是在勸新及第的「龍頭客」:狀元及第的榮遇是很難得的,就是喝醉了回去,也沒什麼的啊!

宋人的勸酒詞有時會聯章疊韻,同一宮調、同一詞牌的若干首詞排列在一起成爲組詞,反覆申說勸酒之意,如仲並的《好事近·宴客七首。時留平江,俾侍兒歌以侑觴》:

好事近　其一

二陸起雲間,千載風流人物。未似一門三鳳,向層霄聯翼。　　貞元朝士苦無多,公今未華髮。重向紫宸朝路,立鵷鷺前列。(右朱參議)

好事近　其二

今古滿胸中,韜略一時人傑。高臥溪山好處,遲十年齋鉞。　　朱轓休傍武陵溪,梅花記曾別。早晚殿前歸侍,總周廬千列。(右劉鼎州)

好事近　其三

淮上五分符,名在圖書東壁。坐對書成多暇,寫青箱千帙。　　一杯先爲祝東風,丹詔來朝夕。何處稱公揮翰,定北扉西掖。(右鄭直閣)

好事近　其四

閥閱盛中州,冠冕共推華族。耐久松筠交契,更襟懷金玉。　　諸儒皆自愧盧前,小試暫符竹。行看世官入踐,繼西樞前躅。(右盧楚州)

好事近　其五

分手又三秋，猶記花時歌別。每念征帆歸晚，誤五湖風月。　清江休望使君來，指日趨天闕。壻玉翁冰相映，看紫薇花發。(右朱臨江)

好事近　其六

襟韻絕纖塵，炯炯夜光明月。合是紫荷持橐，侍丹墀清切。　暗香疏影想公家，人與梅超絕。酒罷帝城早去，占百花先發。(右林刪定)

好事近　其七

今雨幾人來，冰霰更凝寒色。門外車多長者，頓光生蓬蓽。　繽紛飛雪更初梅，特特爲留客。惟恨坐無華饌，只平時眞率。

七首《好事近》分別對客人的家世、功業、才學等進行讚頌借以勸客人飲酒盡歡；又如沈瀛的《減字木蘭花·竹齋侑酒辭》十首：

減字木蘭花

乘流坎止。住個齋兒無慍喜。竹引清風。透入虛窗竅竅通。

仰天酌酒。萬八千年盤古壽。身在無何。只這齋兒已自多。

減字木蘭花

蓬門居止。竹見賓來先嘯喜。窗外敲風。果有賓朋姓字通。

莫嫌村酒。且祝佳賓千萬壽。無用辭何。日出明朝事更多。

減字木蘭花

停杯且止。齋裏百無爲客喜。冷淡文風。只有狂言數百通。

不須載酒。粗有五車聊當壽。莫笑予何。空恁貪多嚼不多。

減字木蘭花

或行或止。難得人間相聚喜。一日分風。千里如何信息通。

再傾壽酒。五福從來先説壽。其次云何。直至三公未足多。

減字木蘭花

淵明酒止。莫信渠言心妄喜。達士高風。只說三杯大道通。

不如飲酒。人世豈能金石壽。無奈渠何。贏得樽前笑語多。

減字木蘭花

老而不止。三歲發蒙心已喜。樸略其風。裴楷王戎簡要通。

昏如醉酒。羞見總龜靈且壽。笑殺常何。空有閒言長語多。

減字木蘭花

不能者止。百念灰心無所喜。暖日和風。手把奇文誦數通。

老來怯酒。欲保殘生期養壽。少恕予何。近日衰翁病覺多。

減字木蘭花

且安汝止。快活心中惟法喜。一處通風。萬別千差處處通。

腐腸是酒。伐性蛾眉徒損壽。詩到陰何。劃地亂絲頭緒多。

減字木蘭花

不如知止。看盡世間無可喜。心熱生風。王老門前問仲通。

六經如酒。一句中人仁者壽。仁道伊何。要處還他靜處多。

減字木蘭花

勤而思止。止即患生徒自喜。試舉幡風。未舉之前說已通。

攜瓶沽酒。卻著衫來爲我壽。者也之何。賺卻閻浮世上多。

一首詩行酒一杯，從「頭勸」到「二勸」、「三勸」，直到「十勸」，殷勤之意，一申再申，體現了宋代宴席上主人以詞勸酒的流行風尚。

賓客在主人的殷勤招待之下，常常要對主人表示感激；主人若作詞勸客，客人反過來也要以詞相勸主人。如史浩在「四明尊老會」上作了一系列的勸酒詞，先是「勸鄉大夫酒」、「勸鄉老眾賓酒」，然後是「代鄉大夫報勸」、「代鄉老眾賓報勸」、「代鄉老眾賓勸鄉大夫」。從詞的小標題上，可以清楚地看到宴會上主勸客、客勸主、賓客互勸的情形。只不過由於宴會所請的客人是「鄉大夫」和「鄉老眾賓」，大多詞藝不精，因此才由史浩代作勸酒詞。而對才子文人來說，則可以信手拈來，如王庭珪《醉桃源》:「朱門映柳畫簾垂，門前聞馬嘶。主人新著綠袍歸，天恩下玉墀。　　憑翠袖，撚花枝，勸教人醉時。請君聽唱碧雲詞，倒傾金屈卮。」就是一首宴會上客人勸主人飲酒的勸酒詞。

宋代士大夫中，那些最常流連於酒邊宴前的，作勸酒詞最多，如張掄，史浩，晏殊，歐陽修，辛棄疾，楊炎正，張鎡，李壁，劉克莊，李之儀，趙彥端等，其中有的人現存的作品中一大半都是勸酒詞。由於勸酒是一種雙方互動的行爲，有勸酒，就有報勸、反勸，因此勸酒詞多的人，不但是常常周旋於筵席之間的，而且酒量也比較大。如歐陽修稱「醉翁」，辛棄疾「長年抱渴」，甚至作「止酒詞」表達對酒又愛又恨的感情〔註 46〕。蘇軾因爲量淺，所以雖然作品不

〔註 46〕辛棄疾《沁園春・將止酒，戒酒杯使勿近》，唐圭璋編纂《全宋詞》，中華書局，1999，第 2471 頁：杯汝來前，老子今朝，點檢形骸。甚長年抱渴，咽如焦釜，於今喜睡，氣似奔雷。汝說劉伶，古今達者，醉後何妨死便埋。渾如此，歎汝於知己，眞少恩哉。　　更憑歌舞爲媒。算合

少，但是其中的勸酒詞並不太多。

酒一行再行，每一盞酒，都要有一首曲子來送酒，晏殊「一曲新詞酒一杯」，張先「水調數聲持酒聽」就是說的這種歌妓歌詞送酒的情形。隨著行酒過程的開展，賓主情緒逐漸高漲，氣氛漸趨熱烈，歌詞也被大量地創作出來。

當賓主盡歡，宴會達到高潮之後，酒肴撤去，就進入了「留連佳客」的尾聲階段。

尾聲階段，酒肴撤去，更進茶湯。這個階段是酒足飯飽後的休息，一般會飲用一些飲料來緩解酒後的不適，有醒酒養生之義。湯是用丁香、豆蔻、甘草、香橙等物碾榨熬煮而成的汁水，又稱稱熟水，和茶一樣都是醒酒之物。現在在韓國餐館中還可以看到這樣的程序，飯後端上香料水果製成的湯，可以醒酒和胃。酒後飲茶湯，可以使人頭腦清醒，身體輕鬆，好離席歸家。宋代的進茶進湯待客見於朝廷對臣子示恩寵之禮。蔡絛《鐵圍山叢談》:「國朝儀制：天子御前殿，則群臣皆立奏事，雖丞相亦然。後殿曰延和、曰邇英，二小殿乃有賜坐儀。既坐，則宣茶，又賜湯，此客禮也。延和之賜坐而茶湯者，遇拜相，正衙會百官，宣制才罷，則其人親抱白麻見天子於延和，告免禮畢，召丞相升殿是也。邇英之賜坐而茶湯者，講筵官春秋入侍，見天子坐而賜茶乃讀，讀而後講，講罷又賛賜湯是也。他皆不可得矣。」〔註 47〕民間也有以茶、湯奉客之禮：「今世俗客至則啜茶，去則啜湯，湯取藥材甘香者屑之，或溫或涼，未有不用甘草者。此俗遍天下。」〔註 48〕進茶湯之禮，爲先茶後湯，有「客至啜茶，去則啜湯」之說。然而這一禮儀也並不是絕對，有時茶湯俱備，先茶

作平居鴆毒猜。況怨無大小，生於所愛，物無美惡，過則爲災。與汝成言，勿留亟退，吾力猶能肆汝杯。杯再拜，道麾之即去，招則須來。

〔註 47〕蔡絛撰，馮惠民、沈錫麟點校《鐵圍山叢談》卷一，中華書局，1983，第 20 頁。

〔註 48〕朱彧《萍洲可談》卷一，歷代學人撰《筆記小說大觀》第 19 編，第 3 冊，（臺北）新興書局有限公司，1977，第 1609 頁。

後湯，有時有茶無湯，有時有湯無茶，甚至有客至奉空茶杯做個樣子的：「古人客來點茶，茶罷點湯，此常禮也。近世則不然，客至點茶與湯，客主皆虛盞，已極好笑。」〔註 49〕可見茶與湯的設置並不固定。尾聲階段進茶、湯，則並非完全是依照「客至啜茶，去則啜湯」的禮節，而是再坐留連，醒酒散會的宴會尾聲階段。

歌妓供茶送湯，仍要唱詞以獻。歌詞送茶的規矩大約始於宋祁，《蜀中廣記》云：「清獻公記云：『宴罷，妓以新詞送茶，自宋公祁始。蓋臨邛周之純善爲歌詞，嘗作茶詞授，妓首度之以奉公，後因之。』」〔註 50〕宋祁之後，這一形式逐漸在全國推廣開來，筵上才子也紛紛創作茶詞，如蘇軾《行香子・茶詞》：「綺席纔終。歡意猶濃。酒闌時、高興無窮。共誇君賜，初拆臣封。看分香餅，黃金縷，密雲龍。　　鬥贏一水，功敵千鍾。覺涼生、兩腋清風。暫留紅袖，少卻紗籠。放笙歌散，庭館靜，略從容。」黃庭堅《踏莎行》：「畫鼓催春，蠻歌走餉。雨前一焙誰爭長。低株摘盡到高株，株株別是閩溪樣。　　碾破春風，香凝午帳。銀瓶雪滾翻成浪。今宵無睡酒醒時，摩圍影在秋江上。」晁端禮《金蕉葉》：「樓頭已報鼕鼕鼓。華堂漸、停盃投筯。更聞急管頻催，鳳口香銷炷。花映玉山傾處。

主人無計留賓住。溪泉泛、越甌春乳。醉魂一啜都醒，絳蠟迎歸去。更看後房歌舞。」王千秋《風流子》：「夜久燭花暗，仙翁醉、豐頰縷紅霞。正三行鈿袖，一聲金縷，卷茵停舞，側火分茶。笑盈盈，濺湯溫翠盌，折印啓緗紗。玉筍緩搖，雲頭初起，竹龍停戰，雨腳微斜。　　清風生兩腋，塵埃盡，留白雪、長黃芽。解使芝眉長秀，潘鬢休華。想竹宮異日，袞衣寒夜，小團分賜，新樣金花。還記玉麟春色，曾在仙家。」毛滂《西江月・侑茶詞》：「席上芙蓉待暖，花間騕裹還嘶。勸君不醉且無歸。歸去因誰惜醉。　　湯點

〔註 49〕袁文《甕牖閒評》卷六，上海古籍出版社，1985，第 57 頁。

〔註 50〕曹學佺《蜀中廣記》卷五十五，《文淵閣四庫全書》上海古籍出版社，1987，第 591 冊，第 745 頁。

餅心未老，乳堆璒面初肥。留連能得幾多時。兩腋清風喚起。」朱敦儒《好事近》：「綠泛一甌雲，留住欲飛胡蝶。相對夜深花下，洗蕭蕭風月。　　從容言笑醉還醒，爭忍便輕別。只願主人留客，更重斟金葉。」劉過《臨江仙・茶詞》：「紅袖扶來聊促膝，龍團共破春溫。高標終是絕塵氛。兩箱留燭影，一水試雲痕。　　飲罷清風生兩腋，餘香齒頰猶存。離情淒咽更休論。銀鞍和月載，金碾爲誰分。」等等，均爲酒後進茶時歌妓所歌之曲。

「尾聲」階段的送茶詞與「前筵」、「後筵」的侑酒詞風味迥然不同。勸酒詞情緒熱烈奔放，情緒是外向的、沉醉的；而送茶詞寫茶味的清苦甘香，人們盡興後的慵懶，酒闌後人將散的場景，情緒則是沉靜的、內斂的。

奉茶雖屬於「尾聲」，但仍有「留連佳客」，更展餘歡之意，茶後奉湯，則爲別離之辭了。如程垓《朝中措・湯詞》：「龍團分罷覺芳滋。歌徹碧雲詞。翠袖且留纖玉，沉香載捧冰珀。　　一聲清唱，半甌輕啜，愁緒如絲。記取臨分餘味，圖教歸後相思。」曹冠《朝中措・湯》：「更闌月影轉瑤臺。歌舞下香階。洞府歸雲縹緲，主賓清興徘徊。　　湯斟崖蜜，香浮瑞露，風味方回。投轄高情無厭，抱琴明日重來。」呂本中《西江月・熟水詞》：「酒罷悠揚醉興，茶烹喚起醒魂。卻嫌仙劑點甘辛，衝破龍團氣韻。　　金鼎清泉乍瀉，香沉微惜芳薰。玉人歌斷恨輕分，歡意厭厭未盡。」吳文英《杏花天・詠湯》：「蠻薑豆蔻相思味。算卻在、春風舌底。江清愛與消殘醉。悴憔文園病起。　　停嘶騎、歌眉送意。記曉色、東城夢裏。紫檀暈淺香波細。腸斷垂楊小市。」多歌詠酒罷茶後的歌妓送湯場景，湯的味道，以及人的精神意緒，含惜別之意、不盡之情。湯詞茶詞，有時是現場製作，有時則採用現成歌詞有此寓意者，如晏殊的《雨中花・剪翠妝紅》有「可惜許、月明風露好，恰在人歸後」之句，因將酒闌人散後的情景描述得十分優美，常常被用來作送湯詞。有時歌妓也會像行酒時索詞一樣，在奉湯時向賓客索求送湯詞。如黃庭堅《定風波・歌舞闌珊》序曰：「客有兩新鬟善歌者，請作送湯曲。」

總之，宴飲活動中的事先備詞、宴上乞詞、命賦、各展才藝、互相唱酬，勸酒、送茶、送湯等活動，都極大地刺激了詞的創作。而作爲行樂場合和交際場合的宴飲活動，作爲酒、樂、良朋、美女、賞心樂事的集合，宴飲對文人來說有著巨大的吸引力，也促使文人磨礪作詞技藝，以應對宴前之需。就是在這樣的過程中，從宴前到宴後、從席上到席下，詞被大量地創作出來。

第三節　詞對宴飲的影響

從宮廷到民間，詞全面滲透於宋人宴飲生活當中……詞在宴席上發揮著類似酒令的作用，用以勸飲行酒……更多時候賞詞、填詞、唱詞的娛樂方式代替酒令來行酒……以詞送酒導致飲酒的速度放慢和宴會時間的延長……詞還常常作爲筵席上舞蹈的伴奏曲，一首詞標誌著演出行進的一個單元，一個單元即是舞、唱、吟、念、勸酒諸多要素的輪迴……詞在宴席上的廣泛滲透和主導地位造成了宋代宴席注重文采風華的時代風尚

如我們在第二章中所談到的情形，宋人的宴飲活動頻繁而參加者範圍極廣，上自帝王皇室，下至市井細民，春遊秋賞、四時宴樂活動十分密集。而詞以其獨特的魅力，滲透到了這些宴會娛樂的每一個角落。

國家慶典大宴中，歌板色的演唱是一個基本節目。孟元老《東京夢華錄》記載了北宋徽宗皇帝天寧節大宴的節目程序，第一盞皇帝御酒，「歌板色，一名『唱中腔』，一遍訖，先笙與簫笛各一管和，一遍，眾樂齊舉，獨聞歌者之聲」〔註51〕。歌者所唱，即爲曲子詞。其後第二、第八盞御酒也皆用歌板色，唱曲子。南宋孝宗聖節，初坐、再坐行酒，也同樣奏「慢曲子」，歌壽詞。皇帝在禁中宴請大臣

〔註51〕孟元老《東京夢華錄》卷九，「五著本」，中國商業出版社，1982，第59頁。

的曲宴，除賞花釣魚宴爲政治性宴飲，多賦詩之外，其它的小型曲宴中，皇帝也常與臣子論句賦詞，如崇寧中徽宗召大臣都門池苑曲宴，万俟詠應製作《平安樂慢》〔註 52〕；孝宗中秋召臣子曲宴，君臣賞月，題詩作歌〔註 53〕（先賦詩，而後將詩隱括成詞，交付演唱）；曾覿集中有不少「仰賡聖製」和侍宴禁中與大臣屬和的詞作，都是在這樣的場合下產生的。皇帝的家宴中，出於行樂的需要，也常常召臣子作歌詞進呈。周密《武林舊事》卷七「乾淳奉親」條記載了孝宗奉養高宗，兩宮日常來往飲宴之事，詞臣曾覿、張掄、吳琚等常奉命作詞進呈以侑歡；而景德間眞宗在宮中宴樂，遣人向翰林學士夏竦索詞的軼事則已膾炙人口，成爲佳話：

> 景德間夏英公初授館職。時方早秋，上夕宴後庭，酒酣，遽命使詣公索詞，公問：「上在甚處？」中使曰：「在拱宸殿按舞。」公即抒思，立進喜遷鶯詞曰：「霞散綺，月沉鉤，簾卷未央樓。夜涼河漢截天流，宮闕鎖新秋。　瑤階曙，金莖露，鳳髓香和雲霧。三千珠翠擁宸遊，水殿按梁州。」中使入奏，上大悅。〔註 54〕

可見，在國家大宴、皇帝召請的曲宴、皇室的家宴中，都活躍著詞的身影。

民間的酒肆茶樓、平康妓館，則是舉子文人流連歌酒、消磨時光的地方。典型的如自稱「奉旨塡詞」的柳永，常年混跡於平康曲巷，在妓席花宴之上，爲市井歌妓創作出一首又一首婉媚動人的讚歌：「秀香家住桃花徑。算神仙，纔堪並。層波細翦明眸，膩玉圓搓素頸。愛

〔註 52〕蔣一葵《堯山堂外紀》卷五十五，《續修四庫全書》，上海古籍出版社，第 1195 冊，第 516～517 頁。

〔註 53〕曹勳《臨江仙·連夜陰雲》序，唐圭璋編纂《全宋詞》，中華書局，1999，第 1582 頁：中秋夜，禁中待月遐觀，清風襲人，嘉氣滿坐。前夕連陰，至此頓解。少間，月出雲靜，瞻天容如鑒。上喜，以詩句書扇，臣謹以臨江仙歌之。

〔註 54〕吳處厚《青箱雜記》卷五，中華書局（叢書集成初編本），1991，第 2852 冊，第 25 頁。

把歌喉當筵逞。遏天邊、亂雲愁凝。言語似嬌鶯，一聲聲堪聽。　洞房飲散簾幃靜。擁香衾，歡心稱。金鑪麝裊青煙，鳳帳燭搖紅影。無限狂心乘酒興。這歡娛、漸入嘉景。猶自怨鄰雞，道秋宵不永。」（《晝夜樂·贈妓》）「心娘自小能歌舞，舉意動容皆濟楚。解教天上念奴羞，不怕掌中飛燕妒。　玲瓏繡扇花藏語，宛轉香茵雲襯步。王孫若擬贈千金，只在畫樓東畔住。」（《木蘭花》）「佳娘捧板花鈿簇，唱出新聲群豔服。金鵝扇掩調纍纍，文杏梁高塵簌簌。　鸞吟鳳嘯清相續，管裂弦焦爭可逐。何當夜召入連昌，飛上九天歌一曲。」（《木蘭花》）「蟲娘舉措皆溫潤，每到婆娑偏恃俊。香檀敲緩玉纖遲，畫鼓聲催蓮步緊。　貪爲顧盼誇風韻，往往曲終情未盡。坐中年少暗消魂，爭問青鸞家遠近。」（《木蘭花》）這些詞作描寫市井歌妓美妙的容貌身段、歌舞雙絕的才能技藝、逞強好勝的性格心緒，以及她們在宴前的音容笑貌：有的是「愛把歌喉當筵逞」，有的是「玲瓏繡扇花藏語」，有的是「唱出新聲群豔服」，有的是「每到婆娑偏恃俊」。這些生存在酒樓歌館中的女子是詞人創作靈感的來源，而在酒邊尊前執板清歌、按拍獻舞便是她們的藝術生涯。

民間的宴席更是一些名篇佳作流播的重要媒介之一。柳永的詞作因其音律宛轉，敘事妥帖，在民間傳唱最廣，以至於「凡有井水飲處，即能歌柳詞」〔註55〕；周邦彥的詞格律謹嚴，典麗精工，也多傳唱於妓席之上，甚至在周邦彥去世之後多年，他所作的歌詞仍然在宴席上傳唱不歇：「沈梅嬌，杭妓也，忽於京都見之。把酒相勞苦，猶能歌周清眞意難忘、臺城路二曲」〔註56〕；大晟府製撰万俟詠所作歌曲也是妥帖華贍，受到全社會上下的喜愛，以至於「每出一章，信宿喧傳都下」〔註57〕；關詠作《迷仙引·春陰霽》，詞章一出，立刻走紅，「人

〔註55〕葉夢得《石林避暑錄話》卷三，上海書店（據涵芬樓舊版影印本），1990，第92頁。

〔註56〕張炎《國香》詞序，唐圭璋編纂《全宋詞》中華書局，1999，第4383頁。

〔註57〕王灼著，岳珍校正《碧雞漫志校正》卷二「大晟樂府得人」條，巴蜀書社，2000，第41頁。

爭歌之」〔註58〕；晁端禮作《黃河清・晴景初升》，也流行一時，「時天下無問邇遐小大，雖偉男髫女，皆爭氣唱之」〔註59〕；劉一止作《喜遷鶯・曉行詞》，詞盛傳於京師，劉一止因此被稱爲「劉曉行」〔註60〕……從這些詞流行的情況來看，「凡有井水飲處，即能歌柳詞」，「喧傳都下」，「人爭歌之」，「雖偉男髫女，皆爭氣唱之」，「盛傳於京師」，說明這些膾炙人口的歌曲是在閭里民間，尤其是在京城的酒樓街巷間傳播的，民間的宴席無疑是詞傳播的一個重要媒介。

至於士大夫的宴飲活動中，歌詞的欣賞、創作、演唱更是佔據了主流地位。在士大夫官僚之間的應酬交際活動中，迎來送往、公務輪換，例有宴席，要備詞勸酒，作詞留別；師友間的過往相從中，也要作詞侑觴、賡韻唱酬，這些前文已詳作考察，此不贅述；而士大夫與家人姬妾的家宴，也少不了要作詞唱詞，以表達情意，享受生活。如葛勝仲《虞美人・自蘭陵歸，冬夜飲嚴州酒作》:「嚴陵灘畔香醪好。遮莫東方曉。春風盎盎入寒肌。人道霜濃臘月、我還疑。

紅爐火熱香圍坐。梅蕊迎春破。一聲清唱解人頤。人道牢愁千斛、我誰知。」詞人遠行歸家，與家人圍爐飲酒，紅袖添香，清歌解頤，一幅天倫之樂的溫馨畫面；再如米友仁《小重山》:「雨過風來午暑清。榴花紅照眼，向人明。一枝低映寶釵橫。菖蒲酒，玉碗十分斟。　　引滿聽新聲。小軒簾半卷，遠山青。幾人閒處見閒情。醒還醉，爲趣妙難名。」涼風散暑，雨過添晴，小軒靜院，榴花蒲酒，與寵人按律調管，斟酌新聲，此種閒適之樂，眞個賽過神仙。再如曹冠《浣溪沙》:「雁字鱗差印碧空。淡雲縈縷媚遙峰。悠颺舒卷逐西風。　　煙鎖綠楊深院靜，花前寓意勸金鐘。鳳簫一曲月明

〔註58〕阮閱《詩話總龜》前集卷三十五引《古今詩話》，人民文學出版社，1987，第344頁。

〔註59〕蔡絛撰，馮惠民、沈錫麟點校《鐵圍山叢談》卷二，中華書局，1983，第28頁。

〔註60〕陳振孫《直齋書錄解題》卷二十一，上海古籍出版社，1987，第620頁。

中。」深院靜軒，美人清歌，詞人之樂與米友仁大致類似。如此種種。士大夫在日常生活中，得到一壇好酒，看到一枝好花，在小樓奧室之中，園榭露臺之上，佳人殷勤勸酒，檀板鳳簫，新聲清唱，閒適之意，綢繆之情，往往發於歌詞。至於情人小別、遠遊歸家之接風餞送之宴，更是少不了曲子歌詞的身影。《石林詩話》載韓縝將要出差，臨行前與愛妾劉氏劇飲通宵，「且作樂府詞留別」，調寄《鳳簫吟》:「鎖離愁、連綿無際，來時陌上初熏。繡幃人念遠，暗垂珠淚，泣送征輪。長行長在眼，更重重、遠水孤雲。但望極樓高，盡日目斷王孫。　　消魂。池塘別後，曾行處、綠妒輕裙。恁時攜素手，亂花飛絮裏，緩步香裀。朱顏空自改，向年年、芳意長新。遍綠野，嬉遊醉眠，莫負青春。」〔註 61〕將與情人相別之眷戀寫得眞摯動人，離宴上佳人唱出，更增銷魂。另如賀鑄《芳草渡·留征轡》:「留征轡，送離杯。羞淚下，撚青梅。低聲問道幾時回。秦筝雁促，此夜爲誰排。　　君去也，遠蓬萊。千里地，信音乖。相思成病底情懷。和煩惱，尋箇便，送將來。」周邦彥《長相思·曉行》:「舉離觴。掩洞房。箭水泠泠刻漏長。愁中看曉光。　　整羅裳。脂粉香。見掃門前車上霜。相持泣路旁。」賀、周二詞更將此種宴席上文人士夫與愛人的柔情蜜意、別懷離緒刻畫無遺。

總之，從宮廷到民間，詞全面滲透於宋人的宴飲生活當中。同時，從宴飲活動過程來看，詞用以勸酒，用以伴舞，用以抒情留連，伴隨並調控著宴席活動的整個進程。

首先，「一曲新詞酒一杯」，詞在宴席上發揮著類似酒令的作用，用以勸飲行酒，影響著宴席進行的節奏。

宋前的宴飲活動中，已經發展出非常繁榮的酒令文化。據皇甫松的《醉鄉日月》，唐代筵席酒令有三十門之多；王小盾的《唐代酒令藝術》又參考了唐人的詩文和其它記載，勾稽出這些酒令的形式

〔註 61〕葉夢得《石林詩話》卷上，中華書局（叢書集成初編本），1991，第 2551 冊，第 4 頁。

令格，將唐代的筵席酒令分為律令、骰盤令、拋打令等類型，挖掘出二十多種酒令名目，有曆日令、罨頭令、瞻相令、巢雲令、手勢令、旗幡令、拆字令、不語令、急口令等〔註 62〕。這些酒令到宋代大部分已經失傳，據陳振孫《直齋書錄解題》，皇甫松的《醉鄉日月》在宋人看來已「皆不能曉」〔註 63〕。就是說，唐人筵席上所行之令，到宋代絕大部分已經失傳了。

唐代酒令大多失傳，但一些簡單易行的酒令，如骰盤令，仍然流行於宋人的飲席之上。骰盤令規則簡單，場面熱鬧，士大夫時有行之者。如寇準好飲酒博戲，眞宗澶淵之役時，常使人去探聽寇準的動靜，使者回來報告說：「相公飲酒矣，唱曲子矣，擲骰子矣，鼾睡矣。」〔註 64〕眞宗於是心安，可見寇準宴飲常以擲骰子這種博戲為樂；岳珂《桯史》載蘇門諸學士曾一起欣賞一幅博戲圖：「元祐間，黃、秦諸君子在館。暇日觀畫，山谷出李龍眠所作《賢己圖》，博弈、樗蒲之儔咸列焉。博者六七人，方據一局，投迸盆中，五皆六，而一猶旋轉不已，一人俯盆疾呼，旁觀皆變色起立，纖穠態度，曲盡其妙，相與歎賞，以為卓絕。適東坡從外來，睨之曰：『龍眠天下士，顧效閩語耶！』眾咸怪，請其故，東坡曰：『四方語音言六者皆合口，惟閩音則張口，今盆內皆六，一猶未定，法當呼六，而疾呼者乃張口，何也？』龍眠聞之，亦笑而服。」〔註 65〕擲骰子這種博戲是當時人皆所熟悉的場景，李公麟將這一生活場景表現於畫中，惟妙惟肖，蘇門諸學士欣賞得興味盎然。

宋人飲席所行之律令，多為宋人所新創，帶有文人以學識才思博弈的色彩。竇蘋《酒譜》中對此有一些片段的記載：

> 酒令云：孟嘗門下三千客，大有同人。湟水渡頭十萬

〔註 62〕王昆吾《唐代酒令藝術》，東方出版中心，1995，第 3 頁。

〔註 63〕陳振孫《直齋書錄解題》卷十一，上海古籍出版社，1987，第 322 頁。

〔註 64〕陳師道《後山談叢》卷一，歷代學人撰《筆記小說大觀》第 4 編，第 3 冊，（臺北）新興書局有限公司，1978，第 1672 頁。

〔註 65〕岳珂撰，吳企明點校《桯史》卷二，中華書局，1981，第 25 頁。

羊，未濟小畜。又云：鋤麑觸槐，死作木邊之鬼，豫讓吞炭，終爲山下之灰。又云：夏禹見雨下，使李牧送木履與蕭何，蕭何道何消，田單定墾田，使貢禹送禹貢與李德，李德云得履。又云：寺裏喂牛僧茹草，觀中煮菜道供柴。又曰：山上採黄芩，下山逢著老翁吟。老翁吟云：白頭搔更短，渾欲不勝簪。上山採交藤，下山逢著醉胡僧，醉胡僧云：何年飲著聞聲酒，直到而今醉不醒。山上採烏頭，下山逢著少年遊，少年遊云：霞鞍金口騮，豹袖紫貂裘。又云：碾茶曹子建，開匣木懸盧。〔註66〕

其中第一組酒令，還可見於潘永因《宋稗類鈔》中，云是東坡與客飲酒所行之令：「東坡一日會客，坐客舉令，欲以兩卦名證一故事。一人云：『孟嘗門下三千客，大有同人。』一人云：『光武兵渡滹陀河，既濟未濟。』一人云：『劉寬婢羹污朝衣，家人小過。』東坡云：『牛僧孺父子犯罪，大畜小畜。』」〔註67〕令格爲一句古事後綴以兩卦名。第二組，前爲四字一句古事，後綴一句爲拆字令；第三組爲迴文聯句；第四組爲雙關，句中嵌一個人名；第五組預定一個固定的格式「上山採……，下山逢某某，某某云：(一聯對仗)」，由行令者塡充完整，成爲一個有邏輯性的故事；第六組又是雙關。這些酒令既需要行令者有著廣博的知識，對於周易、史籍等有一定的瞭解，又要思維敏捷，是一種智力的較量。擅長者還可以把對時事的諷刺糅進其中，機智詼諧，雜以嘲戲，意味深長。

宋代酒宴上的另一種酒令，則是與詞相關。有的詞本身就是一則酒令，如張先《雨中花令・贈胡楚草》：

近鬢綵鈿雲雁細（大雲雁，小雲雁），好客豔、花枝爭媚（花枝十二）。學雙燕，同棲還並翅（雙燕子），我合著、你難分離（合著）。這佛面，前生應布施（金浮圖）。你更

〔註66〕竇蘋《酒譜》，商務印書館（叢書集成初編本），1991，第1447冊，第19頁。

〔註67〕潘永因編，劉卓英點校《宋稗類鈔》卷六，書目文獻出版社，1985，第513頁。

看、蛾眉下秋水（眉十）。似賽九底，見他三五二（胡草）。
正悶裏、也須歡喜（悶子）。

如果去掉括號裏的字，看起來似乎是一首男女之間表情達意的情詞；但對照括號裏的字，可以看出這實際上是一則酒令，每句歌詞之後，筵上的人要舉物或以手勢形體來表達一定的意思，闡釋歌詞的內容；括號裏的字是行令者配合歌詞的動作，舉錯者罰酒。因此，這首詞實際上是一則以曲子詞爲令辭的指物令。有時詞作爲酒令的伴奏音樂出現，如歐陽修曾在平山堂飲酒，行荷花令：「取荷花千餘朵，以畫盆分插百許盆，與客相間。遇酒行，即遣妓取一花傳客，以次摘其葉，盡處則飲酒」〔註 68〕，取荷花一朵傳於座上，每人摘一片花瓣，最後一片花瓣落在誰手裏，誰就要飲酒，這類似於唐代之「拋打令」〔註 69〕，也類似現在的「擊鼓傳花」；曹冠後來仿傚此令，行擘荷花令，並作《霜天曉角》詞，描寫行令時的情形：「浦溆凝煙。誰家女採蓮。手拈荷花微笑，傳雅令、侑清歡。擘葉勸金船。香風襲綺筵。最後殷勤一瓣，分付與、酒中仙。」坐中人傳花摘葉，同時樂人歌《霜天曉角》詞作爲傳花時促節伴奏的音樂〔註 70〕。最後一句活畫出分花行令者唇邊帶著促狹的微笑，眾人喧嚷催促飲酒的場面。曲子詞在這裏與行令過程結合起來，成爲酒令的一部分。

在曲子詞成爲大國的宋代，筵席上人們更多的是以賞詞、塡詞、唱詞作爲主要娛樂方式的，因此送酒勸酒多用曲子詞來代替酒令。「一曲新詞酒一杯」，以詞勸酒，比酒令形式更能體現勸酒者的殷勤之意，也更能表現出文人的倜儻風度。

〔註 68〕葉夢得《石林避暑錄話》卷一，上海書店（據涵芬樓舊版影印本），1990，第 3～4 頁。

〔註 69〕王昆吾《唐代酒令藝術》，東方出版中心，1995，第 22 頁：「拋打令的特點是通過巡傳酒令器物，以及巡傳中止時的拋擲遊戲，來決定送酒歌舞的次序」。

〔註 70〕曹冠《霜天曉角・浦溆凝煙》序，唐圭璋編纂《全宋詞》，中華書局，1999，第 1985 頁：「荷花令用歐陽公故事，歌霜天曉角詞，擘荷花，遍分席上，各人一片，最後者飲。」

宋代的勸酒詞數量龐大，蔚爲大觀。有的是專門的勸酒詞，如史浩《撲蝴蝶・勸酒》:「光陰轉指。百歲知能幾。兒時童稚，老來將耄矣。就中些子強壯，又被浮名牽繫。良辰盡成輕棄。　此何理。若有惺惺活底，必解自爲計。清尊在手，且須拼爛醉。醉鄉不涉風波地。睡到花陰正午，笙歌又還催起。」寫出人一生中行樂時光的珍貴，奉勸客人一醉方休。又如李流謙《醉蓬萊・同幕中諸公勸虞宣威酒》:「正紅疏綠密，浪軟波肥。放舟時節。截地擎天，識堂堂人傑。萬里長江，百年驕虜，只笑談煙滅。葭葦霜秋，樓船月曉，漁樵能說。　分陝功成，沙堤歸去，袞繡光浮，兩眉黃徹。了卻中興，看這回勳業，應有命圭相印，都用賞，元功重疊。點檢樽前，太平氣象，今朝渾別。」詞讚美虞宣威的英雄氣概、前途功業，以此勸酒。這些詞從副標題或小序中即可看出是爲勸酒而作的勸酒詞。勸酒詞既有上面所舉的單篇勸酒詞，又有勸酒組詞。比起單篇的勸酒詞來，勸酒組詞往往以十爲數，一組詞勸酒十盞。如黃裳的《蝶戀花・月詞》十首，詞前序曰:「伏以合歡開宴，奉樂國之賓朋；對景攄懷，待良時之風月。此者偶屈三益，幸逢四並。六幕星稀，萬櫺風細。天發金精之含蓄，地揚銀色之光華。遠近萬情，若知而莫詰；滿虛一色，可攬以□將。是故無累而翫之者，喜樂之心生；不足而對之者，悲傷之態作。感群動以無意，涵長空而不流。對坐北堂，方入陸生之牖；共離南館，便登韓子之臺。願歌三五之清輝，誓倒十千之芳醞。」〔註71〕序的內容似是一篇短小的「月賦」，末尾明確點出「歌三五之清輝，倒十千之芳醞」的創作意圖。其下六首月詞，形容月的各種情態，列舉了關於月的典故，並祝頌飲酒之人健康長壽，同時勸酒六盞；六首詞之後，又重作致語，云:「適來已陳十二短章，輒歌三五盛景。累累清韻，尚慚梁上之飛塵；抑抑佳賓，須作鄉中之醉客。同樂當勤於今夕，相從或繫於他年。更

〔註71〕黃裳《蝶戀花・月詞》序，唐圭璋編纂《全宋詞》中華書局，1999，第492頁。

賦幽情，再聲佳詠。」〔註 72〕又一次申明希望賓客一醉方休：「抑抑佳賓，須作鄉中之醉客」，再續作月詞四首，勸酒四盞。一組十首月詞，共勸酒十盞。又如歐陽修的《採桑子》十首，詞前的「西湖念語」云：「昔者王子猷之愛竹，造門不問於主人，陶淵明之臥輿，遇酒便留於道上。況西湖之勝概，擅東穎之佳名。雖美景良辰，固多於高會。而清風明月，幸屬於閒人。並遊或結於良朋，乘興有時而獨往。鳴蛙暫聽，安問屬官而屬私？曲水臨流，自可一觴而一詠。至歡然而會意，亦傍若於無人。乃知偶來常勝於特來，前言可信；所有雖非於己有，其得已多。因翻舊闋之辭，寫以新聲之調。敢陣薄伎，聊佐清歡。」「敢陣薄伎，聊佐清歡」，標明這事實上是一組以西湖爲題的勸酒詞，十首《採桑子》將西湖的各種美景形容殆盡，送酒十盞。《全宋詞》中的勸酒組詞多以十首爲數，如沈瀛《減字木蘭花》「頭勸」至「十勸」十首，王安中《安陽好》（九首並口號破子）九首詞加上《破子》清平樂，也是十首。在這十盞酒的行酒過程中，中間可以有一個休息的過程，如黃裳的《蝶戀花》勸酒詞，在行酒六盞之後，賓主少歇，再坐之後，再念致語，再行酒四盞；或者一氣呵成，連續奉酒十杯，如歐陽修的《採桑子》勸酒詞、沈瀛的《減字木蘭花》勸酒詞和王安中的《安陽好》勸酒詞。以組詞勸酒，應該是宴會行酒的主體部分，伴隨著美妙的歌曲，殷勤的捧杯，酒漸酣，意漸濃，筵會氣氛逐漸達到高潮。

有的詞並未標明是「勸酒詞」，只是筵上的酬酢之篇，但這些酬酢之篇一般是寓有勸酒之意在內的，如張元幹《水調歌頭・陪福帥讌集口占以授官奴》：「縹緲九仙閣，壯觀在人間。涼飆乍起，四圍晴黛入闌干。已過中秋時候。便是菊花重九。爲壽一尊歡。今古登高意，玉帳正清閒。　　引三巴，連五嶺，控百蠻。元戎小隊，舊遊曾記並龍山。閩嶠尤寬南顧。聞道天邊雨露。持橐詔新頒。且擁笙歌醉，廊

〔註 72〕黃裳《蝶戀花・勸酒致語》，唐圭璋編纂《全宋詞》中華書局，1999，第 493 頁。

廟更徐還。」並未說明是勸酒詞，但詞作結尾「且擁笙歌醉，廊廟更徐還」則蘊含了勸酒的意味。再如黃庭堅《念奴嬌・八月十七日，同諸甥步自永安城樓，過張寬夫園待月。偶有名酒，因以金荷酌眾客。客有孫彥立，善吹笛。援筆作樂府長短句，文不加點》：「斷虹霽雨，淨秋空、山染修眉新綠。桂影扶疏，誰便道、今夕清輝不足？萬里青天，姮娥何處？駕此一輪玉。寒光零亂，爲誰偏照醽醁？　年少從我追遊，晚涼幽徑，繞張園森木。共倒金荷家萬里，難得尊前相屬。老子平生，江南江北，最愛臨風曲。孫郎微笑，坐來聲噴霜竹。」上半闋題詠著題，扣緊「待月」之事，下半闋讚美客人孫郎的技藝，表達了好客的熱忱，暗含有邀請客人奏樂飲酒之意。宋詞中這樣的例子有很多。事實上，勸酒和唱酬是交叉的，常常難以截然分開，一方面，勸酒本身就是一種酬酢，另一方面，酬酢過程也常常伴隨著勸酒，只是單純的勸酒詞只是泛泛地歌詠筵席上的景物，或隱括某些故事，不具有相對於某些特殊的客人的針對性；而席上酬酢的篇章則是有針對性的，體現出獨特的個體之間的互動。

以詞送酒代替行令飲酒導致了飲酒速度的放慢。比起律令、骰盤令、拋打令等酒令形式來，歌妓弄管調弦，唱一曲詞所花費的時間要長得多。如果是現場作詞來唱的話，勸一杯酒的過程還要包括文人構思、下筆、修改，歌妓把它譜入曲調、熟悉聲腔，進而歌唱的時間，周期更長。即使是以勸酒組詞行酒，也比單純的酒令行酒的速度要慢得多。行酒速度放慢，喝酒的人就不容易醉倒，從第一杯酒撥動人的興奮神經開始，到宴會達到高潮結束，座中人長時間地停留在「半酣」的狀態中，思維活躍，情感奔放，但又不至於失去意識的控制。在有節制的興奮狀態下，主人殷勤勸客，客人反敬主人，而歌妓作爲奉主人之命佐酒侑歡的角色，周旋於賓主之間，營造出賓主相得、歡快文雅的氣氛。

行酒過程的放慢也導致了宴會時間的延長。宋人的筵會以持續時間長爲其顯著特徵。與今天宴會多自晚上開始不同，宋人宴會多於清晨即始，如葉夢得《避暑錄話》載歐陽修平山堂之宴，淩晨開宴，持續一整天，至「往往侵夜，載月而歸」〔註 73〕；晏殊的《連理枝・玉宇秋風至》也透露出宋人宴飲自清晨即開始的消息：「嘉宴淩晨啓。金鴨飄香細。鳳竹鸞絲，清歌妙舞，盡呈遊藝。」聶冠卿《多麗》詞寫宴娛之歡，也從「晴波淺照金碧」的清晝，寫到了「重燃絳蠟、別就瑤席」的夜晚。可見，清晨即始，侵夜甚至到天明結束，算是正常的飲宴；前代人「晝短苦夜長，何不秉燭遊」，入夜之後持續飲宴，已經是一種極放縱的行爲；而在宋人那裏，這不過是極正常的事情，甚至宴會持續兩晝夜之事，也並非偶見：

> 張耆既貴顯，嘗啓章聖，欲私第置酒，以邀禁從諸公，上許之。既晝集盡歡，曰：「更願畢今夕之樂，幸毋辭也。」於是羅幃翠幕，稠疊圍繞，繼之以燭。列屋蛾眉，極其殷勤，豪侈不可狀。每數杯，則賓主各少歇。如是者凡三數。諸公但訝夜漏如是之永，暨至撤席出户詢之，則云已再晝夜矣。〔註 74〕

> 宋景文好客，會飲於廣廈中。外設重幕，内列寶炬，歌舞相繼，坐客忘疲，但覺漏長，啓幕視之，已是二晝。名曰不曉天。〔註 75〕

> 東山先生楊長孺，字伯子，誠齋先生之嫡也。……一日，秀王袖緘招府公，公念不欲往又無辭以卻，於是往赴。張樂開宴，水陸畢陳，帷幕數重，列燭如晝。酒半少休，已而復坐，乃知逾兩夕矣。〔註 76〕

〔註 73〕葉夢得《石林避暑錄話》卷一，上海書店（據涵芬樓舊版影印本），1990，第 3～4 頁。

〔註 74〕王明清《揮麈錄》後錄卷五，上海書店，2001，第 115 頁。

〔註 75〕潘永因編，劉卓英點校《宋稗類鈔》卷二「奢汰」，書目文獻出版社，1985，第 152 頁。

〔註 76〕佚名《東南紀聞》卷一，歷代學人《筆記小説大觀》第 16 編，第 1 冊，第 649 頁。

自晨至夕，自夕至晨，白天時間不夠，夜以繼之；一晝夜的時間不夠，再延至兩晝夜。宋代宴會時間的延長，既與當時的社會風氣、人的極娛心態有關，也與以詞送酒的行酒程序有關。由於行酒過程緩慢，不延長宴會時間，就無法達到盡歡極樂。也正由於宴會時間延長了，它才能容納歌舞、清談、作詞論詩等豐富的活動內容，也更能完全徹底地盡興極歡。從這個角度來說，詞對宴飲的組織方式和節奏有著顯著的控制作用。

詞一方面作爲送酒之曲，另一方面，還常常作爲筵席上舞蹈的伴奏曲。唐代流傳下來的法曲、大曲多爲歌舞曲，既能塡詞歌唱，也可以用以伴舞。宋人大型的筵席上常常有這種歌舞表演，如徽宗天寧節大宴上，就演出了《傾杯》、《三臺》、《立天長》、《採蓮》等大型舞蹈，其中也伴隨有歌曲的演唱；董穎有《薄媚·西子詞》套曲，從「排遍第八」、「排遍第九」、「第十攧」、「入破第一」到「第二虛催」、「第三袞遍」、「第四催拍」、「第五袞遍」、「第六歇拍」、「第七煞袞」，一套共十支曲子，敷演西施的故事，應是配合大型的舞蹈而歌。曹勛也有法曲《道情》，包括散序、歌頭、遍第一、遍第二、遍第三、第四攧、入破第一、入破第二、入破第三、入破第四、第五煞共十一支曲，是舞曲，又伴以歌詞。

值得注意的是，宋代筵會上的大型舞蹈並不都是來源於大曲和法曲，許多曲子，如《踏莎行》、《蝶戀花》、《漁家傲》、《霜天曉角》等都可以連綴在一起組成套曲，用來編排舞蹈。《能改齋漫錄》載錢惟演喜歡《踏莎行》，「淮寧府城上莎，猶是公手植。公在鎭，每宴客，命廳籍分行剗襪，步於莎上，傳唱踏莎行。一時勝事，至今稱之。」〔註 77〕「分行剗襪，步於莎上」，是一種集體舞的形式，《踏莎行》歌曲聯套則作爲舞蹈的伴奏。南宋初年的史浩集中有《採蓮舞》、《太清舞》、《柘枝舞》、《花舞》、《劍舞》、《漁父舞》等套曲歌詞，歌詞中間附有對伴隨的舞隊舞容以及歌舞程序的詳細介紹。以

〔註 77〕吳曾《能改齋漫錄》卷十一，上海古籍出版社，1979，第 328 頁。

《花舞》爲例，舞者同時又是歌者，在歌曲子之前，舞隊上場並念致語勾隊：

兩人對廳立，自勾，念：伏以騷賦九章，靈草喻如君子；詩人十詠，奇花命以佳名。因其有香，尊之爲客。欲知標格，請觀一字之褒；爰藉品題，遂作群英之冠。適當麗景，用集仙姿。玉質輕盈，共慶一時之會；金尊瀲灩，式均四坐之歡。女伴相將，折花入隊。

念了，後行吹折花三臺。舞，取花瓶。又舞上，對客放瓶，念牡丹花詩：花是牡丹推上首。天家侍宴爲賓友。料應雨露久承恩，貴客之名從此有。

念了，舞，唱蝶戀花，侍女持酒果上，勸客飲酒。〔註 78〕

聯繫《東京夢華錄》中對徽宗天寧節大宴上演出形制的記載，我們可以知道，這裏的「勾」指的是勾隊形式，類似現代演出中報幕員的功能；「自勾」即自己爲自己將要作出的表演來報幕。《花舞》舞隊「自勾」的念詞，是敷演了一套關於花的淵源故事，然後申明佐酒侑歡的目的，最後「女伴相將，折花入隊」指出舞隊的形式是排列折花隊形。「念」之後奏樂起舞，舞者手擎花瓶道具，並念相對應的花詩；之後邊舞邊唱《蝶戀花》詞，勸客飲酒。每一曲後換一種花瓶，念花詩，並重複載歌載舞的節目形式，唱舞《蝶戀花》勸酒。前半部分念、舞、歌十一番，並勸酒十一盞。十一盞酒之後，唱《折花三臺》，舞後而歌、歌後而舞，歌舞相間；最後自念致語遣隊：

伏以仙家日月，物外煙霞。能令四季之奇葩，會作一筵之重客。莫不香浮綺席，影覆瑤階。森然群玉之林，宛在列眞之府。相逢今日，不醉何時。敢持萬斛之流霞，用介千春之眉壽。歡騰絲竹，喜溢湖山。觀者雖多，歎未曾有。更願九重萬壽，四海一家。屢臻年穀之豐登，永錫田廬之快樂。於時花驄嘶晚，絳蠟迎宵。飲散瑤池，春在烏紗帽上；醉歸蕊館，香分白玉釵頭。式因天上之芳容，流作人間之佳話。

〔註 78〕唐圭璋編纂《全宋詞》，中華書局，1999，第 1627～1628 頁。

尚期再集，益侈遐齡。歌舞既終，相將好去。

念了，後行吹三臺出隊。〔註 79〕

從《花舞》的表演形式看出，這種大型的樂舞表演是曲、詞、歌、舞、念（致語）、吟（詩）結合在一起的綜合演出形式，其中詞是一個重要的組成部分，一首詞標誌著演出行進的一個單元，一個單元即是舞、唱、吟、念、勸酒諸多要素的輪迴。《採蓮舞》、《太清舞》、《柘枝舞》、《劍舞》、《漁父舞》也與此類似，只是舞隊形式、舞人裝扮與所唱之詞不同。史浩詞中所保存的舞曲詞中，《花舞》是多首《蝶戀花》詞曲的聯套，《太清舞》是《太清》詞曲的聯套，《劍舞》是《霜天曉角》詞曲的聯套，《採蓮舞》、《漁父舞》是《漁家傲》詞曲的聯套，《柘枝舞》是《水調歌頭》和《柘枝令》的聯套。相同或不同曲子的聯套作爲歌舞曲，敷演或是歷史、或是傳奇、或是神怪的故事，結合唱、念等表演活動，更加引人入勝。此種曲子聯章的結構方法，與南宋民間出現的諸宮調已經相當類似。

史浩同時稍後的洪適又有《番禺調笑》、《句降黃龍舞》、《句南呂薄媚舞》、《漁家傲引》等舞曲套詞，證明了這種曲子詞聯套和大型舞蹈相結合的演出形式在當時是比較流行的。

總之，從行令，到勸酒，到伴舞，到遞相唱酬、送茶送湯，宋代宴會從始至終都是在曲子詞的緩歌慢舞、淺斟低唱中進行的，舒緩雅致而又豐富多彩。

詞在宴席上的廣泛滲透和主導地位也造成了宋代宴席注重文采風華的時代風尙。

著名的詞人在宴席上享受著明星般的地位。宋人飲席不以酒量闊大爲高，而是以文采風流爲貴。著名的詞人，也都是飲席上、尤其是歌妓群體裏最受歡迎的人物。張先詞意高調美，被稱爲「雲破月來花弄影郎中」，年老致仕後居於杭州，還常因杭州歌妓之請而作詞；柳永更是在歌妓堆裏討生活的人物，以至於死後貧困無以爲葬，眾多的

〔註 79〕唐圭璋編纂《全宋詞》，中華書局，1999，第 1630～1631 頁。

歌妓湊錢爲其安葬；著名才子秦觀因爲詞名流播而受到歌妓的追捧，各貴門家姬中暗戀少游者不在少數〔註 80〕。秦觀的女婿范溫在一貴人家赴宴，還對貴人之侍兒自報家門說：「某乃『山抹微雲』女壻也」〔註 81〕，以一種令人絕倒的方式道出了優秀詞人在筵席場合的明星地位。蘇東坡酒量甚淺，但才思敏捷，能因歌妓之請而即刻成篇，且善於雅謔，因此也是各種筵席上極受歡迎的人物。如一次他在中山赴宴，「歌者欲試東坡倉卒之才，於其側歌《戚氏》，坡笑而頷之。邂逅方論穆天子事，頗摘其虛誕，遂資以應之，隨聲隨寫，歌竟篇，才點定五六字。坐中隨聲擊節，終席不間他辭，亦不容別進一語，臨分曰：『足以爲中山一時盛事。』」〔註 82〕東坡的一首新詞，使宴會「終席不間他辭，亦不容別進一語」，可見時人對詞人佳作的愛重之心。而在士大夫之間，若是某人詞藝出眾，也會引起大家的矚目與重視。如宇文虛中主盟文壇時，以吳彥高爲後進，稱他爲小吳；一次飲會上諸人作詞，吳彥高作了一闋《人月圓》，詞意高妙，「宇文覽之，大驚，自是，人乞詞，輒曰：『當詣彥高也』。」〔註 83〕又如蘇軾守杭州時，

〔註 80〕皇都風月主人編，周夷校補《綠窗新話》卷上「碧桃屬意秦少游」，古典文學出版社，1957，第 72 頁：秦少游寓京師，有貴官延飲，出寵姬碧桃侑觴，勸酒惓惓。少游領其意，復舉觴勸碧桃。貴官云：「碧桃素不善飲。」意不欲少游強之。碧桃曰：「今日爲學士拼了一醉。」引巨觥長飲。少游即席贈虞美人詞曰：「碧桃天上栽和露，不是凡花數。亂山深處水縈洄，借問一枝如玉爲誰開？　輕寒細雨情何限，不道春難管。爲君沉醉一何妨，衹怕酒醒時候斷人腸。」又楊湜《古今詞話》，唐圭璋編《詞話叢編》，中華書局，1986，第 33 頁：秦少游在揚州，劉太尉家出姬侑觴。中有一姝，善擘箜篌。此樂既古，近時罕有其傳，以爲絕藝。姝又傾慕少游之才名，偏屬意，少游借箜篌觀之。既而主人入宅更衣，適值狂風滅燭，姝來且相親，有倉促之歡。且云：「今日爲學士瘦了一半。」

〔註 81〕蔡絛撰，馮惠民、沈錫麟點校《鐵圍山叢談》卷四，中華書局，1983，第 63 頁。

〔註 82〕費衮著，金元校點《梁溪漫志》卷九，上海古籍出版社，1985，第 105 頁。

〔註 83〕劉祁撰，崔文印點校《歸潛志》卷八，中華書局，1983，第 83～84 頁。

毛澤民爲杭州法曹，蘇軾對其未加注意。毛澤民和杭州官妓瓊芳情好，任滿辭別時作《惜分飛》詞贈瓊芳：「淚濕闌干花著露，愁到眉峰碧聚。此恨平分取，更無言語空相覷。　細雨殘雲無意緒，寂寞朝朝暮暮。今夜山深處，斷魂分付潮回去。」蘇軾聽到官妓唱這首歌，問知是毛澤民所作，歎息道：「郡僚有詞人而不及知，某之罪也。」第二天立即「折簡追回，款洽數月」〔註 84〕。由這幾則故事可以看出，宋代社會上下對文人都有一種尊禮之風，而從容於宴席之間，能作得幾首好詞，則成爲文人的風度身份象徵之一。

名篇佳製在飲席上也受到熱烈的追捧。李遵勖作《望漢月・黃菊一叢》，稱美一時，李遵勖給人的信中還說：「澶淵營妓，有一二擅喉轉之技者，唯以『此花開後更無花』爲酒鄉之資耳。」〔註 85〕「此花開後更無花」即李《望漢月》詞中之句。聶冠卿之《多麗・想人生》，述宴遊之娛，一時在士大夫之間流傳，極受讚賞，被稱爲可以「使病夫舉首增歎」〔註 86〕。可見，比其正統的文學來，詞在當時雖然還是「小道」，但在飲席上是被當做珍貴的藝術品來看待的，也正因爲此，宋代從宴上到宴下，從宴前到宴後，才有各種各樣的「索詞」、「以詞爲壽」、「以詞贈別」現象。這既反映了宋人對待詞的矛盾心理，更反映出詞事實上對於人們休閒娛樂生活的重要意義。

詞因其獨特的魅力，還成爲召喚詞人墨客聚集在一起進行飲宴、切磋藝術的一個重要紐帶，有時不經意間還成爲某些宴飲聚會的主題。梅堯臣在歐陽修席上，座中欣賞林逋《草》詞，梅堯臣不服氣，作《蘇幕遮・草》一首以比林逋之作，歐陽修看到，隨即又作《少年遊・草》以示眾人。這次宴飲即成爲欣賞、競賽詞藝的競技場。辛棄

〔註 84〕田汝成《西湖遊覽志・志餘》卷十六，上海古籍出版社，1980，第 304 頁。

〔註 85〕吳曾《能改齋漫錄》卷十六，上海古籍出版社，1979，第 477 頁。

〔註 86〕徐釚撰，唐圭璋校注《詞苑叢談》卷三，上海古籍出版社，1981，第 62 頁：「蔡君謨時知泉州，寄良定公書云：『新傳《多麗》辭，使病夫舉首增歎。』」

疾以詞名，「每燕必命侍妓歌其所作。特好歌《賀新郎》一詞，自誦其警句曰：『我見青山多嫵媚，料青山見我應如是。』又曰：『不恨古人吾不見，恨古人不見吾狂耳。』每至此，輒拊髀自笑，顧問坐客何如，皆歎譽如出一口。既而又作一《永遇樂》……特置酒召數客，使妓迭歌，益自擊節，徧問客，必使摘其疵。」〔註 87〕從岳珂的記載中可見，辛棄疾宴上，對辛詞的欣賞和評論是其主要內容。南宋末年的紫霞翁楊纘，與意氣相投的詞人周密、施岳、徐天民、李彭老等結成「吟社」，「每一聚首，必分題賦曲」〔註 88〕。周密在他的一些詞作與筆記中描述了這些詞人一起宴聚分題，商討音律的情形：「甲子夏，霞翁會吟社諸友逃暑於西湖之環碧。琴尊筆研，短葛練巾，放舟於荷深柳密間。舞影歌塵，遠謝耳目。酒酣，採蓮葉，探題賦詞。余得塞垣春，翁為翻譜數字，短簫按之，音極諧婉，因易今名云。」〔註 89〕「翁往矣！回思著唐衣，坐紫霞樓，調手製閒素琴，作新制《瓊林》、《玉樹》二曲，供客以玻璃瓶洛花，飲客以玉缸春酒（原注：翁家釀名），笑語竟夕不休，猶昨日事。」〔註 90〕吟社以及南宋大量出現的其它結社宴聚論詞的情況，是詞影響、控制宴席活動的作用的一個延伸。

詞社問題已經有很多學者進行了專門的探索，如蕭鵬《西湖吟社考》（載《詞學》第七輯），歐陽光《宋元詩社研究叢稿》（廣東高等教育出版社 1996 年版），尹占華《周密等人西湖詞社的創作活動》（《蘭州大學學報》2003 年 3 第期）等等，我們這裏不再多作討論。

〔註 87〕岳珂撰，吳企明點校《桯史》卷三，中華書局，1981，第 38 頁。

〔註 88〕張炎《詞源》卷下，唐圭璋編《詞話叢編》，中華書局，1986，第 267 頁。

〔註 89〕周密《采綠吟·采綠鴛鴦浦》序，唐圭璋編纂《全宋詞》，中華書局，1999，第 4137 頁。

〔註 90〕周密《齊東野語》卷一八「琴繁聲為鄭衛」條，中華書局，1983，第 339 頁。

第四章　宴飲生活對詞「主體風格」的塑造和影響

詞的「主體風格」指的是傳統詞論家認爲的詞所具有的風格特徵。如陳師道在批評蘇軾的詞時提出的「本色」論〔註1〕，李清照論詞的「別是一家」論〔註2〕，明代張綖的「婉約」論。可見，傳統詞論家所認識的詞的「主體風格」，或曰「正宗詞風」，是以清辭麗句寫春恨秋愁、相思閨怨的婉約詞。詞「婉約」的主體風格的形成，和它酒邊尊前的生存環境是分不開的。

第一節　「酒水氣」——宴飲影響詞的物象選擇

宴飲詞中多喜歡採用果肴杯盞、花香燭霧、繡簾羅幕、舞裙歌板等宴席物象……宴席的場合也促使了以花、酒、茶、香，甚至果肴杯盞等筵席物象爲題材的詠物詞……詠妓詞、贈妓詞和詠樂舞的詞的大

〔註1〕陳師道《後山詩話》,《文淵閣四庫全書》，上海古籍出版社，1987，第1478冊，第285頁：「子瞻以詩爲詞，如教坊雷大使舞，雖極天下之工，要非本色」。

〔註2〕魏慶之《魏慶之詞話》引「李易安評」，唐圭璋編《詞話叢編》，中華書局，1986，第201～202頁。

量出現也和宴席的場合有關……詞人對宴席物象進行了審美化的選擇和改造……宴席物象的採擇對於詞形成以「富」爲美和以「豔」爲美的審美風格有著重要意義

《禮記・樂記》中說：「人心之動，物使之然也。」酒宴上的緩歌慢舞、推杯換盞既喚起了人們把酒相酬的高情雅興，又激發起他們摹情狀物的俊才巧思。文學作品來源於生活，生長於宴席之上的詞，在物象的選擇上，帶有著鮮明的宴席環境特徵。莫礪鋒在《飲食題材的詩意提升：從陶淵明到蘇軾》一文中談道：「一般說來，凡是用來充饑的食物較難入詩，比如餅餌、飯食等物；而用來消遣的飲料就較易入詩，比如茶與酒。因爲前者的實用性很強，是人們的基本生活資料，很難產生詩意的聯想。後者則是人們在休閒時的生活用品，是用來美化生活的一種點綴物，容易激發審美的情趣。」〔註 3〕宴席不同於日常滿足生存需要的飲食，宴席上的果肴杯盞、花香燭霧、繡簾羅幕、清歌巧笑等物象，天生就帶有極強的審美意味；這些物象紛紛進入詞中，使詞中充斥著杯盤盞果的描寫，沾染著汁水淋漓的「酒水氣」。

在各種類型的宴席之作，如遊賞盤桓之詞、節序詞、祝壽詞、送別詞中，詞人常常即景狀物，多擇取宴席上的物象入詞，以杯酒果核、花幕清歌來狀寫富貴優遊的眼前之景，表達宴歡之樂。遊賞盤桓之詞如蘇軾《南歌子・遊賞》：「山與歌眉斂，波同醉眼流。遊人都上十三樓。不羨竹西歌吹、古揚州。　菰黍連昌歜，瓊彝倒玉舟。誰家水調唱歌頭。聲繞碧山飛去、晚雲留。」寫宴上的「菰黍」、「昌歜」與美酒「瓊彝」，以及宴上人的歌眉醉眼、繚繞歌聲，以狀寫宴遊之樂。《浣溪沙・元豐七年十二月二十四日，從泗州劉倩叔遊南山》：「細雨斜風作曉寒，淡煙疏柳媚晴灘。入淮清洛漸漫漫。　雪沫乳花浮午琖，蓼茸蒿筍試春盤。人間有味是清歡。」寫郊遊野宴的風光景致，

〔註 3〕莫礪鋒《飲食題材的詩意提升：從陶淵明到蘇軾》，《第六屆宋代文學研討會論文集（成都）》，第 588～598 頁。

席上的香茶是「雪沫乳花浮午盞」，新鮮的蔬菜有「蓼茸蒿筍試春盤」。又如朱敦儒《減字木蘭花》：「尋花攜李。紅漾輕舟汀柳外。小簇春山。溪雨巖雲不飽帆。　　相逢心醉。容易堆盤銀燭淚。痛飲何言。犀筯敲殘玉酒船。」「銀燭」、「犀箸」、「玉酒船」，都是筵席上的典型物象。再如呂渭老《握金釵》：「風日困花枝，晴蜂自相趁。晚來紅淺香盡。整頓腰肢暈殘粉。弦上語，夢中人，天外信。　　青杏已成雙，新尊薦櫻筍。爲誰一和銷損。數著佳期又不穩。春去也，怎當他，清晝永。」以新釀的美酒、新上市的櫻筍狀寫香閨奧室小宴的旖旎風光。再如賀鑄《翻翠袖》：「繡羅垂，花蠟換。問夜何其將半。侵舃履，促杯盤。留歡不作難。　　令隨鬮，歌應彈。舞按霓裳前段。翻翠袖，怯春寒。玉闌風牡丹。」詞將宴飲場所的繡羅帷幕、座間不停續點的花蠟、舃履交侵的席座，抓鬮行令、歌舞交替的宴會進程，都一一羅列，再現出美妙的宴席時光。再如葛勝仲《西江月．與王庭錫登燕集作》：「清樾已生晝寂，孤花尙表春餘。象床筠簟燕堂虛。初過晚涼微雨。　　珪璧新來北苑，鱸魚未減東吳。捧觴紅袖透香膚。不浥翔龍煙縷。」作者狀寫宴飲中的景致風物，擇取了「鱸魚」、「酒觴」、「紅袖」、「煙縷」等，杯、肴、歌姬、香爐中飄出的香煙，都是筵席上最常見的物象。

節序勝賞，例有宴會，因此節序詞中也常常描繪宴席上的杯、酒、香、花、燭、歌、樂等，如「最堪愛，是蘭膏光在，金釭連壁」（史浩《喜遷鶯．收燈後會客》）、「芳尊美酒，年年歲歲，月滿高樓」（趙鼎《人月圓．中秋》）、「酒浮柏葉，人頌椒盤」、「聊□水沉煙裊，清唱聲閒」（葛立方《風流子》）等等，以香炷、燭臺、酒、歌來狀寫宴席情景；但由於節日的特殊意義，節序詞更多的是擇取具有民俗象徵意義的節序風物。最具特色的爲端午詞和重九詞。端午節的節俗是吃粽子、賽龍舟，粽子作爲端午節的代表性食品出現在詞人筆下，如黃裳《喜遷鶯．端午泛湖》：「梅霖初歇。乍絳蘂海榴，爭開時節。角黍包金，香蒲切玉，是處玳筵羅列。鬥巧盡輸年少，玉腕綵絲雙結。艤綵舫，看龍舟兩兩，波心齊發。　　奇絕。難畫處，激起浪花，飛作湖間雪。畫鼓喧雷，紅旗閃電，奪罷錦標方徹。望中水天日暮，猶見朱簾高揭。歸棹晚，載荷花十里，一鈎新月。」「角黍包金，香蒲切玉」，描述出粽子令人流涎的色與香。秋天是各種食物最豐富的季節，重九則是這一季節中最重要的節日，重九詞中提到的節序風物、食物種類也最多，如蘇軾《西江月·重九》:「點點樓頭細雨，重重江外平湖。當年戲馬會東徐，今日淒涼南浦。　莫恨黃花未吐，且教紅粉相扶。酒闌不必看茱萸，俯仰人間今古。」菊花、茱萸、美酒，是重九宴席之物。再如朱敦儒《相見歡》:「深秋庭院初涼。近重陽。籬畔一枝金菊、露微黃。　鱸膾韻。橙齏品。酒新香。我是昇平閒客、醉何妨。」除菊花美酒外，作者還描寫了別具特色的鱸魚膾、橙齏。再如王之道《南歌子·戊午重九》:「朱實盈盈露，黃花細細風。龍山勝集古今同。斷送一年秋色、酒杯中。　鴨脚供柔白，雞頭薦嫩紅。量吞雲夢正能容。試問具區何處、浙江東。」茱萸、菊花、酒之外，又有鴨脚（按：鴨脚疑爲銀杏，銀杏又名白果，俗稱鴨脚）、雞頭米，等等。節序的特殊節物、特殊風味給節序詞增加了一股甜香，也是宴席風物浸染詞作的表現之一。

祝壽詞產生於富貴雍容的華堂綺筵之上，其中對於筵會富貴景物的描寫尤爲多見。如張元幹《青玉案·生朝》:「花王獨佔春風遠。看百卉、芳菲遍。五福長隨今日宴。粉光生豔，寶香飄霧，方響流蘇顫。　壽祺堂上修篁畔。乳燕雙雙賀新院。玉斝明年何處勸。旌幢滿路，貂蟬宜面，歸覲黃金殿。」雍容華貴的牡丹，盛妝靚服的美人，飄散的名貴香氛，鏗鏘擊打著的樂器，氣氛熱烈的勸酒，壽筵上的富貴陳設和歡快氣氛如在眼前。再如朱敦儒《踏莎行·太易生日》:「梅倚江娥，日舒宮綫，老人星喚群仙宴。泛杯玉友暖飛浮，堆盤金橘光零亂。　聽命寬心，隨緣適願，癡狂贏取身長健。醉中等看碧桃春，尊前莫問蓬萊淺。」也用熱情的筆觸描寫了壽筵上客人杯中的美酒、盤裏的金橘。再如趙磻老《鷓鴣天·壽葉樞密》:「堂上年時見燭花。青氈還入舊時家。芝函瑞色回春早，綠野東風轉歲華。　　催召傳，穩鋪沙。疊尊今日棗如瓜。誕辰更接傳柑宴，蓮炬通宵喚草麻。」詞人擇取了壽堂上的燭花、瑞草，蓮花形狀的燭臺，案上飽滿碩大的棗子等，來渲染壽筵的祥瑞氣氛。

朋友同僚的分聚離別，餞送之宴最多，宴上詞人作詞送別留別，也常常描繪宴席上的物事與場景來表達惜別之情。如蘇軾《勸金船・和元素韻自撰強命名》:「無情流水多情客，勸我如相識。杯行到手休辭卻，似軒冕相逼。曲水池上，小字更書年月。還對茂林修竹，似永和節。　　纖纖素手如霜雪，笑把秋花插。尊前莫怪歌聲咽，又還是輕別。此去翱翔，遍上玉堂金闕。欲問再來何歲，應有華髮。」鋪敘中擇取了席上殷勤的勸酒、美人皎潔如霜的素手、插花巧笑的妍態、情深意重的離歌、滿瓶的秋花，表達了對辭別遠行的朋友的拳拳情意；再如秦觀《江城子》:「南來飛燕北歸鴻。偶相逢。慘愁容。綠鬢朱顏，重見兩衰翁。別後悠悠君莫問，無限事，不言中。　　小槽春酒滴珠紅。莫匆匆。滿金鍾。飲散落花流水、各西東。後會不知何處是，煙浪遠，暮雲重。」擇取金色的酒杯，珠紅色的春酒，投射了作者與朋友離別的哀愁情緒。又如賀鑄《宛溪柳・六么令》:「夢雲蕭散，簾捲畫堂曉。殘薰爐燭隱映，綺席金壺倒。塵送行鞭嫋嫋，醉指長安道。波平天渺，蘭舟欲上，回首離愁滿芳草。　　已恨歸期不早，枉負狂年少。無奈風月多情，此去應相笑。心記新聲縹緲，翻是相思調。明年春杪，宛溪楊柳，依舊青青爲誰好？」卷起的簾幕、畫堂、薰殘的香爐、燃盡的燭臺、金色的酒壺、音調纏綿的歌聲，詞人的一腔別緒、滿腹離愁就藉由宴席上這些綺麗的景物表現出來。再如王之道《虞美人・和孔純老送鄭深道守嚴州》:「鄭侯美政推仁厚。何獨高淮右。分攜令我預顰眉。只恐桐廬民望、怪來遲。　　一尊聊罄金蕉葉。更語半時霎。青娥羅列競消凝。閣定眼邊珠淚、做紅冰。」金色的蕉葉形酒杯、送別的歌妓眼中的紅淚，表現出留戀難捨的離席別宴光景。

總之，接風洗塵也好，朋友送別也好，盤桓相聚也好，節日遊賞也好，祝壽也好，這些宴席上產生的作品在鋪敘時總是少不了擇取席上的果肴杯盤、燭花香幕、清歌美酒等典型物象來進行描寫，尤其是酒，更是各家詞中常見的字眼，筆者利用電子版《四庫全書》進行檢索得出，宋人詞集中，寫到酒的，《山谷詞》中有五十六處，《珠玉詞》中五十三處，《六一詞》中五十一處，《東坡詞》中八十處，《小山詞》中六十處，《片玉詞》中六十五處，《介庵詞》中五十六處，《稼軒詞》中一百六十六處，《放翁詞》中三十五處，《山中白雲詞》中七十一處；寫到杯的，《山谷詞》中有十六，《珠玉詞》中十九處，《東坡詞》中十五處，《小山詞》中十四處，《東堂詞》中十二處，《石林詞》中十三處，《稼軒詞》中八十一處，《蘆川詞》中二十一處，《逃禪詞》中二十五處；這還不包括那些使用了異名、代字、暗寫、虛寫的情況。其它如簾、幕、香、花等物象也觸目即是。可以說，整部《全宋詞》，或多或少，都沾染著宴席上淋漓的「酒水氣」。

宴席的場合也促使了以筵席物象爲題材的詠物詞的產生。宋詞中眾多的詠物之作，一部分是在詞社當中分題賦詠的產物，更多的則是在隨意的朋友聚會、杯酒留連之際的文字遊戲。這類遊戲以宴前所見風景人物爲歌詠對象，與會者競相賦詠，比試才情，如詠歌、詠舞、詠歌妓的容貌情態、詠樂器、詠花、詠香、詠酒等等，甚至宴席上的水果蜜餞也可以成爲賦詠的對象。其中妓、花、酒、音樂、香這類物象因爲其自身或天然具有美感，或蘊含著豐富的文化意蘊，因此成爲宴席上的人們最喜歡歌詠的對象。

《全宋詞》中詠花的詞數量極多，由於宋代宴會的陳設有插花掛畫的習俗，士大夫得到一盆好花、購得一株名草，或庭院一株海棠盛開，園亭一架荼蘼新綻，都會邀請朋友過府觀賞，名花香草成爲他們盤桓相聚的由頭。以至於給人一種感覺，似乎宋人特別愛花惜花，尤其是梅花。程傑先生在《梅花意象及其象徵意義的發生》一文中指出，魏晉南北朝隋唐五代時期的詠梅之作，數量遠不及宋代繁盛，宋代詠梅「臻於極盛」，梅花「至趙宋一代成了文學中最爲重要的意象和題材之一」〔註 4〕。然而，宋人的愛花，並不僅限於梅。在宋人的宴飲生活中，插花賞花是一個重要的內容，梅花之外的各種花卉，如菊花、牡丹、木犀、芍藥、海棠、荷花、荼蘼、丹桂、杏花等等，都紛紛進入了宋人的審美視野。

宋代的詠花詞，除梅詞外，詠海棠、牡丹、荼蘼、菊花、荷花、瑞香的詞俱成大觀，以詠海棠的詞爲例，在宋人集中俯拾皆是，大有與梅詞分庭抗禮之勢。與梅花的清高不同，海棠的嬌艷恰如青春和美人。如李彌遜《虞美人・東山海棠》:「海棠開後春誰主。日日催花雨。可憐新綠遍殘枝。不見香腮和粉、暈燕脂。　　去年攜手聽金縷。正是花飛處。老來先自不禁愁。這樣愁來欺老、幾時休。」程大昌《卜算子・園丁獻海棠》:「春產不貪春，爲厭春花泛。睡到深秋夢始回，素影翻春豔。　　意賞逐時新，舊事誰能占。解轉春光入酒杯，萸菊誰雲欠。」姚述堯《鷓鴣天・王清叔具草酌賞海棠，爲作二絕句，清叔擊節，檃栝以鷓鴣天歌之》:「昨夜東風到海涯。繁紅簇簇吐胭脂。恍疑仙子朝天罷，醉面勻霞韻更宜。　　歡未足，困相依。羞將蘭麝污天姿。少陵可是風情薄，卻爲無香不作詩。」姚述堯《瑞鷓鴣・王清叔賞海棠。翌日，趙順道再剪數枝約同舍小集。且云：春已過半，桃杏皆飄零，惟此花獨芳，尤不可孤。因索再賦》:「司花著意惜春光。桃杏飄零此獨芳。一抹霞紅勻醉臉，惱人情處不須香。　　王孫好客成巢飲，故翦繁枝簇畫堂。後夜更將銀燭照，美人斂衽怯殘妝。」管鑒《醉落魄・正月二十日張園賞海棠作》:「春陰漠漠，海棠花底東風惡。人情不似春情薄，守定花枝，不放花零落。　　綠尊細細供春酌，酒醒無奈愁如昨。殷勤待與東風約。莫苦吹花，何似吹愁卻。」陸游《柳梢青・故蜀燕王宮海棠之盛，爲成都第一，今屬張氏》:「錦裏繁華。環宮故邸，疊萼奇花。

〔註 4〕程傑《梅花意象及其象徵意義的發生》,《南京師大學報(社會科學版)》1998 年第 4 期。

俊客妖姬，爭飛金勒，齊駐香車。　　何須幕障幃遮。寶杯浸、紅雲瑞霞。銀燭光中，清歌聲裏，休恨天涯。」王質《一斛珠・十一月十日知郡宴吳府判坐中賦海棠》：「風流太守。未春先試回春手。天寒修竹斜陽後。翠袖中間，忽有人紅袖。　　天香國色濃如酒。且教青女休僝僽。梅花元是群花首。細細商量，只怕梅花瘦。」……海棠的丰姿豔態，常常是美人的象徵；它的紅色花瓣，恰似美人酒醉的臉頰，因此，宋代文人的海棠詞常常以美人為喻，寄託才子的多情。另外，海棠花開的時節是在暮春，桃李都已開過，復賞海棠，自然勾起百花凋零的春愁、惜春的情意。

以上所舉的只是宋代海棠詞全豹之一斑，如果宋代也有人像黃大輿編輯《梅苑》一樣，把他所收集到的唐宋海棠詞編集起來的話，相信這部《海棠集》並不會比《梅苑》單薄多少。

除梅花、海棠外，其它的名花香草也都搖曳於宋人的宴席之上、詞筆之下，如菊花：「木犀開遍芙蓉老。東籬獨佔秋光好。還記笑春風。新妝相映紅。　　莫嫌彭澤令。不似劉郎韻。把酒賦新詩。花前知是誰。」（袁去華《菩薩蠻・杜省乾席上口占賦桃花菊》）荼蘼：「東君已了韶華媚。未快芳菲意。臨居傾倒向荼蘼。十萬寶珠瓔珞、帶風垂。　　合歡翠玉新呈瑞。十日傍邊醉。今年花好為誰開。欲寄一枝無處、覓陽臺。」（馮時行《虞美人・詠荼蘼》）芍藥：「仙李盤根，自有雲仍靄芳裔。更溜雨霜皮，臨風玉樹，紫髯丹頰，長生久視。鶴帳琅書至。長庚夢、當年暗記。　　佳辰近，回首西風，漸喜秋英弄霜蕊。暫卷雙旌，鳴金吹竹，萱堂伴新戲。對璧月流光，屏山供翠，碧雲乍合，飛觴如綴。早晚巖廊侍。終不負、黃樓一醉。丹青手、先與翻階，萬葉增春媚。」（李彌遜《一寸金・尚書生日光州作。光州芍藥甚盛，尚書為品次圖之，故末句云》）牡丹：「甲帳春風肯見分。夜陪清夢當爐薰。尋香若傍闌干曉，定見堆紅越鄂君。　　雕玉佩，鬱金裙。憑誰書葉寄朝雲。蘭芽九畹雖清絕，也要芳心伴小醺。」（李呂《前調・謝人送牡丹》）瑞香花：「公子眼花亂髮，老夫鼻觀先通。

領巾飄下瑞香風。驚起謫仙春夢。　后土祠中玉蕊，蓬萊殿後鞓紅。此花清絕更纖穠。把酒何人心動。」「小院朱闌幾曲，重城畫鼓三通。更看微月轉光風。歸去香雲入夢。　翠袖爭浮大白，皂羅半插斜紅。燈花零落酒花穠。妙語一時飛動。」（蘇軾《西江月・眞覺賞瑞香二首》）木犀：「翡翠釵頭綴玉蟲，秋蟾飄下廣寒宮，數枝金粟露華濃。　花底清歌生皓齒，燭邊疎影映酥胸。惱人風味冷香中。」（張元幹《浣溪沙・王仲時席上賦木犀》）拒霜花：「兩兩輕紅半暈腮。依依獨爲使君回。若道使君無此意。何爲。雙花不向別人開。　但看低昂煙雨裏。不已。勸君休訴十分杯。更問尊前狂副使。來歲。花開時節與誰來。」（蘇軾《定風波・十月九日，孟亨之置酒秋香亭，有拒霜獨向君猷而開。坐客喜笑，以爲非使君莫可當此花，故作是詞》）等等。

花開花謝、歲華更替中的生命流逝感使花花草草超越了單純的裝飾意義，而擁有了深刻的內涵。花開象徵著青春的年華，花謝象徵著歲月的流逝；而那些開在秋天、開在嚴冬季節的花更使人產生頑強倔強、不隨流俗的生命感受。而大量賞花、詠花詞的出現，則和宋人在宴飲中的插花賞花風俗是分不開的。

詠花之外，以酒、茶、香、甚至宴席上的果肴杯盞爲題的詠物詞也大量出現。前文提到的勸酒詞、送茶詞、送湯詞，在某種意義上就是以酒和茶爲題的詠物詞；此外，還有大量以酒、茶、肴果食品爲題的單純的詠物詞。詠酒詞如朱敦儒《鷓鴣天》：「天上人間酒最尊。非甘非苦味通神。一杯能變愁山色，三盞全迴冷谷春。　歡後笑，怒時瞋。醒來不記有何因。古時有個陶元亮，解道君當恕醉人。」寫酒使人產生的美妙感受和酒後人們常有的情緒化行爲。再如李綱《江城子・新酒初熟》：「老饕嗜酒若鴟夷。揀珠璣，自蒸炊。篘盡雲腴，浮蟻在瑤卮。有客相過同一醉，無客至，獨中之。　麴生風味有誰知。豁心脾。展愁眉。玉頰紅潮，還似少年時。醉倒不知天地大，渾忘卻，是和非。」寫好酒之人釀酒的過程，飲酒時的興味；又《望江南》:「新酒熟，雲液滿香篘。溜溜清聲歸小甕，溫溫玉色照瓷甌。飲興浩難收。　嘉客至，一酌散千憂。顧我老方齊物論，與君同作醉鄉遊。萬事總休休。」其中滋味自是好酒之人所能體味。再如蘇軾《十拍子・暮秋》:「白酒新開九醞，黃花已過重陽。身外倘來都似夢，醉裏無何即是鄉。東坡日月長。　玉粉旋烹茶乳，金齏新搗橙香。強染霜髭扶翠袖，莫道狂夫不解狂。狂夫老更狂。」蘇軾酒量甚淺，不數杯便醉，卻也把飲酒之樂描述得十分眞實。詠茶的詞如黃庭堅的《踏莎行》:「畫鼓催春，蠻歌走餉。雨前一焙誰爭長。低株摘盡到高株，株株別是閩溪樣。　碾破春風，香凝午帳。銀瓶雪滾翻成浪。今宵無睡酒醒時，摩圍影在秋江上。」從初春採茶寫到碾茶、點茶、宴後飲茶；又如《西江月・茶》:「龍焙頭綱春早，谷簾第一泉香，已醺浮蟻嫩鵝黃，想見翻成雪浪。

兔褐金絲寶碗，松風蟹眼新湯，無因更發次公狂，甘露來從仙掌。」寫茶的焙、煎、點後的茶色、盛茶湯的茶具，信是茶道行家；再如謝逸《武陵春・茶》:「畫燭籠紗紅影亂，門外紫騮嘶。分破雲團月影虧。雪浪皺清漪。　捧碗纖纖春筍瘦，乳霧泛冰瓷。兩袖清風拂袖飛。歸去酒醒時。」寫宴會飲酒後送茶的光景與飲茶的感受；毛滂《山花子・天雨新晴，孫使君宴客雙石堂，遣官奴試小龍茶》:「日照門前千萬峰。晴飆先掃凍雲空。誰作素濤翻玉手，小團龍。　定國精明過少壯，次公煩碎本雍容。聽訟陰中苔自綠，舞衣紅。」寫試茶場景，等等。

香也是宋代的一種重要的文化形式，宋人宴客，客至要燒香，宴會持續過程中，爐中的香煙也要始終繚繞不斷。香料消費是日常生活中必不可少的一種消費項目，從香料的品鑒、揀擇，到搗、蒸、飛、窨等凝和製作過程，宋人發展出一個完整精緻的香文化體系〔註5〕。香自然也成爲宋人宴席上一個不可缺少的風雅角色，從而成爲詞人

〔註5〕關於宋代「香文化」，參見拙文《從「香文化」看宋詞的「香豔」特徵》，發表於《作家》，2010年第三期。

熱衷歌詠的對象。如毛滂有《更漏子・薰香曲》:「玉狻猊，金葉暖。馥馥香雲不斷。長下著，繡簾重。怕隨花信風。　　傍薔薇，搖露點。衣潤得香長遠。雙枕鳳，一衾鸞。柳煙花霧間。」是描寫用香形式之一——薰香：薰香時用玉做的狻猊狀的香爐，香炷下面襯以金葉以隔絕火氣，薰香要在密室中，閉門垂簾，薰衣之前，要先在薰衣架下以蒸汽薰蒸，薰出的衣服才溫潤而無煙燥氣，是以言「傍薔薇，搖露點，衣潤得香長遠」；又如向子諲《如夢令・予以岩桂爲爐薰，雜以龍麝，或謂未盡其妙。有一道人授取桂華眞水之法，乃神仙術也，其香着人不滅，名曰薌林秋露。李長吉詩亦云:「山頭老桂吹古香。」戲作二闋，以貽好事者》:「欲問薌林秋露，來自廣寒深處。海上說薔薇，何似桂花風度。高古，高古，不著世間塵污。」寫出了宋代士大夫對「香道」的熱衷與探索；又如周紫芝《漢宮春・別乘趙李成以山谷道人反魂梅香材見遺，明日劑成，下幃一炷，恍然如身在孤山雪後園林、水邊籬落，使人神氣俱清。又明日，乃作此詞，歌於妙香僚中，亦僕西來一可喜事也》:「香滿箱奩。看沉犀弄水，濃麝含薰。荀郎一時舊事，盡屬王孫。殘膏剩馥，須傾囊、乞與蘭蓀。金獸暖，雲窗霧閣，爲人洗盡餘醺。　　依稀雪梅風味，似孤山盡處，馬上煙村。從來甲煎淺俗，那忍重聞。蘇臺燕寢，下重幃，深閉孤雲。都占得、橫斜亂影，伴他月下黃昏。」描繪了「返魂香」的香氛特徵，及得到一奩香材的欣喜心情；又如周紫芝《菩薩蠻・賦疑梅香》:「寶薰拂拂濃如霧，暗驚梅蕊風前度。依約似江村，餘香馬上聞。　　畫橋風雨暮，零落知無數。收拾小窗春，金爐檀炷深。」張元幹《浣溪沙・篤耨香》:「花氣天然百和芬，仙風吹過海中春，龍涎沉水總銷魂。　　清潤巧縈金縷細，氤氳偏傍玉肌溫。別來長是惜餘薰。」皆以香爲題，描繪不同香品的香氛。

酒宴筵席上的果肴杯盤也偶有見於吟詠，如蘇軾《南鄉子・雙荔支》:「天與化工知。賜得衣裳總是緋。每向華堂深處見，憐伊。兩個心腸一片兒。　　自小便相隨。綺席歌筵不暫離。苦恨人人分拆破，東西。怎得成雙似舊時。」詠荔枝，黃庭堅《好事近・橄欖》:「瀟灑薦冰盤，滿座暗驚香集。久後一般風味，問幾人知得。　畫堂飲散已歸來，清潤轉更惜。留取酒醒時候，助茗甌春色。」詠橄欖，辛棄疾《臨江仙・和葉仲洽賦羊桃》:「憶醉三山芳樹下，幾曾風韻忘懷。黃金顏色五花開。味如盧橘熟，貴似荔枝來。　聞道商山餘四老，橘中自釀秋醅。試呼名品細推排。重重香腑髒，偏殢聖賢杯。」賦羊桃；韓元吉《南鄉子・龍眼未聞有詩詞者，戲爲賦之》:「江路木犀天。梨棗吹風樹樹懸。只道荔枝無驛使，依然。贏得驪珠萬顆傳。　香露滴芳鮮。並蒂連枝照綺筵。驚走梧桐雙睡鵲，應憐。腰底黃金作彈圓。」賦龍眼；張元幹《春光好・爲楊聰父侍兒切鱠作》:「花恨雨，柳嫌風。客愁濃。坐久霜刀飛碎雪，一樽同。　勞煩玉指春蔥。未放筯、金盤已空。更與個中尋尺素，兩情通。」寫切鱠廚技等等，幾乎宴席上的種種碗盞杯盤、茶酒肴果都被寫到了。

宋詞中的詠酒詞、詠茶詞、詠香詞、詠肴果杯盤的詞，不但寫盡了宴飲的風光，還保留了當時酒文化、茶文化、香文化的珍貴資料，反映出當時繁榮發達的飲食文化和消閒文化。

詠歌妓的詞在《全宋詞》中佔有相當的份額。由於歌妓的陪酒伴宴是宋人宴飲行樂的主要形式，她們的色貌才藝就成爲宴席上人們矚目的中心。詠妓詞如張先的《醉垂鞭》:「雙蝶繡羅裙。東池宴。初相見。朱粉不深匀。閒花淡淡春。　細看諸處好。人人道。柳腰身。昨日亂山昏。來時衣上雲。」描寫了宴會上見到的一位苗條秀美的歌妓的服飾、妝容、體態；再如歐陽修的《少年遊》:「綠雲雙嚲插金翹。年紀正妖饒。漢妃束素，小蠻垂柳，都占洛城腰。　錦屏春過衣初減，香雪暖凝消。試問當筵眼波恨，滴滴爲誰嬌。」則是一位豆蔻年華、情竇初開的歌妓在筵席上嬌波流轉的情態。再如晏殊的《浣溪沙》:「淡淡梳妝薄薄衣。天仙模樣好容儀。舊歡前事入顰眉。　閒役夢魂孤燭暗，恨無消息畫簾垂。且留雙淚說相思。」由歌妓的容貌體態進而關注到她的內心幽約的心事。蘇軾《滿庭芳》:「香醪雕盤，寒生冰箸，畫堂別是風光。主人情重，開宴出紅妝。膩玉圓搓素頸，藕絲嫩、新織仙裳。雙歌罷，虛簷轉月，餘韻尚悠揚。　　人間，何處有，司空見慣，應謂尋常。坐中有狂客，惱亂愁腸。報導金釵墜也，十指露、春筍纖長。親曾見，全勝宋玉，想像賦高唐。」從歌妓的美麗容貌，寫到她們獻歌過程，最後寫到她引逗起賓客的無限情思。

歌妓在筵席上常常獻歌、獻樂、獻舞，歌妓的歌喉、樂技、舞容也是筵席上人們矚目的焦點、詞人歌詠的對象。詠歌的詞如晏幾道的《浣溪沙》:「唱得紅梅字字香。柳枝桃葉盡深藏。遏雲聲裏送離觴。　　才聽便拚衣袖濕，欲歌先倚黛眉長。曲終敲損燕釵梁。」寫歌妓歌喉的清亮圓潤，以及她在歌唱時的滿懷情意。詠歌妓音樂技藝的詞如賀鑄的《秋風歎・燕瑤池》:「瓊鉤褰幔。秋風觀。漫漫。白雲聊度河漢。長宵半。參旗爛爛。何時旦。　　命閨人、金徽重按。商歌彈。依稀廣陵清散。低眉歎。危弦未斷。腸先斷。」寫琴技高超的樂妓的傾情演出過程，曲罷一坐為之感動。詠舞的詞如晁補之《碧牡丹・王晉卿都尉宅觀舞》:「院宇簾垂地。銀箏雁、低春水。送出燈前，婀娜腰枝柳細。步蹙香裀，紅浪隨鴛履。梁州緊鳳翹墜。　　悚輕體。繡帶因風起。霓裳恐非人世。調促香檀，困入流波生媚。上客休辭，眼亂尊中翠。玉階霜、透羅袂。」寫舞姬的婀娜體態，舞姿舞容，在筵席上的精彩表演。他如「聲宛轉，疑隨煙香悠颺」(張先《慶春澤・與善歌者》)，「花暖間關，冰凝幽咽，寶釵搖動墜金鈿」(晁補之《綠頭鴨・韓師朴相公會上觀佳妓輕盈彈琵琶》)，「秀指十三弦上，挑吟擊玉鏘金」(曹勛《朝中措》)，「催拍緊，驚鴻奔，風袂飄飄無定準」(張先《天仙子・觀舞》)等等，俱是描寫歌妓的歌態舞容以及琴箏技藝，詞例眾多，難以盡舉。

而眾多的贈妓詞，也多是以歌妓的神情風度為內容的，從這一角度來說，應屬於詠妓詞的一部分。如張先《醉垂鞭・贈琵琶娘，年十二》:「朱粉不須施。花枝小。春偏好。嬌妙近勝衣。輕羅紅霧垂。　琵琶金畫鳳。雙條重。倦眉低。啄木細聲遲。黃蜂花上飛。」描寫芳齡十二的琵琶女的妝容、服飾、彈琵琶時的嬌妙情態。蘇軾《南歌子・楚守周豫出舞鬟，因作二首贈之》：「紺綰雙蟠髻，雲欹小偃巾。輕盈紅臉小腰身。迭鼓忽催花拍、鬥精神。　空闊輕紅歇，風和約柳春。蓬山才調最清新。勝似纏頭千錦、共藏珍。」「琥珀裝腰佩，龍香入領巾。只應飛燕是前身。共看剝蔥纖手、舞凝神。　柳絮風前轉，梅花雪裏春。鴛鴦翡翠兩爭新。但得周郎一顧、勝珠珍。」兩首詞俱是描寫舞姬的髮式、妝容、跟著樂曲節奏起舞的舞容舞貌。張炎《聲聲慢・和韓竹間韻贈歌者關關在兩水居》：「鬢絲濕霧，扇錦翻桃，尊前乍識歐蘇。賦筆吟箋光動，萬顆驪珠。英英歲華未老，怨歌長，空擊銅壺。細看取，有飄然，清氣自與塵疏。　兩水猶存三徑。歎綠窗，窈窕謾長新蒲。茂苑扁舟，底事夜雨江湖。當年柳枝放卻，又不知，樊素何如。向醉裏，暗傳香、還記也無。」由筵席上歌妓「飄然清氣」的神情風度展開了更廣闊的聯想，但也並沒有離開歌妓題目本身，仍是一首詠妓詞。

文學作品又是高於生活的。宴席上的事物是詞人作詞取材的源泉，但詞也並不是要對宴席上事物進行完全忠實的刻畫，而是要根據作者的需要進行選擇、剪裁、修飾，使物象適合作者表情達意的需要。在物象選擇上，詞人多擇取宴席上的那些具有美感的物象，如杯、果、花、香、燭、幕、美人、音樂、歌舞等，或是帶有著深厚的文化積澱的物象，如酒、茶、節令風物等，以營造出審美化、藝術化的詞境；同時，詞人還對採擇來的物象進行剪裁和修飾，使它更具美感和富貴雅致的氣息。

詞中對筵席物象的修飾有三種情況：一是在物象上加上美麗的修飾。如寫酒杯爲「垂蓮盞」（周紫芝《西江月・畫幕燈前》）、「鸚鵡杯」（向子諲《減字木蘭花・政和癸巳》）、「金蕉葉」（王之道《虞美人・和孔純老送鄭深道守嚴州》）、「金荷」（曾惇《念奴嬌・送淮漕錢處和》）、「紫霞杯」（王以寧《鷓鴣天・壽張徽猷》）、「瑤卮」（蔡伸《驀山溪・疏梅雪裏》)、「瑤觴」(朱翌《朝中措・五月菊》)、「玉斝」(鄧肅《臨江仙・登泗州嶺九首，其二》、王之道《南歌子・端午二首，其二》)、「白玉杯」(鄧肅《臨江仙・登泗州嶺九首，其三》)、「金尊」、「霞觴」(楊無咎《惜黃花慢・霽空如水》)、「金船」(晏幾道《清平樂・雙紋綵袖》)、「玉盞」(晏殊《訴衷情・世間榮貴》)；寫酒爲「桂酒」(晏殊《酒泉子・三月暖風》)、「芳酒」(晏殊《玉樓春・春蔥指甲》)、「玉酒」(晏殊《殢人嬌・二月春風》)、「椒酒」(蔡伸《驀山溪・書云今旦》)、「酥酒」(程垓《破陣子・小小紅泥》)、「仙酒」(李石《搗練子・紅粉裏》)、「碧篘酒」(王以寧《浣溪沙・壽趙倅》)、「蘭英酒」(晏殊《望仙門・玉池波浪》)；寫茶碗爲「翠碗」、「玉碗」、「碧花甌」；寫蠟燭爲「蘭燭」、「畫燭」、「絳蠟」、「蘭缸」、「銀缸」；寫香爐爲「玉爐」、「金爐」、「寶奩」、「金鴨」、「金猊」、「鵲尾」；寫宴飲的場所爲「瑤臺」、「香階」、「蘭堂」、「華堂」、「綺堂」、「繡閣」，等等，不一而足。總之，要用金、玉、珠、翠、花、草、錦、繡等美麗的字面進行裝飾，使之呈現出一派精緻富貴之氣。

二是用代字。古人喜用代字，宋代大多數詞人都會使用代字來代指日常生活場景中的事物，這些代字一般是那些能體現對象的美感和豐厚意蘊的詞彙，如以「鵝黃」、「綠醑」、「流霞」、「玉蟻」、「瓊蟻」代酒，以「龍團」、「雪沫」、「乳花」(或「花乳」)、「雲腳」、「玉花」、「瓊花」、「雪甌花」、「春草」〔註6〕、「甘露」、「玉粉」代茶，以「崖蜜」、「瑞露」、「春露」代湯，以「娉婷」、「蠻素」代美人，以「檀欒」代樓臺，等等，尋常的事物用一種比喻或借代的方式表達出來，顯得別具美感。至於以「春蔥」、「春筍」、「玉筍」、「玉纖」代指美人的手指，以「秋波」代美人的眼眸，更是詞中最常見的表

〔註6〕楊萬里《誠齋詩話》，《文淵閣四庫全書》，上海古籍出版社，1987，第1480冊，第736頁：東坡談笑善謔，過潤州，太守高會以饗之。飲散，諸妓歌黃魯直茶詞云：『惟有一杯春草，解流連佳客。』東坡正色曰：『卻留我喫草？』諸妓立東坡後、憑東坡胡床者皆大笑絕倒，胡床遂折，東坡墮地，賓主一笑而散。

達方式。沈義父在《樂府指迷》指出詞中須用代字：「鍊句下語，最是緊要，如說桃，不可直說破桃，須用『紅雨』、『劉郎』等字。如詠柳，不可直說破柳，須用『章臺』、『灞岸』等字。又詠書，如日『銀鈎空滿』，便是書字了，不必更說書字。『玉筯雙垂』，便是淚了，不必更說淚。如『綠雲繚繞』，隱然髻髮，『困便湘竹』，分明是簟。」〔註 7〕沈氏之論雖過於膠著，但用代字確實會使詞顯得含蓄蘊藉，是當時詞人們的通常做法。

三是用比喻形容。比喻形容是文學作品中最常見的修辭方式，而詞中所用喻體則多選美好華貴者。如蘇軾寫蔬菜和酒：「廢圃寒蔬挑翠羽，小槽春酒凍眞珠。」（《浣溪沙・醉夢昏昏》）用「翠羽」來形容綠色的蔬菜，用「眞珠」來形容酒；黃庭堅寫茶：「漸泛起、滿甌銀粟。」（《看花回・茶詞》）用「銀粟」形容茶碗中浮起的茶的毫針，韓元吉寫龍眼：「贏得驪珠萬顆傳。」（《南鄉子・龍眼未聞有詩詞者，戲爲賦之》）以珍貴的驪珠比喻龍眼，都給人一種美的感受。

楊海明師在《唐宋詞美學》中指出詞具有「以富爲美」和「以豔爲美」的美學特徵：「唐宋詞壇上，確實存在著『以富爲美』的風尚，故無論作詞者還是讀詞者，一般都很講究和嗜尙詞中需有富貴之氣」，「（晚唐五代詞）誕生於一種酒色歌舞、狂歡爛醉的畸形享樂環境之中，而這種環境自然會使小詞浸淫著享樂意識，從而使它強化了『以富爲美』的藝術個性」，「詞是一個充滿著『豔美』的文學天地」，「所謂『以豔爲美』，大致包含兩層意思：一是在作品的題材內容方面非但不忌諱『豔事』、『豔情』，而且反以它們作爲自己所津津樂道和樂而不疲的詠寫對象；二是在作品的風容色澤方面，又努力追求一種與其題材內容相協調的香豔味……所謂的『以豔爲美』實際上就是以描寫女性生活和兩性關係爲樂事美差的審美心理，它是人們在生活中所萌發的戀情心理延伸到文學領域和審美領域的產

〔註 7〕沈義父《樂府指迷》，唐圭璋編《詞話叢編》，中華書局，1986，第 280 頁。

物」〔註8〕。「以富爲美」和「以豔爲美」作爲詞的「主體」風格特徵，是和它的宴飲背景密切聯繫的。詞人擇取宴席上的物象寫入詞中，鋪寫珠簾翠幕、燭光香霧的環境，描繪新上市的果品，新釀出的美酒，鏤金嵌寶的杯盞，營造出一派奢侈富貴而又風流雅致的風貌；宴前盛妝的美人、輕盈的體態、多情的眼眸又引逗著詞人們的戀情心理。可以說，宴飲生活對於促使詞形成以「富」爲美和以「豔」爲美的審美風格有著不可忽視的意義。

第二節　「場上之文」——宴飲對詞文本的特殊要求

詞是在宴席上演唱的「場上之文」……從技術的層面來說，首先詞要唱得出，必須合樂……在協音的基礎上，還需要詞的語言淺顯明白，以保證演員對詞意的領會……場上表演的需要還要求詞在口吻聲情上符合歌者的年齡性別等身份特徵，需要詞作得柔婉、近情……詞的宴前演唱性質也是「男子作閨音」這一詞創作中的獨特現象出現的原因之一……聽者不同的身份和心理期待又使文本具有雅、俗兩種傾向

一般而言，曲和劇本作爲舞臺演出的底本，往往被認爲是「場上之文」，而在宋代，詞其實也具有「場上之文」的特質。但前人論詞，往往僅停留在「音樂文學」的認識上，而沒有進一步認識到它作爲「場上之文」的特色。也就是說，除了音樂的要素之外，詞還有表演的要素和功能。我們從宴飲活動的角度，更能發掘和揭示這一方面的特徵。

前面我們已經得出如下認識：宴席生活環境是詞的主要生存場所之一，宋詞中，有的詞是爲宴客侑觴而作，有的詞是宴上交際應酬、即景生情之作，有的是描述宴會的情景、回憶宴會的歡愉而作，有的雖然不是宴會上所作的詞作，但也可能會被選到宴席上進行演唱。可以說，宴飲的場合事實上就是詞生存的重要環境和詞演出的

〔註8〕楊海明師《唐宋詞美學》江蘇教育出版社，1998，第41～49頁。

主要舞臺，而詞文本就是這種演出的「底本」，是「場上之文」。在這個舞臺上，演出「底本」——詞一方面要滿足歌者的演唱需要，另一方面又要滿足聽眾的娛樂和怡情需要，歌者和聽眾都給詞的創作提出了要求，即詞必須符合「場上之文」的特質。

歌者對詞提出的要求，從技術的層面來說，首先詞要唱得出，「可歌」，即必須合樂。李清照就指出了詞之合樂的重要性：「蓋詩文分平側，而歌詞分五音，又分五聲，又分六律，又分清濁輕重。且如近世所謂聲聲慢、雨中花、喜遷鶯，既押平聲韻，又押入聲韻。玉樓春本押平聲韻，又押上去聲，又押入聲。本押仄聲韻，如押上聲則協，如押入聲則不可歌矣。」〔註 9〕李清照對詞的五音、五聲、六律、清濁輕重等的講究，就是基於詞是用於演唱的場上之文，必須注重歌唱效果的考慮。在列舉了諸如晏殊、歐陽修、蘇軾、王安石、曾鞏諸名家詞作病於不合律之後，李清照指出：「詞別是一家，知之者少」。

李清照所謂「詞別是一家」，即是從詞用於綺席花筵上歌唱，作爲演出底本的體性上來講的。

南宋詞論家張炎家學淵源，對於詞的聲律有著系統的認識，所著《詞源》上卷全是對於律呂宮調的說明，下卷中又一再重申「詞以協音爲先」〔註 10〕，並以其父塡詞之榜樣爲例，說明詞「協律」的重要性：「先人曉暢音律，……每作一詞，必使歌者按之，稍有不協，隨即改正。曾賦瑞鶴仙一詞云：『捲簾人睡起。放燕子歸來，商量春事。芳菲又無幾。減風光都在，賣花聲裏。吟邊眼底。被嫩綠、移紅換紫。甚等閒、半委東風，半委小橋流水。　還是苔痕湔寸，竹影留雲，做晴猶未。繁華迤邐。西湖上、多少歌吹。粉蝶兒、撲定花心不去，閒了尋香兩翅。那知人一點新愁，寸心萬里。』此詞

〔註 9〕魏慶之《魏慶之詞話》引「李易安評」，唐圭璋編《詞話叢編》，中華書局，1986，第 201～202 頁。

〔註 10〕張炎《詞源》卷下「音譜」，唐圭璋編《詞話叢編》，中華書局，1986，第 255 頁。

按之歌譜，聲字皆協，惟撲字稍不協，遂改爲守字，乃協。始知雅詞協音，雖一字亦不放過，信乎協音之不易也。又作惜花春起早云『鎖窗深』，深字音不協，改爲幽字，又不協，改爲明字，歌之始協。此三字皆平聲，胡爲如是。蓋五音有唇齒喉舌鼻，所以有輕清重濁之分，故平聲字可爲上入者此也。……當以可歌者爲工，雖有小疵，亦庶幾耳。」〔註 11〕張樞對於詞的修改，可謂精細。而其修改的原則，即是「協音」。可見，在宋代，詞的協音與否是衡量它的藝術成就的首要標準。

在協音的基礎上，還需要詞的語言淺顯明白，以保證演員對詞意的領會。由於宋代宴席上的歌者多爲妙齡的歌妓，是一些「十七八女孩兒」，她們中雖然有慧黠過人、能詩善畫的，但相對於專職的文人來說，文化水平相對來說還是較低的，大多不具備廣博的學識和較高的文化水平，因此詞中如果出現詰屈聱牙的字面、生僻的典故，必然會阻礙她們對詞意的領會，從而影響詞的演唱效果。這就要求詞寫得淺白、口語化、家常化。宋代流傳廣泛深遠的詞作，如「凡有井水飲處」都有歌者的柳永詞，「西瓦南樓皆歌」的周邦彥詞，「每出一章，信宿喧傳都下」的万俟詠詞，人人爭歌、爭唱的關詠《迷仙引・春陰霽》、晁端禮《黃河清慢・晴景初升》、劉一止《喜遷鶯・曉行詞》，無一不是明白如話的。柳永是第一個擁有廣大歌者群體的詞作家，他的詞主要是供給歌館青樓中的市井歌妓來演唱，其重要特徵就是淺白如話，常常擇取口語、家常語、市井語入詞。《樂章集》中這樣的詞句比比皆是，如《玉女搖仙佩・飛瓊伴侶》:「取次梳妝，尋常言語，有得幾多姝麗」之「取次」，即當時之口語，作「尋常」、「草草」解〔註 12〕;「且恁相偎倚」之「恁」，「未消得、憐我多才多藝」之「消得」,「今生斷不孤鴛被」之「斷」，

〔註 11〕張炎《詞源》卷下「音譜」，唐圭璋編《詞話叢編》，中華書局，1986，第 255 頁。

〔註 12〕張相《詩詞曲語詞彙釋》，中華書局，1953，第 520 頁。

也俱爲口語化語言；又如《鬥百花·颯颯霜飄》「陡頓今來」之「陡頓」，《甘草子·秋暮》「奈此個、單棲情緒」之「奈此個」，《傾杯樂·皓月初圓》「如何媚容豔態，抵死孤歡偶」之「如何」、「抵死」，「算到頭、誰與伸剖」之「到頭」、「伸剖」，《鳳銜杯·追悔當初》「又爭似、親相見」之「爭似」，《鶴衝天·閒窗漏永》「未省展眉則個」之「則個」，「自家只恁摧挫」之「自家」、「摧挫」，等等，不勝枚舉。而整句明白如家常話者，如《晝夜樂·洞房記得》：「早知恁地難拼」，《傳花枝·平生自負》：「若限滿、鬼使來追，待倩個、掩通著到」，《鬥百花·滿搦宮腰》：「卻道你但先睡」等，也是俯拾皆是。而最徹底的口語化的詞應數《憶帝京》：

> 薄衾小枕涼天氣。乍覺別離滋味。展轉數寒更，起了還重睡。畢竟不成眠，一夜長如歲。　　也擬把、卻回征轡。又爭奈、已成行計。萬種思量，多方開解，只恁寂寞厭厭地。繫我一生心，負你千行淚。

幾乎沒有用到幾個書面詞，通篇明白如話，讀此詞似聽到小兒女的喁喁低語，正如劉熙載所說，「細密而妥溜，明白而家常」〔註13〕，可謂宋詞中語言「淺白」的代表作。

詞從音樂上來講「合律」、「可歌」，從文字上來講淺顯易懂，這只是取得好的現場演出效果的第一步，進一步的要求，則需要詞能在口吻聲情上符合歌者的年齡性別等身份特徵。文本和演員的身份相符合，可能會起到特別生動的演出效果；文本和演員的身份不符合甚至差別很大，則勢必「令人絕倒」。成功出色的演出例子如周密《癸辛雜識》記歌妓洪渠唱「病酒情懷猶困懶」的情形：

> 高疏僚守括日，有籍妓洪渠者，慧黠過人。一日，歌《眞珠簾》詞，至「病酒情懷猶困懶」，使之演其聲若病酒而困懶者，疏僚極稱賞之。適有客云：「卿自用卿法。」高因視洪云：「吾亦愛吾渠。」遂與脱籍而去，以此得嘖言者。

〔註13〕劉熙載撰，袁津琥校注《藝概注稿》，中華書局，2009，第496頁。

〔註 14〕
女郎病酒時的慵懶嬌羞，由酒邊的女郎唱出，配合她的聲調神情，將「病酒困懶」的情狀表達得聲色俱全，效果絕妙。這是因爲詞作的文本內涵給歌者的發揮提供了一個必要的基礎。而如果洪渠所唱的是東坡的「大江東去」，則很難想像其聲情如何與之配合了。王灼的《碧雞漫志》記載了這樣一則故事：「政和間，李方叔在陽翟，有攜善謳老翁過之者。方叔戲作《品令》云：『歌唱須是玉人，檀口皓齒冰膚。意傳心事，語嬌聲顫，字如貫珠。　老翁雖是解歌，無奈雪鬢霜鬚。大家且道，是伊模樣，怎如念奴？』方叔固是沉於習俗云。」〔註 15〕王灼固然是在詩化的角度來批評李廌「沉於習俗」，但從場上表演的角度來看，歌唱不僅僅是對聲調旋律的把握，更要能表現出文本中的情意來，能夠「意傳心事」，老翁的歌唱技巧再高，他的年齡性別特徵不符合主流詞作的角色聲情，在表現力上就要差很多了。從這個角度來說，李廌的《品令》反映出詞作文本和歌唱者身份的契合問題，是有見地的。

同樣是從這個角度，歌者袁綯對柳永詞和東坡詞作出了如是評價：「柳郎中詞，只好十七八女孩兒，執紅牙拍板，唱『楊柳外曉風殘月』，學士詞，須關西大漢，執鐵板，唱『大江東去』。」〔註 16〕歷代詞論家都把這段軼事當作詞分「豪放」與「婉約」的證據，或者用以論證東坡詞是否合樂，而沒有從筵前演唱的「場上之文」角度來進行分析。作爲演唱的藝術，文本的風格內容與歌者的身份氣質相符合是一個基本的原則。從詞的「合樂」性來說，「大江東去」未必不可歌，但在現場演唱中，文本「大江東去」的開闊雄壯和當時宴席間的主流歌者「十七八女郎」的娉婷秀媚形象發生了齟齬。袁綯根據東坡

〔註 14〕周密撰，吳企明點校《癸辛雜記》續集卷上，中華書局，1988，第 119 頁。

〔註 15〕王灼著，岳珍校正《碧雞漫志校正》卷一，巴蜀書社，2000，第 27 頁。

〔註 16〕俞文豹撰，張宗祥校訂《吹劍錄全編》續錄，古典文學出版社，1958，第 38 頁。

詞的聲情杜撰出「關西大漢」、「鐵板銅琶」的演出班子，所以才會產生令人「絕倒」的喜劇效果。

而要符合歌者——十七八歲女郎的身份特徵，就需要文本的口吻偏向女性化，詞作題材偏向春恨秋愁、風花雪月、相思離別等閨情閨意方面，需要詞作得柔婉、近情。「簸弄風月，陶寫性情，詞婉於詩。蓋聲出鶯吭燕舌間，稍近乎情可也」〔註 17〕，柔婉的文字配合柔婉的歌喉，才能水乳交融；多情的佳人唱著相思的歌曲，才更令人心蕩神馳。正因爲此，宋詞中才以相思戀情爲一大宗，以清麗婉約爲本色當行。

宋代的主流詞作家，所創作的幾乎都是婉約清麗、「簸弄風月」的詞作。以柳永、歐陽修、秦觀、黃庭堅詞爲例，柳永詞儘管「塵下」，卻被當時人當作詞的標準範式，「今少年妄謂東坡移詩律作長短句，十有八九不學柳耆卿，則學曹元寵。」〔註 18〕連蘇軾每作詞，都常常問人「我詞比柳詞何如」〔註 19〕。而柳詞中，多是爲歌妓舞女所作，以女子的口吻抒寫相思恨別之意，如《晝夜樂》：「洞房記得初相遇，便只合、長相聚。何期小會幽歡，變作離情別緒，況値闌珊春色暮。對滿目、亂花狂絮。直恐好風光，盡隨伊歸去。　一場寂寞憑誰訴。算前言，總輕負。早知恁地難拚，悔不當時留住。其奈風流端正外，更別有、繫人心處，一日不思量，也攢眉千度。」以女子的口吻，敘述對愛人的刻骨相思。再如曾被晏殊舉出以用以批評柳詞品格的《定風波》：「自春來，慘綠愁紅，芳心是事可可。日上花梢，鶯穿柳帶，猶壓香衾臥。暖酥銷，膩雲嚲，終日厭厭倦梳裹。無那，恨薄情一去，音書無個。　早知恁般麼，悔當初，不把雕鞍鎖。向雞窗，只與蠻箋象管，拘束教吟課。鎮相隨，莫拋

〔註 17〕張炎《詞源》卷下「賦情」，唐圭璋編《詞話叢編》，中華書局，1986，第 263 頁。

〔註 18〕王灼著，岳珍校正《碧雞漫志校正》卷二，巴蜀書社，2000，第 37 頁。

〔註 19〕俞文豹撰，張宗祥校訂《吹劍錄全編》續錄，古典文學出版社，1958，第 38 頁。

躲。針線閒拈伴伊坐。和我，免使少年光陰虛過。」以熱辣的筆觸寫風塵女子對離去的愛人的相思，以及幻想鎖住他的雕鞍，拘住他的心，鎮日相隨消磨的願望。而另一位重要詞人歐陽修，作爲文壇領袖、國家重臣，在詩文中表現出莊重凜然的節義，而詞卻寫得情意綿綿，如《蝶戀花》:「庭院深深深幾許？楊柳堆煙，簾幕無重數。玉勒雕鞍遊冶處，樓高不見章臺路。　　雨橫風狂三月暮。門掩黃昏，無計留春住。淚眼問花花不語，亂紅飛過秋韆去。」以閨中思婦的口吻，抒寫蕩子離家、青春虛度、幽怨無奈的情緒;《玉樓春》:「尊前擬把歸期說，未語春容先慘咽。人生自是有情癡，此恨不關風與月。　　離歌且莫翻新闋，一曲能教腸寸結。直須看盡洛城花，始共春風容易別。」寫離情別意，癡入骨髓。秦觀與黃庭堅被陳師道稱作本色當行之「今代詞手」〔註 20〕，秦觀詞以情韻著稱，如李清照所說「專主情致」〔註 21〕，其代表作《鵲橋仙》:「纖雲弄巧，飛星傳恨，銀漢迢迢暗渡。金風玉露一相逢，便勝卻人間無數。　　柔情似水，佳期如夢，忍顧鵲橋歸路？兩情若是久長時，又豈在朝朝暮暮。」寫牛郎織女的愛情命運;《滿庭芳》:「山抹微雲，天連衰草，畫角聲斷譙門。暫停征棹，聊共引離尊。多少蓬萊舊事，空回首、煙靄紛紛。斜陽外，寒鴉萬點，流水繞孤村。　　銷魂，當此際，香囊暗解，羅帶輕分，謾贏得、青樓薄倖名存。此去何時見也，襟袖上，空惹啼痕。傷情處，高城望斷，燈火已黃昏。」寫情人間的離情別緒，膾炙人口。黃庭堅詞也多寫豔情，如《沁園春》:「把我身心，爲伊煩惱，算天便知。恨一回相見，百方做計，未能猥倚，早覓東西。鏡裏拈花，水中捉月，覷著無由得近伊。添憔悴，鎮花

〔註 20〕陳師道《後山詩話》，《文淵閣四庫全書》，上海古籍出版社，1987，第 1478 冊，第 285 頁：退之以文爲詩，子瞻以詩爲詞，如教坊雷大使之舞，雖極天下之工，要非本色。今代詞手，唯秦七黃九爾，唐諸人不迨也。

〔註 21〕魏慶之《魏慶之詞話》引「李易安評」，唐圭璋編《詞話叢編》，中華書局，1986，第 201～202 頁。

銷翠減，玉瘦香肌。　　哥兒又有行期。你去即無妨我共誰。向眼前常見，心猶未足，怎生禁得，眞個分離。地角天涯，我隨君去，掘井爲盟無改移。君須是，做些兒相度，莫待臨時。」代女子寫相思戀情，「伊」、「哥兒」，連稱呼都是女子口吻。又如《江城子》：「畫堂高會酒闌珊。倚欄干。霎時間。千里關山，常恨見伊難。及至而今相見了，依舊似、隔關山。　　倩人傳語問平安。省愁煩。淚休彈。哭損眼兒，不似舊時單。尋得石榴雙葉子，憑寄與、插雲鬟。」寫女子對情人的百般思戀。總之，女性的口吻，女性的情愫，適合了演唱者——歌妓的身份口吻特徵，才能滿足宴席歌唱的實際需要。詞的宴前演唱性質也是「男子作閨音」〔註 22〕這一詞創作中獨特現象出現的原因之一。

在滿足歌者的演唱需要的同時，詞又要滿足聽眾娛樂和怡情的需要。聽眾的審美需求是與歌者的歌唱要求同等重要的影響因素。而不同的聽眾群體有著不同的趣味，這就導致了詞的不同風格。總的來說，在較正式的交際場合，如座主和門生、上級和下級、較爲生疏的社會關係、文人雅士爲主要聽眾的席上，比較欣賞「雅」的詞作；而在較爲隨便的交際場合，如身份平等的賓主、熟悉的朋友之間、喜歡隨眾從俗的聽眾席上，則更歡迎「俗」的詞作。這裏的「雅」「俗」之分不同於後來的「雅詞派」的雅俗之辨，而是從筵席娛樂的欣賞口味來說：「雅」指那些莊重風雅之作，而「俗」則指那些嬉笑調謔、放浪形骸之製。

在文人雅士的宴席上，欣賞的是「雅」的詞作。這裏的「雅」，是指形式上比較典雅、詞意上比較含蓄、表情達意上比較端莊得體的詞作。形式上的典雅，從文字的層面上講，表現爲多從前代的文學遺產中採擇那些精鍊的、富含文化積澱的字詞，尤其是那些已經

〔註 22〕關於宋詞中的「男子而作閨音」現象，參見楊海明師《「男子而作閨音」——唐宋詞中一個奇特的文學現象》，《唐宋詞縱橫談》，蘇州大學出版社，1994。

被歷代的詩人詩作陶冶過的、有著美的意境和內涵的字詞。賀鑄曾說:「吾筆端驅使李商隱、溫庭筠常奔命不暇。」〔註 23〕張炎也指出,「如賀方回、吳夢窗,皆善於鍊字面,多於溫庭筠、李長吉詩中來。」〔註 24〕溫庭筠詩「才思豔麗」〔註 25〕,「韻格清拔」〔註 26〕,李賀詩「設色濃妙」,「刻於撰語,渾於用意」(毛先舒《詩辨坻》),李商隱詩「沉博絕麗」〔註 27〕,經過溫庭筠、李賀、李商隱的詩陶鑄的字詞,兼具穠豔和清麗的特徵,用作詞中語,熟麗婉約,無疑會「字字敲打得響」。吳、賀二人之詞確實具有這一特徵,如吳文英《瑣窗寒・玉蘭》:「最傷情、送客咸陽,佩結西風怨」,語來自李賀《金銅僊人辭漢歌》:「衰蘭送客咸陽道,天若有情天亦老。」《尉遲杯・賦楊公小蓬萊》:「臨池笑靨,春色滿、銅華弄妝影。」「弄妝」取自溫庭筠的《菩薩蠻・小山重疊》:「弄妝梳洗遲。」《瑞鶴仙・晴絲牽緒亂》「對滄江斜日,花飛人遠」之「滄江斜日」則來自李商隱《訪隱者不遇成二絕》詩:「滄江白日漁樵路,日暮歸來雨滿衣。」再如賀鑄《喚春愁・天與多情》下闋:「試作小妝窺晚鏡,淡蛾羞。夕陽獨倚水邊樓,識歸舟。」化用了溫庭筠的《過華清宮二十二韻》「窺鏡淡蛾羞」和溫庭筠《望江南》詞「梳洗罷,獨倚望江樓。過盡千帆皆不是,斜暉脈脈水悠悠。腸斷白蘋洲。」《呈纖手・秦弦絡絡》之「寶雁斜飛三十九」見李商隱《昨日》詩:「十三弦柱雁行斜。」「蜜炬垂花知夜久」之「蜜炬」見李賀《河陽歌》:「蜜炬千枝爛。」《寒松歎・鵲驚橋斷》:「□□簾垂窣地,簟竟空床」見李商隱《王十二

〔註 23〕脫脫等《宋史》卷四百四十三《賀鑄傳》,中華書局,1977,第 13103 頁。

〔註 24〕張炎《詞源》卷下「字面」,唐圭璋編《詞話叢編》,中華書局,1986,第 259 頁。

〔註 25〕孫光憲著,賈二強點校《北夢瑣言》卷四「溫李齊名」條,中華書局,1960,第 31 頁。

〔註 26〕劉昫等《舊唐書》卷一百九十下《溫庭筠傳》,中華書局,1975,第 5078～5079 頁。

〔註 27〕朱鶴齡《李義山詩集注》原序,《文淵閣四庫全書》,上海古籍出版社,1987,第 1082 冊,第 81 頁。

兄與畏之員外相訪見招小飲時予以悼亡日近不去因寄》詩：「更無人處簾垂地，欲拂塵時簟竟床。」《辨弦聲・瓊瓊絕藝》「明月待歡來，久背面、秋韆下」取自李商隱《無題》詩（八歲偷照鏡）：「十五泣春風，背面秋韆下。」凡此種種，不勝枚舉。

事實上，不只是溫庭筠與二李之詩，歷代詩詞文賦中的用字精審，意境渾成，具有含蓄蘊藉美感的字句，都成爲宋人詞中字詞擇取的來源。如吳文英《滿江紅・甲辰歲，盤門外寓居過重午》「荒城外、無聊閒看，野煙一抹」化用了梁簡文帝蕭綱的《往虎窟山寺》詩：「荒郊多野煙。」賀鑄《七娘子・□波飛□》「美滿孤帆」，化用的是杜牧的《池州送孟遲先輩詩》：「千帆美滿風」。《鴛鴦語・京江抵海》：「行雨行雲，非花非霧，爲誰來爲誰還去」中「非花非霧」之譬，則來自白居易的《花非花》詩：「花非花，霧非霧，夜半來，天明去。」《群玉軒・群玉軒中》：「纖穠合度好腰身」，採自曹植《洛神賦》：「穠纖得衷，修短合度，肩若削成，腰如束素。」《釣船歸・綠淨春深》「綠淨春深好染衣」之「綠淨」見於韓愈《東都遇春》詩：「水容與天色，此處皆綠淨。」而善於融化陶鑄的也不只吳、賀二人，其它詞人也俱有意在詞中融化前人詩文中的清詞麗句。如秦觀《臨江仙・千里瀟湘》結句，全用錢起《湘靈鼓瑟》中「曲終人不見，江上數峰青」；周邦彥《意難忘・衣染鶯黃》「低鬟蟬影動，私語口脂香」，則取自元稹的《會眞詩三十韻》「低鬟蟬影動，回步玉塵蒙」及白居易《江南喜逢蕭九徹因話長安舊遊戲贈五十韻》：「暗嬌妝靨笑，私語口脂香。」宋代同時詩人林逋有《梅》詩「疏影橫斜水清淺，暗香浮動月黃昏」句，形容梅的貌、骨、神出神入化，當時即有不少詞人拿來用到詞中，如辛棄疾的《念奴嬌・未須草草》：「疎影橫斜，暗香浮動，把斷春消息。」晁次膺《水龍吟・夜來深雪》：「疏影橫斜，暗香浮動，月明清淺。」無名氏《水龍吟・雪霏冰結》：「何須更比，疏影橫斜，暗香浮動，月低風細。」孔武仲《水龍吟・數枝淩雪》：「疏影橫斜，暗香浮動，水寒雲晚。」等等。

大量地化用前人的詩句、詩意，使詞呈現出精鍊而典雅的藝術風貌，符合了文人雅士涵詠欣賞的心理需求。

「雅」的詞在文字上多化用歷代詩文，在篇章上則講究敘事閒暇、豐容宛轉。而爲了達到「敘事閒暇、豐容宛轉」的效果，宋代詞論家對詞的句法與篇章結構也提出了諸多的要求，如沈義父《樂府指迷》對作詞之字、句、篇章提出了許多具體的講究和竅門：「遇兩句可作對，便須對。短句須翦裁齊整。遇長句須放婉曲，不可生硬。」〔註 28〕短句裁剪齊整，長句要婉曲而不生硬，在唱的時候會顯得聲情協婉。「結句須要放開，含有餘不盡之意，以景結尾最好。」〔註 29〕以景結尾，顯得含蓄蘊藉，意味深長。「作大詞，先須立間架，將事與意分定了。第一要起得好，中間只鋪敘，過處要清新。最緊是末句，須是有一好出場方妙。作小詞只要些新意，不可太高遠，卻易得古人句，同一要鍊句。」〔註 30〕詞要重視篇章結構、起承過結，立意鍊句，結尾一「好出場」最爲要緊。又如張炎《詞源》云：「詞中句法，要平妥精粹。一曲之中，安能句句高妙，只要拍搭襯副得去，於好發揮筆力處，極要用功，不可輕易放過，讀之使人擊節可也。如東坡楊花詞云：『似花還似非花，也無人惜從教墜。』又云：『春色三分，二分塵土，一分流水。』如美成風流子云：『鳳閣繡幃深幾許，聽得理絲簧。』如史邦卿春雨云：『臨斷岸、新綠生時，是落紅、帶愁流處。』燈夜云：『自憐詩酒瘦，難應接許多春色。』如吳夢窗登靈巖云：『連呼酒，上琴臺去，秋與雲平。』閏重九云：『簾半卷，帶黃花、人在小樓。』姜白石揚州慢云：『二十四橋仍在，波心蕩，冷月無聲。』此皆平易中有句法。」〔註 31〕

〔註 28〕沈義父《樂府指迷》，唐圭璋編《詞話叢編》，中華書局，1986，第 280 頁。

〔註 29〕沈義父《樂府指迷》，唐圭璋編《詞話叢編》，中華書局，1986，第 279 頁。

〔註 30〕沈義父《樂府指迷》，唐圭璋編《詞話叢編》，中華書局，1986，第 283 頁。

〔註 31〕張炎《詞源》卷下「句法」，唐圭璋編《詞話叢編》，中華書局，1986，第 258 頁。

所謂「平易中有句法」，即全篇作得閒雅平易，不拗不硬，而在其中關鍵之處，極用功琢磨，顯得精鍊提神。再如胡仔言「作詞要善救首尾」：「凡作詩詞，要當如常山之蛇，救首救尾，不可偏也。如晁無咎作中秋洞仙歌辭，其首云：『青煙羃處，碧海飛金鏡。永夜閒階臥桂影。』固已佳矣。其後云：『待都將許多明，付與金樽，投曉共流霞傾盡。更攜取胡床上南樓，看玉做人間，素秋千頃。』若此可謂善救首尾者也。至朱希眞作中秋念奴嬌，則不知出此。其首云：『插天翠柳，被何人推上，一輪明月。照我藤床涼似水，飛入瑤臺銀闕。』亦已佳矣。其後云：『洗盡凡心，滿身清露，冷浸蕭蕭發。明朝塵世，記取休向人說。』此兩句全無意味，收拾得不佳，遂並全篇氣索然矣。」〔註32〕首尾相應，結句結得有力，更有一唱三歎之致。

文人雅士所欣賞的詞作，形式上要求典雅工麗，內容上則要得體而有情致。如前所舉《湘山野錄》所載陳堯佐攜觴相館，拜訪呂公著的故事：

> 呂申公屢乞致仕，仁宗詢之曰：「卿果退，何人可代？」申公引陳文惠堯佐，仁宗深然之，遂大拜，文惠極懷薦引之德，因撰燕辭一闋，攜觴相館，使人歌之曰：「二社良辰，千家庭院，翩翩又見新來燕。鳳凰巢穩許爲鄰，瀟湘煙暝來何晚？　亂入紅樓，低飛綠岸，畫梁時拂歌塵散。爲誰歸去爲誰來？主人恩重珠簾卷。」申公聽歌，醉笑曰：「自恨捲簾人已老。」文惠應聲曰：「莫愁調鼎事無功。」老於岩廊，蘊藉不減。〔註33〕

詞中詞人自譬爲晚來的燕子，將呂公著比喻爲鳳凰、卷起簾子待燕子歸來的主人，以燕子與鳳凰巢爲鄰、燕子穿過卷起的簾子棲於梁上巢中來比喻自己和呂公的關係，誠懇得體而又含蓄蘊藉，斯爲傑構。又如在士大夫間流傳一時的聶冠卿《多麗》詞，以清雅的筆觸

〔註32〕胡仔《苕溪漁隱詞話》卷二，唐圭璋編《詞話叢編》，中華書局，1986，第175頁。

〔註33〕釋文瑩撰，鄭世剛、楊立揚點校《湘山野錄》卷中，中華書局，1984，第28頁。

描寫賓主相從、杯酒留連之樂，敘述委曲，深情含蓄，使聽者「舉首增歎」。

雅致而有情，含思宛轉，深情綿渺，是「雅士派」品味的最高境界。陶宗儀《說郛》中的一則故事最能體現出文人雅士在消閒筵席上對歌詞的審美期待：「承相領京兆，辟張先都官通判。一日，張議事府中，再三未答，晏公作色，操楚語曰：『本爲辟賢會，賢會道「無物似情濃」，今日卻來此事公事。』」〔註34〕「無物似情濃」是張先《一叢花・傷高懷遠》詞中的名句，晏殊作爲高雅品味的代表，明確表達了對歌詠「情致」的詞作的期待。

總之，文人雅士賞詞，欣賞的不單是歌妓的歌喉色藝，還追求詞語言的典雅工麗，敘述的委曲宛轉，情致的含蓄蘊藉。

而在較爲隨便的交際場合，如身份平等的賓主、熟悉的朋友之間、喜歡世俗趣味的聽眾席上，則更歡迎那些「俗」的詞作。那些不甚尊重嚴肅的遊戲戲謔之作，能激起人遊戲的興趣，挑逗人的感官，使宴席氣氛更加活躍，情緒更加高漲。這類詞作主要包括以詞爲文字遊戲如迴文詞、集句詞、「福唐獨木橋體」等，以詞爲滑稽的俳諧詞，以及以俗語寫俗情的世情詞和格調輕佻的豔情詞。

文人一般都有「文」癖，以文爲戲是文人娛樂消遣的一種重要方式。尤其在以娛樂爲主要目的的宴席上，興趣相投的知交好友聚集一起，更加不會放過這種以文爲戲的機會。宋詞中迴文詞、集句詞不少，甚至還產生了被稱爲「福唐獨木橋體」的獨特的詞格式。迴文詞如蘇軾《菩薩蠻》：「落花閒院春衫薄。薄衫春院閒花落。遲日恨依依。依依恨日遲。　夢回鶯舌弄。弄舌鶯回夢。郵便問人羞。羞人問便郵。」語句迴環往復，初聽覺得十分巧妙，但並不包含什麼深意，詞意無甚可取。「福唐獨木橋體」如黃庭堅的《阮郎歸》：「烹茶留客駐金鞍。月斜窗外山。別郎容易見郎難。有人思遠山。　歸去後，憶前歡。

〔註34〕陶宗儀《說郛》卷十八上引張舜民撰《畫墁錄》，《文淵閣四庫全書》，上海古籍出版社，1987，第877冊，第80頁。

畫屏金博山。一杯春露莫留殘。與郎扶玉山。」詞叶一「山」字韻，隔句一叶。一個字的韻限制了作者的發揮，但高手卻可以因難見巧，比常體愈加出奇。這類詞雖然「不可語於大雅」〔註35〕，但卻是宴席上的朋友們消遣娛樂、炫耀才情的一個不錯的方式。

俳諧詞語意涉俗，幽默風趣，愉快輕鬆，在朋友聚會的場合最能活躍宴席氣氛。喜歡創作俳諧詞的詞人，最著者如陳亞、王齊叟、刑俊臣、張袞臣、曹組、秦觀、黃庭堅、李鷹、趙令時等。沈作喆《寓簡》載邢俊臣喜作俳諧詞：

汴京時，有戚里子邢俊臣者，涉獵文史，誦唐律五言數千首，多俚俗語，性滑稽，喜嘲詠，常出入禁中，善作《臨江仙》詞，末章必用唐律兩句爲謔，以調時人之一笑。徽皇朝，置花石綱，取江淮奇卉石竹，雖遠必致。石之大者曰「神運石」，大舟排聯數十尾，僅能勝載。既至，上皇大喜，置之艮嶽萬歲山下，命俊臣爲《臨江仙》詞，以「高」字爲韻。再拜詞已成，末句云：「巍峩萬丈與天高，物輕人意重，千里送鵝毛。」又令賦陳朝檜，以「陳」字爲韻，檜亦高五六丈，圍九尺餘，枝柯覆地幾百步。詞末云「遠來猶自憶梁陳。江南無好物，聊贈一枝春。」其規諷似可喜。上皇容之不怒也。内侍梁師成，位兩府，甚尊顯，用事，以文學自命，尤自矜爲詩。因進詩，上皇稱善，顧謂俊臣曰：「汝可爲好詞，以詠師成詩句之美。」且命押「詩」字韻。俊臣口占，末云：「用心勤苦是新詩。吟安一個字，撚斷數莖髭。」上皇大笑，師成慍，見讃俊臣漏泄禁中語，責爲越州鈐轄。太守王嶷聞其名，置酒待之，醉歸，燈火蕭疏。明日，攜詞見帥，敘其寥落之狀，末云：「捫窗摸户入房來。笙歌歸院落，燈火下樓臺。」席間有妓秀美，而肌白如玉雪，頗有腋氣難近。豐甫令乞詞，末云：「酥胸露出白皚皚。遙知不是雪，爲有暗香來。」又有善歌舞而體

〔註35〕陳廷焯《白雨齋詞話》卷五《別調集序》，唐圭璋編《詞話叢編》，中華書局，1986，第3892～3893頁。

肥者，詞云：「只愁歌舞罷，化作彩雲飛。」俊臣亦頗有才者，惜其用工止如此耳。〔註36〕

邢俊臣喜作俳諧詞《臨江仙》，將世間之事，包括皇帝之征花石綱、權臣之自矜詩才、自身之落魄、歌妓之短長，一併拿來打趣，使人發笑。另王灼《碧雞漫志》載王齊叟喜作俳諧詞，「……作《望江南》數十曲嘲府縣同僚，遂並及帥，帥怒甚，因眾入謁，面責彥齡：『何敢爾！豈恃兄貴，謂吾不能劾治耶？』彥齡執手板頓首帥前曰：『居下位，只恐被人讒。昨日只吟《青玉案》，幾時曾作《望江南》？試問馬都監。』帥不覺失笑，眾亦匿笑去。」〔註37〕從他口占自辯的一首《望江南》來看，語言極其俗白，卻又令人忍俊不禁，其它可知。又如曹組，王灼批評其爲「潦倒無成，作《紅窗迥》及雜曲數百解，聞者絕倒。滑稽無賴之魁也。」〔註38〕曹組的「《紅窗迥》及雜曲數百解」內容如何，由於缺少資料難見其貌，但從敘述者所記「聞者絕倒」的效果來看，當是十分滑稽可笑的。不只這些專門作滑稽詞的詞人，即如蘇軾、辛棄疾等文壇耆宿，也偶然會創作俳諧詞。眾多俳諧詞的出現固然有作者個性的原因，但與交際場合聽眾的適俗趣味也是分不開的。

以俗語寫表現世俗生活情趣的詞，也是消閒心態下人們所喜聞樂見的，如楊無咎《天下樂》：「雪後雨兒雨後雪。鎮日價、長不歇。今番爲寒忒太切。和天地、也來廝鼈。　　睡不著、身心自暗攧。這況味、憑誰說。枕衾冷得渾似鐵。只心頭、些個熱。」其中「鎮日價」、「忒」、「廝鼈」等，都是里巷竈下之俗語、口語，寫人在雪夜裏一個人孤冷難眠的情景，爲日常生活中所習見；又如徐似道的《阮郎歸》：「茶僚山上一頭陀。新來學者麼。蝤蛑螃蟹與烏螺。知他放幾多。　　有一物，是蜂窩。姓牙名老婆。雖然無奈得它何。如何放得它。」

〔註36〕沈作喆《寓簡》卷十，商務印書館（叢書集成初編本），1937，第0296冊，第1937頁。

〔註37〕王灼著，岳珍校正《碧雞漫志校正》卷二，巴蜀書社，2000，第48頁。

〔註38〕王灼著，岳珍校正《碧雞漫志校正》卷二，巴蜀書社，2000，第35頁。

以俗物「老婆牙」爲喻，寫「老婆」此「物」的讓人無法割捨，暗寓勸對方夫妻和好之意。上舉詞作皆爲世俗之情，讀來已覺質樸疏快，可以想像用來演唱的話，一定會令聽者莞爾。

俚俗詞的創作在宋代成爲一種風氣，如周濟所說：「周、柳、黃、晁，皆喜爲曲中俚語，山谷尤甚。」〔註 39〕正因爲有筵席上酒酣耳熱之際的放浪形骸，才會出現著名詞人染指這種俚俗詞創作的現象。

而筵席上酒酣耳熱、杯盤狼藉之際最歡迎的消遣娛樂之作，要數那些描寫歌兒舞女的情態的詞了。歌姬舞女題材是娛樂消閒的宴席上最常見的內容，如蘇軾的《滿庭芳》「膩玉圓搓素頸，藕絲嫩、新織仙裳」描寫妙齡歌妓的容貌體態，周邦彥的《望江南》「寶髻玲瓏欹玉燕，繡巾柔膩掩香羅」描寫歌妓的妝扮，劉克莊的《清平樂》「一團香玉溫柔，笑顰俱有風流」描寫歌妓的容貌風情，張先的《減字木蘭花》：「垂螺近額。走上紅茵初趁拍。只恐輕飛。擬倩遊絲惹住伊。　　文鴛繡履。去似楊花塵不起。舞徹伊州。頭上宮花顫未休」、黃庭堅的《西江月》：「轉眄驚翻長袖，低徊細踏紅靴。舞餘猶顫滿頭花。嬌學男兒拜謝」描寫舞女獻舞的嬌妙動人；同時，描寫宴席上歌妓與才子之間的曖昧情愫、相思情事的詞作也十分符合宴席上的氣氛，如謝逸的《西江月》：「窄袖淺籠溫玉，修眉淡掃遙岑。行時雲霧繞衣襟，步步蓮生宮錦。　　菊與秋煙共晚，酒隨人意俱深。尊前有客動琴心，醉後清狂不禁。」歌妓殷勤勸酒，其美妙的體態與風度使得坐客「醉後清狂不禁」，那一種情意動人心旌，又只在有意無意之間。又如袁去華的《思佳客・王宰席上贈歌姬》：「飛燕雙雙掌上身，花光粉豔晚妝新。纖腰妙舞縈回雪，皓齒清歌遏住雲。　　歡卜夜，座添春。近前生怕主人嗔。主人見慣渾閒事，惱殺醒狂一個人。」對於歌姬的美妙，主人是司空見慣的，可客人卻已經心猿意馬了。

〔註 39〕周濟《宋四家詞選目錄序論》，唐圭璋編《詞話叢編》，中華書局，1986，第 1645 頁。

這種場合下，豔情詞更加大行其道。豔情詞指那些對女子的描寫超越了「發乎情，止乎禮」的道德界限，以狎昵之意寫她們的體態妝扮、容貌舉止、相思情意，甚至描寫與她們的密會幽歡的詞作。典型者如柳永《菊花新》:「欲掩香幃論繾綣。先斂雙娥愁夜短。催促少年郎，先去睡，鴛衾圖暖。　　須臾放了殘針線。脫羅裳，恣情無限。留取帳前燈，時時待，看伊嬌面。」寫歌妓與情郎的幽會，大膽放浪；歐陽修《好女兒令》:「眼細眉長。宮樣梳妝。靸鞋兒走向花下立著。一身繡出，兩同心字，淺淺金黃。　　早是肌膚輕渺，抱著了、暖仍香。姿姿媚媚端正好，怎教人別後，從頭仔細，斷得思量。」寫佳人的嬌媚香暖、幽會時的惹人心動，香豔徹骨；再如晁端禮《滴滴金》:「龐兒端正心兒得。眼兒單、鼻兒直。口兒香、髮兒黑。腳兒一折。　　從來薄命多阻隔。未曾有恁相識。除非燒香作功德。且圖消得。」用淺白的語言，描寫世俗眼光中的美人尤物，以及她的心思願望；又如黃庭堅《千秋歲》:「世間好事，恰恁廝當對。乍夜永，涼天氣。雨稀簾外滴，香篆盤中字。長入夢，如今見也分明是。　　歡極嬌無力，玉軟花欹墜。釵罥袖、雲堆臂。燈斜明媚眼，汗浹瞢騰醉。奴奴睡，奴奴睡也奴奴睡。」描寫醉酒女郎的嬌媚撩人情態，活色生香。這類描寫女色豔情的詞作最能挑逗聽者的感官，在不甚莊重的筵席場合中，酒酣耳熱的興奮狀態下，最爲符合聽眾的心理需求。

以上所舉詞作是宋詞中香豔詞作的代表，在《全宋詞》中，這種有著濃鬱香豔風格的詞作處處可見，而且可以肯定，我們所見到的豔情詞作並不是宋代豔情詞的全部。很多文人把這些作品當作筵席上的應景之作，「謔浪遊戲」，隨作隨棄，甚至會收拾焚毀，因此大多失傳或散佚了。但就我們所能看到的這類詞作而言，也已經是蔚爲大觀了。

可見，作爲「酒鄉之資」，詞有相當一部分是迎合聽眾「適俗」要求的。王灼《碧雞漫志》云:「今少年妄謂東坡移詩律作長短句，十有八九，不學柳耆卿，則學曹元寵。」〔註40〕柳永的詞以「俗」爲特徵，一半是爲歌妓所作，描寫歌妓的容貌體態、心緒感情的；曹組的詞則被稱爲「滑稽無賴之魁」〔註41〕；這二人的詞成爲「今少年」填詞作曲學習的榜樣，可見在世俗的場合中俗詞的流行；而在士大夫文人之間，也有不少俳諧詞和豔情詞，俳諧詞如蘇軾、辛棄疾，豔情詞如歐陽修、黃庭堅，集中都有不少這樣的詞作。這些都充分反映了詞不甚莊重的身份地位與宴席場合對詞這一品格的影響。

以上是我們對不同的聽眾群體而作的大致考察，而宴飲活動中的聽眾群體往往不能作絕對的雅俗之分，高雅的文人在隨意的、較爲私人的場合中常常會流露出好「俗」的一面，而俗人到了高雅的環境也會莊重起來。正如謝章鋌《賭棋山莊詞話》說：「宋人亦何嘗不尚豔詞，功業如范文正，文章如歐陽文忠，檢其集，豔詞不少。蓋曼衍綺靡，詞之正宗，安能盡以鐵板銅琶相律。唯其豔而淫而澆而俗而穢，則力絕之。」〔註42〕詞作爲酒宴上的娛樂文體，其雅而不至於太高，俗而不至於涉淫者，則可以做到雅俗共賞，符合絕大多數聽眾的心理期待。

第三節　交際、娛樂和抒情——宴飲對詞的功能的影響

如我們在第一章中所考察的，傳統宴飲文學有著以詩文進行交際、娛樂與抒情的傳統。詞作爲宋代宴飲文學的代表，也同樣繼承了宴飲文學的這三種功能，同時又具有著時代的特色。

在筵席環境下，詞是人們進行交流交際的工具，是娛樂活動的基本要素，同時也是人們抒發情志的舞臺。沈松勤在《論宋詞本體的多

〔註40〕王灼著，岳珍校正《碧雞漫志校正》卷二，巴蜀書社，2000，第37頁。
〔註41〕王灼著，岳珍校正《碧雞漫志校正》卷二，巴蜀書社，2000，第35頁。
〔註42〕謝章鋌《賭棋山莊詞話》卷十一，唐圭璋編《詞話叢編》，中華書局，1986，第3465頁。

元特徵》中說：「宋詞是一個極爲複雜的多面體，演繹其本體特徵的功能結構具有多樣性，社交、娛樂、抒情與言志諸功能既相獨立又彼此聯繫。」〔註 43〕沈氏從詞的本體特徵的角度指出詞具有社交、娛樂與抒情的功能，但並未對這三種功能分別作進一步的分析。在宴飲生活中，詞的社交、娛樂與抒情功能是互相聯繫的：詞人在以詞交際的時候，常常伴隨著主觀情志的抒發，並藉由特定的娛樂形式來進行；從娛樂的角度所說的「娛賓遣興」，「娛賓」本身就是一種交際，「遣興」則是作者感情的抒發；筵席上人們在抒發感情的時候又必須考慮聽者的感受，兼顧其娛樂和交際的效果。這是它們互相聯繫的方面。同時，這三種功能又有著角度和層次的不同：交際功能是從詞的外部功能角度來說的，側重於作者與聽者的現實身份關係；娛樂功能是交際功能的延伸，是通過娛樂的方式來進行交際，其基礎是詞、樂、舞一體的宴席演出形式的相對獨立性，側重於它的內容的豐富多樣與形式的藝術化；抒情功能則在一定程度上拋開了聽眾，更多的是作者與作品之間的情感流動。

一、宴飲環境下詞的交際功能

詞的交際功能首先表現爲文本中含有明確的對話因子，有著明確的聽者指向性……其次，詞的交際功能表現爲詞作爲媒介，常常起到非常強大的現實交際效果……詞的交際功能更多是通過創作和準備聽者喜愛的詞作，由歌妓歌唱「侑歡」來達到融洽氣氛、表達誠意的目的

交際功能是詞的基本功能。詞是生長於宴席之上的文學樣式，歌詞侑歡是宋代流行的宴樂形式。在宴樂交際中，賓主在一起飲酒盤桓，需要一種媒介來互致殷勤之意，促進雙方感情的升溫，詞就是一個最好的選擇。一方面，詞付與歌妓演唱，切合筵席場合的需

〔註 43〕沈松勤《論宋詞本體的多元特徵》，《南開學報（哲學社會科學版）》2005 年第 6 期，第 23～32 頁。

要，顯得應時、得體；另一方面，這種當場發表的形式，可以使作者的交際意圖得到更好更及時的實現。這使得詞成爲宋人宴飲中實現交際目的的最佳選擇。

詞的交際功能首先表現爲通過直接抒寫的方式，向交際對象傳達自己的仰慕、感恩和對友情的珍惜等感情，如以下兩則例子：

> 賀方回爲青玉案詞，山谷尤愛之，故作小詩以紀其事。及謫宜州，山谷兄元明和以送之云：「千峰百嶂宜州路，天黯淡知人去。曉別吾家黃叔度，弟兄華髮，遠山修水，異日同歸處。　　長亭飲散尊罍暮，別語纏綿不成句，已斷離腸能幾許？水村山郭，夜闌無寐，聽盡空階雨。」山谷和云：「煙中一線來時路，極目送、幽人去。第四陽關雲不度，山和聲轉，子規言語，正是人愁處。　　別恨朝朝連暮暮，憶我當年醉時句。渡水穿雲心已許。晚年光景，小軒南浦，簾卷西山雨。」〔註44〕

> 涪翁過瀘南，瀘帥留府。會有官妓盼盼性頗聰慧，帥嘗寵之。涪翁贈浣溪沙曰：「腳上鞋兒四寸羅，唇邊朱麝一櫻多，見人無語但回波。　　料得有心憐宋玉，只應無奈楚襄何。今生有分向伊麼？」盼盼拜謝。〔註45〕

第一則中，黃元明送弟（山谷）詞，從景色的渲染、事件的敘述，到直抒胸臆的傷別、對別後孤單的設想，都是一個兄長講給弟弟的惜別言語；而黃庭堅的和作，也是以這次的離別爲題，是以弟弟的口吻向哥哥敘說別時的感受與別後的寂寥情懷。第二則中，黃庭堅贈歌姬盼盼詞，描寫盼盼嬌妙的容貌態度，以巫山神女喻盼盼，以楚襄王喻瀘帥，以宋玉自喻，表達對盼盼的愛慕之情。不管是兄弟間的對話，還是文人士大夫和歌妓之間的情意表達，都是作者直接向聽者的訴說。

〔註44〕吳曾《能改齋漫錄》卷十六，上海古籍出版社，1979，第470頁。

〔註45〕楊湜《古今詞話》，唐圭璋《詞話叢編》本，中華書局，1986，第31～32頁。

送別詞、祝壽詞以及較正式的宴會上的唱酬詞，詞人一般都採取這種直接抒寫的方式。如王觀送友人鮑浩然遊浙東，作《卜算子》贈別：「水是眼波橫，山是眉峰聚。欲問行人去那邊，眉眼盈盈處。

才始送春歸，又送君歸去。若到江南趕上春，千萬和春住。」以寫景開頭，點出朋友要去的地方，然後是抒發自己的惜別之情，囑咐朋友：「若到江南趕上春，千萬和春住！」純粹是朋友間的叮嚀囑咐，不假雕飾，自然眞摯。又如向子諲送別王景源，作《浣溪沙》贈行：「樽俎風流意氣傾。一杯相屬忍催行。離歌更作斷腸聲。　　衮衮大江前後浪，娟娟明月短長亭。水程山驛總關情。」（《浣溪沙・紹興辛未中秋，王景源使君乘流下蕭灘，捨舟從陸。薌林老人以長短句贈行》）也是直抒胸臆地表達贈別之情。壽詞如趙磻老壽葉樞密的《永遇樂・香雪堆梅》、《醉蓬萊・聽都人歌詠》、《醉蓬萊・記青蛇感異》、《鷓鴣天・堂上年時》，晁端禮的《上林春・霖雨成功》，《醉蓬萊・正中秋初過》，《醉蓬萊・看梅稍初動》、《喜遷鶯・清和時序》等等，多是敘述壽星主人的德行功業、富貴榮華，表達祝福之意。較正式的宴會應酬如一位黃州王先生送陳慥來見蘇軾，蘇軾作《滿庭芳》詞以表達對他的讚美和仰慕：「三十三年，今誰存者？算只君與長江。凜然蒼檜，霜幹苦難雙。聞道司州古縣，雲溪上、竹塢松窗。江南岸，不因送子，寧肯過吾邦？　　摐摐。疏雨過，風林舞破，煙蓋雲幢。願持此邀君，一飲空缸。居士先生老矣，眞夢裏、相對殘釭。歌聲斷，行人未起，船鼓已逢逢。」（《滿庭芳・有王長官者，棄官三十三年，黃人謂之王先生。因送陳慥來過余，因賦此》）詞首先以長江、蒼檜爲喻，讚美了王先生的高尚品格，敘述王先生送陳慥來見自己的高情高義，過片表達了自己對王先生的敬仰親近之情，並勸其飲酒，直抒胸臆，感情眞摯。再如前面舉過的陳堯佐攜鶺相館拜訪呂公著，陳堯佐所作《踏莎行・二社良辰》，以燕子自喻，以鳳凰、主人喻呂公著，意旨明顯，帶有明顯的對話意味。

可見，席上文人雅士之間互相表達惺惺相惜之意的唱酬詞、送別留別的贈別詞、應制祝壽的祝頌詞、應時納祜的節序詞、詠美人嬌容妍態的贈妓詞等等，多包含著明顯的對話因子，體現出極強的交際功能。

另外，宴席上產生的詞作中，像勸酒詞、送茶詞、送湯詞等也是典型的交際應酬之作，如「有個僊人捧玉卮，滿酌堅勸不須辭」（朱敦儒《鷓鴣天·有個僊人》），「晝錦堂深，聚星筵啓，一觥爲壽」（史浩《醉蓬萊·勸酒》），「更待微甘回齒頰，且留連」（周紫芝《攤破浣溪沙·茶詞》），「仙草已添君勝爽，醉鄉肯爲我從容」（毛滂《浣溪沙·送湯詞》），「飛蓋莫催忙，歌檀臨閱處，緩何妨」（王安中《小重山·湯》），等等，或是歌詠酒、茶等物象，或是敘述宴席情景，或是直接酬勸，寫出宋人在宴席上殷勤積極的交際態度。

詞的交際功能一方面表現爲文本內在包含有對話的因子，另一方面，詞作爲聯繫作者與聽者的中介，常常能幫助作者實現極好的現實交際效果。這樣的例子在宋代有很多，如：

> 柳耆卿與孫相何爲布衣交。孫知杭州，門禁甚嚴，耆卿欲見之不得，作望海潮詞，往謁名妓楚楚曰：「欲見孫相，恨無門路。若因府會，願借朱唇歌於孫相公之前。若問誰爲此詞，但說柳七。」中秋府會，楚楚宛轉歌之，孫即日迎耆卿預坐。〔註46〕

> 張才翁風韻不羈，初任臨邛秋官，郡公張公庠待之不厚。會有白鶴之遊，郡守率屬官同往，才翁不預，乃語官妓楊皎曰：「老子到彼，必有詩詞，可速寄來。」公庠既到白鶴，便留題曰：「初眠官柳未成陰，馬上聊爲擁鼻吟。遠宦情懷銷壯志，好花時節負歸心。別離長恨人南北，會合休辭酒淺深。欲把春愁閑抖擻，亂山高處一登臨。」皎錄寄才翁，才翁增減作雨中花詞寄皎云：「萬縷青青，初眠官柳，向人猶未成陰。據雕鞍馬上，擁鼻微吟。遠宦情懷誰問，空嗟壯志消沉。正好花時節，山城留滯，忍負歸心。

〔註46〕楊湜《古今詞話》，唐圭璋編《詞話叢編》，中華書局，1986，第26頁。

別離萬里，飄蓬無定，誰念會合難憑。相聚裏，休辭金盞，酒淺還深。欲把春愁抖擻，春愁轉更難禁。亂山高處，憑欄垂袖，聊寄登臨。」公庠再坐，皎歌於側。公庠問之，皎前稟曰：「張司理恰寄來，命皎歌之，以獻臺座。」公庠遂青顧才翁尤厚。〔註 47〕

（許將）後帥成都，值中秋府會，官妓獻詞送酒，仍別歌臨江仙曰：「不比尋常三五夜，萬家齊望清輝。爛銀盤透碧玻璃。莫辭終夕看，動是隔年期。　　試問嫦娥還記否，玉人曾折高枝。明年此夜再圓時。閣開東府宴，身在鳳凰池。」許問誰作詞，妓白以西州士人鄭無黨詞。後召相見，欲薦其才於廊廟。無黨辭以無意進取，惟投牒理逋欠數千緡。無黨爲人不羈，長於詞，蓋知許公臨江仙最喜，歌者投其所好也。〔註 48〕

徐幹臣伸，三衢人。政和初，以知音律爲太常典樂，出知常州。嘗自製《轉調二郎神》之詞云：「悶來彈鵲，又攪碎、一簾花影。謾試著春衫，還思纖手，薰徹金虬燼冷。動是愁端如何向，但怪得，新來多病。嗟舊日沈腰，如今潘鬢，怎堪臨鏡？　　重省。別時淚滴，羅襟猶凝。爲我厭厭，日高慵起，長託春酲未醒。雁足不來，馬蹄難駐，門掩一庭芳景。空佇立，盡日欄干倚遍，晝長人靜。」既成，會開封尹李孝壽來牧吳門。李以嚴治京兆，號李閻羅。道出郡下，幹臣大合樂燕勞之，喻群娼令謳此詞，必待其問乃止。娼如戒，歌至三四。李果詢之，幹臣蹙頞云：「某頃有一侍婢，色藝冠絕。前歲以亡室不容，逐去。今聞在蘇州一兵官處，屢遣信欲復來，而今之主公靳之。感慨賦此。詞中所敘，多其書中語。今焉適有天幸，公擁麾於彼，不審能爲我之地否？」李云：「此甚不難，可無慮也。」既次無錫，賓贊者請受謁次第。李云：「郡官當至楓橋。」橋距城十里而遠。翌日，艤舟其所，官吏上下望風股栗。李

〔註 47〕吳曾《能改齋漫錄》卷十六，上海古籍出版社，1979，第 483～484 頁。
〔註 48〕楊湜《古今詞話》，唐圭璋編《詞話叢編》，中華書局，1986，第 36 頁。

一閱刺字，忽大怒云：「都監在法不許出城，乃亦至此，使郡中萬一有火盜之虞，豈不殆哉！」斥都監下階，荷校送獄。又數日，取其供牘判奏字。其家震懼求援，宛轉哀鳴致懇。李笑云：「且還徐典樂之妾了來理會。」兵官者解其指，即日承命，然後捨之。〔註49〕

東坡居士以丙辰中秋，歡飲達旦，大醉，作《水調歌頭》詞，都下傳唱。神宗問內侍外面新行小詞，內侍錄此進呈。讀至「又恐瓊樓玉宇，高處不勝寒」，上曰：「蘇軾終是愛君。」乃命量移汝州。〔註50〕

第一則例子中，柳永以一曲《望海潮》託妓歌唱以達，詞是詞人自我推薦的名片；第二則例子中，張才翁隱括張公庠之詩爲詞，詞是詞人引起長官的注意與賞識的介紹信；第三則例子中，鄭無黨以一曲《臨江仙》而得錢數千緡，詞是換取物質利益的籌碼；第四則例子中，徐幹臣自製轉調《二郎神》取得開封尹李孝壽的同情，詞充當了幫助詞人達到私人目的的人情；第五則例子中，蘇軾因《水調歌頭·中秋》而得到皇帝的寬宥，詞甚至使作者獲得了法外的開恩。凡此種種，表現出在一個詞成爲重要的文化產品的時代，人們通過詞這一媒介，常常會達到極爲有利的交際目的。

而在更多時候，宴會的主人是通過創作和準備聽者喜愛的詞作，由歌妓歌唱「侑歡」來達到融洽氣氛和表達誠意的目的的。在特定的交際目的被淡化之後，作詞唱詞活動就泛化爲一般的娛樂，其側重點就落在對娛樂內容的豐富化、精緻化追求上。

二、宴飲環境下詞的娛樂功能

詞的娛樂功能以詞作品的相對獨立性爲基礎……娛樂功能使詞比其它任何文體都更加重視藝術形式方面的精緻和優美……娛樂的目的使詞題材的選擇側重於滿足人的各種感官享受……宋詞中出現

〔註49〕王明清《揮麈錄》餘話卷二，中華書局，1961，第299～230頁。
〔註50〕彭大翼《山堂肆考》卷十二引《復雅歌詞》，《文淵閣四庫全書》，上海古籍出版社，1987，第974冊，第200頁。

「女色當道」這一景觀在某種程度上是詞的娛樂功能驅動的結果……娛樂功能強化的條件下，作者和作品中的敘述者有著明顯的區分，人們有意識地在詞中進行某種角色扮演，詞中獨特的「代言體」就是這種「反串」和「角色扮演」的結果

什麼是娛樂？羅賓·喬治·科林伍德（Robin George Collingwood, 1889-1943）從人的情感需求的角度對娛樂進行了定義：「娛樂是以不干預實際生活的方式釋放情感的一種方法。」〔註 51〕在中國傳統的文學理論體系中，娛樂的文學觀與教化的文學觀是相對立的，當文學不再擔當政治教化的職能，而成爲單純的「釋放情感」的工具的時候，就是文學的娛樂功能在起作用了。比起社交功能來，娛樂功能更注重作品的藝術性和獨立性，也更關注人的情感需求。

宴飲活動有公宴和私宴之分，在宴飲中人們也有功利和消閒兩種心態。在公宴和較正式的私人宴會上，詞的交際功能比較突出；而在私人的、隨意的宴會上，作詞唱詞則更多地是爲了滿足娛樂的需要。娛樂是詞的傳統功能，早在五代時期，歐陽炯在《花間集序》中就指出其編寫目的是「使北園英哲，用資羽蓋之歡；南國嬋娟，休唱蓮舟之引」〔註 52〕，表明了其侑歡的創作目的。到了宋代，晏幾道自序詞集，稱每作成一詞，「即以草授諸兒，吾三人持酒聽之，爲一笑樂」〔註 53〕，也是以杯酒間消遣、博取「笑樂」爲目的。歐陽修十首《採桑子》前的《西湖念語》中也表明這組詞的創作純屬「敢陳薄技，聊佐清歡」。可見，詞至宋代，娛樂功能仍是其基本功能。

〔註 51〕〔英〕科林伍德（Collingwood,R.G.）著，王至元、陳華中譯《藝術原理》，中國社會科學出版社，1985，第 80～81 頁。

〔註 52〕歐陽炯《花間集序》，趙崇祚輯，李一氓校《花間集校》，人民文學出版社，1958，第 1 頁。

〔註 53〕晏幾道《小山詞》自序，晏幾道《小山詞》，朱祖謀《彊村叢書》本，上海書店江蘇廣陵古籍刻印社，1989 年據 1922 歸安朱氏刻本影印，第 168 頁。

娛樂功能給詞提出了特定的要求。首先，使得詞比任何其它文體都更加重視藝術形式。宋代詞人、詞論家對詞的藝術形式的內在規律進行了細緻的研究和探索，李清照指出，「歌詞分五音，又分五聲，又分六律，又分清濁輕重。」〔註54〕張炎在《詞源》中探討詞的音譜、拍眼、用字、句法，「蓋五音有唇齒喉舌鼻，所以有輕清重濁之分。」「作慢詞，看是甚題目，先擇曲名，然後命意。命意既了，思量頭如何起，尾如何結，方始選韻，而後述曲。最是過片，不要斷了曲意，須要承上接下。」「詞中句法，要平妥精粹。」「句法中有字面，蓋詞中一個生硬字用不得。須是深加鍛鍊，字字敲打得響，歌誦妥溜，方爲本色語。」「詞與詩不同，詞之句語，有二字、三字、四字，至六字、七、八字者，若堆疊實字，讀且不通，況付之雪兒乎。合用虛字呼喚，單字如『正、但、任、甚』之類，兩字如『莫是、還又、那堪』之類，三字如『更能消、最無端、又卻是』之類，此等虛字，卻要用之得其所。若使盡用虛字，句語又俗，雖不質實，恐不無掩卷之誚。」〔註55〕沈義父發揮張炎的理論，在音律、下字、用語、立意等方面都提出具體要求：「蓋音律欲其協，不協則成長短之詩。下字欲其雅，不雅則近乎纏令之體。用字不可太露，露則直突而無深長之味。發意不可太高，高則狂怪而失柔婉之意」〔註56〕……各種藝術形式的探討使詞在藝術形式上精益求精，達到了「精緻文體」的頂峰。

其次，娛樂的目的使詞題材的選擇側重於滿足人的各種感官享受。擁有著崇高的社會地位、廣博的學識和優裕的物質生活的宋代文人士大夫在私人的宴樂生活中還原爲一個個的普通人，期待美色

〔註54〕魏慶之《魏慶之詞話》引「李易安評」，唐圭璋編《詞話叢編》，中華書局，1986，第201～202頁。

〔註55〕張炎《詞源》卷下，唐圭璋編《詞話叢編》，中華書局，1986，第255～259頁。

〔註56〕沈義父《樂府指迷》「論作詞之法」，唐圭璋編《詞話叢編》，中華書局，1986，第277頁。

和柔情來滿足他們的感官需求。翻開《全宋詞》，詠花、酒、茶、妓、歌、舞、男女之情的詞佔了大部分，其中，歌詠歌兒舞女的容貌體態、情緒心事的詞爲數最多。佳人的美眸、紅顏、金釵、綠鬢、素頸、細腰、玉手、羅衣、繡裙、纖足、文鴛，她們的轉盼、語笑、步態、神情、舞容、歌喉等等，都成爲詞人最樂於描寫的對象。如張先《醉垂鞭》：「雙蝶繡羅裙。東池宴。初相見。朱粉不深勻。閒花淡淡春。　細看諸處好。人人道。柳腰身。昨日亂山昏。來時衣上雲。」《西江月》：「體態看來隱約，梳妝好是家常。檀槽初抱更安詳。立向尊前一行。　小打登鈎怕重，盡纏繡帶由長。嬌春鶯舌巧如簧。飛在四條弦上。」晏殊的《浣溪沙》：「淡淡梳妝薄薄衣。天仙模樣好容儀。舊歡前事入顰眉。　閒役夢魂孤燭暗，恨無消息畫簾垂。且留雙淚說相思。」《木蘭花》：「春蔥指甲輕攏撚。五彩條垂雙袖卷。尋香濃透紫檀槽，胡語急隨紅玉腕。　當頭一曲情無限。入破錚琮金鳳戰。百分芳酒祝長春，再拜斂容抬粉面。」歐陽修的《長相思》：「深花枝。淺花枝。深淺花枝相併時。花枝難似伊。　玉如肌。柳如眉。愛著鵝黃金縷衣。啼妝更爲誰。」秦觀的《浣溪沙》：「香靨凝羞一笑開。柳腰如醉肯相挨。日長春困下樓臺。　照水有情聊整鬢，倚闌無緒更兜鞋。眼邊牽繫懶歸來。」佳人繡著雙蝶的羅裙、腮上的朱粉、嬌羞的笑靨、纖細的柳腰、春蔥般的指甲、柳眉玉肌，懷抱琵琶的嬌態，媚人的眼波，思人時眼中的淚珠，等等，勾畫出令才子文人心猿意馬的美人形象。而宴上的邂逅，才子佳人的目色相授，離別的綺怨，別後的相思，也都成爲宋詞中常見的主題，如晏殊的《紅窗聽》：「淡薄梳妝輕結束。天意與、臉紅眉綠。斷環書素傳情久，許雙飛同宿。　一餉無端分比目。誰知道、風前月底，相看未足。此心終擬，覓鸞弦重續。」歐陽修的《生查子》：「含羞整翠鬟，得意頻相顧。雁柱十三弦，一一春鶯語。　嬌雲容易飛，夢斷知何處。深院鎖黃昏，陣陣芭蕉雨。」蘇軾的《殢人嬌・王都尉席上贈侍人》：「滿院桃花，盡是劉郎未見。於中更、一枝纖軟。仙家日月，笑人間春晚。濃睡起，驚飛亂紅千片。　　密意難傳，羞容易變。平白地、爲伊腸斷。問君終日，怎安排心眼。須信道，司空自來見慣。」在詞中，一向節義凜然的士大夫百鍊鋼化做繞指柔，化身爲溫柔多情的才子情郎，歌詠著欲說還休的閒愁，演繹著銷魂蝕骨的戀情。美酒與清歌，美人與柔情，這種感受已接近神仙了。

人在極娛求樂的心態下，往往最關注那些給他們帶來感官享受的東西，而作爲士大夫文人，或者說作爲酒酣耳熱之際的男性消費者，最歡迎的無疑是那些能給他們帶來美色的刺激和浪漫的聯想的事物。而詞作爲「小道」，作爲娛樂之具，也就必然要反映這種需求。因此，宋詞中出現「女色當道」這一景觀在某種程度上是詞的娛樂功能驅動的結果。

娛樂功能的強化以詞的獨立性爲基礎。在以交際爲直接目的的宴飲中，詞是溝通賓主唱酬雙方的媒介，其意義依存於雙方的交際活動而存在；而在以娛樂爲直接目的的宴飲中，文本表現出相對於作者和聽者的獨立性，它是相對自足的，有一個較爲完整的內在話語體系。作者和作品中的敘述者有著明顯的區分，人們有意識地在詞中進行某種角色扮演。詞人不再是廟堂之上、師友之間的文人士大夫，他們在宴席舞臺上找到一個新的自我，以情感世界裏虛擬的面貌、情感、思維扮演著自己的角色。

不管士大夫在現實生活中如何嚴肅鄭重，在娛樂的宴席上，他們卻常常化身爲多情的才子，愛慕著席上如花的佳人。如蘇軾在朋友宴席上作《鷓鴣天》贈侍兒素娘：「笑撚紅梅嚲翠翹。揚州十里最妖嬈。夜來綺席新曾見，撮得精神滴滴嬌。　　嬌後眼，舞時腰。劉郎幾度欲魂消。明朝酒醒知何處，腸斷雲間碧玉簫。」蘇軾性「不好女色」，而作此詞時已是一位「老人」，對朋友的侍兒素娘未必有認眞的仰慕與動心，但在詞中，他卻化身爲風流的「劉郎」，面對佳人的嬌媚「魂消腸斷」，神魂顛倒。又如東坡宴少游，曾令朝雲就少游乞詞，少游作《南歌子》詞曰：「靄靄迷春態，溶溶媚曉光，不應容易下巫陽，只恐翰林前世是襄王。　　暫為清歌住，還因暮雨忙，瞥然歸去斷人腸。空使蘭臺公子賦《高唐》。」〔註 57〕將朝雲比喻成巫山神女，把主人蘇軾比喻為楚襄王，自己則是曾會見過神女、寫了《高唐賦》的宋玉。傳說中宋玉和神女之間也有一種若有若無的曖昧關係，這樣的比喻對於身兼師友的蘇軾和他的紅顏知己朝雲來說，似乎有些不敬，但在宴席娛樂當中，這恰是最得體的姿態。再如秘書監劉幾為妓部懿所作《花發狀元紅慢》：「三春向暮，萬卉成陰、有嘉豔方坼。嬌姿嫩質。冠群品，共賞傾城傾國。上苑晴晝暄，千素萬紅尤奇特。綺筵開，會詠歌才子，壓倒元白。　　別有芳幽苞小，步障華絲，綺軒油壁。與紫鴛鴦、素蛺蝶。自清旦、往往連夕。巧鶯喧翠管，嬌燕語雕梁留客。武陵人，念夢役意濃，堪遣情溺。」詞中作者不再是一個德高望重的朝廷重臣，而是一位「壓倒元白」的「詠歌才子」，沉溺於情場之中。

有時，詞人又以嗜酒放縱的浪蕩遊子的面貌出現，如徐似道《瑞鶴仙令》：「西子湖邊春正好，輸他公子王孫。落花香趁馬蹄溫。暖煙桃葉渡，晴日柳枝門。　　中有能詩狂處士，閒將一鶴隨軒。百錢買只下湖船。就他絃管裏，醉過杏花天。」或是一位安逸瀟灑的風月閒人，如石孝友《鷓鴣天》：「玉燭調元黍律均。迎長嘉節屬芳辰。雲如惜雨鈎牽雪，梅不禁風漏泄春。　　天意好，物華新。偷閒贏取酒邊身。太平朝野都無事，且與鶯花作主人。」在春歸花謝的暮春，詞人又成為一個落寞惜春的老人：「柳弱眠初醒，梅殘舞尚癡。春陰將冷傍簾帷。又是東風和恨、向人歸。　　樂事燈前記，愁腸酒後知。老來無計遣芳時。只有閒情隨分、品花枝。」（程垓《望秦川・早春感懷》）

除了會扮演多情才子、放蕩浪子、風月閒人等角色之外，詞人

〔註 57〕胡仔纂集，廖德明校點《苕溪漁隱叢話》後集卷第二十九引《藝苑雌黃》，人民文學出版社，1962，第 214 頁。

有時甚至會發生「性變」，在作品中化身為柔弱癡情的女子，為情郎瘦損憔悴，唱出宛轉的戀歌。詞中獨特的「代言體」就是這種「反串」的「角色扮演」的結果。詞人想像著懷春的女子渴望愛情的心情，如歐陽修《玉樓春》:「黃金弄色輕於粉，濯濯春條如水嫩。為緣力薄未禁風，不奈多嬌長似困。　　腰柔乍怯人相近，眉小未知春有恨。勸君著意惜芳菲，莫待行人攀折盡。」或是想像「佳人」在深閨中的寂寞慵懶，想像她對心上人的相思，在詞中，他就成了那位癡情的女子，完全由女子的口吻述說她的相思之苦:「情若連環，恨如流水，甚時是休。也不須驚怪，沈郎易瘦；也不須驚怪，潘鬢先愁。總是難禁，許多魔難，奈好事教人不自由。空追想，念前歡杳杳，後會悠悠。　　凝眸。悔上層樓。謾惹起新愁壓舊愁。向綵箋寫遍，相思字了，重重封卷，密寄書郵。料到伊行，時時開看，一看一回和淚收。須知道，這般病染，兩處心頭。」(蘇軾《沁園春》)「寶釵分，桃葉渡，煙柳暗南浦。怕上層樓，十日九風雨。斷腸片片飛紅，都無人管；更誰喚、流鶯聲住。　　鬢邊覷。試把花卜歸期，才簪又重數。羅帳燈昏，哽咽夢中語：是他春帶愁來，春歸何處，卻不解、帶將愁去。」(辛棄疾《祝英臺近》)或是以佳人的身份悔恨當初輕易地放情郎遠行，設想應如何做才能拴住他的心:「自春來、慘綠愁紅，芳心是事可可。日上花梢，鶯穿柳帶，猶壓香衾臥。暖酥消，膩雲嚲，終日厭厭倦梳裹。無那！恨薄情一去，音書無個。　　早知恁麼。悔當初、不把雕鞍鎖。向雞窗、只與蠻箋象管，拘束教吟課。鎮相隨，莫拋躲。針線閒拈伴伊坐。和我，免使年少光陰虛過。」(柳永《定風波》)總的來說，在詞人想像中的女子，大多美麗、嬌弱而又癡情，期待著愛情的降臨，情人的呵護，是男性詞人想像中的、適合男性的心理需要的藝術形象。

可見，在歌舞優遊的宴席之上，在「娛樂」的名義下，詞中的主人公常常和日常生活中的作者有著截然的分野。宴席的環境是一個舞臺，在這個舞臺上，人們丟掉現實的身份，粉墨登場，深深地沉浸於藝術的世界中，以一種投入的態度扮演著感情世界中的各種虛擬角色，演繹著各種各樣的哀樂情懷。而聽眾也在虛擬的情感世界中和詞人同喜同悲，神魂飄蕩，激情澎湃，達到了「以不干預實際生活的方式釋放情感」的娛樂目的。

三、宴飲環境下詞的抒情功能

> 詞是宋代宴席抒情文學的一個重要組成部分……宴飲環境下詞的抒情有著眞實眞摯的特色……詞又是「音樂文學」、「心緒文學」，它的體制特徵更適合表現深婉委曲的感情……同時，詞人的身世之悲、家國之感在一定的宴席氣氛的作用下，會變成衝破傳統詞體風格的力量，實現其奔瀉無餘的抒發

抒情功能是宴飲文學的傳統功能。在宴樂的環境下，豐盛的菜肴、富貴的陳設滿足著人們的嗜欲，香醇的美酒刺激著人們的神經，美人的歌舞引逗著人們的情感，宴上人心扉打開，喜怒哀樂等各種情緒顯得特別強烈。早在先秦時期，人們已經在《詩經》宴飲詩中抒發生命短促、及時行樂的生命體驗；後來的建安七子在公讌詩中也抒發了「樂極哀情來，寥亮摧肝心」〔註 59〕的哀樂情懷；南朝以來，宮體詩興起，皇室文學集團的宴樂活動成爲主導，宴飲詩中出現了描寫女性女色，抒發相思恨別之情的主題。

到了宋代，宴樂活動更加頻繁，宴樂中的文化活動更加多樣，文學創作更加豐富，其中詞足可以和詩分庭抗禮，成爲宴席抒情文學的一個重要組成部分。王國維指出：「謂詞必易於詩，余未敢信。善乎陳臥子之言曰：『宋人不知詩而強作詩，故終宋之世無詩。然其歡愉愁苦之致，動於中而不能抑者，類發於詩餘，故其所造獨工。』五代詞之所以獨勝，亦以此也。」〔註 59〕宋代詩主要是用來經世濟世、表現道德學問的，而詞則成爲抒發各種「歡愉愁苦之致」的最佳載體。

〔註 59〕曹丕《善哉行》，逯欽立輯校《先秦漢魏晉南北朝詩》，中華書局，1983，第 393 頁。

〔註 59〕王國維《人間詞話》，中國人民大學出版社，2004，第 17 頁。

宴飲環境下詞的抒情有著眞實眞摯的特色。關於詞抒情的「眞」，不少詞論家都有論述。如宋尹覺《題坦庵詞》云：「吟詠情性，莫工於詞。」〔註 60〕況周頤《蕙風詞話》曰：「眞字是詞骨。」〔註 61〕沈祥龍說：「詞之言情，貴得其眞。勞人思婦，孝子忠臣，各有其情。古無無情之詞，亦無假託其情之詞。柳、秦之妍婉，蘇、辛之豪放，皆自言其情者也。」〔註 62〕即詞最善於抒寫情感，抒寫詞人在各種不同的生活際遇中所產生的感觸和情緒，善於表達眞摯深切的情感。不管是晏殊的「無可奈何花落去，似曾相識燕歸來」抒寫若有若無的閒愁，還是柳永的「衣帶漸寬終不悔，爲伊消得人憔悴」寫刻骨銘心的相思；不管是張元幹的「天意從來高難問，況人情易老悲難訴」寫國事艱危、報國無門的悲慨，還是秦觀的「兩情若是久長時，又豈在朝朝暮暮」寫心心相印的癡情；或者是蘇軾的「但願人長久，千里共嬋娟」寫親人間、乃至所有有著相似感受的朋友間共同的願望與情懷，或者是張孝祥「忠憤氣塡膺，有淚如傾」寫對強敵跋扈、民族罹難的深痛，或者是辛棄疾的「君莫舞，君不見，玉環飛燕皆塵土」寫壯懷零落、美人遲暮的無限愁苦，都是在不同情境下人心中最眞實的心緒。

王國維在《人間詞話》中提出了「隔」與「不隔」的觀點：「問『隔』與『不隔』之別，曰：陶謝之詩不隔，延年則稍隔矣。東坡之詩不隔，山谷則稍隔矣。『池塘生春草』、『空梁落燕泥』等二句，妙處唯在不隔。詞亦如是。即以一人一詞論。如歐陽公《少年遊》詠春草上半闋云：『闌干十二獨憑春，晴碧遠連雲。千里萬里，二月三月，行色苦愁人。』語語都在目前，便是不隔。至云『謝家池上，江淹浦畔』，則隔矣。白石《翠樓吟》：『此地。宜有詞仙，擁

〔註 60〕金啓華等《唐宋詞集序跋彙編》，江蘇教育出版社，1990，第 198 頁。

〔註 61〕況周頤《蕙風詞話》卷一，唐圭璋編《詞話叢編》，中華書局，1986，第 4408 頁。

〔註 62〕沈祥龍《論詞隨筆》，唐圭璋編《詞話叢編》，中華書局，1986，第 4053 頁。

素雲黃鶴，與君遊戲。玉梯凝望久，歎芳草、萋萋千里。』便是不隔。至『酒祓清愁，花消英氣』，則隔矣。然南宋詞雖不隔處，比之前人，自有淺深厚薄之別。」〔註63〕所謂「不隔」，即寫得景眞，道得意切。而在宴席之上，杯酒之後，憂樂於心，百念交感，各種情感心事都歷歷而在胸，此時再求「了然於手與口者」就是自然而然的事了，因此，宴飲過程中也最容易出現情眞意切的「不隔」的詞作。如被馮煦稱作「古之傷心人」、所作詞「淡語皆有味，淺語皆有致」〔註64〕晏幾道，也是在「浮沉酒中」（晏幾道《小山詞・自序》）的宴飲生活中創作出了那些清眞意切的「狂篇醉句」。又如蘇軾的《水調歌頭・丙辰中秋，歡飲達旦，大醉。作此篇，兼懷子由》：

> 明月幾時有，把酒問青天。不知天上宮闕，今夕是何年。我欲乘風歸去，又恐瓊樓玉宇，高處不勝寒。起舞弄清影，何似在人間。　　轉朱閣，低綺户，照無眠。不應有恨，何事長向別時圓。人有悲歡離合，月有陰晴圓缺，此事古難全。但願人長久，千里共嬋娟。

詞劈頭問天一句「明月幾時有」，接著幻想今天的天宮不知道是什麼日子？想到天上去看看，又怕太過冷清，不如人間的親情溫暖。下闋詞人繼續發著癡語：今晚的又大又圓的月亮似乎有了人的感情，她轉過朱紅色的閣樓，照進綺羅繡戶之中，照著因思念親人而無眠的人，用她的圓而亮來襯託人的離別，這麼說來，她又是無情的。最後，詞人想清楚了：月亮有圓的時候也有缺的時候，人生自然也有悲歡離合，只願遠方的親人健康平安就好了，那我們就可以在不同的地方共同擁有這一輪明月了。整篇似乎是醉語癡語，但那種不假雕琢、劈頭而來而又清新宛轉的情態、清曠超脫的思想境界，感動了無數的讀者。那種「歡飲達旦，大醉」的狀態對於詞人發現自己的內心、對於詞中凝聚感人的力量無疑是有輔助作用的。

〔註63〕王國維《人間詞話》，中國人民大學出版社，2004，第13頁。

〔註64〕馮煦《蒿庵論詞》，唐圭璋編《詞話叢編》，中華書局，1986，第3587頁。

同時，詞又是「音樂文學」、「心緒文學」，它的體制特徵更適合表現深婉委曲的感情。也因為此，詞與前代的宴飲文學在抒情上截然分野，即詞所抒發的多是春恨秋愁、兒女情長，即使是表達作者清剛之品格，也要以旖旎婉曲的形式表達出來。陳師道《後山詩話》曾批評東坡詞：「子瞻以詩為詞，如教坊雷大使之舞，雖極天下之工，要非本色。」〔註65〕不只陳師道，後來的詞論家也多認為詞「別是一家」，英雄豪邁之情不符合詞的「本色」，如陳模《懷古錄》道：「近時作詞者，只說周美成、姜堯章等，而以稼軒詞為豪邁，非詞家本色。紫岩潘牥云：『東坡為詞詩，稼軒為詞論。』此說固當。蓋曲者曲也，固當以委曲為體。」〔註66〕徐師曾《文體明辨序說》：「至論其詞，則有婉約者，有豪放者。婉約者欲其辭情醞藉，豪放者欲其氣象恢弘，蓋雖各因其質，而詞貴感人，要當以婉約為正。否則雖極精工，終乖本色，非有識之所取也。」〔註67〕王國維說：「詞之為體，要眇宜修，能言詩之所不能言，而不能盡言詩之所能言」〔註68〕，「詩之境闊，詞之言長」〔註69〕，就是著眼於詞在抒情上的獨有特徵。詞在抒情上的這一特徵和詞的宴席生存環境又有著密切的聯繫。

首先，詞以抒發男女情事為本色當行，這和宋代宴飲活動歌妓侍宴的娛樂形式是分不開的。王書奴《中國娼妓史》把唐宋時期稱作「官妓鼎盛時代」，事實上，在宋代，官妓只是歌妓群體的一部分，士大夫家的家妓和活躍在市井勾欄的私妓也同樣可以和官妓平分秋色。這使得在宋人的宴飲生活中，不管是國家公宴還是私宴，都少不了歌妓的影子，官僚士大夫家中，資用稍給者，往往蓄有家妓或能歌善舞之姬妾，在朋友宴集之時，使之侑酒；州府的官妓、酒庫中的角妓也常

〔註65〕陳師道《後山詩話》，《文淵閣四庫全書》，上海古籍出版社，1987，第1478冊，第285頁。
〔註66〕陳模《懷古錄》，中華書局，1993，第61頁。
〔註67〕徐師曾著，於北山、羅根譯校點《文體明辨序說》，1962，第165頁。
〔註68〕王國維《人間詞話・刪稿》，中國人民大學出版社，2004，第24頁。
〔註69〕王國維《人間詞話・刪稿》，中國人民大學出版社，2004，第24頁。

被召到士大夫文人的宴席上支應；這種流行風氣也延伸到民間市井，酒樓、茶肆之中也皆安有歌妓，並設有一些小小閣兒，客人到店，可以在小閣子中，「各垂簾幕，命妓歌笑，各得穩便」〔註 70〕。可見，歌妓侍宴是宋人宴樂的基本形式。在宴樂活動中，歌妓與文人之間常常產生一些曖昧的情事，如《錢氏私志》載歐陽修任河南推官時，與一位官妓相好，歐陽修曾因這位官妓丟了金釵而爲她作詞。〔註 71〕又如杭州倅車喜歡官妓秀蘭，還因秀蘭侍宴來晚而恚恨，蘇軾因作《賀新郎》爲秀蘭解圍。〔註 72〕有時席上才子乘醉，會大膽地和主人的家姬打情罵俏甚至有越禮舉動，典型的如秦觀，他不但曾在一貴官的宴上和貴官的寵姬碧桃互相挑逗，還曾和揚州劉太尉家箜篌妓牽扯不清。對這兩段情事，少游俱有詞記錄：

虞美人〔註 73〕

碧桃天上栽和露，不是凡花數。亂山深處水縈洄，借問一枝如玉爲誰開？　　輕寒細雨情何限，不道春難管。爲君沉醉一何妨，衹怕酒醒時候斷人腸。

〔註 70〕孟元老《東京夢華錄》卷二「飲食果子」條，「五著本」，中國商業出版社，1982，第 17～18 頁。

〔註 71〕錢世詔《錢氏私志》，中華書局（叢書集成初編本），1991，第 2 頁。

〔註 72〕楊湜《古今詞話》，唐圭璋編《詞話叢編》，中華書局，1986，第 27 頁：蘇子瞻守錢塘，有官妓秀蘭天性黠慧，善於應對。湖中有宴會，群妓畢至，惟秀蘭不來。遣人督之，須臾方至。子瞻問其故，具以「發結沐浴，不覺困睡，忽有人叩門聲，急起而問之，乃樂營將催督之，非敢怠忽，謹以實告。」子瞻亦恕之。坐中倅車屬意於蘭，見其晚來，恚恨未已，責之曰：「必有他事，以此晚至。」秀蘭力辯，不能止倅之怒。是時榴花盛開，秀蘭以一枝藉手告倅，其怒愈甚。秀蘭收淚無言。子瞻作《賀新涼》以解之，其怒始息。

〔註 73〕皇都風月主人編，周夷校補《綠窗新話》卷上，古典文學出版社，1957，第 72 頁：秦少游寓京師，有貴官延飲，出寵姬碧桃侑觴，勸酒惓惓。少游領其意，復舉觴勸碧桃。貴官云：「碧桃素不善飲。」意不欲少游強之。碧桃曰：「今日爲學士拼了一醉。」引巨觥長飲。少游即席贈虞美人詞曰（詞如上略）。闔座悉恨。貴官云：「今後永不令此姬出來。」滿座大笑。

御街行〔註 74〕

銀燭生花如紅豆。這好事、而今有。夜闌人靜曲屏深，
借寶瑟、輕輕招手。可憐一陣白蘋風，故滅燭、教相就。
花帶雨、冰肌香透。恨啼鳥、轆轤聲曉，岸柳微風吹殘酒。
斷腸時、至今依舊。鏡中消瘦。那人知後。怕你來僝僽。

在某種意義上，歌妓和詞人是共同創作的關係，詞人的多情和歌妓的美貌互相吸引，詞人的才思和歌妓的箏笛互相配合，眉來眼去，色授魂與，以這樣的情緒作爲情感基調，表現在詞中，自然就會出現以相思恨別爲主要情感類型的現象了。

其次，詞所抒發的感情質地，以深婉蘊細爲特徵。人們平素的一些感情蘊積，在酒後往往變得異常濃烈；而文人雅士的身份品味與詞精嚴的體裁又制約了情感的一瀉無餘的抒發，傾慕之意、離別之悲以一種含蓄隱忍的方式表達出來，從而呈現出深婉委曲的風貌。這其中最典型的如秦觀的《鵲橋仙》:「纖雲弄巧，飛星傳恨，銀漢迢迢暗度。金風玉露一相逢，便勝卻人間無數。　　柔情似水，佳期如夢，忍顧鵲橋歸路。兩情若是久長時，又豈在朝朝暮暮。」先寫牛女的相會，再寫乍見將別的悲傷與不捨，最後說「兩情若是久長時，又豈在朝朝暮暮」，用一種精神安慰的方式，來化解這一千古情癡，結果使癡情更爲難解。又如賀鑄的《青玉案》:「淩波不過橫塘路。但目送、芳塵去。錦瑟年華誰與度。月臺花榭，瑣窗珠戶。惟有春知處。　　碧雲冉冉蘅皋暮。綵筆新題斷腸句。試問閒愁都幾許。一川煙草，滿城風絮，梅子黃時雨。」寫對於一位佳人的愛慕，以及愛而不得的惆悵，將愁緒物化爲具有堆積感的芳草、柳絮、黃梅雨，這些物象反而用深重的愁緒將人深籠密鎖，更加難

〔註 74〕楊湜《古今詞話》，唐圭璋編《詞話叢編》，中華書局，1986，第 33 頁：秦少游在揚州，劉太尉家出姬侑觴。中有一姝，善擘箜篌。此樂既古，近時罕有其傳，以爲絕藝。姝又傾慕少游之才名，偏屬意，少游借箜篌觀之。既而主人入宅更衣，適值狂風滅燭，姝來且相親，有倉促之歡。且云：「今日爲學士瘦了一半。」少游因作御街行以道一時之景雲。

以逃脫。再如晏幾道的《蝶戀花》:「欲減羅衣寒未去,不卷珠簾,人在深深處。殘杏枝頭花幾許。啼紅正恨清明雨。　　盡日沉香煙一縷。宿酒醒遲,惱破春情緒。遠信還因歸燕誤,小屏風上西江路。」代閨中少婦抒發思念遠方親人之情,通過對這位少婦在閨房中「不卷珠簾」、「盡日沉香」、「宿酒醒遲」、「誤認燕信」的動作特徵的描寫,以及閨中所見的帶有感情色彩的「啼紅」一般的枝頭「殘杏」,將思婦深切的思念外物化,舉重若輕,委曲宛轉。在宴席上產生的大量抒發相思恨別的詞中,儘管作者使用種種手法故意將感情物化和淡化,但這些被處理過的感情卻更向縱深發展,更加體貼著心靈的軌跡,更加細膩而感人至深。

不只是愛情相思詞寫得細膩深婉,就是那些記錄了重要時事、抒寫對國家大事的憂慮的詞,也常常以隱約的、委婉的形式表達出來。典型的如辛棄疾的《摸魚兒・淳熙己亥,自湖北漕移湖南,同官王正之置酒小山亭,爲賦》:「更能消、幾番風雨。匆匆春又歸去。惜春長恨花開早,何況落紅無數。春且住。見說道、天涯芳草迷歸路。怨春不語。算只有殷勤,畫簷蛛網,盡日惹飛絮。　　長門事,準擬佳期又誤。蛾眉曾有人妒。千金縱買相如賦,脈脈此情誰訴。君莫舞。君不見、玉環飛燕皆塵土。閒愁最苦。休去倚危樓,斜陽正在,煙柳斷腸處。」這首詞寫於淳熙六年,其時辛棄疾由湖北轉運副使改調湖南轉運副使,同官王正之爲他餞行的宴席上,詞人感慨萬千,寫下的這首詞。表面上看,這是一首惜春詞,風雨、落花、芳草、飛絮,典型的春天的意象中包裹著作者的感慨和憤激,呈現出幽怨迷離的風貌。詞寄託了作者深重的政治感慨和憤激,埋怨皇帝的裝聾作啞,「怨春不語」,指斥奸邪小人「君莫舞。君不見、玉飛燕皆塵土!」,其感情的抒發和言志的詩文是一脈相承的。又如王沂孫的《齊天樂・蟬》:「一襟餘恨宮魂斷,年年翠陰庭樹。乍咽涼柯,還移暗葉,重把離愁深訴。西窗過雨。怪瑤珮流空,玉箏調柱。鏡暗妝殘,爲誰嬌鬢尚如許。　　銅仙鉛淚似洗,歎攜盤去遠,難貯零露。病翼驚秋，枯形閱世，消得斜陽幾度。餘音更苦。甚獨抱清高，頓成悽楚。謾想薰風，柳絲千萬縷。」以秋蟬為題，借秋蟬的遭遇隱喻宋室后妃的流落，以秋天的衰颯象徵南宋宗室和社稷的淪亡，寄託了對國破家亡、窮途末路的無限哀思。從詞的體制寫心底的悲傷，委婉隱約，含蓄深沉。

第三，詞的抒情以樂而不淫、哀而不傷為宗。宋詞中儘管也有眾多積極行樂的思想表現，如晏殊《謁金門・秋露墜》勸人「莫辭終夕醉」，李之儀《江神子》教人「今宵莫惜醉顏紅」，但比起前人的使酒放曠，宋人在行樂時卻表現出理性的剋制，顯得更為圓融通脫。儘管也有相愛的苦惱、離別的悲傷，但宋人以哲學的思辨、禪家的情懷把它淡化了，使它變成一縷若有若無的淡淡惆悵。如同樣都是表現及時行樂的思想，《詩經・唐風・蟋蟀》中說「今我不樂，歲月其除。」宋人說：「無可奈何花落去，似曾相識燕歸來，小園香徑獨徘徊。」同樣都是表達樂極生悲的哀感，建安詩人說：「樂極哀情來，寥亮摧肝心。」（曹丕《善哉行》）宋代詞人說：「人有悲歡離合，月有陰晴圓缺，此事古難全。但願人長久，千里共嬋娟。」（蘇軾《水調歌頭》）同樣都是表現離別的悲傷，南朝文人說：「送君南浦，傷如之何！」（江淹《別賦》）宋代詞人說：「翠蛾羞黛怯人看。掩霜紈，淚偷彈。且盡一尊，收淚唱陽關。謾道帝城天樣遠，天易見，見君難。　　畫堂新構近孤山。曲欄干，為誰安？飛絮落花，春色屬明年。欲棹小舟尋舊事，無處問，水連天。」（蘇軾《江神子・孤山竹閣送述古》）總之，在宋詞中，情感的一貫而瀉的能量被柔婉折斷，情感的火熱的溫度被距離冷卻，從而呈現出一種折中的成熟美。同時，對於那些「被情所役」的作品，宋代詞論家持否定的態度，如張炎《詞源》中說：「詞欲雅而正，志之所之，一為情所役，則失其雅正之音。耆卿、伯可不必論，雖美成亦有所不免。」「失其雅正之音」，指的是那些情感的抒發一瀉無餘，出而不返的作品，不符合宋人普遍的審美取向。

然而，在形式與內容的關係上，內容畢竟是起決定作用的，當一種感情鬱勃在心、不得不發的時候，溫柔敦厚的面孔也會變得嬉笑怒罵、任情狂放。酒宴的作用不僅僅讓人找尋到微醺的沉醉感，還常常使人的心緒擺脫世俗成見的牢籠，讓感情借助酒精的作用而得到發泄。當自由的靈魂以熨帖人意的曲子詞出之時，更能使聽者爲之擊節、隨之俯仰。

早在「花間」詞風還占統治地位的北宋前期，就已經出現了范仲淹「將軍白髮征夫淚」的憂世之音、歐陽修「揮毫萬字，一飲千鍾」的豪俊之語，當蘇軾登上文壇、染筆曲子詞之後，更是給詞「指出向上一路」〔註 75〕，用詞來抒發各種各樣的人生情懷。晁無咎稱「蘇東坡詞，人謂多不諧音律。然居士詞橫放傑出，自是曲子中縛不住者」〔註 76〕。曲子中縛不住，即作者在詞中情感的抒發不受詞的體制的束縛，能夠自由地表達各種各樣的思想感情。如他的《念奴嬌·赤壁懷古》：

> 大江東去，浪淘盡、千古風流人物。故壘西邊，人道是、三國周郎赤壁。亂石穿空，驚濤拍岸，卷起千堆雪。江山如畫，一時多少豪傑。　遙想公瑾當年，小喬初嫁了，雄姿英發。羽扇綸巾，談笑間、檣虜灰飛煙滅。故國神遊，多情應笑我，早生華髮。人生如夢，一尊還酹江月。

詞人在赤壁之下、江水之上，酒闌歌罷，懷想三國英雄，抒發一腔豪情，語意高妙，可稱爲絕唱。他如《臨江仙·夜飲東坡》抒發曠遠絕塵之思，《水調歌頭·昵昵兒女語》抒發聽到美妙琴聲後百感交集的感受，確實拋去了批風抹月的傳統風格束縛，如劉熙載所說，「無意不可入，無事不可言」〔註 77〕，已經可以自如地表現各種類型的感情了。

〔註 75〕王灼著，岳珍校正《碧雞漫志校正》卷二，巴蜀書社，2000，第 37 頁。

〔註 76〕吳曾《能改齋詞話》卷一「黃魯直詞謂之著腔詩」，唐圭璋編《詞話叢編》，中華書局，1986，第 125 頁。

〔註 77〕劉熙載撰，袁津琥校注《藝概注稿》，中華書局，2009，第 497 頁。

辛棄疾詞在寫心方面，比蘇軾更進一步。辛棄疾不同於其它的文人士大夫詞人，他年輕時曾參加義軍，行軍打仗，有勇有謀；當得知志同道合的朋友耿京被叛徒所殺的消息後，曾親帶五十人突入敵營，取叛徒首級獻上朝廷。而這樣一位有勇有謀的英雄，歸宋後卻一直被置於閒官的位置上，得不到重用，無法施展自己的抱負。辛棄疾的鬱悶和不平是不言而喻的。因此，在辛棄疾的詞中，我們就總是感覺到一股難以遏制的、想要爆發的悲憤。如《水龍吟・登建康賞心亭》：

> 楚天千里清秋，水隨天去秋無際。遙岑遠目，獻愁供恨，玉簪螺髻。落日樓頭，斷鴻聲裏，江南遊子。把吳鈎看了，欄干拍遍，無人會、登臨意。　休説鱸魚堪鱠。盡西風、季鷹歸未。求田問舍，怕應羞見，劉郎才氣。可惜流年，憂愁風雨，樹猶如此。倩何人，喚取紅巾翠袖，搵英雄淚。

詞人面對南國的「千里清秋」，溫軟的小山，覺得都像是愁和恨的堆積。他獨自登樓，「把吳鈎看了，欄干拍遍」，但是沒有人懂得他的心。感慨古今，這位有淚不輕彈的男兒，這位曾親自突入敵營取敵人首級的英雄，不由得要落淚，「倩何人，喚取紅巾翠袖，搵英雄淚」！這淚水，不是美人的「盈盈粉淚」，不是才子「爲伊淚落」的情人的眼淚，而是怒的爆發，憤的燃燒。譚獻評此詞有「裂竹之聲」〔註78〕，即指其中噴發而出的情感。他如《霜天曉角・旅興》寫長期不被重用、宦遊遷徙的疲倦之感，《鷓鴣天・重九席上再賦》寫最終老去的不甘，都如一腔熱血噴薄欲出，其情感之強烈、抒情之眞率，令人動心聳耳，心生怵惕。

不但在感情的強度、抒情的直接上辛詞脫略了形骸，在用字、用語等形式上，辛詞中也不再全是傳統的風月言語，而是大量運用經、史、子、集中的語言，「自辛稼軒前，用一語如此者必且掩口。

〔註78〕譚獻《復堂詞話》，唐圭璋編《詞話叢編》，中華書局，1986，第3994頁。

及稼軒橫豎爛熳，乃如禪宗棒喝，頭頭皆是；又如悲笳萬鼓，平生不平事並卮酒，但覺賓主酣暢，談不暇顧。詞至此亦足矣。」〔註 79〕這固然是由於作者感慨的深刻、筆力的雄健，但其「橫豎爛漫」的情韻美也和曲子詞回還往復的抒情體制是分不開的。「龍騰虎擲，任古書中理語、廋語，一經運用，便得風流」〔註 80〕。

蘇、辛之外，其它的英雄詞人，如張元幹、張孝祥、陳亮、劉過、岳飛、文天祥等，也俱以「小詞」承載了憂君愛民的忠憤、殺敵報國的雄心這些沉甸甸情懷的重量。總之，詞人的身世之悲、家國之感在一定的宴席氣氛的作用下，會變成衝破傳統詞體風格的變革力量，在慣於陶寫風月的小詞中盡情奔湧，而使其成爲嚴肅的抒情文體。

〔註 79〕劉辰翁《辛稼軒詞序》，金啓華等編《唐宋詞集序跋彙編》，江蘇教育出版社，1990，第 173 頁。

〔註 80〕劉熙載撰，袁津琥校注《藝概注稿》，中華書局，2009，第 509 頁。

第五章　宴飲詞的情感內涵

宴飲場合是美酒、知交、盛景、樂事的集中，最能激發人的種種感情心緒，宴飲文學自古就是承載和表達人們的這些感情心緒的載體。《詩經》中的宴飲詩《唐風・蟋蟀》抒發了時光飛逝、應及時行樂的感慨；陳琳在鄴下遊宴中抒寫出人生易老、功業無憑的憂思；王羲之《蘭亭集序》抒寫了作者「仰觀宇宙之大，俯察品類之盛」的興慨；白居易《琵琶行》抒發了「同是天涯淪落人，相逢何必曾相識」的淪落之悲。可以說，歷代文學作品中，宴飲文學所抒發的感情是十分豐富強烈的。詞作爲宴飲文學發展到宋代的一個環節，在情感內涵上延續著傳統宴飲文學的脈絡。

宋代的宴飲場合大多數時候固然呈現出一派風花雪月的行樂風貌，但同時它也是有著共同愛好、共同志趣的朋友在一起盤桓的沙龍，是有著共同的利益的人們進行交際的媒介，是社會氣候和政治風雲的折射，是各種不同的人生遭際和思想觀念交匯的舞臺。在這個舞臺上，流動著各種各樣的生命體驗，其中有相思離別、春愁秋恨，也有漂泊轉徙、激情壯采，正如張炎《詞源》中所說：「故其燕酣之樂，別離之愁，迴文題葉之思，峴首西州之淚，一寓於詞。」〔註 1〕詞承載著宋人從風花雪月到身世之感、從私人際遇到國恨家愁的種種感受。

〔註 1〕張炎《詞源》，唐圭璋編《詞話叢編》，中華書局，1986，第 264 頁。

第一節　莫教歡會輕分散——宴飲詞中惜春樂生的生命意識

惜春行樂詞是宋詞的一個重要組成部分，從迎春、賞春到留春、傷春，宋人的宴飲和歌唱有著一個共同的惜春情結……惜春情結的推廣是對人生中青春年華的珍惜和對美、對友誼、對愛情、對歡樂時光的珍惜……惜春的本質是「樂生」，是對生命的熱愛和禮贊

人生苦短、及時行樂是宴飲文學的傳統主題，在宋詞中，這一主題表現得尤爲具體細膩。宋代文人對春夏秋冬四季的輪迴，對各種物候的變化十分敏感，季節的轉換，春風春鳥、秋月秋花，一片新綠、一縷涼風都撥動著他們的心扉；良辰美景、宴歡清賞感蕩著人們的心意，促使詞人們創作出了一曲又一曲美妙的生命戀歌。其中，春天是萬物生長的季節，春天的到來意味著生命的蘇醒、希望的萌發、美好人生的開始，因此，賞春行樂活動和賞春行樂詞最能代表宋人的樂生情懷。

早在春天還處在萌動中的時候，宋人就已經在舉杯吟唱，迎接春天的到來。春天的開始不僅僅上推到「春已歸來，看美人頭上裊裊春幡」（辛棄疾《漢宮春・立春日》）的立春，或者是「巧翦合歡羅勝子，釵頭春意翩翩」（賀鑄《雁後歸・臨江僊人日席上作》）的人日，甚至隆冬開放的梅花也被看成是報春的信侯。宋人對梅花的特別情結，部分即由於它衝破寒冬，是百花開放的前奏。《全宋詞》中，詠梅詞是各種詠花詞之冠；而在詠梅詞中，人們幾乎都是把它當做報春的使者來看待的：「探春消息，覺南枝開遍，北枝猶闕。」（仇遠《酹江月・梅，和彥國》）「願身長健，且憑闌，明年還放春消息。」（王詵《落梅花》）「喜冰澌初泮，微和漸入、東郊時節。春消息，夜來頓覺，紅梅數枝爭發。」（吳感《折紅梅》）「紅粉苔牆，透新春消息。」（張先《漢宮春・臘梅》）「疏影橫斜，暗香浮動，□□春消息。」（辛棄疾《念奴嬌・賦梅花》）「最惜香梅，淩寒偷綻，漏泄春消息。」（周邦彥《念奴嬌・醉魂乍醒》）「楚梅映雪數枝豔，

報青春消息。」（柳永《傾杯樂・樓鎖輕煙》）「小桃花與早梅花，盡是芳妍品格。未上東風先拆。分付春消息。」（晏殊《胡搗練》）映雪的梅花，開始融化的冰淩，預告著浩浩蕩蕩的春天的到來，令詞人們激動不已。

春天的腳步漸行漸近，賞花的宴席如火如荼地安排開來。不管是莊重的帝王宰相，還是輕狂的士子文人，他們都用自己的方式在體味春天所帶來的欣喜，享受著春天的美好時光，表達著對春日的珍惜。「簾旌微動，峭寒天氣，龍池冰泮。杏花笑吐香猶淺。又還是、春將半。　清歌妙舞從頭按。等芳時開宴。記去年、對著東風，曾許不負鶯花願。」（宋徽宗《探春令》）皇宮園囿中含苞的杏花，在多情的皇帝眼中是含笑的臉龐，告訴他春天到來的消息，他安排了賞春的節目，等著花開時開宴，聽清歌，觀妙舞，滿懷著期待的心情。「斜日平山寒已薄。雪過松梢，猶有殘英落。晚色際天天似幕。一尊先與東風約。　邀得紅梅同宴樂。酒面融春，春滿纖纖萼。客意為伊渾忘卻。歸船且傍花陰泊。」（仲殊《鵲踏枝》）乍暖還寒的天氣，詞人已經「一尊先與東風約」，依著盛開的紅梅，擺下了賞春的宴席。「三月和風滿上林。牡丹妖豔直千金。惱人天氣又春陰。　為我轉回紅臉面，向誰分付紫檀心。有情須殢酒杯深。」（晏殊《浣溪沙》）和風布暖，牡丹嬌豔，這樣的春色中，多情的詞人不由得開懷痛飲，沉醉尊前。「春入花梢紅欲半。水外綠楊，掩映笙歌院。霽日遲遲風扇暖。天光上下青浮岸。　歸去畫樓煙暝晚。步拾梅英，點綴宮妝面。美目碧長眉翠淺。消魂正值回頭看。」（王之道《蝶戀花・和張文伯魏園行春》）園林中的花苞半含半吐，水邊的綠楊，漸漸變得寬廣的流水，回升的氣溫，隱隱傳來的歡樂的笙歌，河堤上尋芳覽勝的美人，詞人對春天景物的描繪中充滿了喜悅。「小桃灼灼柳鬖鬖。春色滿江南。雨晴風暖煙淡，天氣正醺酣。　山潑黛，水挼藍。翠相攙。歌樓酒旆，故故招人，權典青衫。」（黃庭堅《訴衷情》）連清貧的士子也被春天的美景感染了，決定無論如何，也到酒樓上去喝一杯吧！「滿馬京□，裝懷春思，翩然笑度江南。白鷺芳洲，青蟾雕艦，勝遊三月初三。　舞裙濺水，浴蘭佩、綠梁纖纖。歸路要同步障，迎風會卷珠簾。」（賀鑄《樓下柳・天香》）江南三月三的祓禊之會，在白鷺芳洲之側，停泊著雕刻著蟾蜍的大船，水邊修禊的俊男靚女穿著春裝，清歌妙舞，一派歡樂融融的場面，詞人也笑吟吟地欣賞著這美好的景象。在這些活潑輕快的詞句後面，流露出的是在充滿生機的春天的感召下，詞人們走出書齋，走出深院，到園林、湖畔、郊野，去參加春天的狂歡的躍躍欲試的心情。

等到了百花競放，芳郊似畫，綠野如繡的時候，人們也擺脫了禮俗的約束，敞開心靈，盡情沉醉於大好的春光之中。這種場景下產生的遊春詞中，往往跳動著詞人歡快而又任情任性的詞心。如李元膺《洞仙歌・一年春物，惟梅柳間意味最深。至鶯花爛熳時，則春已衰遲，使人無復新意。予作洞仙歌，使探春者歌之，無後時之悔》:「雪雲散盡，放曉晴池院。楊柳於人便青眼。更風流多處，一點梅心，相映遠。約略顰輕笑淺。　一年春好處，不在濃芳，小豔疏香最嬌軟。到清明時候，百紫千紅花正亂。已失春風一半。蚤占取韶光、共追遊，但莫管春寒，醉紅自暖。」詞人細緻描述了早春時的雪霽雲消、柳眼半開、梅花嬌軟的動人景象，呼喚人們早早相約賞春。又如歐陽修《玉樓春》:「燕鴻過後春歸去。細算浮生千萬緒。來如春夢幾多時，去似朝雲無覓處。　聞琴解佩神仙侶。挽斷羅衣留不住。勸君莫作獨醒人，爛醉花間應有數。」詞人跟我們細算：人的一生，能逢著幾次春天？其中，又有多少次與知己、情人相與盤桓，沉醉花間的機會？這樣算來，人生中這樣的歡樂時光實在太短暫了。於是，詞人試圖強拖著友人來一起飲酒、一起歡樂，來享受這美好的春天。這種任性而深情的態度，恰似一個天眞的孩童。再如朱敦儒的《臨江仙》:「西子溪頭春到也，大家追趁芳菲。盤雕翦錦換障泥。花添金鑿落，風展玉東西。　先探誰家梅最早，雪兒桂子同攜。別翻舞袖按新詞。從今排日醉，醉過牡丹時。」

春天的到來引得大家紛紛走向河邊郊外「追趁芳菲」，在水邊堤上，芳樹之下，「別翻舞袖按新詞」，到處都是輕歌曼舞的行樂人群。詞人也加入到這行春的行列中來，沉浸在歡快氣氛當中，興奮地設想要「從今排日醉，醉過牡丹時」，歡呼雀躍的心情躍然紙上。又如周邦彥《瑞鶴仙》：「悄郊原帶郭。行路永，客去車塵漠漠。斜陽映山落。斂餘紅、猶戀孤城欄角。淩波步弱。過短亭、何用素約。有流鶯勸我，重解繡鞍，緩引春酌。　　不記歸時早暮，上馬誰扶，醒眠朱閣。驚飆動幕。扶殘醉，繞紅藥。歎西園、已是花深無地，東風何事又惡。任流光過卻。猶喜洞天自樂。」生動地描述了風流才子春日郊行，與行春的歌妓一起「重解繡鞍，緩引春酌」，沉醉而歸的遊春過程。再如沈蔚《滿庭芳》：「雪底尋梅，冰痕觀水，晚來天氣尤寒。漸聞歌笑，輕暖發春妍。賞盡十洲新景，依稀見、三島風煙。判深夜，一年月色，只是這般圓。　　熙然。千里地，何妨載酒，頻上湖船。況坐中高客，不日朝天。須信人間好處，沒個事、勝得尊前。東風近，侵尋桃李，別做醉奩緣。」在春意盎然的季節裏，詞人尋桃問李，高朋滿座，載酒遊湖，「須信人間好處，沒個事、勝得尊前」，他的幸福之杯已經斟滿。總之，在春日美景的映襯下，詞中的景致是歡快的，色彩是明亮的，視線是跳躍的，充滿著生命的溫柔和喜悅，映像出詞人興奮而滿意的心情。

而在百花競開之後，暮春的風雨聲預示著春天的歸去，滿地的落花、飄舞的柳絮，惹動人們的無限春愁。「逢人借問春歸處。遙指蕪城煙樹。收盡柳梢殘雨。月闖西南戶。」（王之道《桃源憶故人・追和東坡韻呈曾倅子修三首》）春色已遍尋不著，只有迷離的煙樹、柳梢的殘雨，訴說著春天的歸去。「碧樹殘鵑啼未歇。昨夜春歸，不與行人別。」（仇遠《蝶戀花》）詞人前一天還沉醉在迷人的春光中，可是，似乎一覺睡醒，春天就已經走了，都等不及與這些熱愛春天的人們告別。「青春不與花為主。花正開時春暮。花下醉眠休訴。看取春歸去。　　鶯愁蝶怨春知否。欲問春歸何處。只有一尊芳醑。

留得青春住。」（趙鼎《醉桃源・送春》）雖然春歸的腳步不會停歇，但有的人還抓住了機會，以「一尊芳醑」來挽留春天。「三月正當三十日，愁殺醉吟翁。可奈青春，太無情甚，歸去苦匆匆。　　共君今夜不須睡，尊酒且從容。說與樓頭，打鐘人道，休打五更鐘。」（趙鼎《少年遊・山中送春》）癡情的詞人怕春天趁自己睡著的時候溜走，作徹夜飲，並且囑咐樓頭打鐘的人不要打五更鐘，希望騙過春天：五更的鐘還未敲響，新的一天還沒開始呢，你不要匆匆離去！「怎知，懷芳心在，樹花露泣，葉竹煙啼。滿目青紅，新愁成陣恨成圍。」（尹濟翁《玉蝴蝶・和劉清安》）而最終無可奈何，春天終於歸去後，在詞人眼中，所有的景物都開始哭泣，一片愁雲慘霧。「無數流鶯遠近飛。垂楊嫋嫋弄晴暉。斷腸聲裏送春歸。」（方千里《浣溪沙》）「又天涯、彈淚送春歸。銷魂遠，千山啼鴂，十里荼蘼。」（湯恢《八聲甘州》）春歸了，詞人的喜悅心情也隨著春天的歸去一同消失了，原本生機勃勃的景物變得風愁雲慘，入眼是迷離的煙樹，柳梢的殘雨，鶯也愁，蝶也怨。「愁殺」、「歸去苦匆匆」、「斷腸」、「彈淚」，這些哀傷愁怨的詞句表達出詞人內心的無限傷感，甚至自然界的景物，也是「鶯愁蝶怨」、「樹花露泣，葉竹煙啼」、「千山啼鴂」，身上籠罩著哀傷的色調。

那些特別多情的人們仍會抓緊時間，挽留殘春。「一年春事，常恨風和雨。趁取未殘時，醉花前、春應相許。山公倒載，日暮習池回，問東風，春知否，莫道空歸去。　　滿城歌吹，也似春和豫。爭笑使君狂，占風光、不教飛絮。明朝酒醒，滿地落殘紅，唱新詞，追好景，猶有君收聚。」（葉夢得《驀山溪・百花洲席上次韻司錄董庠》）「賣酒爐邊，尋芳原上，亂花飛絮悠悠。已蝶稀鶯散，便擬把長繩、繫日無由。謾道草忘憂。也徒將、酒解閒愁。正江南春盡，行人千里，蘋滿汀洲。　　有翠紅徑裏，盈盈似簇，芳茵禊飲，時笑時謳。當暖風遲景，任相將永日，爛熳狂遊。誰信盛狂中，有離情、忽到心頭。向尊前擬問，雙燕來時，曾過秦樓。」（李甲《過秦樓》）在雨飛花謝、滿地殘紅的時節，人們仍會在「翠紅徑裏」，「芳茵」之上，「唱新詞，追好景」，挽留春天的腳步。而在春天的花朵已遍尋不著的時候，詞人還會夢想著在另外的地方，可能會有芳菲的春景：「水是眼波橫，山是眉峰聚。欲問行人去那邊，眉眼盈盈處。

才始送春歸，又送君歸去。若到江南趕上春，千萬和春住。」（王觀《卜算子》）「若到江南趕上春，千萬和春住！」這一美好的設想讓送別也顯得不那麼悲傷，而是變得充滿了對好日子的憧憬。

總之，從春天來之前的迎春，到春來之後的樂春、春去時的留春、惜春、傷春，宋人的整個春天都是在以春爲中心的花前酒邊度過的，在宋代眾多的宴飲詞中，滲透著一股濃濃的惜春情意。

如果把一年的光景比作人的一生的話，春天也是人的青少年時期，是蓬勃向上、歡聚共遊、裘馬輕狂的年紀，象徵著青春、歡樂和希望，人們對春天的珍惜愛賞實際上是對美麗的青春、浪漫的愛情、熱鬧的歡聚的羨慕和留戀。眞宗一次宴請大臣，曾親自爲寇準簪花，並說：「寇準年少，正是戴花喫酒時。」〔註2〕青春少年，似乎和戴花吃酒、和賞花行樂是聯繫在一起的。在宋詞中，春天的如花美景總是伴隨著青春少年的行樂身影，如汪莘《感皇恩》：「年少好尋芳，早春時節。飛去飛來似胡蝶。」彭元遜《子夜歌・和尚友》：「年少風流，未諳春事，追與東風賦。」高觀國《菩薩蠻》：「春風吹綠湖邊草。春光依舊湖邊道。玉勒錦障泥。少年遊冶時。」向子諲《鷓鴣天・番禺齊安郡王席上贈故人》：「臺𨽻初逢兩妙年。瑤林

〔註2〕吳曾《能改齋漫錄》卷十三，上海古籍出版社，1979，第395頁：眞宗東封，命樞密使陳公堯叟爲東京留守，馬公知節爲大內都巡檢使。駕未行，宣入後苑亭中賜宴，出宮人爲侍。眞宗與二公，皆戴牡丹而行。續有旨，令陳盡去所戴者。召近御座，眞宗親取頭上一朵爲陳簪之，陳跪受拜舞謝。宴罷，二公出。風吹陳花一葉墮地，陳急呼從者拾來，此乃官家所賜，不可棄。置懷袖中。馬乃戲陳云：「今日之宴，本爲大內都巡檢使。」陳云：「若爲大內都巡檢使，則上何不親爲太尉戴花也？」二公各大笑。寇萊公爲參政，侍宴，上賜異花。上曰：「寇準年少，正是戴花喫酒時。」眾皆榮之。

玉樹倚風前。疏梅影裏春同醉，紅芰香中月一船。」青春的年紀，青袍藍帽，綠鬢朱顏，遊冶在春花之前，綺筵之上，青春、情意、美三者完美地結合在一起，成爲一種象徵，成爲幼時嚮往、老時懷念、失去後不斷追憶的對象。「清尊白髮。曾是登臨年少客。不似當年。人與黃花兩並妍。」（陳師道《減字木蘭花・九日》）雖然老年人也可以遊春飲酒，甚至也可以簪花，如歐陽修豪情萬丈地稱「便須豪飲敵青春，莫對新花羞白髮」（歐陽修《玉樓春》），但這些簪花對酒的行爲和衰顏白髮是那麼地不協調，即使多情的詩人勇敢地去學少年人的戴花吃酒，看在人眼裏也是別樣的感覺：「黃花白髮相牽挽，付與時人冷眼看。」（黃庭堅《鷓鴣天・坐中有眉山隱客史應之和前韻，即席答之》）「前度看花白髮郎。平生痼疾是清狂。」（劉克莊《鷓鴣天・腹疾困睡和朱希眞詞》）「白髮潘郎，羞見看花伴。」（周密《祝英臺近・後溪次韻日熙堂主人》）人們認爲，大好春光是最適合少年郎去冶遊的，春天的勝景中就應該有少年郎的身影，以至於不能完成這一結合時，會使人感到惋惜、失落：「三分春色，更消得風雨，幾番零落。年少不來春老去，空負省薇階藥。」（何夢桂《酹江月・和江南惜春》）

在宋詞中，「青年」和「春天」結合成一個美妙的詞彙「青春」，它可以指自然界的春天，也可以指人生的春天，宋人的惜春留春，所挽留的不是單純的自然界的春天，更是人生的春天。也正因爲此，那些士大夫文人的詞中對於春天的感情才會如此強烈、如此執著。春天和少年，是和花、酒、歌、宴聯繫在一起的，凝集著生命、美和希望，成爲無數詞人詞作中一個著意描繪謳歌的對象，盼春、醉春、送春、留春、惜春，愛也罷恨也罷，「青春」成爲宋人心中拋不開的情結。

春天象徵著人生的青春，而青春年代裏的愛情又是其間最動人的故事。人們在年輕時代，幾乎都有著一些浪漫的情事，如晏幾道曾與沈廉叔、陳君龍交往過從，與朋友家歌姬小蘋情意相投，並作詞記載與小蘋相見時的情景：「記得小蘋初見，兩重心字羅衣。琵琶弦上說相思。當時明月在，曾照彩雲歸。」（晏幾道《臨江仙》）繡著心字的羅衣，錚琮撥響的琵琶，明月，彩雲，甜蜜的情意，那時的一幕在詞人記憶中猶如彩色的夢幻。又如風流才子秦觀，年輕時縱遊爛賞，雲蹤雨跡，到處留情，和京師某貴官家中的寵姬碧桃，揚州劉太尉家的箜篌妓，蔡州營妓婁婉都曾有過一些曖昧情愫，其贈碧桃詞曰《虞美人》：「碧桃天上栽和露。不是凡花數。亂山深處水縈回。可惜一枝如畫、爲誰開。　　輕寒細雨情何限。不道春難管。爲君沉醉又何妨。只怕酒醒時候、斷人腸。」詞中描繪了筵席上的相遇、情意的互通，透露著年輕人的那種自信和輕狂。又如姜夔在年輕時曾經有過一段「合肥情事」，而後來終於分散，多年後詞人又一次夢回年輕時代，夢中又見到這兩位情人，當即懷著無限痛惜的心情記下了夢中的情形：「燕燕輕盈，鶯鶯嬌軟。分明又向華胥見。夜長爭得薄情知，春初早被相思染。　　別後書辭，別時針線。離魂暗逐郎行遠。淮南皓月冷千山，冥冥歸去無人管。」（姜夔《踏莎行・自沔東來，丁未元日至金陵，江上感夢而作》）在夢中，似乎回到了過去的時光，仍然和兩位情人在一起，看到她們忙著爲他置辦行裝。這段年輕時的情事，後來屢屢出現在詞人的筆下，如《琵琶仙・吳都賦云：戶藏煙浦，家具畫船。唯吳興爲然。春遊之盛，西湖未能過也。己酉歲，予興蕭時父載酒南郭，感遇成歌》「雙槳來時，有人似、舊曲桃根桃葉。歌扇輕約飛花，蛾眉正奇絕」，《鷓鴣天》「淝水東流無盡期。當初不合種相思。夢中未比丹青見，暗裏忽驚山鳥啼。　　春未綠，鬢先絲。人間別久不成悲。誰教歲歲紅蓮夜，兩處沉吟各自知」等等，關於姜夔的這段愛情，夏承燾先生在《姜白石詞編年箋校》中有詳細的考證〔註 3〕。再如李之儀也有詞記載少年時的浪漫情懷：「神仙院宇，記得春歸後。蜂蝶不勝閒，惹

〔註 3〕姜夔著，夏承燾箋校《姜白石詞編年箋校》上海古籍出版社，1998，第 271 頁。

殘香、縈紆深透。玉徽指穩，別是一般情，方永晝。因誰瘦。都爲天然秀。　　桐陰未減，獨自攜芳酎。再弄想前歡，拊金樽、何時似舊。憑誰說與，潘鬢轉添霜，飛隴首。雲將皺。應念相思久。」（李之儀《驀山溪・次韻徐明叔》）心上人的陪伴和琴聲在暮春的天氣裏顯得那麼中人欲醉，連尋常的宅院在詞人心目中也像「神仙院宇」一般，這曾經的美好感覺在回憶裏漸漸沉積成深刻的相思，留給人在無盡的歲月裏慢慢體味。

而在那些回憶過去的詞中，年輕時的遊冶、愛的相遇和熱鬧的相聚也宋人最喜歡回憶的快樂時光。如歐陽修《玉樓春》:「池塘水綠春微暖。記得玉真初見面。重頭歌韻響錚鏦，入破舞腰紅亂旋。

玉鈎簾下香階畔。醉後不知紅日晚。當時共我賞花人，點檢如今無一半。」春天的溫柔的綠波，歌筵上多情的佳人，三五良朋，對酒對花，緩歌慢舞，那是只有在回憶中才可以重溫的歡樂。再如王之道《蝶戀花》:「城上春旗催日暮。柳絮沾泥，花蕊隨流去。記得前時行樂處。小橋水漾初平渚。　　玉子紋楸誰勝負。不道光陰，暗向閒中度。天若有情容我訴。春來底事多陰雨。」記憶中的小橋、綠水、行樂的地方，夢一樣清晰而生動地飄在詞人的眼前。張先《南鄉子》:「記得舊江皋。綠楊輕絮幾條條。春水一篙殘照闊，遙遙。有個多情立畫橋。」把駘蕩的春風中人被撩撥起的情思，把青春年代的浪漫舉動寫得那樣自然而逼眞。似這樣的風味在宋詞中比比皆是，如趙長卿《聲聲慢・柳詞》:「金垂煙重，雪揚風輕，東風慣得多嬌。秀色依依，偏應綠水朱樓。腰肢先來太瘦，更眉尖、惹得閒愁。牽情處，是張郎年少，一種風流。　　別後長堤目斷，空記得當時，馬上牆頭。細雨輕煙，何處夕繫扁舟。叮嚀再須折贈，勸狂風、休挽長條。春未老，到成陰、終待共遊。」趙彥端《茶瓶兒・上元》:「淡月華燈春夜。送東風、柳煙梅麝。寶釵宮髻連嬌馬。似記得、帝鄉遊冶。」晏幾道《歸田樂》:「試把花期數。便早有、感春情緒。看即梅花吐。願花更不謝，春且長住。只恐花飛又春去。

花開還不語。問此意、年年春還會否。絳唇青鬢，漸少花前語。對花又記得、舊曾遊處。門外垂楊未飄絮。」晏幾道《破陣子》:「柳下笙歌庭院，花間姊妹鞦韆。記得春樓當日事，寫向紅窗夜月前。憑誰寄小蓮。　絳蠟等閒陪淚，吳蠶到了纏綿。綠鬢能供多少恨，未肯無情比斷弦。今年老去年。」在這些詞中，青春、歡聚和愛是三位一體的，春風春水和蕩漾的春情，綠鬢朱顏和如花的美人，柳眼梅腮和相思的曲調，是那麼和諧地結合在一起，彼此不能分割。

總之，宴飲不但伴隨著宋人賞春惜春的過程，也是他們享受人生的形式，在他們心目中，宴飲、冶遊、賞花、醉月是青春年華中珍貴的財富，讓他們反覆歌詠、不停懷念，他們歌詠著青春，歌詠著愛情，同時表達著對於生命的無限熱愛和珍惜。

第二節　人生自是有情癡——宴飲詞中逐漸覺醒的愛情意識

愛情相思是宋詞中最多抒發的情感之一，宋詞中的愛情意識是逐漸覺醒的，大致可以分爲三個階段……第一階段是代言式，詞人代思婦抒發泛化的、類型化的相思之情……第二階段是描寫宴席上賓客和歌妓之間產生的微妙情愫……第三階段是詞人置身其中地抒寫自身的情路歷程和相思情感

五代的西蜀詞和南唐詞確立了文人詞的基本範式，它們用於尊前娛樂的創作目的，以及以女性的容貌、體態、心理、情感爲主要表現對象的風格特徵，對後代有著重要的影響。閨情閨意是詞的「本色」題材，在「人人歆豔」的娛樂性宴席上，聽者對於歌詞有著以豔情爲消遣的心態，因此，出於侑歡娛樂的需要，詞人常常代閨中的少婦抒發對情人的思念、對時光逝去的無奈，以供宴席之歡。宋代詞繼承了五代詞的這些特徵，在抒情方面，也最擅長抒發相思恨別的兒女情懷。

宋詞在戀情的抒發上經歷了三個階段：第一階段，是五代詞風

的延續，即代替閨中的女子抒發對心上人的相思之情；第二階段，是描寫賓客與歌妓在宴席上產生的微妙情愫；第三階段，是置身其中，詞人抒發自己的情路悲歡。

宋初的詞繼承了「花間範式」，所抒發的仍是代言式的、程序化的情感，代思婦表達相思別意。如張先的《菩薩蠻》:「憶郎還上層樓曲。樓前芳草年年綠。綠似去時袍。回頭風袖飄。　郎袍應已舊。顏色非長久。惜恐鏡中春。不如花草新。」代思婦抒發對遠行的情郎的思念，並歎息時光飛逝，自己容顏的漸漸老去。雖是寫相思的哀愁，但詞人以民歌般的筆調寫出，那哀愁也明媚輕快的。再如歐陽修的《蝶戀花》:「面旋落花風蕩漾。柳重煙深，雪絮飛來往。雨後輕寒猶未放。春愁酒病成惆悵。　枕畔屏山圍碧浪。翠被華燈，夜夜空相向。寂寞起來褰繡幌。月明正在梨花上。」在渲染了一片「柳重煙深」的暮春景象之後，寫閨中人表面上因「春愁」而「病酒」，實際上卻是因爲「翠被華燈，夜夜空相向」，行人遠去不返的寂寞。閨中人睡到半夜醒來，百無聊賴地褰起繡簾，看到明月照在盛開的梨花之上，美麗空幻的景色映襯著人心裏的空虛寂寞。再如秦觀的《浣溪沙》:「漠漠輕寒上小樓。曉陰無賴似窮秋。淡煙流水畫屏幽。　自在飛花輕似夢，無邊絲雨細如愁。寶簾閒掛小銀鈎。」「漠漠輕寒」、「曉陰無賴」，點出時間是早春的拂曉，幽暗的畫屏，地點是女子的閨房。房間的主人仍在熟睡未醒。而窗外，輕颺的飛花，無邊的細雨，就像那位女子夢中的愁緒，幽暗隱約而又無邊無際。這些詞作在寫作的技巧上、在描寫的細膩上、在詞境的營造上都達到了極高的境界，但其中所抒發的畢竟是一種用以娛樂的裝飾性情感，是想像中的，缺乏眞正感人的力量。

當然這種以侑歡娛樂爲目的的詞作中也不乏優秀之作，好的詞人能以豐富的想像、細膩的體察，描繪出女子曲折難言的心意。如晏幾道的《生查子》:「金鞭美少年，去躍青驄馬。牽繫玉樓人，繡被春寒夜。　消息未歸來，寒食梨花謝。無處說相思，背面秋韆下。」詞中的思婦是一位新婚不久的少婦，雖然想念丈夫，但是這思念之情卻羞於啓齒，只能背對著人，站在秋韆下哭泣。雖然下筆含蓄，但將年輕女子的那種欲說不敢說的羞澀表現得入骨三分。又如張先的《一叢花令》:「傷高懷遠幾時窮。無物似情濃。離愁正引千絲亂,更東陌、飛絮濛濛。嘶騎漸遙,征塵不斷,何處認郎蹤。　雙鴛池沼水溶溶。南北小橈通。梯橫畫閣黃昏後，又還是、斜月簾櫳。沉恨細思，不如桃杏，猶解嫁東風。」寫獨守空閨的思婦在春天將去的時節未等到丈夫歸家，而她自己縱有滿腔的幽怨，卻又無法去尋找那個在外面尋歡作樂的蕩子，百般無奈之際，恨恨地想，我的命還不如桃花杏花，桃花杏花還能指望每年的春天春風的歸來，而我等的那個人，春天都過完了還不知道回家。詞人對女子心理的體察可謂眞切。有記載說張先因這首詞而得到范仲淹、歐陽修的讚賞，被稱爲「桃杏嫁東風郎中」〔註 4〕，這應該不僅僅是因爲語言的新巧，更因爲詞意的體貼人心。

宴席上的賓客與歌妓之間，往往會產生一些微妙的情愫，這些情愫隨著宴席上的相遇而產生，又隨著席終人散而化爲惆悵。在宴樂頻繁，宴席上總是有歌妓侍宴的時代背景下，這種一見鍾情而又不能把握的情感成爲士大夫感情世界裏經常發生的事情，也使得宋代士大夫成爲慣於描寫這種曖昧情愫的高手:「寶髻鬆鬆挽就，鉛華淡淡妝成。青煙翠霧罩輕盈。飛絮遊絲無定。　相見爭如不見，有情何似無情。笙歌散後酒初醒。深院月斜人靜。」(司馬光《西江月》)美麗歌妓的窈窕輕盈的體態、清新閒雅的裝束，在座上的詞人眼裏是如此溫婉可人，席上的一見，在彼此心中都留下了情意。但萍蹤浪跡的相會，只如電光石火，別後也許永遠都難以再見了，詞

〔註 4〕范公偁撰，空凡禮點校《過庭錄》，中華書局，2002，第 363 頁：張先子野郎中《一叢花》詞云:(詞略)歐陽永叔尤愛之，恨未識其人。子野家南地，以故至都，謁永叔，閽者以通。永叔倒屣迎之，曰:「此乃『桃杏嫁東風』郎中。」

人不由從內心發出「相見爭如不見，有情何似無情」的喟歎。再如歐陽修的《瑞鷓鴣》:「楚王臺上一神仙，眼色相看意已傳。見了又休還似夢，坐來雖近遠如天。　隴禽有恨猶能說，江月無情也解圓。更被春風送惆悵，落花飛絮兩翩翩。」在多情的才子眼裏，那美妙的佳人彷彿是巫山的神女，與他一見鍾情、目色相授；但彼此身份的阻隔，卻使人有咫尺天涯之感，匆匆一會之後，只有隴上的鳴禽、中夜的江月、風裏翻飛的落花和飛絮才能懂得人心裏的牽掛和惆悵了。詞人所寫的，正是那種宴席間浮萍般的相遇和一次相遇所產生的火花。再如張先《少年遊・渝州席上和韻》:「聽歌持酒且休行。雲樹幾程程。眼看簷牙，手搓花蕊，未必兩無情。　拓夫灘上聞新雁，離袖掩盈盈。此恨無窮，遠如江水，東去幾時平。」表面上看來，宴席上的兩個人都不動聲色，但是一個「眼看簷牙」，一個「手搓花蕊」，那種若不經意的氣氛中彌散著若有若無的緊張，似乎是靜止的空間裏遊走著一絲甜蜜的情意。那種感覺本來如風如影，自己都說不清楚，卻被刻畫得眞切動人。這些浮萍般的情意往往曇花一現般地產生於酒邊花前這種交際應酬的場合，又隨著曲終人散而歸於消散，有的感覺也許會進入人的心底，但多數來說，由於不會有結果，所以都只是淡淡的。

在出於「應歌」、「侑歡」的需要寫作閨怨詞、描寫「杯酒間聞見」的詞作的同時，宋代文人也開始在詞中抒發自己眞正的情路悲歡。在許多酒邊歌筵上創作的詞中，我們已經可以尋繹出它現實的影子。韓縝的《鳳簫吟・鎖離愁》據說是爲與愛姬離別而作〔註5〕；秦觀的《水

〔註5〕沈辰垣等《歷代詩餘》卷一百十四引《樂府紀聞》，上海書店，1985，第1355～1356頁：韓縝有愛姬，能詞。韓奉使時，姬作《蝶戀花》送之云：「香作風光濃著露。正恁雙棲，又遣分飛去。密訴東君應不許，淚波一灑奴衷素。」神宗知之，遣使送行。劉貢父贈以詩：「卷耳幸容留婉孌，皇華何啻有光輝。」莫測中旨何自而出。後乃知姬人別曲傳入內庭也。韓亦有詞云云。

龍吟・小樓連苑》爲都下歌妓婁東玉作〔註6〕，《踏莎行・霧失樓臺》也是離開郴州時「有所屬」而作〔註7〕；王雱《眼兒媚・楊柳絲絲》乃爲其妻而作〔註8〕；葉夢得《賀新郎・睡起流鶯語》傳爲儀眞妓女而作〔註9〕；陸游《釵頭鳳・紅酥手》爲妻唐氏作〔註10〕；姜夔《踏莎行・燕燕輕盈》爲合肥戀人作〔註11〕；吳文英《晝錦堂・舞影燈前》爲「杭妾」(或言「蘇姬」) 作〔註12〕。這些詞作中有了現實的人和事作爲基礎，因而特別感人至深。縱觀《全宋詞》，固然有許多應酬的、娛樂的、模擬抒情的詞作，但在表現愛情相思的詞中，大多已或顯或隱地帶有了詞人個體情感的影子。

在以詞抒寫自己眞正的情路悲歡的作者中，以晏幾道、秦觀、姜

〔註6〕胡仔纂集，廖德明校點《苕溪漁隱叢話》前集卷五十，人民文學出版社，1962，第338頁：少游在蔡州，與營妓婁琬字東玉者甚密，贈之詞云「小樓連苑橫空」，又云「玉佩丁東別後」者是也。

〔註7〕周輝《清波雜志》卷九，歷代學人撰《筆記小說大觀》第21編，第5冊，(臺北) 新興書局有限公司，1978，第3149頁：秦少游發郴州，反顧有所屬，其詞曰：「霧失樓臺」云云。

〔註8〕況周頤撰，託名劉承幹輯錄《歷代詞人考略》卷十八引《古今詞話》，全國圖書館文獻縮微複製中心，2003，第706頁：「王荊公子雱多病，因令其妻樓居而獨處，荊公別嫁之。雱念之，爲作秋波媚詞云云。」

〔註9〕劉昌詩撰，張榮錚、秦呈瑞點校《蘆浦筆記》卷十，中華書局，1986，第79頁：葉石林賀新郎詞有：「誰採蘋花寄與，但悵望蘭舟容與。」……謂賦此詞時年方十八，而傳者乃云爲儀眞妓女作。

〔註10〕陳鵠《耆舊續聞》卷十，《文淵閣四庫全書》，上海古籍出版社，1987，第1039冊第632頁：余弱冠客會稽，遊許氏園，見壁間有陸放翁題詞云：紅酥手……筆勢飄逸，書於沈氏園，辛未（1151）三月題。放翁先室內琴瑟甚和，然不當母夫人意，因出之。夫婦之情，實不忍離。後適南班士石，其家有園館之勝。務觀一日至園中，去婦聞之，遣遺黃封酒果饌，通殷勤。公感其情，爲賦此詞。其婦見而和之，云「世情薄，人情惡」之句，惜不得其全闋。未幾，怏怏而卒。聞者爲之愴然。此園後更許氏。淳熙間，其壁猶存，好事者以竹木來護之。今不復有矣。

〔註11〕夏承燾《白石懷人詞考》，夏承燾著《唐宋詞人年譜》，上海古籍出版社，1979，第449頁。

〔註12〕楊鐵夫《吳夢窗事跡考》，吳文英著，楊鐵夫箋釋《吳夢窗詞箋釋》，廣東人民出版社，1992。

夔、吳文英等幾位詞人最爲典型。他們以至情至性之心，經歷了與愛人相遇、相識、相愛又最終分散的過程，又以高超的詞筆，講述出那一段段刻骨銘心的戀情。

晏幾道是「太平宰相」晏殊的幼子，幼年經歷富貴，後來逐漸落魄。黃庭堅《小山詞序》中說他「磊隗權奇，疏於顧忌，文章翰墨，自立規摹」，「平生潛心六藝，玩思百家，持論甚高，未嘗以沽世」〔註 13〕。晏幾道年輕時曾過過一段悠閒舒適、詩酒文章的日子，與朋友家的幾位美貌的歌姬相交往，《小山詞自序》中敘述那一段生活，「始時，沈十二廉叔，陳十君龍，家有蓮、鴻、蘋、雲，品清謳娛客，每得一解，即以草授諸兒。吾三人持酒聽之，爲一笑樂而已」，所作歌詞，「不獨敘其所懷，兼寫一時杯酒間聞見，所同遊者意中事」。後來時過事易，「君龍疾廢臥家，廉叔下世」，常常在一起杯酒盤桓的朋友已無由再聚，而那些酒邊的歌詞也隨著那些歌兒舞女流散人間〔註 14〕。晏幾道的詞，從當時「以草授諸兒」的狂篇醉句，到後來念舊悼亡的詞篇，都是對他一生的情感生活的記錄。如寫他與歌妓小蘋相見的《臨江仙》：

> 夢後樓臺高鎖，酒醒簾幕低垂。去年春恨卻來時。落花人獨立，微雨燕雙飛。　　記得小蘋初見，兩重心字羅衣。琵琶弦上說相思。當時明月在，曾照彩雲歸。

在一個酒闌人散的春夜裏，詞人回憶起與小蘋的初次相遇，那是一個有著明月的夜晚，她穿著繡有心字的衣裳，懷抱琵琶，彈著相思的曲調。詞人用歡快明亮的筆觸描寫相見時的光景，用低垂的羅幕、落花、春雨來映襯今日的幽暗沉重，字裏行間流露出對快樂往

〔註 13〕黃庭堅《小山詞序》，晏幾道《小山詞》自序，晏幾道《小山詞》，朱祖謀《彊村叢書》本，上海書店江蘇廣陵古籍刻印社，1989 年據 1922 歸安朱氏刻本影印，第 167 頁。

〔註 14〕晏幾道《小山詞》自序，晏幾道《小山詞》，朱祖謀《彊村叢書》本，上海書店江蘇廣陵古籍刻印社，1989 年據 1922 歸安朱氏刻本影印，第 168 頁。

事的無限懷念。而若干年後，詞人又與曾經相愛的人重見，巨大的欣喜在他的心頭撞擊，詞人當即寫了一首《鷓鴣天》來記錄這一刻難以抑制的悲喜情懷：「彩袖殷勤捧玉鍾。當年拚卻醉顏紅。舞低楊柳樓心月，歌盡桃花扇底風。　　從別後，憶相逢。幾回魂夢與君同。今宵剩把銀釭照，猶恐相逢是夢中。」當年，在歡樂的酒席歌筵之上，伊人捧杯殷勤勸酒，詞人酒到杯乾，二人郎情妾意，心意相投。而一別之後，音信渺茫，詞人只能在夢裏一次又一次地見到久別的戀人。今晚竟然真的又相見，詞人反而不敢相信，怕是在夢中了。年輕時的浪漫情事在詞人後來的生活裏變成甜蜜的夢境，這個夢境一再重複，以各種姿態來到詞人的身邊、記錄在他的詞中：「小令尊前見玉簫。銀燈一曲太妖嬈。歌中醉倒誰能恨，唱罷歸來酒未消。　　春悄悄，夜迢迢。碧雲天共楚宮遙。夢魂慣得無拘檢，又踏楊花過謝橋。」（《鷓鴣天》）夢中的詞人仍然可以像年少時那樣，輕鬆愉快地走在通往情人住所的路上。「夢魂慣得無拘檢，又踏楊花過謝橋」，這輕靈纏綿的詞句中所滲透的無限的癡情，感動了無數的讀者，《邵氏聞見後錄》卷十九載程頤對小晏此詞的評價：「伊川聞誦晏叔原『夢魂慣得無拘檢，又踏楊花過謝橋』長短句，笑曰：『鬼語也！』意亦賞之。」〔註 15〕小晏的詞，正是一個至情至性的靈魂的自在吟唱。

秦觀，《宋史》本傳說他「少豪雋，慷慨溢於文詞」〔註 16〕，與黃庭堅在北宋詞壇並稱「秦七黃九」。馮煦在《蒿庵論詞》中說：「少游以絕塵之才，早與勝流，不可一世，而一謫南荒，遽喪靈寶。故所為詞，寄慨身世，閒雅有情思，酒邊花下，一往而深，而怨悱不亂，悄乎得小雅之遺……他人之詞，詞才也，少游，詞心也。得之

〔註 15〕邵博撰，劉德權、李劍雄點校《邵氏聞見後錄》卷十九，中華書局，1983，第 151 頁。

〔註 16〕脫脫等《宋史》卷四百四十四《文苑六・秦觀傳》，中華書局，1985，第 13112 頁。

於內，不可以傳。」〔註 17〕情深韻秀是秦觀詞的主要特色，這表現在他的那些抒寫身世遭遇的詞中，也表現在那些抒寫相思之情的詞中。周濟《宋四家詞選》稱他的《滿庭芳·山抹微雲》「將身世之感，打併入豔情」〔註 18〕，即指他的抒寫相思別恨的豔情詞中，有著作者自己眞實的遭際和感受。我們來看這首著名的《滿庭芳》：

> 山抹微雲，天黏衰草，畫角聲斷譙門。暫停征棹，聊共引離尊。多少蓬萊舊事，空回首、煙靄紛紛。斜陽外，寒鴉萬點，流水繞孤村。　　銷魂。當此際，香囊暗解，羅帶輕分。謾贏得、青樓薄倖名存。此去何時見也，襟袖上、空惹啼痕。傷情處，高城望斷，燈火已黃昏。

此詞作於元豐二年，其年春夏間秦觀在會稽、鑒湖等地遊歷，與大父承議公及叔父定、州守程公闢相從唱和，冬天離開時在別筵上所作，詠贈「有所悅」之歌妓〔註 19〕。上片描繪別離時的景色：應該是秋天的傍晚，夕照下的山峰上有著一抹薄薄的雲彩，極目是開始枯萎的衰草，連接著天涯。城樓上傳來畫角的鳴聲，意味著傍晚來臨了。岸邊擺下了離別的宴席，詞人與情人舉杯話別。此時又能說些什麼呢？天邊飛過一群群的寒鴉，孤零零的村莊顯得那麼淒清冷寂。這樣衰敗的景色，讓人的心情也變得更加淒慘了。過片，詞人寫到這次的別離，在悲傷的氣氛中，詞人與情人互贈香囊，以作爲再見時的信物。可是，再見又是在哪年哪月呢？未來相見的難以憑準讓癡情的她怎樣捱過那些思念的時光？從詞意推測，這應該是詞人和青樓裏的某一位紅顏知己的分別，情人間的分別已經令人傷情了，可是，回想在這裏度過

〔註 17〕馮煦《蒿庵論詞》，唐圭璋編《詞話叢編》，中華書局，1986，第 3586 頁。

〔註 18〕周濟《宋四家詞選眉批》，唐圭璋編《詞話叢編》，中華書局，1986，第 1652 頁。

〔註 19〕胡仔纂集，廖德明校點《苕溪漁隱叢話》後集卷三十三引嚴有翼《藝苑雌黃》，人民文學出版社，1962，第 248 頁：程公闢守會稽，少游客焉，館之蓬萊閣。一日，席上有所悅，自爾眷眷，不能忘情，因賦長短句，所謂「多少蓬萊舊事，空回首煙靄紛紛」是也。

的時光中，除了在青樓楚館的緣分外，功名事業又在哪裏呢？與情人的離別加上身世的漂泊感，使詞所抒發的感情尤爲沉痛。又如他的《八六子》：

> 倚危亭。恨如芳草，萋萋剗盡還生。念柳外青驄別後，水邊紅袂分時，愴然暗驚。無端天與娉婷。夜月一簾幽夢，春風十里柔情。　　怎奈向、歡娛漸隨流水，素弦聲斷，翠綃香減，那堪片片飛花弄晚，濛濛殘雨籠晴。正銷凝。黃鸝又啼數聲。

這是一首思念遠別的情人的詞作，上片詞人在倚樓遠眺的時候，想起與情人的分別，滿腔愁緒。過片回憶情人的窈窕身影，相聚時的柔情與歡樂。接下來，詞人的筆觸又回到眼前的現實中來，只看到一陣陣的花瓣飄落，細密的雨絲灑下，密葉中的黃鸝幾聲鳴叫，更添惆悵。作者所擇取的景物、所使用的詞彙，字裏行間都蘊含著一種難言的淒婉。黃了翁評價此詞曰：「寄託耶，懷人耶，詞旨纏綿，音調淒婉如此。」〔註20〕纏綿淒婉的詞旨，其中滲透著詞人自身深刻的情感體驗。

馮煦說：「淮海、小山，眞古之傷心人也，其淡語皆有味，淺語皆有致，求之兩宋詞人，實罕其配。」〔註21〕淡語而有致，淺語而有味，是因爲有了眞情實感的底子，反而是越淺淡的語言越具有直接的情緒表現力，越有「致」和「味」。

姜夔是一位布衣詞人，但一生交遊廣闊，「少日奔走，凡世之所謂名公巨儒，皆嘗受其知」〔註22〕，生平之紅粉知己，則前有合肥兩姊妹，後有范石湖家青衣小紅。據夏承燾先生考證，姜夔於淳熙三年丙申（1176）至十三年丙午（1186）十年中，往來江淮間，在合肥青樓中遇見兩姐妹，姐妹倆都是音樂高手，姐姐善彈琵琶，妹

〔註20〕黃氏《蓼園詞評》，唐圭璋編《詞話叢編》，中華書局，1986，第3065頁。

〔註21〕馮煦《蒿庵論詞》，唐圭璋編《詞話叢編》，中華書局，1986，第3587頁。

〔註22〕周密《齊東野語》卷十二《姜堯章自敘》，中華書局，1983，第211頁。

妹善彈箏。姜夔和這兩姐妹之間產生了眞摯的戀情，後來所作情詞，多爲合肥兩姊妹而發。如《浣溪沙・予女須家沔之山陽，左白湖，右雲夢，春水方生，浸數千里。冬寒沙露，衰草入雲。丙午之秋，予與安甥或蕩舟採菱，或舉火罝兔，或觀魚簺下，山野行吟，自適其適，憑虛悵望，因賦是闋》：

著酒行行滿袂風。草枯霜鶻落晴空。銷魂都在夕陽中。
恨入四絃人欲老，夢尋千驛意難通。當時何似莫匆匆。

據夏承燾先生考證，此詞作於淳熙十三年，爲姜夔三十二三歲，應是剛剛離別了戀人的時候〔註 23〕。詞上片描寫與外甥一起遊山所見之景，下闋卻轉入懷念遠方戀人的相思之語：「恨入四絃人欲老，夢尋千驛意難通。當時何似莫匆匆。」詞人的相思之情難以明言，因此故意在序中亂以他語，但那種牽情和悵惘卻難以掩蓋。姜夔懷念合肥戀人的詞篇在其全部詞作中佔有相當的份額，除上文所舉《浣溪沙》外，他如《長亭怨慢・予頗喜自製曲，初率意爲長短句，然後協以律，故前後片多不同。桓大司馬云：「昔年種柳，依依漢南；今看搖落，悽愴江潭；樹猶如此，人何以堪？」此語予深愛之》、《浣溪沙・辛亥正月二十四日發合肥》、《江梅引・丙辰之冬，予留梁溪，將詣淮而不得，因夢思以述志》、《鬲溪梅令・丙辰冬，自無錫歸，作此寓意》、《鷓鴣天・正月十一日觀燈》、《鷓鴣天・元夕有所夢》、《踏莎行・自沔東來，丁未元日至金陵，江上感夢而作》、《琵琶仙・吳都賦云：「戶藏煙浦，家具畫船。」唯吳興爲然。春遊之盛，西湖未能過也。己酉歲，予與蕭時父載酒南郭，感遇成歌》等等，雖然題序中似乎和情事無關，但詞中皆寄予著詞人對昔日情人的不盡相思。如詞人離開闔肥的路上所作的《長亭怨慢》：

漸吹盡、枝頭香絮。是處人家，綠深門戶。遠浦縈回，暮帆零亂向何許。閱人多矣，誰得似、長亭樹。樹若有情時，不會得、青青如此。　　日暮。望高城不見，只見亂

〔註 23〕夏承燾《唐宋詞人年譜》，上海古籍出版社，1979，第 453 頁。

> 山無數。韋郎去也，怎忘得、玉環分付。第一是、早早歸來，怕紅萼、無人為主。算空有並刀，難翦離愁千縷。

離開情人，踏上征途，詞人心中充滿了離愁，他想起桓溫所說的「樹猶如此，人何以堪」，覺得樹比人要幸福得多，它們不會有離別的煩惱，只是在春風裏擺動著一片片青翠的華蔭，而人卻愁緒萬端，難以排遣。但這時詞人心中還是覺得不久就可以重新回來與情人相見的，他回憶著離別時伊人的囑咐：「第一是早早歸來。」離愁中，還是有著一絲絲的甜蜜。但世事難料，詞人這一去，就再也沒有能回到合肥，去見兩位苦等他的戀人了，在以後的日子中，他重回合肥與戀人相聚的夢想一次次地破滅，思念的愁緒一層層地加深：

> 燕燕輕盈，鶯鶯嬌軟。分明又向華胥見。夜長爭得薄情知，春初早被相思染。　　別後書辭，別時針線。離魂暗逐郎行遠。淮南皓月冷千山，冥冥歸去無人管。（《踏莎行・自沔東來，丁未元日至金陵，江上感夢而作》）

初別時還常常可以寫信寄到對方的手中，詞人憑籍著對甜蜜往事的回憶以及偶而能得到的書信，揣摩著她們現在怎麼樣了？春天到來的季節裏，她們是如何承受這沉重的相思的呢？日思夜想中，詞人又夢見她們遠涉千山萬水，追隨而來，可夢醒了，詞人想像這兩個孤單的靈魂在清冷的月光的照耀下，不得不從淮南連綿的山間，煢煢一路歸去。相思之深、之痛，令人歎息。

在離開闔肥大約十年後，詞人又一次計劃回去看望久別的戀人，但又一次未能成行，失望而又無奈之際，寫下了一首《江梅引》抒發萬般無奈的情懷：

> 人間離別易多時。見梅枝。忽相思。幾度小窗，幽夢手同攜。今夜夢中無覓處，漫徘徊。寒侵被、尚未知。　　濕紅恨墨淺封題。寶箏空、無雁飛。俊遊巷陌，算空有、古木斜暉。舊約扁舟，心事已成非。歌罷淮南春草賦，又萋萋。漂零客、淚滿衣。（《江梅引・丙辰之冬，予留梁溪，將詣淮而不得，因夢思以述志》）

不知不覺間分別已經十年了，多少次夢回故地，與情人攜手話舊，而今天在思念的愁緒漲滿胸臆的時候，卻未能尋到那熟悉的夢境。詞人輾轉反側，想像著舊日的燕巢，在這麼多年之後，也許早已經人去樓空，面對滿目的春草，想起舊時的相約，詞人不由得淚滿衣襟。相思之情經過時間的淘洗非但沒有減輕，反而一層層深化了，成爲鐫刻在靈魂中的無法磨滅的字跡。生命不息，相思不止，後來的歲月裏，這一段情緣還是時時見於詞人的夢境和筆端：

> 淝水東流無盡期。當初不合種相思。夢中未比丹青見，暗裏忽驚山鳥啼。　　春未綠，鬢先絲。人間別久不成悲。誰教歲歲紅蓮夜，兩處沉吟各自知。(《鷓鴣天・元夕有所夢》)

也許是分別太久了，夢中情人的臉龐顯得那樣不眞切，恍惚間，就被山鳥的啼叫聲驚醒了。歲月無情，年華漸漸老去，傷情的往事是對還是錯？早知道相思這樣苦，詞人感歎，「當初不合種相思」，要是沒有愛過就好了。其感情之濃之纏綿，自非深諳其中滋味者不能道得出。

吳文英是繼姜夔之後南宋的又一重要詞人，其詞中表現戀情的幾達三分之一。楊鐵夫《吳夢窗事跡考》說他「一生豔迹，一去姬，一故妾，一楚伎」〔註 24〕，楚伎之說姑且存疑，但杭妾、蘇姬的說法在學界還是比較公認的。吳文英詞與姜夔詞一質實、一清空，姜夔是隱去現實的人和情節，以空靈之筆寫相思之情，吳文英則是用賦筆，實寫兩人相處過程中的種種悲歡離合。如《瑞鶴仙》：

> 晴絲牽緒亂。對滄江斜日，花飛人遠。垂楊暗吳苑。正旗亭煙冷，河橋風暖。蘭情蕙盼。惹相思、春根酒畔。又爭知、吟骨縈銷，漸把舊衫重翦。　　淒斷。流紅千浪，缺月孤樓，總難留燕。歌塵凝扇。待憑信，拌分鈿。試挑燈欲寫，還依不忍，箋幅偷和淚卷。寄殘雲、賸雨蓬萊，也應夢見。

味其句意，這首詞應該是懷念相處十載後離去的蘇姬之作，從眼前的

〔註 24〕楊鐵夫《吳夢窗事跡考》，吳文英著，楊鐵夫箋釋《吳夢窗詞箋釋》，廣東人民出版社，1992，第 36 頁。

情景寫起，引出「花飛人遠」的現實境況；接下來，詞人回想他與心上人對酒放歌、賞春行樂的時光，她的滴溜溜的嬌波，溫柔的心性，深深地印在詞人的腦海裏。想到此處，詞人不由得想寫一封信寄給她，可是鋪開紙寫了幾句又放棄，還是盼著能在夢裏見到吧！

吳文英另有一位夭亡的杭妾，也常常出現在他的憶舊詞中，如《鶯啼序・殘寒正欺病酒》、《絳都春・燕亡久矣，京□適見似人，悵怨有感》都是懷念這位亡妾之作：

殘寒正欺病酒，掩沈香繡戶。燕來晚、飛入西城，似說春事遲暮。畫船載、清明過卻，晴煙冉冉吳宮樹。念羈情遊蕩，隨風化爲輕絮。　十載西湖，傍柳繫馬，趁嬌塵軟霧。遡紅漸、招入仙溪，錦兒偷寄幽素。倚銀屏、春寬夢窄，斷紅濕、歌紈金縷。暝隄空，輕把斜陽，總還鷗鷺。　幽蘭旋老，杜若還生，水鄉尚寄旅。別後訪、六橋無信，事往花委，瘞玉埋香，幾番風雨。長波妒盼，遙山羞黛，漁燈分影春江宿。記當時、短楫桃根渡。青樓彷彿，臨分敗壁題詩，淚墨慘澹塵土。　危亭望極，草色天涯，歎鬢侵半苧。暗點檢、離痕歡唾，尚染鮫綃，嚲鳳迷歸，破鸞慵舞。殷勤待寫，書中長恨，藍霞遼海沈過雁，漫相思、彈入哀箏柱。傷心千里江南，怨曲重招，斷魂在否。（《鶯啼序》）

南樓墜燕。又燈暈夜涼，疏簾空捲。葉吹暮喧，花露震晞秋光短。當時明月娉婷伴。悵客路、幽扃俱遠。霧鬟依約，除非照影，鏡空不見。　別館。秋娘乍識，似人處、最在雙波凝盼。舊色舊香，閒雨閒雲情終淺。丹青誰畫真真面。便只作、梅花頻看。更愁花變梨雲，又隨夢散。

（《絳都春・燕亡久矣，京□適見似人，悵怨有感》）

兩人相從的地方是在杭州，《鶯啼序》中，「十載西湖」，留下了二人歡樂的足跡。相識時錦書暗通，「錦兒偷寄幽素」，而如今「事往花委，瘞玉埋香」，伊人已去，詞人只能寫怨曲以招芳魂，傷痛無極。而在心上人早已故去之後，詞人眼中忽然出現一個女子，「似人處、最在雙波凝盼」，樣貌神態像極了已逝去的她，這撥動了詞人脆弱的神經，使他又一次重溫傷逝之痛：「更愁花變梨霙，又隨夢散。」往事歷歷，意切情眞，詞人筆下相思之苦、傷逝之痛，是他眞實的感情經歷的凝聚。

夏承燾先生在《白石懷人詞考》中稱：「五代歌詞，十九閨幨；宋人言寄託，乃多空中傳恨之語；惟白石情詞，皆有本事……懷人各篇，益以眞情實感，故生新刻至，愈淡愈深。」〔註 25〕事實上，除姜夔外，宋人的愛情詞也有許多有是「本事」的，並非僅僅是「空中傳恨」之語，如上文所舉到的晏幾道、秦觀、吳文英的詞；甚至在那些代思婦立言的愛情相思詞中，也有著詞人自己的感情體驗的影子。詞人自己在愛情生活中的體驗在他的心中深深地紮根，他為之苦惱、掙扎，鬱結盤薄，當他提筆寫一些抒懷之作的時候，這些體驗必然會再現於他的筆下，打上個性化的烙印。

從代思婦立言到寫一時的心動故事，再到抒寫自身眞實的情感傷痛，這個過程反映出宋代詞人愛情意識的逐漸覺醒。但是宋人愛情意識的覺醒又並不是徹底的，還蒙著羞澀的面紗。如詞人們常常借助「景語」來表達「情語」，借助「夢境」來寫現實，甚至在小序中「亂以他辭」，這是因為，愛情是一種隱秘而珍貴的私人情感，他們不願意將這種情感堂而皇之地播之於酒宴上尋歡作樂的眾人之口。而這些技巧的使用卻使得詞在情感的表達避免了一瀉無餘，變得更加幽婉委曲，感人至深。

第三節　指出向上一路——宴飲詞中人生境界的審美觀照

詞是寫心的文學，是詞人人格境界的眞實寫照——酒宴是使人披露內心的最佳場合——「志在高山」：積極用世的詞心——「志在流水」：閒散淡遠的詞心——醉而起舞：冰雪澄澈的詞心

宋代是儒釋道三教都獲得大發展的時期，也是「宋學」高度繁

〔註 25〕夏承燾《唐宋詞人年譜》，上海古籍出版社，1979，第 452 頁。

榮的時期。哲學思想方面的論爭使士大夫對進退出處、對人生、對自己的內心實現了充分的關注，形成成熟而又深邃的思想與人格。詞最長於抒情，而抒情的最高境界是以詞寫心，寫人心中的各種眞實的、深刻的感受。當詞這種成熟的文體遇到豐富活躍的心靈時，它就變成了詞人人格境界的眞實寫照。

在知交好友盤桓的宴席上，在任情自適的杯酒間，在薄醉微醺、志得意滿，暢飲大醉、興盡悲來之時，人們往往會對事業、對人生、對價値體系中最深刻的問題進行反思，並藉詞這種順手的文體表現出來，使詞這種酒水淋漓的文體，變成抒寫詞人心靈的最佳載體。

宋代以儒立國的基本國策改變了文人士大夫的現實境遇，使他們有條件實現「達則兼濟天下」的人生理想，因此，宋代士大夫文人階層在社會責任感方面表現出強烈的自覺性和進取心，「信聖人之書，師古人之行，上誠於君，下誠於民」〔註26〕，「丈夫重出處，不退要當前」（蘇軾《和子由苦寒見寄》），不管是廟堂之上的公卿還是田間貧賤的士子，都有著一種積極用世的豪情。這種豪情在詞中有著廣泛的表現，如歐陽修的《朝中措・送劉仲原甫出守維揚》：

> 平山闌檻倚晴空。山色有無中。手種堂前垂柳，別來幾度春風。　文章太守，揮毫萬字，一飲千鍾。行樂直須年少，尊前看取衰翁。

歐陽修一度是北宋文壇執牛耳者，《宋史・本傳》說他文章「超然獨騖，眾莫能及，故天下翕然師尊之。」〔註27〕守揚州時，在瘦西湖畔修平山堂，高踞蜀岡，四望遠山，堂前楊柳依依，景色如畫。歐陽修與諸位賓客飲酒賦詩，「取荷花千餘朵，插百許盆。與客相間，遇酒行，即遣妓取一花傳客，以次摘其葉，盡處以飲酒」，且飲興極濃，「往往侵夜，載月而歸」〔註28〕。「文章太守，揮毫萬字，

〔註26〕范仲淹《上資政晏侍郎書》，范仲淹《范文正公集》卷八，商務印書館，1937，第458冊，第227頁。
〔註27〕脫脫等《宋史》卷第三一九《歐陽修傳》，中華書局，1985，第10381頁。
〔註28〕葉夢得《石林避暑錄話》卷一，上海書店（據涵芬樓舊版影印本），

一飲千鍾」，詞的情調豪邁曠達，抒情的主人公已經不再是溫柔多情的才子，而是激情勃發的太守，豪飲無敵的酒聖。再如他的《漁家傲》：

十二月嚴凝天地閉。莫嫌臺榭無花卉。惟有酒能欺雪意。增豪氣。直教耳熱笙歌沸。　隴上雕鞍惟數騎。獵圍半合新霜裏。霜重鼓聲寒不起。千人指。馬前一雁寒空墜。

詞描寫了在飄雪的嚴冬，作者帶領一幫人出城圍獵的情景：天寒地凍，彤雲四合，雪飛風飄，氈帳裏笙歌鼎沸，參加圍獵的人們歡呼縱飲。待酒意半酣，作者和數位獵手縱馬彎弓，空中一隻大雁中箭，直墮馬前。因爲是圍獵的宴飲，所以氣氛顯得粗獷而熱烈；而詞人酒意鼓蕩著豪情，縱馬在大雪中馳騁，那種雄豪之氣，分明是一位在千軍萬馬中衝鋒陷陣的將軍。獵場上壯偉粗豪的宴飲催生了作者的一腔豪情。蘇軾也有一首獵詞，與他恩師的這首詞作幾乎是同一風調：

江神子　獵詞

老夫聊發少年狂。左牽黃。右擎蒼。錦帽貂裘，千騎卷平岡。爲報傾城隨太守，親射虎，看孫郎。　酒酣胸膽尚開張。鬢微霜。又何妨。持節雲中，何日遣馮唐。會挽雕弓如滿月，西北望，射天狼。

關於這首詞，蘇軾在《與鮮于子俊書》中也十分驕傲地提到：「近卻頗作小詞，雖無柳七郎風味，亦自是一家。呵呵。數日前，獵於郊外，所獲頗多。作得一闋，令東州壯士抵掌頓足而歌之，吹笛擊鼓以爲節，頗壯觀也。」〔註29〕說明蘇軾自己也明確地意識到，他的詞作不像歌席上流行的柳永式的婉媚風格，而是「別是一家」，以「壯觀」爲特徵。詞境來源於作者的心境，宴席上「酒酣胸膽尚開張」的心境是形成詞的雄壯豪闊風格的基礎。

1990，第3～4頁。

〔註29〕蘇軾《與鮮於子俊三首（其二）》，蘇軾《蘇軾文集》，中華書局，1986，第1559～1560頁。

宋代的國勢總是充滿了各種危機，邊疆的少數民族政權一直是一個巨大的威脅，朝廷內部又黨爭不斷，因此，宋代士人的心靈中永遠不會有如盛唐時期一樣的開朗自信。宋代士人一方面積極用世，為國家出謀獻策，另一方面「隱」的思想又大行其道。「李集賢建中，衝退喜道，處縉紳有逍遙之風。……晚喜洛中景物，求留司。」〔註30〕「崔堅白侍郎，口不談人之過，澹於勢利。祥符中，掌右史者幾十年。每立殿墀上，常自退匿，慮上見之。精《易》象，善鼓琴，所僦舍有小閣，手植竹數竿，朝退，默坐其上，翛然獨酌以自適。」〔註31〕在這樣的心態的影響下，宴飲詞中，也有著不少閒散淡遠的作品，如王安石退居金陵時所作《菩薩蠻》：

數間茅屋閒臨水。窄衫短帽垂楊裏。花是去年紅。吹開一夜風。　　梢梢新月偃。午醉醒來晚。何物最關情。黃鸝三兩聲。

吳曾的《能改齋漫錄》記載了這首詞創作的背景：「王荊公築草堂於半山，引八功德水，作小港其上，疊石作橋。為集句填《菩薩蠻》云云。」〔註32〕其時王安石政治事業受挫，但他卻有了大把的時間，在自築的草堂裏，讀書、作文、飲酒、睡覺、填詞。詞中描繪他周圍的環境，是在山野中一彎溪水邊，幾間茅屋，詞人穿著「窄衫短帽」，一身休閒自在的打扮。對著寧靜的溪山、滿坡的野花，詞人自斟自酌，獨得其樂；醉夢醒來，只見到一鉤新月掛上了樹梢。詞寫得閒、淡、寧靜，勾勒出一派世外桃源般的山野之趣。這裏的飲酒，只是詞人獨自的小酌，或許旁邊有一兩個僮僕伺候；沒有公事的酬勸，沒有侑歡的歌妓，沒有綺羅帳幕、名花香燭，只有一兩聲黃鸝的清脆的鳴叫，愉悅著詞人的耳朵。這種極自然極淡遠的格調，瀟灑的風光，何嘗不是詞人此時的心境？再如胡仔的《滿江紅》：

〔註30〕釋文瑩《玉壺清話》卷一，中華書局，1984，第8～9頁。
〔註31〕彭乘《墨客揮犀》卷七，中華書局，2002，第359頁。
〔註32〕吳曾《能改齋漫錄》卷十七，上海古籍出版社，1979，第491頁。

泛宅浮家，何處好、苕溪清境。占雲山萬疊，煙波千頃。茶竈筆床渾不用，雪蓑月笛偏相稱。爭不教、二紀賦歸來，甘幽屏。　　紅塵事，誰能省。青霞志，方高引。任家風舴艋，生涯笭箵。三尺鱸魚眞好膾，一瓢春酒宜閒飲。問此時、懷抱向誰論，惟箕潁。

胡仔《苕溪漁隱叢話》：「余卜居苕溪，日以漁釣自適，因自稱苕溪漁隱，臨流有屋數椽，亦以此命名。僧了宗善墨戲，落筆瀟灑，爲余作《苕溪漁隱圖》，覽景攄懷，時有鄙句，皆題之左方；既久，益多不能盡錄，……又《滿江紅》一闋云云。」〔註 33〕詞人滿懷興致地經營他賦閒的居所，房間裏有方外友人所畫的《苕溪漁隱圖》，每日吟詠所得，也都題於壁上。詞中描寫了他居所的清幽環境：門前一條清澈的溪流，溪流外有「雲山萬疊、煙波千頃」，詞人於清風朗月之下，品味著新捕的鱸魚，喝著新釀的春酒，怡然自適。這種樂趣，哪裏是在功名利祿中奔走的人所能夢到的？

比起美酒歌妓、廣廈高會的享樂來，清雅的山間茅舍、浮家泛宅之上三五知交的小酌更具有使人放鬆心靈、體味生命眞趣的作用。從這種意義上來說，竹籬茅舍中的生活也是一種享樂，這種享樂超越了酒肉歌舞的快活，是一種精神的自由和愉悅。宋詞中，時時會出現表達這種思想的詞作：

乞得夢中身，歸棲雲水。始覺精神自家底。峭帆輕棹，時與白鷗遊戲。畏途都不管，風波起。　　光景如梭，人生浮脆。百歲何妨盡沉醉。臥龍多事，謾說三分奇計。算來爭似我，長昏睡。（胡舜陟《感皇恩・丐祠居射村作》）

詞人激流勇退，獲得了退歸林下以保養身心的機會，感到無比愉悅。在村野的河湖上泛舟，與水面上的白鷗遊戲，看兩行書，飲幾杯酒，那種自由和輕鬆無以言表。這是歸隱之樂，是一種滲透了精神自由的「眞趣」。

〔註 33〕胡仔纂集，廖德明校點《苕溪漁隱叢話》前集卷五十五，人民文學出版社，1962，第 373 頁。

而那些自由眞率的心靈，在命酒大醉之時所袒露出的高遠澄澈的內心世界，則是宋詞對今天讀者的最珍貴饋贈。蘇軾與張孝祥可謂是典型的心地坦率的文人。蘇軾一生坎坷，在政治的風波中幾度沉浮，變故和打擊接踵而來，流貶轉徙，但他卻能超然處之。他的詞中，常常充溢著與眾不同的清曠之思，如《虞美人・有美堂贈述古》

> 湖山信是東南美。一望彌千里。使君能得幾回來。便使尊前醉倒、且徘徊。　　沙河塘裏燈初上。水調誰家唱。夜闌風靜欲歸時。惟有一江明月、碧琉璃。

《注坡詞・虞美人》注引《本事集》指出了這首詞寫作的本事：「陳述古守杭，已及瓜代，未交前數日，宴僚佐於有美堂。侵夜，月色如練，前望浙江，後顧西湖，沙河塘正出其下。陳公慨然，請貳車蘇子瞻賦之，即席而就。」〔註34〕在「前望浙江、後顧西湖、沙河塘上」的有美堂中，詞人和友人陳襄及眾位僚佐開宴痛飲，面對明月下的千頃清波，道出了「惟有一江明月、碧琉璃」的冰雪澄澈之語。雖然詞中並沒有直抒胸臆的情懷抒發，但在清曠的景物描繪中，寫出了詞人的明澈心境。

蘇軾在熙寧九年所作的《水調歌頭・丙辰中秋，歡飲達旦，大醉。作此篇，兼懷子由》則塑造出一個千古文人墨客所愛賞的「坡仙」形象：

> 明月幾時有？把酒問青天。不知天上宮闕，今夕是何年。我欲乘風歸去，又恐瓊樓玉宇，高處不勝寒。起舞弄清影，何似在人間！　　轉朱閣，低綺戶，照無眠。不應有恨，何事長向別時圓？人有悲歡離合，月有陰晴圓缺，此事古難全。但願人長久，千里共嬋娟。

《鐵圍山叢談》載：「東坡公昔與客遊金山，適中秋夕，天宇四垂，一碧無際，加江流洶湧，俄月色如畫。遂共登金山山頂之妙高臺，命綯歌其《水調歌頭》曰：『明月幾時有？把酒問青天。』歌罷，坡爲

〔註34〕傅干《注坡詞》卷八，巴蜀書社，1993，第210～211頁。

起舞，而顧問曰：『此便是神仙矣。』」〔註 35〕這個神仙，不是不食人間煙火的神仙，而是將與親人天各一方的離別之苦，融化成「但願人長久，千里共嬋娟」的美好祝願的超脫者。這是經歷過得失成敗的人才能參透的純淨與靜默，其中滲透著對生命、對人生、對功業的思考，是灑脫曠達的心靈的寫照。

南宋的張孝祥也是一位坦率至情的詞人，他的《念奴嬌·過洞庭》在澄澈蒼茫的景色描繪中映照出詞人的一派天眞豪邁之情：

> 洞庭青草，近中秋、更無一點風色。玉鑒瓊田三萬頃，著我扁舟一葉。素月分輝，明河共影，表裏俱澄澈。悠然心會，妙處難與君說。　　應念嶺海經年，孤光自照，肝胆皆冰雪。短髮蕭疏襟袖冷，穩泛滄浪空闊。盡吸西江，細斟北斗，萬象爲賓客。扣舷獨嘯，不知今夕何夕。

詞描寫景物氣象豪闊、澄澈通透，使人心腦開闊，豪情頓生，「泠然，灑然，眞非煙火食人辭語」。葉紹翁《四朝聞見錄》載張孝祥過洞庭事，「嘗舟過洞庭，月照龍堆，金沙蕩射，公得意命酒，唱歌所自製詞，呼群吏而酌之，曰：『亦人子也。』其坦率皆類此。」〔註 36〕坦率豪闊的心靈自然會產生豪情萬丈的詞作，尤其在壯闊的景致之間、醉人的美酒之側，物感心知，風雲際會，就產生了這些風流無匹的豪情壯采之作。

第四節　忠憤氣塡膺——宴飲詞中磊落不平的慷慨之音

磊落不平的詞作是政治鬥爭風雲在宴席上的折射——以辛棄疾爲代表的詞人在宴席上對政治理想的謳歌——政治鬥爭激烈時的怨憤與譏刺——理想受挫後的悲憤沉鬱，化不開的「怨」與「怒」

〔註 35〕蔡絛撰，馮惠民、沈錫麟點校《鐵圍山叢談》卷三，中華書局，1983，第 58 頁。

〔註 36〕葉紹翁著，符均注《四朝聞見錄》乙集，三秦出版社，2004，第 103～104 頁。

正如《詩經》的有「風」、「雅」，又有「變風」、「變雅」，宋詞中既有溫情沉醉的兒女情長，也有磊落不平的慷慨之音。太平時的行樂宴席，在時衰世亂的多事之秋，幻化爲多種觀念和主張碰撞的場所，玄心妙賞的詞人，也會在詞中憤怒、吶喊，對時事進行譏諷、揭露，使它變成政治鬥爭的武器。這類詞作多產生於有著相同政治主張的朋友的聚飲中，出現在政治鬥爭漩渦中的官員遷調、朋友離別的宴席上，是政局變幻、政治鬥爭白熱化的產物。辛棄疾、張孝祥、張元幹等詞人是這一類詞作的代表作家。

辛棄疾曾是在戰場上衝鋒陷陣的勇將，歸宋後，向孝宗論南北形勢，力主恢復，「持論勁直」〔註 37〕，但因爲當時和議局面初定，高宗無意北伐，事不行。後辛棄疾念念不忘恢復中原，創立湖南飛虎軍，又在福建謀劃招募強壯、訓練軍隊以圖恢復。在與同道者的會晤宴飲中，辛棄疾寫下了大量的充滿豪情的詞作，如《滿江紅・建康史帥致道席上賦》：

> 鵬翼垂空，笑人世、蒼然無物。還又向、九重深處，玉階山立。袖裏珍奇光五色，他年要補天西北。且歸來、談笑護長江，波澄碧。　　佳麗地，文章伯。金縷唱，紅牙拍。看尊前飛下，日邊消息。料想寶香黃閣夢，依然畫舫青溪笛。待如今、端的約鍾山，長相識。

這首詞作於乾道三年至乾道六年之間〔註 38〕，其時辛棄疾大約二十八、九歲，孝宗剛剛秉政，銳意進取，這讓辛棄疾充滿了恢復中原的希望。詞中的史致道是一位和辛棄疾有著相同抱負的愛國志士，

〔註 37〕脫脫等《宋史》卷四○一《辛棄疾傳》，中華書局，1985，第 12161～12166 頁。

〔註 38〕按周應合《景定建康志》卷十四《建炎以來年表》，《文淵閣四庫全書》，上海古籍出版社，1987，第 454～455：「乾道三年九月二十四日，左朝奉郎充集英殿修撰史正志知府事，兼沿江水軍制置使兼提舉學事。……（乾道五年）六月二十六日正志除敷文閣待制。」辛詞序中稱史正志爲「建康府帥」，應是乾道三年至乾道五年之間，辛棄疾二十八、九歲左右。

鄧廣銘《稼軒詞編年箋注》引《乾隆揚州志》:「史正志字致道,紹興二十一年進士。丞相陳康伯薦於朝,除樞密院編修。……高宗視師江上,上恢復要覽五篇。」〔註 39〕可見,史志道也和辛棄疾一樣,主張北伐中原、收復失地,是辛棄疾當然的知音。辛、史二人飲酒盤桓,縱論時事,意氣相投,辛棄疾於是寫下這首《滿江紅》,讚美史致道如「鵬翼垂空」,是一位頂天立地的偉人,懷揣著五色石,要補開裂的蒼天。辛棄疾把拯救國家的希望寄託在史致道這樣的英雄身上,顯示出開朗樂觀的精神和昂揚進取的鬥志。

在南宋前期,政壇上主戰派與主和派的鬥爭一直沒有間斷,以辛棄疾爲代表的一批正直有氣骨的愛國志士在政治上互相聲援,在會晤盤桓中縱論時事、惺惺相惜,創作了眾多激情壯采的詞篇。除上文所舉的《滿江紅·建康史帥致道席上賦》外,另如辛棄疾的《滿江紅·送信守鄭舜舉郎中赴召》:「湖海平生,算不負、蒼髯如戟。聞道是、君王著意,太平長策。此老自當兵十萬,長安正在天西北。便鳳凰、飛詔下天來,催歸急。　車馬路,兒童泣。風雨暗,旌旗濕。看野梅官柳,東風消息。莫向蔗庵追語笑,只今松竹無顏色。問人間、誰管別離愁,杯中物。」據《青田縣志》記載,鄭舜舉也是一位「持公論」、「行惠政」的正直之士〔註 40〕,辛棄疾十分欣賞他,稱他是「此老自當兵百萬」,認爲他能夠經綸天下,希望此次奉詔去後能受到朝廷的重用,實施「太平長策」。又如《水龍吟·爲韓南澗尚書甲辰歲壽》:「渡江天馬南來,幾人眞是經綸手。長安父老,新亭風景,可憐

〔註 39〕鄧廣銘《稼軒詞編年箋注》卷一引《乾隆揚州志》,上海古籍出版社,1978,第 9～10 頁。

〔註 40〕《青田縣志》,浙江人民出版社,1990,第 703～704 頁:「鄭汝諧(1126～約 1205),字舜舉,號東谷居士,縣城人。……通曉五經、諸史。南宋紹興二十七年(1157)進士。乾道四年(1168)任兩浙轉運判官,後轉任江西轉運副使。任大理寺少卿時,適逢愛國詞人陳亮被誣入獄,汝諧深爲不平,認爲陳亮是『天下奇才』,『國家若無罪而殺士,上干天和,下傷國脈矣!』並據理上奏,終使冤案昭雪。……與辛棄疾結爲知交,辛稱他『老子胸中兵百萬。』」

依舊。夷甫諸人，神州沈陸，幾曾回首。算平戎萬里，功名本是，眞儒事、君知否。　　況有文章山斗。對桐陰、滿庭清晝。當年墮地，而今試看，風雲奔走。綠野風煙，平泉草木，東山歌酒。待他年，整頓乾坤事了，爲先生壽。」詞序中所稱「韓南澗尚書」乃韓元吉，號南澗，隆興間官吏部尚書，常與張孝祥、范成大、陸游、辛棄疾等人詩詞唱和。淳熙十一年，韓元吉六十七歲，辛棄疾作此詞爲壽。在「長安父老，新亭風景，可憐依舊」的時代，詞人不忍以常見的歌頌太平的諛辭來逢迎拍馬，還念念不忘北方淪陷區的父老。雖然目前的局勢看不到什麼希望，但還是期望他年能「整頓乾坤事了」，那時以這個最好的成績當作賀禮，再來爲朋友祝壽。

張孝祥也是南渡初期的主戰派之一員。他少年早慧，以廷試第一的成績而進入朝廷機要，歷中書舍人，直學士院，領建康留守，集賢殿修撰，知靜江府，任廣南西路經略安撫使，知潭州，知荊南湖北路安撫使，進顯謨閣直學士，去世時方三十八歲〔註 41〕。他的《水調歌頭・送謝倅之臨安》表達了對朝廷任用英豪之士、早日靖掃胡塵的期待與豪情：

> 客裏送行客，常苦不勝情。見公秣馬東去，底事卻欣欣。不爲青氈俯拾，自是公家舊物，何必更關心。且喜謝安石，重起爲蒼生。　　聖天子，方側席，選豪英。日邊仍有知己，應剡薦章間。好把文經武略，換取碧幢紅旆，談笑掃胡塵。勳業在此舉，莫厭短長亭。

通常情況下，離別都是傷感的，但這一次友人的秣馬東去，卻讓詞人歡欣鼓舞。這是爲什麼？不是因爲友人此去的飛黃騰達，而是因爲天子銳意進取，選拔英才，友人是爲國效力，圖謀恢復中原去了。「好把文經武略，換取碧幢紅旆，談笑掃胡塵」，詞裏洋溢著一股開朗樂觀的豪情，讓聽者也爲之歡欣鼓舞。同樣的樂觀精神還見於《木

〔註 41〕脫脫等《宋史》卷三百八十九《張孝祥傳》，中華書局，1985，第 11942～11944 頁。

蘭花・送張魏公》：

> 擁貔貅萬騎，聚千里、鐵衣寒。正玉帳連雲，油幢映日，飛箭天山。錦城起方面重，對籌壺、盡日雅歌閒。休遣沙場虜騎，尚餘匹馬空還。　　那看。更值春殘。斟綠醑、對朱顏。正宿雨催紅，和風換翠，梅小香慳。牙旗漸西去也，望梁州、故壘暮雲間。休使佳人斂黛，斷腸低唱陽關。

上闋讚美了張浚擁軍塞上、玉帳連雲的威勢，誇張地說在張浚的運籌帷幄之下，勢必大獲全勝，敵虜的軍隊連一匹馬都逃不回去；下闋回到暮春芳景的別筵之上，雖然離情別緒無限，但是佳人還是不要傷心地唱《陽關曲》吧！詞中對時事的強烈關注、抒情主體昂揚向上的樂觀精神，和辛棄疾前期的詞是一致的，辛棄疾讚美史致道有「袖裏珍奇光五色，他年要補天西北」，送鄭舜舉有「此老自當兵十萬，長安正在天西北」，張孝祥送謝倅有「談笑掃胡塵」，送張浚有「休遣沙場虜騎，尚餘匹馬空還」，其中湧動著的，都是對國家大事、對恢復邊地的關心。

辛棄疾、張孝祥之外，陳亮的詞中也抒發了對恢復大業的殷殷期待。如《水調歌頭・送章德茂大卿使虜》：「不見南師久，謾說北群空。當場隻手，畢竟還我萬夫雄。自笑堂堂漢使，得似洋洋河水，依舊只流東。且復穹廬拜，曾向槁街逢。　　堯之都，舜之壤，禹之封。於中應有，一個半個恥臣戎。萬里腥膻如許，千古英靈安在，磅礴幾時通。胡運何須問，赫日自當中。」在送友使虜的尊前，陳亮勉勵朋友振作天國上使的尊嚴，圓滿完成出使的任務，詞中的愛國主義豪情、睥睨一世的氣概，俱與稼軒相類。

而當政治風雲變幻、理想抱負落空之後，樂觀昂揚的壯詞開始變得沉鬱憤激。辛棄疾雖念念不忘恢復大計，並採取了切實有效的行動來為北伐事業做準備，但在宋廷複雜的矛盾鬥爭中，言官臺臣的彈劾與阻撓使他的事業主張不斷被沮、中途擱淺，詞人的心態也逐漸變得沉重陰鬱。淳熙六年，辛棄疾自湖北漕移湖南，在與同官飲別的宴會上，他寫下了著名的《摸魚兒・淳熙己亥，自湖北漕移湖南，同官王正之置酒小山亭，爲賦》：

> 更能消、幾番風雨。匆匆春又歸去。惜春長恨花開早，何況落紅無數。春且住。見說道、天涯芳草迷歸路。怨春不語。算只有殷勤，畫簷蛛網，盡日惹飛絮。　長門事，準擬佳期又誤。蛾眉曾有人妒。千金縱買相如賦，脈脈此情誰訴。君莫舞。君不見、玉環飛燕皆塵土。閒愁最苦。休去倚危樓，斜陽正在，煙柳斷腸處。

詞借惜春爲題，以春風喻皇帝，以蛛網喻小人，以美人自喻，表達對皇帝裝聾作啞、小人當道弄權、有才能之士志向不得施展的怨憤。葉夢得《鶴林玉露》稱此詞「詞意殊怨」，其中的一股牢騷不平之氣盤薄鬱結，令人聳心動目。辛棄疾的抗戰理想始終沒有放下，在主和派把持的政局中，就注定了要被排擠、被打擊而流於失敗。這種牢騷失意的調子一直迴蕩在辛棄疾後期的作品裏，如《水調歌頭・壬子被召，端仁相餞席上作》：「長恨復長恨，裁作短歌行。何人爲我楚舞，聽我楚狂聲。余既滋蘭九畹，又樹蕙之百畝，秋菊更餐英。門外滄浪水，可以濯吾纓。　一杯酒，問何似，身後名。人間萬事，□□常重泰山輕。悲莫悲生離別，樂莫樂新相識，兒女古今情。富貴非吾事，歸與白鷗盟。」自比爲高風亮節而不被理解的屈原，「余既滋蘭九畹，又樹蕙之百畝」，完全採用屈原《離騷》中的語句，來抒寫自己培養了爲國效命的人才卻最終沒有機會使這些人才發揮作用的憤懣；再如《水龍吟・用些語再題瓢泉，歌以飲客，聲韻甚諧，客爲之酹》：「聽兮清佩瓊瑤些。明兮鏡秋毫些。君無去此，流昏漲膩，生蓬蒿些。虎豹甘人，渴而飲汝，寧猿猱些。大而流江海，覆舟如芥，君無助、狂濤些。路險兮、山高些。　愧余獨處無聊些。冬槽春盎，歸來爲我，制松醪些。其外芳芬，團龍片鳳，煮雲膏些。古人兮既往，嗟余之樂，樂簞瓢些。」雜用楚辭、《莊子》、李白《行路難》等詩文中的語句，來形容時危世亂、姦邪當道的政壇，有志之士投閒居野，只能以飲酒的方式來消磨時光的苦悶和不平。

在其它詞人的筆下，我們同樣可以看到這種情緒的變化。曾在送別張浚的席上唱出「錦城起方面重，對籌壺、盡日雅歌閒」樂觀自信的調子的張孝祥，在同樣與張浚的一次飲宴中，寫下了《六州歌頭》這樣悲憤的詞作〔註 42〕:「長淮望斷，關塞莽然平。征塵暗，霜風勁，悄邊聲。黯銷凝。追想當年事，殆天數，非人力，洙泗上，絃歌地，亦膻腥。隔水氈鄉，落日牛羊下，區脫縱橫。看名王宵獵，騎火一川明。笳鼓悲鳴。遣人驚。　念腰間箭，匣中劍，空埃蠹，竟何成。時易失，心徒壯，歲將零。渺神京。干羽方懷遠，靜烽燧，且休兵。冠蓋使，紛馳鶩，若爲情。聞道中原遺老，常南望、羽葆霓旌。使行人到此，忠憤氣塡膺。有淚如傾。」詞從北望中原寫起，回憶了當初的戰和之事，再寫到今天丟失的土地上人民被胡族統治奴役的悲慘境況，接下來寫自己空練了一身報國的武藝，卻在沉寂中消磨了壯年的歲月。恍惚中，彷彿看到中原的父老每天伸著脖子盼望，打聽宋軍發兵去救他們的消息，而不知道宋廷早已放棄了恢復。到此處，作者直抒胸臆地發出「使行人到此，忠憤氣塡膺。有淚如傾」的深痛吶喊。全篇一派蒼茫悲憤之氣，使張浚聽後爲之「罷席而入」。

以詞來議論譏諷、指切時事的還有張元幹、胡銓等一批愛國詞人。張元幹生活在南渡前後，政治局勢最爲動蕩之時，忠義敢言，直言讜論。紹興合議時期，胡銓上書請斬秦檜而被貶，張元幹設宴餞送胡銓，並作詞爲別，「紹興戊午，秦會之再入相，遣王正道爲計議使，以修和盟。十一月，樞密院編修官胡銓邦衡上書曰:（書意請斬秦檜、王倫、孫近三人。）疏入，責爲昭州鹽倉，而改送吏部，與合入差遣，注福州簽判，蓋上初無深怒之意也。至壬戌歲，慈寧歸養，秦諷臺臣論其前言弗效，詔除名勒停，送新州編管。張仲宗元幹寓居三山，以

〔註 42〕沈辰垣等《歷代詩餘》卷一百十七引《朝野遺記》，上海書店，1985，第 1384 頁。

長短句送其行云：『夢繞神州路。悵秋風，連營畫角，故宮離黍。底事崑崙傾砥柱，九陌黃流亂注。聚萬落千村狐兔。天意從來高難問，況人生，易老悲難訴。更南浦，送君去。　涼生岸，柳銷殘暑。耿斜河，疏星淡月，斷雲微度。萬里江山知何處，回首對床夜語。雁不到、書成誰與。目斷青天懷今古，肯兒曹，恩怨相爾汝。舉大白，唱金縷。』邦衡在新興，嘗賦詞云：『富貴本無心，何事故鄉輕別。空使猿驚鶴怨，誤薜羅風月。　囊錐剛要出頭來，不道甚時節。欲駕巾車歸去，有豺狼當轍。』〔註 43〕張詞調寄《賀新郎》，起言「故宮離黍」，用《詩經・王風・黍離》之典，表達對國事危難、大廈將傾的擔憂；接著用崑崙之峰折斷為喻，言國家棟樑的被陷害；結尾仍以憂心國事為勉，最後二句「舉大白，聽金縷」，表明詞是在送別朋友的尊前所作。胡詞寄調《好事近》，表明自己離開故鄉、踏上仕途，只是為了給國家效力，無奈小人當道，志向不得施展。兩首詞措辭激烈，對時事的憂心、對姦邪小人的憤恨溢於言表。這樣的離別之宴上，沒有兒女情長的眷戀，沒有自傷身世的傷感，有的只是對國事的憂心，對姦邪小人的憤恨。毛晉指出，「（蘆川詞）人稱其長於悲憤」〔註 44〕，確實，張元幹的《賀新郎・送胡邦衡待制》中沉鬱磅礡之氣已經衝破了「詞為豔科」的藩籬，成為政治鬥爭的武器，奏響了時代的強音。

而隨著時局的繼續發展，南宋朝廷逐漸習慣了這種偏安的局面，北伐中原、收復失地的理想變得越來越遙遠黯淡，那些懷抱著一腔熱血的志士也在政治鬥爭的漩渦中消磨盡了青春與希望，在南宋朝野繼續香天酒海的「銷金鍋」中，在眾人都沉醉在西子湖畔柔軟的薰風中的時刻，詞人也無奈地滋生出看透世事的悲觀思想。辛棄疾於慶元六年前後的重九席上寫下了悲涼落寞的《念奴嬌・重九席上》：「龍山何

〔註 43〕王明清《揮麈錄》後錄卷十，上海書店，2001，第 162～164 頁。
〔註 44〕毛晉《蘆川詞跋》，張元幹《蘆川詞》，《文淵閣四庫全書》，上海古籍出版社，1987，第 1487 冊，第 613 頁。

處，記當年高會，重陽佳節。誰與老兵共一笑，落帽參軍華髮。莫倚忘懷，西風也曾，點檢尊前客。淒涼今古，眼中三兩飛蝶。　　須信採菊東籬，高情千載，只有陶彭澤。愛說琴中如得趣，弦上何勞聲切。試把空杯，翁還肯道，何必杯中物。臨風一笑，請翁同醉今夕。」將「採菊東籬，高情千載」的陶淵明搬出來強自開解，勸慰自己不如沉醉吧！但作爲一位出身於沙場的老將，在故作超脫的背後，「落帽參軍華髮」、「淒涼今古，眼中三兩飛蝶」，已經透露出人生易老、功業難憑，壯志消沉後無限淒涼落寞的情緒。又如《滿江紅・塗堂上，三鼓方醒。國華賦詞留別，席上和韻。青塗，端仁堂名也》:「宿酒醒時，算只有、清愁而已。人正在、青塗堂上，月華如洗。紙帳梅花歸夢覺，蓴羹鱸鱠秋風起。問人生、得意幾何時，吾歸矣。　　君若問，相思事。料長在，歌聲裏。這情懷只是，中年如此。明月何妨千里隔，顧君與我何如耳。向尊前、重約幾時來，江山美。」表面上寫盼望歸鄉的鄉情和與朋友相眷戀的友情，似乎心靜如水了，但開篇一句酒醒後「算只有、清愁而已」，愁和怨以平靜的形式表達出來，後文又道「這情懷只是，中年如此」，雄心被一點點磨滅，愁怨反而沉澱得更深，深入到骨子裏。

不曾忘懷時事的詞人還有很多，悠閒無聊的生活中，青年時代的理想像一道光彩奪目的閃電，時時亮起，照徹詞人心靈的天空。陳與義的「憶昔午橋橋上飲，坐中多是豪英。長溝流月去無聲。杏花疏影裏，吹笛到天明」(《臨江仙・夜登小閣，憶洛中舊遊》)，描繪出志趣相投的少年朋友作長夜飲的悲壯清越，與南宋行樂場中薰風半醉的酒筵顯得是那麼不和諧；周密《浩然齋雅談》載丹陽多景樓落成，太守高宴，使歌妓持紅箋徵諸客詞，李演爲作《賀新涼》:「笛叫東風起。弄尊前、楊花小扇，燕毛初紫。萬點淮峰孤角外，驚下斜陽似綺。又婉娩、一番春意。歌舞相繆愁自猛，卷長波、一洗空人世。閒熱我，醉時耳。　　綠蕪冷葉瓜洲市。最憐予、洞簫聲盡，闌干獨倚。落落東南牆一角，誰護山河萬里。問人在玉關歸未。老矣青山燈火客，撫佳期、漫灑新亭淚。歌哽咽，事如水。」作者沒有為主人的功名事業大唱讚歌，他從多景樓上看到邊疆形勢的嚴峻、朝廷的懦弱，恢復中原的大業難以實現，傾灑出一腔憂愁。再如《古杭雜記》載文及翁登第後與同年同遊西湖，一同年問他「西蜀有此景否」，意在嘲笑西蜀地僻物卑，不及中原江浙之大方氣派。文及翁即席賦《賀新郎・遊西湖有感》:「一勺西湖水。渡江來、百年歌舞，百年酣醉。回首洛陽花世界，煙渺黍離之地。更不復、新亭墮淚。簇樂紅妝搖畫艇，問中流、擊楫誰人是。千古恨，幾時洗。　餘生自負澄清志。更有誰、磻溪未遇，傅岩未起。國事如今誰倚仗，衣帶一江而已。便都道、江神堪恃。借問孤山林處士，但掉頭、笑指梅花蕊。天下事，可知矣。」〔註45〕明明是偏安杭州，卻以此地的紙醉金迷為榮，忘了被欺凌被侵佔的國家命運；就是這「一勺西湖水」，也已經無險可守，已經避免不了被蠶食、被吞併的命運了，可是這些士人卻還以一時的繁華為自豪，沾沾自喜，這於國家實在是可悲啊！

總之，紛亂的時事，危難中的國運，使士人再也不能沉醉於花前月下兒女情長，他們在酒席之間，也開始縱論天下大事，在歌詞中，也開始表現對國事的憂心和對不平之事的悲憤。這使詞的抒情突破了溫軟嫵媚的家數，透露出時代政治風雲變幻的消息。

第五節　猶將孤影侶斜陽——宴飲詞中的漂泊之愁與去國之悲

詞人自身的漂泊與國事的陵替是宋詞中的兩重深沉的悲愁——江湖野宴上常見的是羈旅行役之愁和窮途末路之悲——國家敗亡、宗廟隳頹的巨大苦難使酒宴歌席和詞人詞作充滿漂泊無依的悲涼之感

作為特定歷史環境下的人，他的價值體系中有兩大關懷的中心：

〔註45〕李有《古杭雜記》，商務印書館（叢書集成初編本），1939，第3221冊，第2頁。

一是自身的境遇，二是國家的命運。在繁榮昌盛的年代裏，有春風得意、前程似錦的士子，也有被排擠的窮愁無聊的文人；在政治鬥爭波譎雲詭的時代，因被貶謫、被流放而不得不羈旅異鄉的情況則大量增多。而當政治局勢江河日下、國家衰落敗亡無法挽回的時候，昔日輕歌曼舞的宴席上就再也找不到輕鬆愉快的風調，而是被籠罩在一片愁雲慘霧之中了。

柳永是繁榮昌盛的年代裏落魄窮愁者的代表。北宋真宗、仁宗時期，局勢穩定，政治清明，經濟發展，社會財富不斷增加，國家開科取士，許多貧寒的讀書郎都進入到了朝廷機要，至少也能通過科考改變自己「田舍郎」的命運。但柳永卻是被這個富庶昌盛時代所拋棄的不幸者，仁宗皇帝「且去塡詞」的金口玉言決定了他一生漂泊羈旅的基調。因此，柳永的詞「尤工於羈旅行役」〔註46〕，最善於抒寫客居異鄉的愁苦；即使是一般的與情人離別之作，也透露出詞人心中深重的漂泊感，如那首著名的《雨霖鈴》：

> 寒蟬淒切。對長亭晚，驟雨初歇。都門帳飲無緒，留戀處、蘭舟催發。執手相看淚眼，竟無語凝噎。念去去、千里煙波，暮靄沉沉楚天闊。　　多情自古傷離別。更那堪、冷落清秋節。今宵酒醒何處，楊柳岸、曉風殘月。此去經年，應是良辰、好景虛設。便縱有、千種風情，更與何人說。

離別之後的去路，不是投向金馬玉堂、帝裏繁華，而是「千里煙波，暮靄沉沉」，孤單漂泊的江湖。周濟評秦觀的《滿庭芳·山抹微雲》是「將身世之感打併入豔情」〔註47〕，這句評語拿來評價柳永的這首詞也是十分恰當。因爲有了漂泊流離的身世之感，豔情才顯得尤爲沉重；身世之感以情語出之，則更覺深切。

落魄窮愁、漂泊在異鄉的詞人心裏所牽掛的，不僅僅是知音解

〔註46〕陳振孫《直齋書錄解題》卷二十一，上海古籍出版社，1987，第616頁。

〔註47〕周濟《宋四家詞選目錄序論》，唐圭璋編《詞話叢編》，中華書局，1986，第1652頁。

語的佳人，那從前的遊伴、遠方的故鄉，都是詞人懷念的對象。「雨晴氣爽，佇立江樓望處。澄明遠水生光，重疊暮山聳翠。遙認斷橋幽徑，隱隱漁村，向晚孤煙起。　殘陽裏。脈脈朱闌靜倚。黯然情緒，未飲先如醉。愁無際。暮雲過了，秋光老盡，故人千里。竟日空凝睇。」（《訴衷情近》）蕭索的殘陽、漁村的孤煙，都是此時無限落寞傷感的心境的寫照；客居也會有酒有歌，但這酒和歌，只是使悲愁變得更加強烈而已，絲毫緩解不了詞人孤單無聊的心緒。

宋代風雲變幻的政治局勢、官吏的選調製度使漂流遷徙成為多數文人生存的常態，漂泊之感就成為詞人們常常表現的感受之一。如張舜民元豐年間被攻擊詩涉譏訕，謫監郴州酒，「舟行，以二小詞題岳陽樓：『木葉下君山，空水漫漫。十分斟酒斂芳顏。不是渭城西去客，休唱陽關。　醉袖撫危欄，天淡雲閒。何人此路得生還？回首夕陽紅盡處，應是長安。』『樓上久踟躕，地遠身孤。擬將憔悴弔三閭。自是長安日下影，流落江湖。　爛醉且消除，不醉何如？又看暝色滿平蕪。試問寒沙新到鴈，應有來書。』」〔註48〕抒發去國流離之思，感歎「地遠身孤」的淒涼境遇，讀之使人心生惻惻。再如如張表臣《菩薩蠻‧過吳江》：「垂虹亭下扁舟住。松江煙雨長橋暮。白紵聽吳歌。佳人淚臉波。　勸傾金鑿落。莫作思家惡。綠鴨與鱸魚。如何可寄書。」異鄉的風土、異鄉的人情，勾引起詞人一片漂泊的愁緒，故鄉渺遠，想寄去一封家書，又沒有人可以傳送。思家的惆悵彌散開來，沉甸甸地壓在人的心裏。又如洪皓使金被留，客中赴張捴侍御家宴，張侍妾唱詞侑酒，詞有「念此情，家萬里」之句，感慨愴然，作《江梅引》四首以見意〔註49〕：

〔註48〕周輝《清波雜志》卷四，歷代學人撰《筆記小說大觀》第21編，第5冊，（臺北）新興書局有限公司，1978，第3084頁。

〔註49〕洪邁《容齋隨筆》五筆卷第三「先公詩詞」，上海古籍出版社，1978，第837～839頁。

其一

天涯除館憶江梅。幾枝開。使南來。還帶餘杭春信到燕臺。準擬寒英聊慰遠，隔山水，應銷落，赴訴誰。　空恁遐想笑摘蕊。斷迴腸，思故里。漫彈綠綺。引三弄、不覺魂飛。更聽胡笳哀怨淚沾衣。亂插繁花須異日，待孤諷，怕東風，一夜吹。

其二

春還消息訪寒梅。賞初開。夢吟來。映雪銜霜清絕繞風臺。可怕長洲桃李妒，度香遠，驚愁眼，欲媚誰？　曾動詩興笑冷蕊。效少陵，慚下里。萬株連綺。歎金谷，人墜鶯飛。引領羅浮翠羽幻青衣。月下花神言極麗，且同醉，休先愁，玉笛吹。

其三

重閨佳麗最憐梅。牖春開，學妝來。爭粉翻光何遽落梳臺。笑坐雕鞍歌古曲，催玉柱，金卮滿，勸阿誰？　貪爲結子藏暗蕊。斂蛾眉，隔千里。舊時羅綺。已零散，沈謝雙飛。不見嬌姿眞悔著單衣。若作和羹休訝晚，墮煙雨，任春風，片片吹。

其四

去年湖上雪欺梅。片雲開。月飛來。雪月光中無處認樓臺。今歲梅開依舊雪，人如月，對花笑，還有誰？　一枝兩枝三四蕊。想西湖，今帝里。綵箋爛綺。孤山外，目斷雲飛。坐久花寒香露濕人衣。誰作叫雲橫短玉，三弄徹，對東風，和淚吹。

第一首，詞人幻想梅花從餘杭家鄉將江南的春信帶給遠在朔北的自己，引起一片繚繞的鄉愁。想像著家鄉的春天，是怎樣一幅軟山秀水的親切景象，而此時耳邊卻還傳來胡笳哀怨的調子，不由得讓詞人淚下沾衣。第二、三、四首，也都是對江梅、對江南春天的回憶。故鄉的春天映襯著塞北的飛雪，故鄉的美麗景色和甜美回憶映襯著今日的流落，這種去國懷鄉之思，比其單純的謫宦飄零來，更加上了一層深沉的悲感。

　　而當漂泊流落與窮途末路之感合併爲一，愁苦就深重得怎麼都化不開，冥冥間似乎有超自然的力量把握著詞人的筆，創作出令人驚駭的哀怨之作。如《獨醒雜誌》載俞處俊重九日賦《百字令》:「殘蟬斷雁，政西風蕭索，夕陽流水。落木無邊幽眺處，雲擁登山屐齒。歲月如馳，古今同夢，惟有悲歡異。綠尊空對，故人相望千里。　追念淮海當年，五雲行殿，咫尺天顏喜。清曉臚傳仙仗裏，衣染玉龍香細。今日天涯，黃花零亂，滿眼重陽淚。艱難多病，二陵無奈秋思。」〔註 50〕本爲重陽佳節而作，但「殘蟬斷雁」、「西風蕭索」、「夕陽流水」、「黃花零亂」、「艱難多病」，終篇衰颯的氣象，而對美好往昔的回憶顯得單薄而虛空，「詞既出，邑人爭歌之。或曰：『詞固佳，然其言太酸辛，何故？』師郝明年竟卒。」〔註 51〕這種漂泊與悲秋的情感已經不只是一時之景、片刻之情，而是自詞人靈魂中流出的酸苦之音。再如《獨醒雜誌》載秦觀在古藤作《千秋歲》詞：「秦少游謫古藤，意忽忽不樂。過衡陽，孔毅甫爲守，與之厚，延留待遇有加。一日，飲於郡齋，少游作《千秋歲》詞，毅甫覽至『鏡裏朱顏改』之句，遽驚曰：『少游盛年，何爲言語悲愴如此！』遂賡其韻以解之。居數日別去，毅甫送之於郊，復相語終日。歸謂所親曰：『秦少游氣貌大不類平時，殆不久於世矣。』未幾果卒。」〔註 52〕秦觀《千秋歲》詞如下：

> 水邊沙外。城郭春寒退。花影亂，鶯聲碎。飄零疏酒盞，離別寬衣帶。人不見，碧雲暮合空相對。　憶昔西池會。鵷鷺同飛蓋。攜手處，今誰在。日邊清夢斷，鏡裏朱顏改。春去也，飛紅萬點愁如海。

詞中的春天不再有多數春天裏草長鶯飛的溫軟，「花影亂，鶯聲

〔註 50〕曾敏行《獨醒雜志》卷六，上海古籍出版社，1986，第 52 頁。
〔註 51〕曾敏行《獨醒雜志》卷六，上海古籍出版社，1986，第 52 頁。
〔註 52〕曾敏行《獨醒雜志》卷五，上海古籍出版社，1986，第 41 頁。

碎」，充滿割裂的感覺；而抒情主人公瘦損憔悴，不復有往日的朱顏綠鬢，最後化用杜甫的《曲江二首》之「一片花飛減卻春，風飄萬點正愁人」，這種大勢已去、無邊無際的愁讓聽者感到心驚，發出「少游盛年，何爲言語悲愴如此」的歎息。當漂泊與羈旅將人的前途淹沒、希望剝去的時候，這時它就成了一種深沉的悲感，化入最善寫情的詞中。

而當國勢艱危、時衰世亂之時，家國之恨就蓋過了一己的悲歡，國恨家仇變成一個比個人的遭際更爲巨大的陰影，彌散在眾多詞人的詞中。北宋的覆滅、宋室的南渡是宋代有責任感的士大夫心頭的第一個沉重打擊，將悲憤之氣吹入整個朝野；而當這個打擊以一種屈辱的方式供獻於眼前的時候，就顯得無比殘酷了：「凝碧舊池頭，一聽管絃淒切。多少梨園聲在，總不堪華髮。　杏花無處避春愁，也傍野煙發。惟有御溝聲斷，似知人嗚咽。」（韓元吉《好事近・汴京賜宴聞教坊樂有感》）此詞作於孝宗乾道九年，是作者作爲宋朝的使者去祝賀金國的萬春節時所作〔註 53〕。作爲祝賀金國節日的使臣，重歸舊京的宮殿，看到舊國的景物，聽到原本宋廷教坊的音樂，不由得心底流淚，一如宮殿外禦溝中嗚咽的流水。這種心境下所寫出的詞作，不是以筆書之，而是王國維所說的「以血書之者」。

宋廷的南渡雖然丟失了中原的大片土地，但宗廟社稷還能在江南的半壁江山中苟延殘喘；而當蒙古的鐵蹄踏過長江，宋朝社稷徹底淪亡之後，那些遺民就成了秋風中的枯葉、枝頭的寒蟬，身心都被亡國之痛浸透了。在亡命江湖間，再也見不到希望的遺民們在對歌對酒時，只能「彈淚說淒涼」了。

生於宋季的張炎最能代表宋季的一批遺民詞人的心態。張炎是循王張浚之孫，少年時期有過一段富貴優遊的「承平公子」生活，

〔註 53〕龍榆生《唐宋名家詞選》，上海古籍出版社，1980，第 230 頁，韓元吉《好事近・汴京賜宴，聞教坊樂，有感》詞條下編者所加按語：宋孝宗乾道九年，爲金世宗大定十三年。南澗（韓元吉）汴京賜宴之詞，當是此時作。

但他的青年時期正是宋王朝走向滅亡的時期，三十歲之後，張炎過的都是一種漂泊流離的生活。舒岳祥在《玉田詞》序中敘張炎之行實：「宋南渡勳王之裔子玉田張君，自社稷變置，淩煙廢墮，落魄縱飲，北遊燕薊，上公車，登承明有日矣。一日，思江南菰米蓴絲，慨然襆被而歸。不入古杭，扁舟浙水東西，爲漫浪遊。散囊中千金裝，吳江楚岸，楓丹葦白，一奚童負錦囊自隨。詩有姜堯章深婉之風，詞有周清眞雅麗之思，畫有趙子固瀟灑之意，未脫承平公子故態，笑語歌哭，騷姿雅骨，不以夷險變遷也。」〔註 54〕個人生活的由富貴入於貧窮，國家的由存在而至於滅亡，張炎的家世和宋朝的國運是聯繫在一起的。因此，在張炎的詞中，總體籠罩著一片悲愁之氣：

> 春風不暖垂楊樹，吹卻絮雲多少。燕子人家，夕陽巷陌，行入野畦深窈。籌花鬥草。記小舫尋芳，斷橋初曉。那日心情，幾人同向近來老。　　消憂何處最好。夜深頻秉燭，猶是遲了。南浦歌闌，東林社冷，贏得如今懷抱。吟悰暗惱。待醉也慵聽，勸歸啼鳥。怕攪離愁，亂紅休去掃。（張炎《臺城路·杭友抵越，過鑑曲漁舍會飲》）

> 柳黃未結。放嫩晴消盡，斷橋殘雪。隔水人家，渾是花陰，曾醉好春時節。輕車幾度新堤曉，想如今、燕鶯猶說。縱豔遊、得似當年，早是舊情都別。　　重到翻疑夢醒，弄泉試照影，驚見華髮。卻笑歸來，石老雲荒，身世飄然一葉。閉門約住青山色，自容與、吟窗清絕。怕夜寒、吹到梅花，休卷半簾明月。（張炎《疏影·余於辛卯歲北歸，與西湖諸友夜酌，因有感於舊遊，寄周草窗》）

> 海上回槎。認舊時鷗鷺，猶戀蒹葭。影散香消，水流雲在，疏樹十里寒沙。難問錢塘蘇小，都不見、擘竹分茶。更堪嗟。似荻花江上，誰弄琵琶。　　煙霞。自延晚照，盡換了西林，窈窕紋紗。蝴蝶飛來，不知是夢，猶疑春在

〔註 54〕張炎撰，葛渭君、王曉紅校輯《山中白雲詞》，遼寧教育出版社，2001，第 210 頁。

鄰家。一掬幽懷難寫，春何處、春已天涯。減繁華。是山中杜宇，不是楊花。（張炎《春從天上來・己亥春，復回西湖，飲靜傳董高士樓，作此解以寫我憂》）

江上相逢，更秉燭、渾疑夢裏。寂寞久，瑟弦塵斷，爲君重理。紫綬金章都莫問，醉中□送揶揄鬼。看滿頭、白雪欲消難，春風起。　　雲一片，身千里。漂泊地，東西水。歎十年不見，我生能幾。慷慨悲歌驚淚落，古人未必皆如此。想今人、愁似古人多，如何是。（張炎《滿江紅・澄江會復初李尹》）

……

少年時的歡樂記憶已經尋不見蹤影，「雲一片，身千里。漂泊地，東西水」，如今的生活，只是一個人孤單地漂泊。「南浦歌闌，東林社冷，贏得如今懷抱」，往事前歡都消散了，心情是一片淒涼懷抱。即使還努力像當年一樣「縱豔遊」，但人的心情變了，國已破，家何在？「待醉也慵聽，勸歸啼鳥」，「歸去、歸去」的鳥啼聲一聲聲敲打著詞人的痛苦的心弦。「蝴蝶飛來，不知是夢，猶疑春在鄰家」，詞人看到蝴蝶飛來飛去，想像它不知道春天早已經遠去再也不會回來，還在尋找春天，以爲春天躲去了鄰家。這只尋春的蝴蝶，就似詞人自己，做著荒唐可笑的癡夢，幻想著還能重新沐浴到大宋王朝的天光。在張炎的詞中，所描述的景物、所採用的意象，都充滿了敗亡感和幻滅感：落花、白髮、蘆葦、杜宇，琴弦上的灰塵，漂泊不定的雲，寫出詞人悲涼灰暗的心境。

與張炎約略同時的周密、吳文英、王沂孫等，也俱在詞中抒發著同樣的落魄淒涼感受：

重到西泠，記芳園載酒，畫船橫笛。水曲芙蓉，渚邊鷗鷺，依依似曾相識。年芳易失。段橋幾換垂楊色。謾自惜。愁損庾郎，霜點鬢華白。　　殘蛩露草，怨蝶寒花，轉眼西風，又成陳迹。歎如今、才消量減，尊前孤負醉吟筆。欲寄遠情秋水隔。舊遊空在，憑高望極斜陽，亂山浮紫，暮雲凝碧。（周密《秋霽·乙丑秋晚，同盟載酒為水月遊。商令初肅，霜風戒寒。撫人事之飄零，感歲華之搖落，不能不以之興懷也。酒闌日暮，憮然成章》）

渺空煙四遠，是何年、青天墜長星。幻蒼厓雲樹，名娃金屋，殘霸宮城。箭徑酸風射眼，膩水染花腥。時靸雙鴛響，廊葉秋聲。　　宮裏吳王沉醉，倩五湖倦客，獨釣醒醒。問蒼波無語，華髮奈山青。水涵空、闌干高處，送亂鴉、斜日落漁汀。連呼酒，上琴臺去，秋與雲平。（吳文英《八聲甘州·陪庾幕諸公遊靈巖》）

冷煙殘水山陰道，家家擁門黃葉。故里魚肥，初寒雁落，孤艇將歸時節。江南恨切。問還與何人，共歌新闋。換盡秋芳，想渠西子更愁絕。　　當時無限舊事，歎繁華似夢，如今休說。短褐臨流，幽懷倚石，山色重逢都別。江雲凍結。算只有梅花，尚堪攀折。寄取相思，一枝和夜雪。（王沂孫《齊天樂·贈秋崖道人西歸》）

周、王二人送別友人的宴席，俱都是在「撫人事之飄零，感歲華之搖落」，落寞憮然的情緒籠罩下；吳文英陪朋友的遊覽，入眼也是歲月久遠的廢墟；周密詞中的「殘蛩露草，怨蝶寒花」，王沂孫詞中的「冷煙殘水」，吳文英詞中的亂鴉斜日，都是一派無人煙處的清冷，淒清衰暮中隱含著作者清剛的品格，寫出了遺老們的特殊心緒。

總之，宋人在以詞交際應酬、佐酒侑歡的同時，酒酣耳熱之際，越來越多地以詞來抒發內心深處的種種情懷。從普泛化抒情到個體化抒情，從模擬性抒情到「以血書之」，從宴飲生活入手，我們看到了詞展示出的宋人豐富多彩的生活狀態和內心世界。

情感是詞的生命力的核心要素。詞和詩和曲一樣，都表現著作者豐富複雜的情感。晚清詞論家況周頤更在《蕙風詞話》中提出「詞心」這一概念：「吾聽風雨，吾覽江山，常覺風雨江山外有萬不得已者在。此萬不得已者，即詞心也。而能以吾言寫吾心，即吾詞也。此萬不得已者，由吾心醞釀而出，即吾詞之眞也，非可強爲，亦無庸強求。視吾心之醞釀何如耳。吾心爲主，而書卷其輔也。」〔註 55〕沉氏從創作的角度，指出詞人心中有一「萬不得已者」，這「萬不得已者」不會被「風雨」、「江山」這些外界的景物現象所掩蓋，它是詞人內心的情緒情感，表達於詞中，是感動讀者聽者也感動作者自己的核心要素。而人的情感往往在宴席上表現得尤其活躍與強烈。在美酒和歡聚場景的刺激下，「不得已者」從內心深處走向前臺，從需要「焚香靜坐」、「極思冥搜」才能捕捉到的情感內核變得生動鮮活，借助詞的體格表現出來。尹覺《坦庵詞跋》中說：「吟詠情性，莫工於詞」〔註 56〕，這與詞的體制特徵有關，更與宴飲的場合有關。

〔註 55〕 況周頤《蕙風詞話》卷一，唐圭璋編《詞話叢編》，中華書局，1986，第 4411 頁。

〔註 56〕 尹覺《題坦庵詞》，金啓華等編《唐宋詞集序跋彙編》，江蘇教育出版社，1990，第 198 頁。

結　語

在以宴飲文學的歷史發展爲經、以宋代社會文化生活爲緯組成的坐標系中，宋代宴飲詞是其中一個光輝燦爛的結合點。宋人的宴飲活動是包含了飲食、娛樂、歌妓、音樂、節序、民俗等要素的綜合體，但並不是這些要素的簡單相加，它是一個有機的整體，是一個動態的過程，是一個多種要素結合而成的「場」。這個「場」是宋人交際的舞臺，娛樂的天地，也是文化產品生產的車間。在這個車間所生產的文化產品中，宋詞是其中最主要、也最有生命力的一種。它繼承了傳統宴飲文學的特質，反映著宋代社會的政治、經濟、文化風尚，並且有著自身鮮明的特色。

傳統宴飲文學往往會描述宴樂環境、供肴之盛、席上歡樂場面，內容上表達及時行樂的思想，或賓主間的酬贈祝福，有時也抒發作者建功立業的豪情壯志。風格上，從《詩經》中的宴飲詩，到建安公讌詩，從南朝宮廷的遊宴詩、序，到唐五代的宴飲詩、宴飲序和宴飲詞，字面一般都較爲富麗，形式較爲雕琢。這些特徵都被宋詞繼承下來，並加以發展，形成宋詞特有的「以豔爲美」和「以富爲美」的主體風格。

宋代的社會環境體現出社會發展到一個新時期的氣象：商業發達，城市發展，市民階層壯大，氣氛自由民主，文章學問被整個社會所重視仰慕，士大夫的精神世界出現積極進取和奢侈享樂互相矛盾又互相統一的兩極。在這樣的背景下，宋人的宴飲活動呈現出新的風貌，進而影響到詞。歌妓尤其是市井歌妓逐漸顯現的率眞潑辣的性格、文人才子風流文雅而又熱衷炫才的心態等，都在詞中有著集中的表現，使詞顯得輕浮而又文雅、率眞而又矯情。

宴飲活動是一個整體，是一種「行爲方式」，宋人以特有的熱情，把這種集社交、娛樂、盤桓於一體的行爲方式打磨得異常講究、異常精緻。從宴前的準備、邀請，到宴集、娛樂、勸酒、送茶送湯、看著賓客上馬登車而去到之後賓客的回請；從廳堂陳設、香、幕、燭、花，到酒肴、音樂、歌詞；從對賓客的篩選到歌妓的安排，都可謂周到精細。宴會上主人、賓客、歌妓形成一個三角鼎力的「引力場」，場中上演著各種各樣的故事：才子佳人的一見鍾情，英雄才士的惺惺相惜，汲汲於功利者的患得患失，閒散超脫者的樂觀曠達，一幕幕，發生著，經過著，是生活的演習，更是心靈的舞蹈。而詞，就是這生活的演習的記錄員，心靈的舞蹈的伴奏曲。詞中沾染著宴席上杯酒碗盞的「酒水氣」，又充斥著活色生香的「香豔氣」。

從宴席演出形式的角度看，詞是「場上之文」。一般而言，曲和劇本作爲舞臺演出的底本，往往被認爲是「場上之文」，而在宋代，詞其實也具有「場上之文」的特質。前人論詞，往往僅停留在「音樂文學」的認識上，而沒有進一步認識到它作爲「場上之文」的特色。也就是說，除了音樂的要素之外，詞還有表演的要素和功能。詞作爲宴席演出的底本，要符合演員——「雪兒」、「春鶯」們的身份特徵，因此所採取的常常是妙齡女郎、思春少婦的敘述口吻。作者常常會自覺不自覺地進行「角色扮演」，將自己想像成虛擬世界裏的人物，想像成癡情的檀郎、蕭散的閒人、任性的浪子，甚至是懷春的佳人。作者和作品中的敘述者呈現出明顯的區分。從這一角度，我們可以更好地理解宋詞中特有的「男子作閨音」現象。

人們平素一些深藏心底的、模糊的意緒，在酒後往往變得清晰而生動，這時所抒發的感情，既眞實眞摯，又橫豎爛漫、多姿多彩。楊海明師的《唐宋詞與人生》認爲唐宋詞作爲「活的文學」，其中蘊含的人生意蘊具有無限的生命力，我們「從全方位的人生角度來發掘詞中儲存的人生意蘊，並以之來溝通古之詞人和今之讀者的心靈」，更接近文學研究的核心意義。而從宴飲的角度，對於我們接近這一核心應該是一條別具特色的途徑。

如果順著宴飲文學發展的這條路往下走，元代的戲曲、明清的堂會是怎樣的情形？和我們現在所讀到的散曲戲文有著怎樣的關係？作爲一代宴飲文學，詞對曲、戲劇的影響是什麼？這些是筆者曾經想探索而未能完成的。

即使在宋代，不同的時期，隨著政治局勢的變化，宴飲的頻率、規模、宴會的主題、宴席上的氣氛也發生著變化，如果能從這些變化中，理出社會風尚和宴席、宴席和詞創作的關係；再以不同的群體爲單元來研究他們中的宴飲和詞創作的不同，無疑會使這一研究更趨完善。可惜所見資料不全，學力、才力不夠，只能存憾了。

遺憾與不足之處尚多，敬請各位方家批評指正。

主要參考文獻

專　著

B

1. 白居易撰《白居易集》卷十二，中華書局，1979。

C

1. 蔡絛撰，馮惠民、沈錫麟點校《鐵圍山叢談》，中華書局，1983。
2. 蔡鎮楚《宋詞文化學研究》，湖南文學出版社，1999。
3. 曹操、曹丕、曹植《三曹集》，嶽麓書社，1992。
4. 曹學佺《蜀中廣記》，《文淵閣四庫全書》第591～592冊，上海古籍出版社，1987。
5. 陳焯編《宋元詩會》，《文淵閣四庫全書》第1463～1464冊，上海古籍出版社，1987。
6. 陳匪石著，鍾振振校點《宋詞舉》，江蘇古籍出版社，2002。
7. 陳傅良《止齋集》，《文淵閣四庫全書》第1150冊，上海古籍出版社，1987。
8. 陳鵠《耆舊續聞》，《文淵閣四庫全書》第1039冊，上海古籍出版社，1987。
9. 陳模撰《懷古錄》，中華書局，1993。
10. 陳耆卿《赤城志》，上海古籍出版社編《文淵閣四庫全書》，第486冊。
11. 陳師道撰《後山詩話》，《文淵閣四庫全書》第1478冊，上海古籍出版社，1987。

12. 陳師道《後山談叢》，歷代學人撰《筆記小說大觀》第 4 編，新興書局有限公司，1978。
13. 陳戍國校注《詩經校注》，嶽麓書社，2004。
14. 陳寅恪《陳寅恪文集・寒柳堂集》，上海古籍出版社，1980～1982。
15. 陳元靚編《歲時廣記》，商務印書館（叢書集成初編本），1939。
16. 陳振孫撰《直齋書錄解題》，上海古籍出版社，1987。

D

1. 鄧廣銘《稼軒詞編年箋注》，上海古籍出版社，1978。
2. 董誥編《全唐文》，中華書局，1983。
3. 竇蘋《酒譜》，商務印書館（叢書集成初編本），1991。
4. 段安節撰《樂府雜錄》，商務印書館，1936。

F

1. 范公偁撰《過庭錄》，商務印書館（叢書集成初編本），1939。
2. 范攄纂《雲溪友議》，商務印書館，1939。
3. 房玄齡等撰《晉書》，中華書局，1974。
4. 費袞著，金元點校《梁溪漫志》，上海古籍出版社，1985。
5. 費著《歲華紀麗譜》，中華書局，1991。
6. 馮煦《蒿庵論詞》，唐圭璋編《詞話叢編》，中華書局，1986。
7. 傅璿琮等主編《全宋詩》，北京大學出版社，1991。

G

1. 龔明之撰《中吳紀聞》，歷代學人撰《筆記小說大觀》第 22 編，新興書局有限公司，1978。
2. 龔頤正撰《芥隱筆記》。商務印書館（叢書集成初編本），1937。
3. 郭茂倩《樂府詩集》，中華書局，1979。
4. 郭紹虞主編《中國歷代文論選》上海古籍出版社，1979。

H

1. 何汶撰，常振國、絳雲點校《竹莊詩話》，中華書局，1984
2. 洪邁著《容齋隨筆》，中華書局，2007。
3. 洪邁撰，何卓點校《夷堅志》，中華書局，2006。
4. 胡震亨《唐音癸籤》，上海古籍出版社，1981。

5. 胡仔纂集，廖德明校點《苕溪漁隱叢話》，人民文學出版社，1962。
6. 皇都風月主人編，周楞伽箋注《綠窗新話》，上海古籍出版社，1991。
7. 黄昇編選《唐宋諸賢絕妙詞選》，上海書店編《四部叢刊初編》，第341冊。
8. 黄氏撰《蓼園詞評》，唐圭璋編《詞話叢編》，中華書局，1986。
9. 黄亞卓《漢魏六朝公讌詩研究》，華東師範大學出版社，2007。

J

1. 計有功撰《唐詩紀事》，中華書局，1965。
2. 姜夔著，夏承燾箋校《姜白石詞編年箋校》上海古籍出版社，1998。
3. 江少虞撰《宋朝事實類苑》，上海古籍出版社，1981。
4. 蔣一葵《堯山堂外紀》，顧廷龍主編《續修四庫全書》，上海古籍出版社，2001，第1195冊。
5. 金啓華、張惠民編《唐宋詞集序跋彙編》，江蘇教育出版社，1990。
6. 金千秋《全宋詞中的樂舞資料》，人民音樂出版社，1990。
7. 覺羅石麟等監修，儲大文等編纂《山西通志》，《文淵閣四庫全書》第550冊。

K

1. 況周頤撰，南京大學圖書館編《歷代詞人考略》，全國圖書館文獻縮微複製中心，2003。

L

1. 李白著，楊齊賢集注《李太白集注》，《文淵閣四庫全書》本，上海古籍出版社，1987。
2. 李昉等編《太平廣記》，中華書局，1961。
3. 李覯著，王國軒校點《李覯集》，中華書局。1981。
4. 李劍亮《唐宋詞與唐宋歌妓制度》，杭州大學出版社，1999。
5. 李睿著《松窗雜錄》古典文學出版社，1958。
6. 李燾撰《續資治通鑒長編》，中華書局，1979。
7. 李延壽撰《南史》，中華書局，1975。
8. 劉昌詩撰，張榮錚、秦呈瑞點校《蘆浦筆記》，中華書局，1986，
9. 劉克莊著，上海書店編《後村先生大全集》，出版者不詳，影印本，1989。

10. 劉祁撰，崔文印點校《歸潛志》，中華書局，1983。
11. 劉熙載撰，袁津琥校注《藝概注稿》，中華書局，2009。
12. 劉昫等撰《舊唐書》，中華書局，1975。
13. 劉尊明《唐五代詞的文化觀照》，臺北文津出版社，1994。
14. 樓鑰撰《攻媿集》，商務印書館（叢書集成初編本），1935。
15. 陸游撰《南唐書》，商務印書館（叢書集成初編本），1937。
16. 羅大經撰，王瑞來點校《鶴林玉露》，中華書局，1983。
17. 羅燕萍《宋詞與園林》（蘇州大學博士論文）。
18. 羅燁著《醉翁談錄》，古典文學出版社，1957。

M

1. 孟元老撰，鄧之誠注《東京夢華錄注》，中華書局，1982。

N

1. 耐得翁《都城紀勝》，《文淵閣四庫全書》，第 590 冊，上海古籍出版社，1987。

O

1. 歐陽光《宋元詩社研究叢稿》，廣東高等教育出版社，1996。
2. 歐陽炯《花間集序》，金啓華等編《唐宋詞集序跋彙編》，江蘇教育出版社，1990。
3. 歐陽修撰，林青校注《歸田錄》，三秦出版社，2003。
4. 歐陽修著《六一詩話》，人民文學出版社，1962。
5. 歐陽修，宋祁撰《新唐書》，中華書局，1975。

P

1. 潘永因編，劉卓英點校《宋稗類鈔》，書目文獻出版社，1985。
2. 彭乘撰《墨客揮犀》，中華書局（叢書集成初編本），1991。
3. 彭大翼《山堂肆考》，《文淵閣四庫全書》第 974 冊，上海古籍出版社，1987。
4. 彭定求等纂輯《全唐詩》，中華書局，1960。

Q

1. 錢世詔《錢氏私志》，中華書局（叢書集成初編本），1991。

R

1. 任半塘著《唐戲弄》，上海古籍出版社，1984。
2. 阮閱編《詩話總龜》，人民文學出版社，1987。

S

1. 邵伯溫著，李劍雄、劉德權點校《邵氏聞見錄》，中華書局，1983。
2. 沈宸垣等編《歷代詩餘》，上海書店，1985。
3. 沈家莊《宋詞的文化定位》，湖南人民出版社，2005。
4. 沈括著，胡道靜校正《夢溪筆談校正》，上海古籍出版社，1987。
5. 沈松勤《唐宋詞社會文化學研究》，浙江大學出版社，2004。
6. 沈義父《樂府指迷》，唐圭璋編《詞話叢編》，中華書局，1986。
7. 沈約撰《宋書》，中華書局，1974。
8. 沈作喆纂《寓簡》，商務印書館（叢書集成初編本），1937。
9. 史虛白撰《釣磯立談》，商務印書館（叢書集成初編本），1939。
10. 釋文瑩撰，鄭世剛、楊立揚點校《湘山野錄》，中華書局，1984。
11. 釋文瑩撰《玉壺清話》，中華書局（叢書集成初編本），1991，
12. 司馬光編著《資治通鑒》，中華書局，2007。
13. 宋敏求撰《長安志》卷。中華書局（叢書集成初編本），1991。
14. 宋敏求編《唐大詔令集》，商務印書館，1959。
15. 隋樹森著《古詩十九首集釋》，中華書局，1957。
16. 孫光憲著《北夢瑣言》，中華書局，2002。
17. 孫維城《宋韻——宋詞人文精神與審美形態探論》，安徽大學出版社，2002。

T

1. 唐圭璋編《詞話叢編》，中華書局，1986。
2. 唐圭璋《宋詞四考》，江蘇古籍出版社，1985。
3. 唐圭璋、潘君昭《唐宋詞學論集》，齊魯書社，1985。
4. 陶宗儀著《書史會要》，上海書店，1984。
5. 陶宗儀撰《說郛》，北京市中國書店（據涵芬樓 1927 年 11 月版影印），1986。
6. 田況撰《儒林公議》，商務印書館，1937。
7. 田汝成撰《西湖遊覽志・志餘》，上海古籍出版社，1980，
8. 脫脫等撰《宋史》，中華書局，1985。

W

1. 王稱撰，孫言誠、崔國光點校《東都事略》，齊魯書社，2000。
2. 王讜著《唐語林》，古典文學出版社，1957。
3. 王國維著《人間詞話》，中國人民大學出版社，2004。
4. 王國維《王國維遺書》，上海書店出版社，1983。
5. 王昆吾著《唐代酒令藝術》，東方出版中心，1995。
6. 王明清《揮麈錄》，上海書店出版社，2001。
7. 王溥撰《唐會要》，上海古籍出版社，1991。
8. 王欽若編《冊府元龜》，臺灣中華書局股份有限公司，1996。
9. 王水照：《宋代文學通論》，河南大學出版社，1997。
10. 王小盾《唐代酒令藝術》，東方出版中心，1995。
11. 王運熙《清代文論選》，人民文學出版社，1999。
12. 王兆鵬《宋南渡詞人群體研究》，臺北文津出版社，1992。
13. 王灼著，岳珍校正《碧雞漫志校正》，巴蜀書社，2000。
14. 魏泰撰，李裕民點校《東軒筆錄》，中華書局，1983。
15. 魏徵等撰《隋書》，中華書局，1973。
16. 吳處厚撰《青箱雜記》，中華書局（叢書集成初編本），1991。
17. 吳惠娟《唐宋詞審美觀照》，學林出版社，1999。
18. 吳喬述《圍爐詩話》，商務印書館（叢書集成初編本），1936。
19. 吳文英著，楊鐵夫箋釋《吳夢窗詞箋釋》，廣東人民出版社，1992。
20. 吳熊和《唐宋詞彙評》，浙江教育出版社，2004。
21. 吳熊和《唐宋詞通論》，浙江古籍出版社，1985。
22. 吳曾撰《能改齋漫錄》，上海古籍出版社，1979。
23. 吳自牧著《夢粱錄》，浙江人民出版社，1980。

X

1. 夏承燾著《唐宋詞人年譜》，上海古籍出版社，1979。
2. 夏竦《文莊集》，上海古籍出版社編《文淵閣四庫全書》，第 1087 冊。
3. 蕭統編，李善注《文選》，中華書局，1977。
4. 蕭子顯撰《南齊書》，中華書局，1972。
5. 謝桃坊《宋詞辨》，上海古籍出版社，1999。

6. 辛文房撰《唐才子傳》，叢書集成初編本，中華書局，1991。
7. 熊海英《北宋文人集會與詩歌》中華書局，2008。
8. 熊克著，顧吉辰、郭群一點校《中興小紀》，福建人民出版社，1985。
9. 徐度《卻掃編》，商務印書館（叢書集成初編本），1936。
10. 徐釚撰，唐圭璋校注《詞苑叢談》，上海古籍出版社，1981。
11. 徐師曾著，於北山、羅根譯校《文體明辨序說》，出版者不詳，1962。
12. 徐松著，王雲海考校《宋會要輯稿考校》，上海古籍出版社，1986。

Y

1. 楊海明師《唐宋詞風格論》，上海社會科學院出版社，1986。
2. 楊海明師《唐宋詞美學》，江蘇教育出版社，1998。
3. 楊和甫《行都紀事》，陶宗儀《說郛》卷二十，北京市中國書店（據涵芬樓1927年11月版影印），1986。
4. 楊慎編，劉琳、王曉波點校《全蜀藝文志》，線裝書局，2003。
5. 楊湜《古今詞話》，唐圭璋編《詞話叢編》，中華書局，1986。
6. 楊鐵夫《吳夢窗詞箋釋》，廣東人民出版社，1992。
7. 楊萬里《誠齋詩話》，《文淵閣四庫全書》第1480冊，上海古籍出版社，1987。
8. 楊於宇撰《儀禮譯注》，上海古籍出版社，2004。
9. 姚思廉撰《陳書》，中華書局，1972。
10. 葉夢得撰《避暑錄話》，商務印書館（叢書集成初編本），1939。
11. 葉夢得撰《石林詩話》，中華書局（叢書集成初編本），1991。
12. 葉夢得撰，宇文紹奕考異《石林燕語》，中華書局，1984。
13. 葉紹翁著，符均注《四朝聞見錄》，三秦出版社，2004。
14. 葉適著《習學記言》，中華書局，1977。
15. 佚名《東南紀聞》，中華書局（叢書集成初編本），1991。
16. 俞文豹撰，張宗祥校訂《吹劍錄全編》，古典文學出版社，1957。
17. 袁文著《甕牖閒評》，上海古籍出版社，1985。
18. 袁燮撰《絜齋集》，商務印書館（叢書集成初編本），1935。
19. 元稹《元氏長慶集》，《文淵閣四庫全書》第1079冊，上海古籍出版社，1987。
20. 岳珂撰，吳企明點校《桯史》，中華書局，1981。

Z

1. 曾鞏撰，陳杏珍、晁繼周點校《曾鞏集》，中華書局，1984。
2. 曾敏行著《獨醒雜誌》，上海古籍出版社，1986。
3. 曾慥著《高齋漫錄》，商務印書館（叢書集成初編本），1936。
4. 張邦基撰，孔凡禮點校《墨莊漫錄》，中華書局，2002。
5. 張端義著《貴耳集》，中華書局，1958。
6. 張惠民編《宋代詞學資料彙編》，汕頭大學出版社，1993。
7. 張惠言《張惠言論詞》，唐圭璋編《詞話叢編》，中華書局，1986。
8. 張世南著，張茂鵬點校《遊宦紀聞》，中華書局，1981。
9. 張舜民撰《畫墁集》，商務印書館（叢書集成初編本），1935。
10. 張唐英《蜀檮杌》，歷代學人撰《筆記小說大觀》第六編，新興書局有限公司，1983。
11. 張炎《詞源》，唐圭璋編《詞話叢編》，中華書局，1986。
12. 張毅《宋代文學思想史》，中華書局，1995。
13. 張玉璞《淺酌低唱——宋代詞人的文化精神與人生意蘊》，濟南出版社，2002。
14. 長孫無忌著《唐律疏議》。商務印書館（叢書集成初編本），1929。
15. 趙遴《因話錄》，古典文學出版社，1958。
16. 趙令畤撰《侯鯖錄》，商務印書館（叢書集成初編本），1939。
17. 趙升撰《朝野類要》，商務印書館（叢書集成初編本），1939。
18. 趙翼《廿二史札記》，北京市中國書店據世界書局 1939 年版影印，1987。
19. 鄭處誨撰《明皇雜錄》，商務印書館（叢書集成初編本），1940。
20. 鄭文寶《南唐近事》，商務印書館（叢書集成初編本），1939。
21. 鍾振振《東山詞校注》上海古籍出版社，1989。
22. 周輝撰《清波雜誌》，歷代學人撰《筆記小說大觀》第 21 編，新興書局有限公司，1978。
23. 周密撰，吳企明點校《癸辛雜記》，中華書局，1988。
24. 周密《浩然齋詞話》，唐圭璋編《詞話叢編》，中華書局，1986。
25. 周密撰《齊東野語》，中華書局，1983。
26. 周密《武林舊事》，歷代學人撰《筆記小說大觀》第 28 編，新興書局有限公司，1979。

27. 周紫芝《竹坡詩話》，商務印書館（叢書集成初編本），1936。
28. 朱弁撰《曲洧舊聞》，商務印書館（叢書集成初編本），1936。
29. 諸葛憶兵《徽宗詞壇研究》，北京出版社，2001。
30. 朱熹，李幼武撰《宋名臣言行錄》，趙鐵寒主編《宋史資料萃編》，文海出版社，1967。
31. 朱彧撰《萍洲可談》，歷代學人撰《筆記小說大觀》第 18 編，新興書局有限公司，1977。
32. 鄒同慶，王宗堂《蘇軾詞編年箋注》，中華書局，2002。
33. 左丘明傳，杜預集解《春秋左傳集解》，上海人民出版社，1977。

外國文獻

1. 〔日〕妹尾達彥《唐代後期的長安與傳奇小說》，劉俊文主編《日本中青年學者論中國史》六朝隋唐卷，上海古籍出版社，1995。
2. 〔英〕崔瑞德編《劍橋中國隋唐史》，中國社會科學出版社，1990。
3. 〔英〕科林伍德（Collingwood,R.G.）著，王至元、陳華中譯《藝術原理》，中國社會科學出版社，1985。

論　文

C

1. 曹豔春《略論歐陽修詞的樂觀精神》，《瀋陽農業大學學報》2004 年第 2 期。
2. 曹頌今《角色意識與柳永詞風之關心》，《中州大學學報》，2002 年第 2 期。
3. 陳祖美《宋四家「七夕」詞新論》，《文史哲》1992 年第 4 期。
4. 陳永宏《試論宋詞對唐詩的化用及其文化解讀》，《文學遺產》，1996 年第 2 期。
5. 陳雪軍《論唐五代及北宋詞的意象》，《齊齊哈爾師範學院學報》，1996 年第 5 期。

D

1. 董浩麟：《汴京與宋詞》，河南師範大學學報，1994 年第 3 期。
2. 鄧紅梅《「韻」的呈現與宋代審美理想——對秦觀詞透視的又一角度》，《山東師大學報》，2001 年第 3 期。

3. 鄧魁英《兩宋詞史上的滑稽詞派》,《中國文化研究》,1996 年 4 期。
4. 鄧魁英《辛稼軒的徘諧詞》,《詞學》第六輯。

F

1. 鳳文學、陳憲年《宋詞：死亡情結的感性呈現》,《海南大學學報》,1994 年第 3 期。

G

1. 郭紀金《歐陽修俗豔詞的人文意蘊》,《深圳大學學報》2001 年第 6 期。

H

1. 韓經太《宋詞與宋世風流》中國社會科學,1994 年第 6 期。

J

1. 翦伯象《論北宋詞曲的傳播與消費》,《長沙電力學院學報》2003 年第 2 期。

L

1. 劉傳武《傷事懷人　哀語癡情——論〈小山詞〉的「夢」》,《撫州師專學報》,1996 年第 2 期。
2. 劉光裕、郭術兵《傳播方式的改變對唐宋詞的影響》,《齊魯學刊》,1997 年第 1 期。
3. 劉揚忠《唐宋徘諧詞敘論》,《詞學》第十輯。
4. 劉尊明《論唐宋詞的審美特徵及其文化意蘊》,《漳州師院學報》,1999 年第 3 期。
5. 路成文《論周邦彥的詠物詞》,《文學遺產》2004 年第 2 期。
6. 羅時進《原生態意識與時代性心理的交匯：宋代元宵詞生成機制探討》,《江海學刊》1990 年第四期。

M

1. 莫礪鋒《從蘇詞蘇詩之異同看蘇軾「以詩為詞」》,《中國文化研究》,2002 年夏之卷。
2. 莫礪鋒《飲食題材的詩意提升：從陶淵明到蘇軾》,《2009 年宋代文學研討會論文集》。

P

1. 彭國忠《論宋代〈調笑〉詞》,《華東師範大學學報(哲學社會科學版)》,2000 年第二期。

Q

1. 喬力《詩之餘——論中唐文士詞的文化品位與審美特徵》,《文學評論》,1995 第 4 期。

S

1. 沈家莊《宋詞文體特徵的文化闡釋》,《文學評論》,1998 年第 4 期。
2. 沈松勤《兩宋飲茶風俗與茶詞》,《浙江大學學報》,2001 年第 1 期。

T

1. 童盛強《宋詞中的生命意識》,《學術論壇》,1995 年第 5 期。

W

1. 王曉驪《逐絃管之音爲側豔之詞——試論冶遊之風對晚唐五代北宋詞的影響》,文學遺產,1997 年第 3 期。
2. 王曉驪《論宋代文人詞學觀的矛盾及其價值》,《齊魯學刊》,1999 年第 3 期。
3. 王小舒《從情慾出發體悟人生——試論詞對宋代文學精神的補充與深化》,《中國典籍與文化》,2002 年第 2 期。
4. 王兆鵬《唐宋詞的審美層次及其嬗變》,《文學遺產》,1994 年第 1 期。
5. 王政《唐宋詞悲劇意識的美學內涵》,《齊齊哈爾師範學院學報》,1995 年第 6 期。

X

1. 謝桃坊《中國市民文學受眾心理分析》,《江海學刊》,1995 年 11 期。

Y

1. 楊海明師《試論人生意蘊是唐宋詞的「第一生命力」》,《文學評論》,2000 年第 1 期。
2. 楊海明師《從「死生事大」到「善待今生」——試論唐宋詞人的生命意識和人生享受》,《中國韻文學刊》,1997 年第 2 期。
3. 楊金梅《論詞在宋代的接受背景》,《海南大學學報》,2002 年第 4 期。

Z

1. 張惠民《宋代士大夫歌妓詞的文化意蘊》,《海南師範學院學報》,1993年第3期。
2. 張世宏《東坡教坊詞與宋代宮廷演劇考論》,《廣東社會科學》,2001年第2期。
3. 張仲謀《論唐宋詞的「閒愁」主題》,《文學遺產》,1996年第6期。
4. 趙梅《重簾密幕下的唐宋詞——唐宋詞中的「簾」意象及其道具功能》,《文學遺產》,1997年第4期。
5. 周健自《略論歌妓與宋詞興盛的關係》,《貴州文史叢刊》2003年第2期。
6. 朱崇才《宋代詞學的矛盾價值觀》,《文學遺產》1995年第1期。
7. 諸葛憶兵《北宋末年俗詞創作論略》,《北方論叢》,1997年2期。

後記

讀小學的時候，一次在家裏的書架上，偶然看到一本樣子古舊的書，豎行排版，繁體印刷，一段又一段簡約的文字。雖然那時讀得一知半解，但字裏行間流淌的美妙韻律，以及若有若無的一絲淡淡的哀愁，深深地打動了年幼的我，我把它裝進書包裏，每天做完作業之後，都會翻開來讀。這本書，現在想來應該是某種版本的《宋詞選》。宋詞就是這樣進入到我的生命中，潛移默化地影響了我後來學習和生活道路的選擇。

中學時毫無懸念地選擇了文科，之後卻陰差陽錯地讀了政教專業。在工作了八年之後，我終於再不能抑制心中那個越來越執著的夢想，回歸到古代文學的行列，回歸到宋詞。在美麗的蘇州，在夢幻一般的獨墅湖畔，近距離地擁抱宋詞這個摯愛的情人，我想我的人生，至少已經實現了某種程度的圓滿。

感謝我的恩師楊海明先生，他引導我進入宋詞研究的殿堂，教給我宋詞研究的基本理念和方法，並時時提醒我正確的道路，使在宋詞的世界裏過度沉醉的我最終沒有迷失並完成了學業。恩師充滿靈感與激情的授課風格、勤奮嚴謹的學術態度與寬廣淡泊的胸襟，都是我今後的學習和生活中力量的源泉和仰慕的風標。

感謝我的父母，他們給了我學習最大的支持。我的父親對於女兒的學業一向是盡全力的支持，在我讀完博士這個學位的時候，他已經年逾古稀了，但仍然以飽滿的熱情關心我的學習，關心我從事的課題。而在論文衝刺的階段，最後一個春節，我爲了趕進度都沒有回家看望他們二老，他們也理解並給了我完全的支持。這一小段文字遠遠不能表達我對他們的熱愛和感激。

感謝我的師姐王慧敏、張英，師兄陳未鵬，同門徐擁軍，師弟王慧剛，師妹馬俊芬、白帥敏，他們的友情陪伴我走過了這一段最重要的學術生涯。感謝我的同學李彩霞、張靜、趙曉馳，她們陪伴了我三年的學習和生活，點綴了我的蘇州之夢色彩斑斕的兩翼。

雙翅猶弱，但已是飛翔的時候了。